A CASA
DA ALEGRIA

A CASA DA ALEGRIA
EDITH WHARTON

Tradução de
Julia Romeu

Rio de Janeiro, 2021

CIP-BRASIL. CATALOGAÇÃO NA PUBLICAÇÃO
SINDICATO NACIONAL DOS EDITORES DE LIVROS, RJ

W568c

Wharton, Edith, 1862-1937
  A casa da alegria / Edith Wharton ; tradução Julia Romeu. – 1. ed.
– Rio de Janeiro : J.O, 2021.
  406 p. ; 16 x 23 cm.

  Tradução de: The house of mirth
  ISBN 978-65-5847-001-4

  1. Romance americano. I. Romeu, Julia. II. Título.

21-68649
                                                    CDD: 813
                                                    CDU: 82-31(73)

Camila Donis Hartmann – Bibliotecária – CRB-7/6472

Copyright © Edith Wharton, 1905

Todos os direitos reservados. Proibida a reprodução, armazenamento ou transmissão de partes deste livro, através de quaisquer meios, sem prévia autorização por escrito.

Texto revisado segundo o novo Acordo Ortográfico da Língua Portuguesa.

Direitos exclusivos desta edição reservados pela
EDITORA JOSÉ OLYMPIO LTDA.
Rua Argentina, 171 – 3º andar – São Cristóvão
20921-380 – Rio de Janeiro, RJ
Tel.: (21) 2585-2000

Impresso no Brasil

ISBN 978-65-5847-001-4

Seja um leitor preferencial Record.
Cadastre-se em www.record.com.br
e receba informações sobre nossos
lançamentos e nossas promoções.

Atendimento e venda direta ao leitor:
sac@record.com.br

Prefácio

Pobre menina rica

A casa da alegria, segundo romance da escritora americana Edith Wharton, fará com que o leitor contemporâneo habite um universo ao mesmo tempo estranho e familiar. Passado na Nova York dos primeiros anos do século XX, durante o ápice da Era Dourada dos Estados Unidos, o romance descreve uma alta sociedade que era dona de fortunas quase inimagináveis — mas cujos desejos se assemelhavam tristemente aos de qualquer pessoa de hoje que se preocupe um pouco demais com sua imagem nas redes sociais. Os ricos exibiam sem nenhum pudor seus iates, mansões, joias e roupas caríssimas, e eram as celebridades da época, sendo invejados, idealizados e avidamente seguidos pela imprensa. Nesse universo, os homens existiam para ganhar dinheiro e as mulheres, para gastá-lo, de preferência da maneira mais conspícua possível. Não é à toa que, ao ser publicado, em 1905, *A casa da alegria* tenha sido um estrondoso sucesso de público: além de mostrar em detalhes a vida no topo da pirâmide, foi escrito por alguém que a conhecia pelo lado de dentro.

Edith Wharton nasceu em 24 de janeiro de 1862 numa família nova-iorquina rica, sofisticada e de genealogia impecável, que poderia muito bem fazer parte dos círculos que ela descreve em *A casa da alegria*. Sua mãe era considerada uma mulher exemplar pela alta sociedade, mas ela tratava a pequena Edith com frieza, e ficou escandalizada quando a filha, ainda criança, começou a inventar histórias, uma atividade considerada absurda para as mocinhas de sua época e classe social, educadas apenas para casar e ter filhos. Edith nunca frequentou uma escola, e seus primeiros esforços literários foram severamente reprimidos. Ela fez um casamento apropriado para os padrões de sua família, mas foi, desde o começo, muito infeliz com o marido. A convivência com grandes intelectuais da época, como seu amigo íntimo Henry James, a incentivou a voltar a escrever. Ela começou a publicar poemas em jornais em 1889 e escreveu um primeiro romance, *The Valley of Decision*, em 1902, mas foi *A casa da alegria* que estabeleceu sua reputação de escritora.

O título é uma referência à Bíblia, tirada do Livro de Eclesiastes 7:3-4: "Mais vale a dor que o riso, pois sob um rosto triste pode pulsar um coração feliz. O coração dos sábios está na casa do luto, o coração dos insensatos, na casa da alegria." Numa autobiografia, Wharton afirmou que, ao escrever *A casa da alegria*, teve de encontrar uma maneira de abordar um ambiente no qual estivera "mergulhada desde a infância" — a alta sociedade nova-iorquina —, mas, ainda assim, tratar de um tema que não fosse fútil e com o qual a parcela menos abastada da humanidade pudesse se identificar. Como a citação indica, sua intenção era condenar a mera busca do prazer, a principal *raison d'être* da maioria de seus personagens. Para ela, "Uma sociedade frívola só pode adquirir importância dramática por meio daquilo que sua frivolidade destrói". Com isso em mente, Wharton deu vida a uma de suas maiores criações: a heroína de *A casa da alegria*, a bela e desditosa Lily Bart.

Já no primeiro capítulo, Wharton escreve: "Lily era tão evidentemente uma vítima da civilização que a produzira que os elos de seu bracelete pareciam algemas prendendo-a a seu destino." Esse destino era o mesmo que um dia já fora traçado para Edith Wharton: casar-se com um marido rico, ter seus filhos e dedicar-se a gastar sua riqueza de modo a comprovar e aumentar o seu status. Para Lily, no entanto, é ainda mais essencial fazer o que se considerava um bom casamento, pois ela própria não tem fortuna. Seus trunfos são sua intensa beleza, seu traquejo social perfeito e o fato de ela ser membro de uma das famílias tradicionais de Manhattan, ou seja, descendentes de seus primeiros colonizadores, os holandeses e ingleses que ficaram do lado rebelde durante a revolução americana. Só que Lily não consegue se rebaixar por completo ao materialismo de seu mundo, ainda que também não saiba imaginar uma existência completamente intocada por ele.

É essa dualidade da personagem principal que impele o enredo de *A casa da alegria*, pois Lily, de indecisão em indecisão, vai perdendo terreno e status. Desse modo, Edith Wharton demonstra o que uma sociedade corrupta pode fazer com seus membros mais sensíveis — e também com os mais vulneráveis. Pois Wharton deixa claro que a desgraça de Lily é consequência direta do fato de ela ser uma mulher. Lawrence Selden, o principal personagem masculino do livro, tem uma condição idêntica à de Lily: é de boa família e, portanto, recebido nos mais altos círculos, mas não possui muito dinheiro. Ao contrário dela, no entanto, ele pode trabalhar para viver sem perder sua posição social; pode se envolver em casos amorosos sem ter a reputação destruída; e não precisa se preocupar em ser ornamental. Lily diz a ele, com amargura: "Seu casaco está um pouco puído — mas e daí? Ninguém vai deixar de convidá-lo para jantar por causa disso. Se eu usasse roupas puídas, ninguém me receberia: uma mulher é convidada para sair tanto por suas roupas quanto por si mesma." A conclusão é: Lily é valorizada por sua beleza e nada mais; essa beleza custa caro e, se ela não pode pagar por seus gastos, tem de encontrar alguém que o faça.

O outro contraponto a Lily é Gerty Farish, uma prima de Lawrence Selden sem dinheiro nem beleza, que se contenta em viver com o pouco que tem, dedicando-se ao trabalho social. A presença no livro dos destituídos que Gerty se esforça para ajudar é uma maneira de Wharton não nos deixar esquecer que nenhum dos personagens de *A casa da alegria* é, de fato, pobre. Para se ter uma ideia, Lily Bart consegue, em menos de um ano, gastar o equivalente a quase dez vezes a renda média de um trabalhador americano, e isso apenas em joias, roupas e outras trivialidades. Comparada à virtuosa Gerty, ela é uma menina fútil e egoísta, que se ressente do fato de que o mundo não lhe entrega aquilo que pensa que merece. Lily deseja banir de perto de si tudo o que é feio ou vulgar, inclusive qualquer indício de pobreza ou do que ela considera o tipo errado de riqueza — exemplificado pelo personagem de Sim Rosedale, o judeu novo-rico que Wharton trata com um antissemitismo perturbador para os leitores de hoje. Por outro lado, ela também deseja a admiração das pessoas que parecem não se deixar governar apenas pelo dinheiro.

Lily não sabe que caminho tomar e ninguém ao seu redor parece apto a guiá-la, pois todos os personagens do livro são desamparados, autocentrados ou materialistas demais para fazê-lo. Mesmo os que desejam se aproximar dela precisam lidar com as regras rígidas de um mundo onde havia grande dificuldade em penetrar na intimidade de alguém — a própria Lily se ressente quando a tratam com o que ela vê com um excesso de familiaridade. Nesse mundo, em que a palavra "amigo" é usada para descrever pessoas que se detestam e onde aqueles que têm alguma afinidade não conseguem se encontrar, Lily Bart se perde, e Edith Wharton encontra uma denúncia perfeita da sociedade que quase a sufocou.

Julia Romeu, escritora e tradutora

LIVRO 1

Capítulo 1

Selden estacou, surpreso. Em meio ao corre-corre vespertino da Grand Central Station, seus olhos foram revigorados pela imagem da Srta. Lily Bart.

Era uma segunda-feira do começo de setembro e ele estava voltando ao trabalho após uma passagem rápida pelo campo; mas o que a Srta. Bart estaria fazendo na cidade naquela época do ano? Se parecesse prestes a pegar um trem, Selden talvez concluísse que a flagrara em plena transição entre uma e outra das casas de campo que disputavam sua presença após o final da temporada de Newport[1]; mas seu ar perdido o deixou perplexo. Ela se mantinha afastada da multidão, deixando que esta passasse a caminho da plataforma ou da rua, com um ar irresoluto que poderia, supunha ele, servir para mascarar um propósito muito bem definido. Selden de imediato imaginou que estava esperando por alguém, mas não sabia dizer por que essa ideia apoderou-se dele. Não havia nada de novo em Lily Bart, mas ele jamais conseguia vê-la sem um leve movimento de interesse; era uma característica dela sempre causar especulações — mesmo seus gestos mais simples pareciam ser o resultado de intenções ocultas.

Um impulso de curiosidade o fez se desviar da linha reta que o levaria até a porta e caminhar devagar por perto dela. Selden sabia que, se a

---

[1] Cidade costeira no estado de Rhode Island que era um popular local de veraneio na época. (N. da T.)

Srta. Bart não quisesse ser vista, conseguiria evitá-lo; e achou divertido colocar suas habilidades à prova.

— Sr. Selden — que sorte!

Ela se adiantou sorrindo, quase ansiosa, em sua determinação de interceptá-lo. Uma ou duas pessoas, passando por eles, se demoraram, observando; pois a Srta. Bart tinha uma aparência capaz de prender a atenção até mesmo de um viajante suburbano com pressa de pegar o último trem.

Selden jamais a vira tão radiante. A cor vívida de seus cabelos, em contraste com os tons opacos da multidão, a deixava mais conspícua do que em um salão de baile e, sob o chapéu e o véu escuros, ela voltou a ganhar a suavidade juvenil, a tez pura que começava a perder após onze anos dormindo tarde e dançando incansavelmente. Será que faziam mesmo onze anos, perguntou-se Selden de repente, e ela de fato completara os 29 anos que suas rivais lhe imputavam?

— Que sorte! — repetiu a Srta. Bart. — Que gentileza sua vir ao meu socorro!

Ele respondeu alegremente que fazê-lo era sua missão na vida e perguntou qual seria a forma que o socorro deveria assumir.

— Ah, praticamente qualquer uma — até mesmo sentar em um banco e conversar comigo. É possível esperar sentado até que um baile acabe — por que não fazer o mesmo até que um trem chegue? Aqui está tão quente quanto dentro da estufa da Sra. Van Osburgh — e algumas mulheres são tão feias quanto as que se veem lá.

Ela fez uma pausa, rindo, e explicou que passara na cidade no trajeto entre Tuxedo e Bellomont, propriedade do senhor e da senhora Gus Trenor, mas perdera o trem das três e quinze até Rhinebeck.

— E só há outro às cinco e meia. — A Srta. Bart consultou o pequeno relógio encrustado de joias que estava aninhado entre as suas rendas. "— Duas horas de espera. E eu não sei o que fazer até lá. Minha criada veio para cá esta manhã para fazer algumas compras para mim e ia para Bellomont à uma da tarde; a casa da minha tia está fechada e eu não conheço vivalma na cidade. — Ela olhou a estação de trem com uma expressão de pesar. — Está mais quente do que na estufa da Sra. Van Osburgh, afinal de contas. Se o senhor tiver tempo, por favor, me leve para algum lugar onde possamos respirar um pouco de ar fresco.

Selden declarou que estava à sua inteira disposição: a aventura pareceu-lhe bastante curiosa. Na condição de espectador, sempre achara Lily Bart agradável; e sua existência estava tão fora da órbita dela que ele achou divertido ser promovido, durante alguns instantes, à intimidade súbita que sua proposta sugeria.

— Vamos tomar uma xícara de chá no Sherry's?

A Srta. Bart sorriu, concordando, mas então fez uma leve careta.

— Tanta gente vem para a cidade às segundas — sem dúvida, vamos encontrar muitas pessoas maçantes. Eu sou velha como a serra, é claro, e não devia fazer diferença para mim; mas, por outro lado, *o senhor* ainda não tem idade para isso — argumentou ela, com bom humor. — Estou morrendo por um chá — mas não há nenhum lugar mais tranquilo?

Selden retribuiu o sorriso da Srta. Bart, aceso diante ele. Suas discrições o interessavam quase tanto quanto suas imprudências, de tanta certeza ele tinha que ambas faziam parte do mesmo plano cuidadosamente elaborado. Ao avaliá-la, Selden sempre fizera uso do "argumento da criação".

— Os recursos de Nova York são bastante escassos — disse ele —, mas vou procurar um fiacre e logo inventaremos algo.

Ele ajudou-a a atravessar a multidão de pessoas que voltavam das férias, passando por moças de rosto amarelado com chapéus absurdos e mulheres de peito achatado atrapalhadas com embrulhos de papel e leques de palha. Seria possível que ela pertencesse à mesma raça? O desalinho e a rudeza do vulgo do sexo feminino o fizeram sentir o quanto a Srta. Bart era especial.

Uma chuva rápida esfriara o ar, e algumas nuvens refrescantes ainda estavam suspensas sobre a rua úmida.

— Que delícia! Vamos caminhar um pouco — disse ela, quando eles saíram da estação.

Eles dobraram na Avenida Madison e começaram a andar devagar na direção norte. Conforme a Srta. Bart se movia ao seu lado, com seus passos longos e leves, Selden percebeu que sentia um prazer suntuoso com aquela proximidade — com o formato de sua orelhinha, a leve ondulação de seu cabelo — talvez um pouco abrilhantado por meios artificiais? — e com a abundância de seus cílios retos e negros. Tudo em Lily Bart era ao mesmo tempo vigoroso e sublime, forte e belo. Selden tinha uma vaga impressão de que custava caro fabricá-la, de que muitas pessoas desinteressantes e feias haviam, de alguma maneira misteriosa, sido sacrificadas para produzi-la. Ele sabia que as qualidades que a distinguiam da maioria das mulheres eram, em sua maioria, externas: como se um verniz de beleza e exigência houvesse sido aplicado ao barro vulgar. Mas a analogia o deixou insatisfeito, pois uma textura áspera não absorve um acabamento de qualidade; e não seria possível que o material fosse extraordinário, mas a circunstância o houvesse moldado em um formato fútil?

Quando Selden chegou a esse ponto de suas especulações, o sol saiu e o guarda-sol erguido pela Srta. Bart interrompeu seu divertimento. Um instante ou dois mais tarde, ela estacou com um suspiro.

— Minha nossa, estou com tanto calor e sede — e que lugar odioso é Nova York! — Ela fitou a avenida árida. — Outras cidades se vestem com suas melhores roupas no verão, mas Nova York parece ficar em mangas de camisa. — Seus olhos se voltaram para uma das ruas transversais. — Alguém teve a bondade de plantar algumas árvores ali. Vamos para a sombra.

— Fico feliz que minha rua tenha sua aprovação — disse Selden ao dobrarem a esquina.

— Sua rua? O senhor mora aqui?

A Srta. Bart olhou com interesse para os novos edifícios com fachadas de tijolo e calcário, de uma variedade fantástica em obediência ao apetite americano pela novidade, mas frescos e convidativos com seus toldos e jardineiras.

— Ah, sim — claro: o Benedick. Que prédio simpático! Acho que nunca o vi antes. — Ela olhou para o prédio do outro lado da rua, com seu saguão de mármore e sua fachada imitando o estilo georgiano. — Quais são as suas janelas? Aquelas com o toldo abaixado?

— No último andar — isso.

— E aquela varandinha agradável é sua? Parece tão fresco lá em cima!

Ele hesitou um instante.

— Entre e veja — sugeriu. — Posso preparar uma xícara de chá em um segundo — e não haverá nenhuma pessoa maçante lá.

Lily Bart corou — ainda dominava a arte de fazê-lo no momento certo —, mas aceitou a sugestão com a mesma leveza com que esta fora feita.

— Por que não? É tentador demais — vou correr o risco — declarou.

— Ah, eu não sou perigoso — disse Selden no mesmo tom. Na verdade, jamais gostara tanto dela quanto naquele momento. Sabia que aceitara o convite sem refletir; ele jamais poderia ser um fator em seus cálculos, e havia uma surpresa, quase um frescor, na espontaneidade de sua aquiescência.

Diante da porta, Selden parou um instante, se apalpando em busca da chave.

— Não há ninguém aqui; mas eu tenho um criado que supostamente vem todas as manhãs, e é possível que ele tenha colocado o serviço de chá na mesa e me abastecido com um pedaço de bolo.

Ele a levou até um minúsculo hall de entrada com reproduções de quadros antigos. Ela notou as cartas e bilhetes empilhados sobre a mesa, entre suas luvas e bengalas; e logo se viu em uma pequena biblioteca, escura, mas alegre, com paredes tomadas por livros, um tapete persa agradavelmente desbotado, uma escrivaninha repleta de objetos e, como Selden previra, um serviço de chá em uma bandeja sobre uma mesa baixa perto da janela. Uma brisa surgira, soprando as cortinas de musselina para dentro e trazendo um cheiro fresco de resedás e petúnias da jardineira na varanda.

Lily afundou com um suspiro em uma das poltronas de couro puídas.

— Como deve ser delicioso ter um lugar assim só para você! Que coisa terrível é ser mulher. — Ela se recostou, desfrutando de seu descontamento.

Selden estava vasculhando um armário em busca do bolo.

— Até mulheres — disse ele — às vezes podem ter o privilégio de morar em um apartamento.

— Ah, são todas professoras — ou viúvas. Mas não moças — não as pobres, miseráveis moças casadouras!

— Eu conheço até mesmo uma moça que mora em um apartamento.

Lily se empertigou, surpresa.

— É mesmo?

— Mesmo — disse Selden, emergindo do armário com o tão procurado bolo.

— Ah, já sei — está falando de Gerty Farish. — Ela deu um sorriso um pouco cruel. — Mas eu disse *casadouras* — e, além do mais, ela tem um apartamentinho horrível, não tem criada e sempre come umas coisas tão estranhas. Sua cozinheira lava a roupa também, e a comida tem gosto de sabão. Eu detestaria ter de lidar com esse tipo de coisa.

— Não devia ir comer com ela quando for dia de lavar a roupa — disse Selden, cortando o bolo.

Os dois riram, e ele se ajoelhou ao lado da mesa para acender o fogareiro enquanto ela media o chá em um pequeno bule verde esmaltado. Conforme Selden observava a mão de Lily, tão polida quanto uma peça de marfim antigo, com suas unhas longas e rosadas e o bracelete de safira envolvendo o pulso, ele se deu conta da ironia que era ter sugerido que levasse uma vida como aquela que sua prima Gertrude Farish escolhera. Lily era tão evidentemente uma vítima da civilização que a produzira que os elos de seu bracelete pareciam algemas prendendo-a a seu destino.

Ela pareceu ler esse pensamento.

— Foi terrível da minha parte dizer aquilo de Gerty — disse, com um remorso encantador. — Eu esqueci que ela era sua prima. Nós somos muito diferentes, como o senhor sabe. Gerty gosta de ser bondosa e eu gosto de ser feliz. Além disso, ela é livre e eu não sou. Se fosse, acredito que conseguiria ser feliz até no apartamento de Gerty. Deve ser maravilhoso organizar os móveis exatamente do jeito que você quiser e dar todas as coisas horrorosas para o lixeiro. Se eu pudesse redecorar apenas a sala de estar da minha tia, sei que seria uma mulher melhor.

— Ela é tão ruim assim? — perguntou Selden em um tom solidário.

Lily sorriu por detrás do bule, que segurava no ar para que ele enchesse.

— Isso prova o quão raramente o senhor vai lá. Por que não vai com mais frequência?

— Quando eu vou, não é para olhar os móveis da Sra. Peniston.

— Tolice. Não vai nunca — e, no entanto, nós nos damos tão bem quando nos vemos.

— Talvez seja por isso — respondeu Selden de imediato. — Lamento, mas não tenho creme. Importa-se se, em vez de creme, eu colocar uma rodela de limão na xícara?

— Prefiro assim. — Ela esperou enquanto ele cortava o limão e colocava uma rodela fina em sua xícara. — Mas não é por isso — insistiu.

— Por isso o quê?

— Que o senhor nunca vai lá. — Lily se inclinou para a frente com uma sombra de perplexidade em seus lindos olhos. — Gostaria de saber — gostaria de compreendê-lo. É claro que sei que há homens que não gostam de mim — é possível sabê-lo com apenas um olhar. E há outros que têm medo de mim: pensam que quero me casar com eles. — Ela deu-lhe um sorriso franco. — Mas não acho que não goste de mim — e não é possível que pense que quero me casar com o senhor.

— Não — eu não a acuso disso — concordou Selden.

— Então por que...

Ele levara sua xícara de chá para perto da lareira e ficara ali de pé, apoiado no consolo, fitando-a com um ar divertido e indolente. A irritação nos olhos de Lily o fazia achar mais graça na situação — Selden não teria sido capaz de adivinhar que ela iria desperdiçar sua pólvora em uma presa tão pequena; mas, talvez, estivesse apenas fazendo-o para não perder a prática; ou talvez uma moça de seu tipo não soubesse conversar sobre nada além de questões pessoais. De qualquer forma, ela era estupendamente bonita, ele a convidara para tomar chá e precisava cumprir com suas obrigações.

— Muito bem — disse Selden, em um impulso —, talvez seja por *isso*.

— Por quê?

— Porque a senhorita não quer se casar comigo. Talvez eu não considere isso um incentivo tão grande para ir vê-la. — Ele sentiu um leve calafrio na espinha ao se arriscar a dizer isso, mas a risada de Lily o tranquilizou.

— Meu caro Sr. Selden, isso não foi digno do senhor. É uma tolice de sua parte flertar comigo e não é de seu feitio ser tolo. — Ela se recostou, bebericando o chá com um ar tão encantadoramente crítico que, se eles estivessem na sala de estar de sua tia, era possível que Selden fosse tentar provar que aquela conclusão não estava correta.

— O senhor não vê — continuou Lily — que existem homens suficientes para dizer amabilidades para mim e que desejo justamente um amigo que não tenha medo de dizer coisas desagradáveis quando eu precisar? Às vezes, imaginei que o senhor pudesse ser esse amigo — não sei por que, só sei que não é nem arrogante, nem canalha, e que eu não teria de fingir, nem me resguardar quando estivesse ao seu lado.

Sua voz assumira um tom de seriedade, e ela encarou-o com a preocupação grave de uma criança.

— O senhor não sabe o quanto preciso de um amigo assim — disse. — Minha tia vive citando os axiomas dos livros de etiqueta, mas todos se aplicavam à conduta do início da década de cinquenta. Sempre sinto que, para segui-los à risca, teria de usar musselina e mangas-balão. E as outras mulheres — minhas melhores amigas —, bem, elas usam ou abusam de mim; mas não se importam nem um pouco com o que vai me acontecer. Já estou em circulação há tempo demais — as pessoas estão começando a se cansar de mim; estão começando a dizer que eu deveria me casar.

Houve um instante de pausa, durante o qual Selden pensou em uma ou duas respostas perfeitas para dar um sabor momentâneo à situação; mas ele as rejeitou e perguntou simplesmente:

— Bem, e por que não faz isso?

Lily corou e riu.

— Ah, vejo que o senhor *de fato* é meu amigo e essa é uma das coisas desagradáveis pelas quais eu estava pedindo.

— Minha intenção não foi ser desagradável — respondeu ele amistosamente. — Mas o casamento não é sua vocação? Não é para isso que todas vocês são criadas?

Ela suspirou.

— Creio que sim. O que mais há na vida?

— Exato. Assim, por que não se atirar e acabar logo com isso?

Lily deu de ombros.

— O senhor fala como se eu devesse me casar com o primeiro homem que aparecer.

— Não era minha intenção sugerir que as suas escolhas são tão poucas assim. Mas deve haver alguém com as qualificações necessárias.

Ela balançou a cabeça com uma expressão de cansaço.

— Eu joguei fora uma ou duas chances boas logo que debutei — imagino que toda menina o faça; e, como o senhor sabe, sou horrivelmente pobre — e muito cara. Preciso de bastante dinheiro.

Selden se virou para apanhar uma caixa de cigarros sobre a lareira.

— O que houve com Dillworth?

— Ah, a mãe dele se assustou — estava com medo de que eu fosse mandar desmontar todas as joias da família. E queria que eu prometesse que não ia redecorar a sala de estar.

— Mas é justamente por isso que quer se casar!

— Exato. Então, ela o despachou para a Índia.

— Foi uma falta de sorte — mas a senhorita consegue algo melhor que Dillworth.

Ele ofereceu-lhe a caixa e ela tirou três ou quatro cigarros, colocando um entre os lábios e os outros em uma pequena cigarreira de ouro presa a uma longa corrente de pérolas.

— Eu ainda tenho tempo? Só um trago, então — Lily se inclinou para a frente, acendendo seu cigarro no de Selden. Quando fez isso, ele notou, com um prazer puramente impessoal, a maneira uniforme com que seus longos cílios negros se espalhavam pelas pálpebras brancas e lisas, e como a sombra arroxeada abaixo destas se esbatia na palidez pura das faces.

Ela começou a andar pelo cômodo, examinando as estantes de livros entre uma e outra baforada da fumaça. Algumas das edições tinham os tons vívidos do marroquim antigo e das letras gravadas com habilidade, e seus olhos se demoraram sobre elas como em uma carícia, não com a apreciação do especialista, mas com o prazer nas belas cores e texturas que era uma de suas sensibilidades inatas. Subitamente, sua expressão mudou de um deleite vago para uma curiosidade vivaz, e ela se voltou para Selden com uma pergunta.

— O senhor é um colecionador, não é? Conhece primeiras edições e coisas do tipo?

— Até onde é possível para um homem que não tem dinheiro para gastar. De tempos em tempos, apanho algo nas pilhas de livros usados; e vou sempre dar uma olhada nas grandes vendas.

Lily se virara mais uma vez para as prateleiras, mas agora seus olhos passaram por elas de maneira desatenta e ele percebeu que ela estava preocupada com uma ideia nova.

— E americana[2] — o senhor coleciona americana?

Selden olhou-a com espanto e riu.

— Não, isso está bem fora da minha linha. Não sou um colecionador de verdade, veja bem; apenas gosto de ter boas edições dos livros que amo.

Ela fez uma leve careta.

— E os livros de americana são terrivelmente aborrecidos, suponho.

— Imagino que sim — a não ser para os historiadores. Mas os verdadeiros colecionadores dão valor a um objeto pela raridade. Não acredito que os compradores de americana passem a noite inteira acordados lendo o que compraram — o velho Jefferson Gryce decerto não fazia isso.

Lily estava ouvindo com grande atenção.

— Mas esses objetos às vezes têm valores fabulosos, não é? Parece tão estranho querer pagar muito dinheiro por um livro feio e mal impresso

---

[2] Livros ou documentos relativos ao continente americano ou, mais comumente, aos Estados Unidos em particular. (N. da T.)

que a pessoa nunca vai ler! E imagino que a maioria dos compradores de americana não devam ser historiadores.

— De fato; poucos historiadores têm como pagar por esses livros. Precisam usar aqueles que estão nas bibliotecas públicas ou que fazem parte de coleções particulares. Parece ser a mera raridade que atrai o colecionador em geral.

Selden se sentara em um dos braços da poltrona perto da qual Lily havia se postado, e ela continuou a interrogá-lo, perguntando quais eram as edições mais raras, se a coleção Jefferson Gryce realmente era considerada a melhor do mundo e qual era o preço mais alto já pago por um livro.

Era um prazer tão grande ficar sentado olhando para Lily, enquanto ela pegava um livro aqui, outro ali, das prateleiras, folheando as páginas com o perfil baixo contrastando com o fundo cálido das encadernações antigas, que Selden respondeu sem parar para se espantar com o súbito interesse dela por um assunto tão pouco instigante. Mas ele nunca conseguia passar muito tempo na companhia de Lily sem tentar encontrar um motivo para o que ela estava fazendo e, quando ela colocou sua primeira edição de um livro de La Bruyère no lugar e deu as costas para as prateleiras, Selden começou a se perguntar qual seria seu objetivo. A pergunta seguinte de Lily não era de natureza propícia a elucidar o mistério. Ela estacou diante de Selden com um sorriso que parecia ao mesmo tempo admiti-lo em sua intimidade e lembrá-lo das restrições impostas nela.

— O senhor nunca se importa — perguntou Lily subitamente — em não ser rico o suficiente para comprar todos os livros que deseja?

Ele acompanhou o olhar dela pelo cômodo, com seus móveis velhos e seu papel de parede desbotado.

— Como não? Acha que sou um santo no altar?

— E em ter de trabalhar? O senhor se importa com isso?

— Ah, o trabalho em si não é tão ruim — eu gosto bastante do Direito.

— Entendo; mas e as amarras, a rotina? O senhor nunca quer escapar, ver pessoas e lugares novos?

— Quero horrivelmente — em especial quando vejo todos os meus amigos correndo para tomar um navio.

Ela respirou fundo, com um ar solidário.

— Mas se importa tanto que pensaria em... casar para poder sair dessa situação?

Selden desatou a rir.

— Deus me livre! — declarou.

Lily se levantou com um suspiro, atirando o cigarro na lareira.

— Ah, essa é a diferença — as moças têm de fazer isso, os homens podem fazê-lo se quiserem. — Ela o observou com ar crítico. — Seu casaco está um pouco puído — mas e daí? Ninguém vai deixar de convidá-lo para jantar por causa disso. Se eu usasse roupas puídas, ninguém me receberia: uma mulher é convidada para sair tanto por suas roupas quanto por si mesma. As roupas são o fundo, a moldura, digamos: não são responsáveis pelo sucesso, mas fazem parte dele. Quem quer uma mulher mal-ajambrada? Das mulheres, espera-se beleza e elegância até a exaustão — e, se não conseguimos obter isso sozinhas, temos de formar uma parceria.

Selden olhou-a, divertido. Era impossível, mesmo com seus lindos olhos a suplicar-lhe, encarar seu caso com comiseração.

— Ah, bem, deve haver muito capital à procura de tal investimento. Talvez a senhorita sele seu destino hoje, na propriedade dos Trenor.

Lily encarou-o com um olhar interrogativo.

— Imaginei que a senhorita estivesse indo para lá — ah, não com esse propósito! Mas sei que eles irão receber muitos dos seus amigos — Gwen Van Osburgh, os Wetherall, Lady Cressida Raith — e o senhor e a senhora George Dorset.

Ela hesitou um instante antes do último nome e atirou uma pergunta por sob os cílios; mas ele se manteve impassível.

— A Sra. Trenor me convidou também; mas eu só estarei livre no final da semana, e esses grupos grandes me aborrecem — explicou Selden.

— Ah, a mim também! — exclamou Lily.

— Então, por que ir?

— Faz parte das minhas obrigações — o senhor se esquece! E, além do mais, se eu não fosse, teria de ficar jogando *bézique* com a minha tia em Richfield Springs.

— Seria quase tão ruim quanto casar com Dillworth — concordou ele, e ambos riram com o puro prazer de sua súbita intimidade.

Lily olhou o relógio.

— Minha nossa! Preciso ir. Já passa das cinco.

Ela parou diante da lareira, examinando-se no espelho enquanto ajeitava o véu. A postura revelava a curva longilínea de seu corpo esguio, que dava à sua silhueta uma elegância selvagem — como se ela fosse uma dríade capturada e obrigada a se subjugar às convenções dos salões; e Selden refletiu que era aquela mesma qualidade silvestre de sua natureza que dava tamanho sabor a sua artificialidade.

Ele foi atrás de Lily até o hall de entrada; mas, no umbral da porta, ela lhe ofereceu a mão em um gesto de despedida.

— Foi delicioso; e, agora, o senhor terá de retribuir a visita.

— Não quer que eu a leve até a estação?

— Não, vamos nos despedir aqui, por favor.

Lily deixou sua mão pousada na dele por um instante, dirigindo-lhe um sorriso adorável.

— Até logo, então — e boa sorte em Bellomont! — disse Selden, abrindo a porta para ela.

Na plataforma da escada, Lily parou para olhar em torno. Havia uma chance em mil de encontrar alguém, mas nunca era possível ter certeza, e ela sempre pagava por suas raras indiscrições com uma reação de prudência violenta. No entanto, não havia ninguém à vista com exceção de uma faxineira que estava esfregando os degraus. A figura pesada da mulher e as ferramentas de trabalho que a cercavam ocupavam tanto espaço que Lily, para passar, precisou levantar as saias e se colar à parede. Quando o fez, a faxineira parou de trabalhar e ergueu os olhos com curiosidade, pousando os punhos cerrados e vermelhos no pano molhado que acabara de tirar do balde. A mulher tinha um rosto largo e amarelado, com algumas marcas de varíola, e cabelos ralos cor de palha através dos quais seu couro cabeludo reluzia de maneira desagradável.

— Mil perdões — disse Lily, pretendendo, com sua boa educação, expressar uma crítica dos modos da outra.

A mulher, sem responder, empurrou o balde para o lado e continuou a observar a Srta. Bart passar com um farfalhar de sedas. Lily sentiu que corava diante do olhar. O que aquela criatura imaginava? Será que era impossível fazer a coisa mais simples, mais inocente, sem se submeter à conjectura mais odiosa? A meio caminho do lance seguinte, ela sorriu ao pensar que o olhar de uma faxineira pudesse perturbá-la tanto. A pobrezinha provavelmente tinha ficado fascinada com uma aparição tão inesperada. Mas seriam mesmo tais aparições tão inesperadas na escada de Selden? A Srta. Bart não era familiar com o código de conduta dos prédios ocupados por homens solteiros, e voltou a enrubescer quando lhe ocorreu que o olhar persistente da mulher sugeria que ela estava tentando se recordar se já a vira antes. Mas Lily deixou o pensamento de lado, sorrindo de seus próprios medos, e apressou-se em ir lá para baixo, perguntando-se se encontraria um fiacre antes de chegar à Quinta Avenida.

No saguão georgiano, Lily estacou de novo, olhando a rua em busca de uma carruagem de aluguel. Não havia nenhuma à vista, mas, ao chegar à calçada, ela se deparou com um homenzinho de aspecto lustroso com uma gardênia no casaco, que ergueu o chapéu com uma exclamação de surpresa.

— Srta. Bart? Ora — quem diria! Que sorte — declarou ele, e Lily discerniu um lampejo de curiosidade divertida entre suas pálpebras contraídas.

— Ah, Sr. Rosedale — como vai? — disse ela, percebendo que a irritação irreprimível de sua expressão foi recebida com um sorriso de intimidade súbita por parte dele.

O Sr. Rosedale examinou-a com interesse e aprovação. Era um homem gorducho e rosado, o tipo clássico de judeu louro, com elegantes roupas londrinas que se ajustavam em seu corpo como o tecido de um sofá, e pequenos olhos oblíquos que lhe davam um ar de avaliar as pessoas como se elas fossem bricabraques. Ele olhou a fachada no Benedick com uma expressão interrogativa.

— Veio à cidade fazer umas comprinhas, suponho? — disse ele, em um tom que tinha a familiaridade de um toque.

A Srta. Bart teve um leve estremecimento e então começou a dar explicações afobadas.

— Sim — vim ver minha modista. Estou indo pegar um trem para a casa dos Trenor.

— Sua modista, claro — disse o Sr. Rosedale, sem nenhuma emoção na voz. — Eu não sabia que havia modistas no Benedick.

— Benedick? — Ela demonstrou uma vaga incompreensão. — Esse é o nome do prédio?

— Sim, esse é o nome. Acredito que essa palavra antigamente significava homem solteiro, não é?[3] Eu por acaso sou dono do prédio — por isso sei. — Seu sorriso se alargou enquanto ele acrescentou, com uma confiança crescente: — Mas a senhorita precisa deixar que eu a leve à estação. Os Trenor estão em Bellomont, sem dúvida? A senhorita mal terá tempo de pegar o trem das cinco e quarenta. Imagino que a modista a tenha deixado esperando.

Lily se empertigou diante daquele gracejo.

— Ah, obrigada — gaguejou ela; e, naquele momento, viu um fiacre passando pela Avenida Madison e chamou-o com um gesto desesperado.

— O senhor é muito gentil; mas eu jamais poderia incomodá-lo — disse, oferecendo a mão ao Sr. Rosedale; e, ignorando os protestos dele, Lily pulou para dentro do veículo que viera ao seu resgate e, ofegante, deu uma ordem ao cocheiro.

---

[3] Talvez uma referência ao personagem homônimo de *Muito barulho por nada*, de Shakespeare, um solteirão convicto. (N. da T.)

Capítulo 2

Dentro da carruagem, Lily se recostou com um suspiro.

Por que uma moça devia pagar tão caro pelo menor desvio da rotina? Por que nunca era possível fazer algo natural sem precisar se ocultar atrás de uma estrutura de artifício? Ela cedera a um impulso fugaz ao ir ao apartamento de Lawrence Selden, e era tão raro dar-se ao luxo de um impulso! Esse, sem dúvida, ia lhe custar bem mais caro do que podia pagar. Lily irritou-se ao se dar conta de que, apesar de tantos anos de vigilância, cometera dois erros em cinco minutos. Aquela história estúpida sobre sua modista já era ruim o suficiente — teria sido tão simples dizer a Rosedale que estava tomando chá com Selden! A mera declaração do fato o teria tornado inócuo. Mas, após permitir que a flagrassem em uma mentira, fora uma tolice dupla esnobar a testemunha de seu embaraço. Se Lily houvesse tido a presença de espírito de permitir que Rosedale a levasse até a estação, a concessão talvez houvesse comprado seu silêncio. Ele tinha a exatidão de sua raça na avaliação dos valores e ser visto caminhando pela plataforma em meio à multidão da tarde na companhia da Srta. Lily Bart era dinheiro na mão, como o próprio poderia ter dito. Rosedale sabia, é claro, que havia um grande grupo de hóspedes em Bellomont, e a possibilidade de ser tomado por um dos convidados da Sra. Trenor sem dúvida fazia parte de seus cálculos. Ele ainda estava em um estágio de sua ascensão social no qual era importante produzir tais impressões.

O exasperante era que Lily sabia de tudo isso — sabia quão fácil teria sido silenciá-lo na hora e quão difícil poderia ser fazê-lo depois. O Sr. Simon Rosedale era um homem que fazia questão de saber tudo sobre todos, que acreditava que se mostrar confortável na alta sociedade era exibir uma familiaridade inconveniente com os hábitos daqueles com quem gostaria de parecer íntimo. Lily tinha certeza de que em menos de 24 horas a história de que ela estava indo ver sua modista no Benedick estaria em circulação entre os conhecidos dele. O pior de tudo é que ela sempre o esnobara e ignorara. Em sua primeira aparição — quando Jack Stepney, um primo imprudente dela, obtivera para ele (em troca de favores fáceis demais de adivinhar) um convite para uma das imensas e impessoais festas dos Van Osburgh —, Rosedale, com aquela mistura de sensibilidade artística e astúcia comercial que caracteriza sua raça, instantaneamente gravitara na direção da Srta. Bart. Lily compreendeu seus motivos, pois suas próprias ações eram guiadas por cálculos tão exatos quanto os dele. A educação e a experiência haviam-lhe ensinado que devia ser simpática com os recém-chegados, já que até os menos promissores poderiam ser úteis mais adiante, e havia muitas *oubliettes*[4] para engoli-los caso não fossem. Mas uma repugnância intuitiva, mais forte que anos de disciplina social, a fez empurrar o Sr. Rosedale para uma *oubliette* sem julgamento. Ele deixara atrás de si apenas o murmúrio dos risos que seu repúdio imediato fizera surgir entre os amigos de Lily; e embora, mais adiante (para mudar a metáfora), tenha reaparecido em meio à correnteza, foi apenas em lampejos rápidos, seguidos por longos períodos de submersão.

Até agora, Lily não fora perturbada pelo remorso. Em seu pequeno círculo, o Sr. Rosedale fora declarado "impossível", e Jack Stepney, profundamente esnobado por sua tentativa de pagar dívidas com convites para jantar. Até a Sra. Trenor, que já fora levada a fazer alguns experimentos arriscados devido ao seu gosto pela variedade, resistiu às tentativas

---

[4] Masmorra acessível apenas por um alçapão, usada como prisão em castelos medievais. Do francês "oublier", esquecer. (N. da T.)

de Jack de fingir que o Sr. Rosedale era uma novidade e declarou que ele era o mesmo judeuzinho que já vira sendo servido e rejeitado nos banquetes sociais uma dúzia de vezes; e, embora Judy Trenor houvesse sido inflexível ao declarar que havia poucas chances de o Sr. Rosedale penetrar além do limbo exterior das aglomerações dos Van Osburgh, Jack, que desistira da discussão, rindo e dizendo "Ainda veremos", continuara se empenhando bravamente, indo com o Sr. Rosedale aos restaurantes da moda em companhia das mulheres socialmente obscuras, porém de aparência exuberante, que estão disponíveis para tais propósitos. Mas a tentativa até agora fora vã e, como Rosedale sem dúvida pagava pelos jantares, era seu devedor quem continuava levando vantagem.

O Sr. Rosedale, como se vê, até agora não fora um fator a ser temido — a não ser que alguém se colocasse em seu poder. E havia sido exatamente isso que a Srta. Bart fizera. Sua mentira desajeitada permitira ao homem ver que havia algo a esconder; e Lily tinha certeza de que ele tinha contas a acertar com ela. Algo no sorriso do Sr. Rosedale deixava claro que ele não se esquecera. Ela deixou o pensamento de lado com um leve tremor, mas ele se manteve em sua mente durante todo o trajeto até a estação e perseguiu-a pela plataforma com toda a persistência do próprio Sr. Rosedale.

Lily mal teve tempo de se sentar antes de o trem partir; mas, tendo se ajeitado em seu canto com a noção instintiva de como causar o maior efeito que jamais a abandonava, ela olhou em torno na esperança de ver outro convidado dos Trenor. Queria fugir de si mesma, e conversar era a única maneira de escapar que conhecia.

Sua busca foi recompensada quando descobriu, na outra ponta do vagão, um rapaz muito louro com uma barba rala e arruivada que parecia estar tentando desaparecer atrás de um jornal desdobrado. Os olhos de Lily brilharam, e um leve sorriso relaxou seus lábios. Ela sabia que o Sr. Percy Gryce aceitara ir a Bellomont, mas não contara com a sorte de tê-lo só para si no trem; e o fato dissipou todos os pensamentos perturbadores sobre o Sr. Rosedale. Talvez o dia acabasse melhor do que começara, afinal.

Lily pôs-se a abrir com uma espátula as páginas de um romance, estudando tranquilamente sua presa por entre os cílios baixos enquanto pensava em um método de ataque. Algo na absorção deliberada do Sr. Gryce disse a ela que este tinha percebido sua presença: ninguém nunca havia se interessado tanto por um jornal vespertino! Lily adivinhou que ele era tímido demais para se aproximar e que ela teria de pensar em uma maneira de abordá-lo que não parecesse um atrevimento de sua parte. Achou graça no fato de que alguém tão rico quanto o Sr. Percy Gryce pudesse ser tímido; mas, por sorte, tinha uma vasta indulgência com tais idiossincrasias e, além do mais, a timidez dele talvez servisse melhor aos seus propósitos do que uma segurança excessiva. Ela possuía a habilidade de dar autoconfiança aos envergonhados, mas não sabia se era igualmente capaz de envergonhar os autoconfiantes.

Lily esperou até que o trem saísse do túnel e estivesse passando a toda pelas bordas irregulares dos subúrbios ao norte da cidade. Então, quando este diminuiu de velocidade perto de Yonkers, ela se levantou de seu assento e atravessou devagar o vagão. Quando estava passando pelo Sr. Gryce, o trem deu uma guinada brusca e ele se deu conta de que havia dedos finos agarrando as costas de sua cadeira. O rapaz se levantou com um sobressalto, com o rosto ingênuo tingido de escarlate; até mesmo o tom avermelhado de sua barba pareceu ficar mais forte.

O trem deu outra guinada, quase atirando a Srta. Bart em seus braços. Ela se firmou com uma risada e se afastou; mas o Sr. Gryce estava envolvido pelo aroma de seu vestido e o ombro dele sentira o toque fugidio de sua mão.

— Ah, Sr. Gryce, é o senhor? Mil perdões — eu estava em busca do cabineiro, queria pedir um chá.

Lily estendeu a mão enquanto o trem voltava ao ritmo normal, e eles trocaram algumas palavras de pé no corredor. Sim — ele estava a caminho de Bellomont. Ouvira dizer que ela também tinha sido convidada — corou de novo ao admiti-lo. E ia passar uma semana inteira lá? Que divino!

Mas, a essa altura, um ou dois passageiros tardios que haviam subido na última estação forçaram a entrada no vagão, e Lily foi obrigada a voltar para o seu assento.

— A cadeira ao lado da minha está vaga — por favor, sente-se lá — disse por cima do ombro; e o Sr. Gryce, com um embaraço considerável, conseguiu concluir uma transação que lhe permitiu transportar a si e a suas malas para o lado dela.

— Ah, aqui está o cabineiro — talvez possamos pedir um chá.

Lily fez um sinal para o funcionário e, após um momento, com a facilidade com que pareciam ser realizados todos os seus desejos, uma mesa havia sido armada entre as cadeiras e ela ajudara o Sr. Gryce a colocar suas diversas posses debaixo desta.

Quando o chá chegou, o Sr. Gryce ficou observando com um fascínio mudo enquanto as mãos de Lily se moviam com agilidade sobre a bandeja, parecendo milagrosamente belas e esguias em contraste com a porcelana grosseira e o pão massudo. Para ele, era maravilhoso que alguém conseguisse, com tanta habilidade, realizar a difícil tarefa de fazer chá em público em um trem que não parava de dar guinadas. Jamais teria ousado pedir ele próprio o serviço, para não se arriscar a chamar a atenção dos outros passageiros; mas, acolhido sob a certeza de que Lily atraía todos os olhares para si, tomou a bebida retinta com imenso regozijo.

Lily, com o gosto delicioso do chá preto de Selden nos lábios, não estava muito ansiosa por apagá-lo com a beberagem servida nos trens, que parecia ser tamanho néctar para seu acompanhante; mas, imaginando acertadamente que um dos encantos do chá é o ato de bebê-lo junto com alguém, pôs-se a dar o último toque ao deleite do Sr. Gryce, sorrindo para ele por sobre a xícara erguida.

— Está a seu gosto? Não ficou forte demais? — perguntou ela, solícita.

O Sr. Gryce respondeu com convicção que jamais tomara um chá melhor.

— Suponho que seja verdade — disse Lily, pensativa; e sua imaginação foi tomada pelo pensamento de que aquele homem, que poderia ter mergulhado nas profundezas das mais complexas autoindulgências, talvez estivesse fazendo sua primeira viagem a sós com uma mulher bonita.

Pareceu-lhe providencial que ela fosse o instrumento de sua iniciação. Algumas moças não teriam sabido lidar com ele. Teriam dado ênfase demais ao ineditismo da aventura, tentando deixá-la com um certo sabor travesso. Mas os métodos de Lily eram mais delicados. Ela se lembrou de que seu primo Jack Stepney certa vez definira o Sr. Gryce como o rapaz que prometera à mãe jamais sair na rua sem galochas; e, baseada neste detalhe, resolveu dar um leve ar doméstico à cena, na esperança de que ele, em vez de sentir que fazia algo impensado ou incomum, simplesmente refletisse sobre a vantagem de sempre ter ao seu lado alguém que pudesse preparar o chá no trem.

Mas, apesar dos esforços de Lily, o ânimo da conversa esmoreceu depois que a bandeja foi retirada, e ela teve de avaliar mais uma vez os limites do Sr. Gryce. Afinal de contas, não era oportunidade, mas imaginação que lhe faltava: ele tinha um paladar mental que jamais aprenderia a discernir entre chá de trem e néctar. Havia, no entanto, um tópico no qual Lily podia confiar: um botão que bastava apertar para fazer com que as simples engrenagens do Sr. Gryce se pusessem em marcha. Ela se recusara a apertá-lo por ser um último recurso e lançara mão de outras artes para estimular outras sensações; mas, quando uma expressão fixa de tédio começou a tomar as feições francas do rapaz, Lily compreendeu a necessidade de medidas extremas.

— E como — disse ela, se inclinando para a frente — anda sua coleção de americana?

Os olhos do Sr. Gryce se tornaram um pouco menos opacos: era como se uma película incipiente houvesse sido removida deles, e Lily sentiu o orgulho de uma cirurgiã habilidosa.

— Adquiri algumas coisas novas — disse ele, tomado de prazer, mas baixando a voz, como se temesse que os outros passageiros estivessem conspirando para privá-lo de seus tesouros.

Ela perguntou algo com interesse e, gradualmente, o Sr. Gryce foi incentivado a falar de suas últimas aquisições. Aquele era o único assunto que lhe permitia esquecer-se de sua personalidade, ou melhor, exibi-la sem constrangimentos, pois ele o dominava e podia afirmar uma superioridade que poucos estavam em posição de contestar. Quase nenhum de seus conhecidos gostava de americana, ou sabia qualquer coisa sobre o assunto; e a consciência dessa ignorância dava um realce agradável ao conhecimento do Sr. Gryce. A única dificuldade era abordar o assunto e mantê-lo em evidência; a maioria das pessoas não demonstrava nenhuma vontade de ter sua ignorância diminuída, e o Sr. Gryce era como um comerciante cujos armazéns estão lotados de uma mercadoria impossível de vender.

Mas a Srta. Bart, ao que parecia, queria de fato saber mais sobre americana; e, além do mais, já estava suficientemente bem-informada para fazer com que a tarefa de instruí-la fosse tão fácil quanto agradável. Ela fez perguntas inteligentes e ouviu as respostas com submissão; e, preparado para a expressão de fastio que em geral ia surgindo nos rostos de seus ouvintes, ele foi ficando cada vez mais eloquente diante de seu olhar receptivo. As informações que Lily tivera a presença de espírito de coletar com Selden, na expectativa dessa contingência específica, estavam-lhe sendo tão úteis que ela começou a achar que sua visita a ele fora sua maior sorte do dia. Lily mais uma vez mostrara seu talento para tirar vantagem do inesperado, e teorias perigosas sobre o quanto era aconselhável ceder aos impulsos estavam germinando por trás do sorriso atencioso que ela continuava a dar ao seu interlocutor.

As sensações do Sr. Gryce, ainda que menos definidas, eram igualmente prazerosas. Ele experimentava a excitação confusa que os organismos inferiores têm diante da satisfação de suas necessidades, e todos os seus sentidos chafurdavam em um vago bem-estar, através do qual a personalidade da Srta. Bart estava perceptível de maneira indistinta, porém agradável.

O interesse do Sr. Gryce por americana não havia nascido com ele: era impossível vê-lo como alguém que pudesse desenvolver um gosto próprio. Um tio deixara-lhe uma coleção já considerada notável entre os bibliófilos; a existência desta era o único fato que já dera glória à família

Gryce, e o sobrinho tinha tanto orgulho de sua herança como se ela houvesse sido fruto de seus próprios esforços. Na verdade, aos poucos começou a considerá-la como tal e a ter uma sensação de autossatisfação quando, por acaso, se deparava com alguma referência à Coleção Gryce de Americana. Ansioso por não chamar atenção, o Sr. Gryce sentia um prazer tão profundo e excessivo com a menção de seu nome em algum veículo impresso que isso parecia ser uma compensação por seu desgosto pela notoriedade.

Para desfrutar da sensação com a maior frequência possível, o Sr. Gryce assinava todas as revistas que tratavam de coleções de livros em geral e de história americana em particular e, como alusões a sua biblioteca eram abundantes nas páginas desses veículos, que eram suas únicas leituras, ele passou a se considerar como uma figura pública proeminente e se deleitar com a ideia do interesse que seria despertado se as pessoas por quem passava na rua ou ao lado de quem se sentava em suas viagens subitamente descobrissem que ele era o possuidor da Coleção Gryce de Americana.

Quase toda timidez tem essas compensações secretas, e a Srta. Bart era perspicaz o suficiente para compreender que a vaidade íntima, em geral, é proporcional à modéstia externa. Com uma pessoa mais autoconfiante, ela não teria ousado se demorar tanto em um único tópico ou demonstrar um interesse tão exagerado sobre ele; mas adivinhara corretamente que o egoísmo do Sr. Gryce era um solo sedento, que exigia cuidados constantes. A Srta. Bart tinha o talento de seguir uma corrente submarina de pensamento ao mesmo tempo que parecia velejar pela superfície da conversa; e, nesse caso, sua excursão mental tomou a forma de uma rápida avaliação de como seria o futuro do Sr. Gryce após sua união com ela. Os Gryce eram de Albany e tinham acabado de ser apresentados à metrópole, para onde mãe e filho se mudaram após a morte do velho Jefferson Gryce, com a intenção de tomar posse da casa dele na Avenida Madison — uma casa pavorosa, com o exterior todo feito de arenito, e o interior, todo de nogueira-negra, com a Coleção Gryce em um anexo à prova de fogo que parecia um mausoléu. Lily, no entanto, sabia tudo sobre eles: a chegada do jovem Sr. Gryce fizera palpitar todos os corações maternos de Nova York e, quando uma moça não tem uma mãe para fremir por ela, precisa ela própria manter-se alerta. Por isso, Lily não apenas conseguira se colocar no caminho do rapaz, como também fora apresentada à Sra. Gryce, uma mulher monumental com uma voz de orador e uma mente preocupada com as iniquidades da criadagem, e que às vezes vinha visitar a casa da Sra. Peniston e ouvir como aquela senhora conseguia impedir que a copeira roubasse comida. A Sra. Gryce tinha uma espécie de benevolência impessoal: via de maneira suspeita casos de privação individuais, mas contribuía com instituições quando os relatórios anuais destas mostravam um superávit impressionante. Suas tarefas domésticas eram numerosas, pois iam de inspeções furtivas dos quartos dos criados até incursões à adega, mas ela nunca se permitira muitos prazeres. Certa vez, no entanto, mandara fazer uma edição especial do Uso Sarum[5], impressa em letras vermelhas, que dera a todos os clérigos da diocese; e o álbum dourado no qual suas cartas de agradecimento haviam sido coladas era o principal ornamento de sua sala de estar.

Percy fora criado seguindo os princípios que uma mulher de tamanha excelência não poderia deixar de inculcar. Todas as formas de prudência e desconfiança tinham sido gravadas em uma natureza originalmente relutante e cautelosa, e o resultado foi que mal teria sido necessário a Sra. Gryce extrair dele aquela promessa sobre as galochas, de tão improvável era que fosse se aventurar a sair na chuva. Após atingir a maioridade e herdar a fortuna que o falecido Sr. Gryce obtivera ao patentear um aparato feito para excluir o ar fresco dos hotéis, o rapaz continuou a morar com a mãe em Albany; mas, com a morte de Jefferson Gryce, quando outra grande herança passou às mãos de seu filho, a Sra. Gryce achou que aquilo que chamava de "interesses" dele exigiam sua presença em Nova York. Ela, portanto, se instalou na casa da Avenida Madison, e Percy, que levava suas obrigações tão a

---

[5] Variante do Rito Romano usado na Inglaterra do século XI até a Reforma Anglicana. (N. da T.)

sério quanto a mãe, ia passar todos os dias úteis no belo escritório de Broad Street, onde alguns homens pálidos com baixos salários haviam ficado grisalhos cuidando das propriedades da família Gryce e onde, com a reverência apropriada, foram-lhe ensinados todos os detalhes da arte da acumulação.

Pelo que Lily sabia, até ali aquela fora a única ocupação do Sr. Gryce, e ela poderia ser perdoada por acreditar que não era uma tarefa tão árdua despertar o interesse de um rapaz que vinha seguindo uma dieta tão frugal. Fosse como fosse, Lily se sentiu tão no comando da situação que se deixou levar por uma sensação de segurança na qual todo o medo do Sr. Rosedale e das dificuldades que ele poderia trazer desapareceram de sua mente.

A parada do trem em Garrison não teria dissipado esses pensamentos se ela não houvesse flagrado uma expressão de desconforto nos olhos de seu companheiro de viagem. O assento do Sr. Gryce ficava de frente para a porta, e Lily adivinhou que ele se perturbara ao ver algum conhecido se aproximar; fato confirmado pelas cabeças viradas e a comoção generalizada que sua própria entrada em um vagão sempre causava.

Ela reconheceu os sintomas de imediato e não ficou surpresa ao ser cumprimentada pela voz aguda de uma mulher bonita, que entrou no trem acompanhada por uma criada, um bull-terrier e um bagageiro cambaleando sob o peso de diversas malas e frasqueiras.

— Ah, Lily — você vai para Bellomont? Então acho que não vai poder me ceder seu assento, vai? Mas eu *preciso* sentar neste vagão — cabineiro, você precisa encontrar um lugar para mim imediatamente. Outra pessoa não pode ir para outro lugar? Eu quero ficar com os meus amigos. Ah, como vai, Sr. Gryce? Por favor, explique para esse homem que eu preciso me sentar ao lado do senhor e de Lily.

A Sra. George Dorset, indiferente aos tímidos esforços de um viajante carregando uma mala grosseira que tentava ceder-lhe o lugar retirando-se do trem, continuou postada no meio do corredor, difundindo aquela vaga sensação de exasperação que uma mulher bonita com frequência cria quando viaja.

Ela era menor e mais magra que Lily Bart, e seus movimentos tinham uma elasticidade inquieta, como se pudesse ser amassada e passada por dentro de uma argola, como os tecidos sinuosos que preferia. Seu rosto pequeno e pálido parecia ser a mera moldura de um par de olhos escuros e exagerados, cuja expressão visionária formava um contraste curioso com seu tom e seus gestos assertivos; de modo que, como uma de suas amigas observara, ela era como um espírito incorpóreo que ocupava um espaço considerável.

Quando a Sra. Dorset afinal descobriu que o assento ao lado do de Lily estava à sua disposição, ela tomou posse dele desorganizando um pouco mais o seu entorno, ao mesmo tempo que explicava que viera de Mount Kisco em seu automóvel naquela manhã e estava pulando de um pé para o outro em Garrison havia uma hora, sem sequer o alívio de um cigarro, pois seu monstruoso marido havia se esquecido de reabastecer sua cigarreira antes de eles se separarem mais cedo.

— E, a essa hora do dia, eu imagino que você não tenha mais nenhum, tem, Lily? — concluiu, em tom de lamúria.

A Srta. Bart viu a expressão assustada do Sr. Percy Gryce, cujos lábios jamais eram conspurcados por tabaco.

— Que pergunta absurda, Bertha! — exclamou, corando ao pensar no estoque que pegara no apartamento de Lawrence Selden.

— Por que, você não fuma? Desde quando parou? Quer dizer que nunca... E o senhor também não, Sr. Gryce? Ah, é claro — que estupidez a minha. Já compreendi.

E a Sra. Dorset se recostou em suas almofadas de viagem com um sorriso que fez Lily lamentar que houvesse um assento vago ao lado do seu.

Capítulo 3

Em Bellomont, as rodadas de bridge em geral iam até de madrugada e, quando Lily foi se deitar naquela noite, jogara demais para o seu próprio bem.

Sem sentir nenhum desejo pela comunhão consigo mesma que a aguardava em seu quarto, ela se demorou na larga escada, olhando o vestíbulo lá embaixo, onde os últimos jogadores estavam reunidos ao redor da bandeja de copos altos e garrafas com bocas de prata que o mordomo acabara de colocar em uma mesa baixa perto do fogo.

O vestíbulo era em arcadas, com uma galeria sustentada por colunas de mármore amarelo-claro. Arranjos de plantas floridas tinham sido colocados contra um fundo de folhagem escura nos cantos das paredes. Sobre o tapete escarlate, um lébrel escocês e dois ou três spaniels dormiam gostosamente diante do fogo, e a enorme luminária central que pendia do teto iluminava os cabelos das mulheres e fazia com que suas joias refulgissem quando elas se moviam.

Havia momentos em que tais cenas deliciavam Lily, em que atendiam ao seu critério de beleza e satisfaziam seu anseio pelos acabamentos externos da vida; e outros em que tornavam mais vívida a escassez de suas oportunidades. Esse foi um daqueles momentos em que o contraste foi sentido com mais força, e ela virou de costas com impaciência quando a Sra. George Dorset, reluzindo com braceletes em forma de serpentes, levou Percy Gryce atrás de si para um recanto confidencial na galeria.

Não era que a Srta. Bart estivesse com medo de perder sua recente influência sobre o Sr. Gryce. A Sra. Dorset poderia deixá-lo alarmado ou zonzo, mas não tinha nem a habilidade nem a paciência para realizar sua captura. Era egoísta demais para penetrar os recônditos da timidez dele e, além do mais, por que se incomodaria em fazê-lo? A Sra. Dorset poderia, quando muito, achar divertido brincar com o Sr. Gryce por uma noite — mas, depois, ele seria apenas um fardo e, sabendo disso, ela era experiente demais para encorajá-lo. Mas a mera ideia daquela outra mulher, que podia apanhar um homem e jogá-lo longe quando quisesse, em vez de ter de encará-lo como um possível fator em seus planos, enchia Lily Bart de inveja. Lily passara a tarde inteira sendo entediada por Percy Gryce — só de pensar nisso, ela teve a impressão de que despertava um eco de sua voz monótona —, mas não poderia ignorá-lo no dia seguinte, precisava aproveitar seu sucesso, se submeter a mais tédio, estar pronta com mais aquiescências e adaptações, e tudo em nome da possibilidade de que ele, um dia, fosse decidir dar-lhe a honra de entediá-la pelo resto da vida.

Era um destino odioso — mas como escapar dele? Que escolha Lily tinha? Ser ela própria ou uma Gerty Farish. Ao entrar em seu quarto, com suas luzes suaves, a camisola de renda colocada sobre os lençóis de seda, as pantufinhas bordadas diante do fogo, um vaso de cravos enchendo o ar de perfume e os últimos romances e revistas em cima de uma mesa ao lado de um abajur de leitura, Lily viu diante de si o minúsculo apartamento da Srta. Farish, com suas conveniências baratas e seu papel de parede horrendo. Não; ela não fora feita para ambientes humildes e tristes, para as concessões miseráveis da pobreza. Todo o seu ser se expendia em uma atmosfera de luxo; era o pano de fundo que Lily exigia, o único clima no qual podia respirar. Mas o luxo dos outros não era o que queria. Há alguns anos, isso fora suficiente: ela consumira sua porção diária de prazer sem se importar com quem a fornecia. Agora, estava começando a se irritar com as obrigações impostas na condição de mera pensionista do esplendor que já parecera lhe pertencer. Havia até mesmo momentos em que tinha a consciência de que pagava para estar ali.

Durante um bom tempo, Lily se recusara a jogar bridge. Sabia que não tinha dinheiro para isso e sentia receio de adquirir um hábito tão dispendioso. Já vira o perigo exemplificado em mais de um de seus conhecidos — como o jovem Ned Silverton, por exemplo, o rapaz louro e encantador que estava sentado, no mais abjeto êxtase, ao lado da Sra. Fisher, uma mulher divorciada de aparência impressionante, com olhos e vestidos tão enfáticos quanto as manchetes sobre sua separação. Lily se lembrava de quando o jovem Silverton surgira, quase por acidente, em seu círculo, com o ar de um habitante perdido da Arcádia[6] que publicara lindos sonetos no jornal de sua faculdade. Desde então, ele adquirira o gosto pela Sra. Fisher e pelo bridge, sendo que este último, pelo menos, lhe causara despesas e lhe colocara em situações das quais tivera que ser resgatado mais de uma vez por aflitas irmãs solteironas, que amavam os sonetos e deixavam de comprar açúcar para colocar no chá de modo a impedir que seu adorado menino soçobrasse. Lily conhecia casos como os de Ned: ela vira a expressão de seus belos olhos — que eram bem mais poéticos do que os sonetos — ir da surpresa ao divertimento e do divertimento à ansiedade conforme ele ia se deixando dominar pelo terrível deus do acaso; e temia descobrir os mesmos sintomas em si mesma.

No entanto, no último ano, Lily descobrira que suas anfitriãs esperavam que ocupasse um dos lugares à mesa de cartas. Era uma das taxas que tinha de pagar pela hospitalidade prolongada e pelos vestidos e berloques com os quais abastecia seu guarda-roupa incompleto. E, desde que havia passado a jogar regularmente, desenvolvera uma paixão. Em uma ou duas ocasiões recentes, ganhara uma soma alta e, em vez de guardá-la para usar se perdesse no futuro, gastara-a em vestidos ou joias; e o desejo de compensar essa imprudência, combinado à excitação crescente que o jogo causava, a tinham levado a apostar mais a cada empreitada. Lily tentara se justificar dizendo que, no círculo dos Trenor,

---

[6] Província da Grécia antiga cujo nome passou a designar um país imaginário descrito por diversos poetas, onde reinam a felicidade, a simplicidade e a paz. (N. da T.)

quem jogava precisava apostar alto ou ser acusado de pedantismo ou avareza; mas ela sabia que a paixão pelo jogo a tomara e que, naquele ambiente atual, tinha poucas esperanças de resistir a ela.

Naquela noite, o azar de Lily fora persistente, e a bolsinha de dinheiro que ficava pendurada entre seus berloques estava quase vazia quando ela voltou para o quarto. Destrancou o armário e, tirando sua caixa de joias, olhou embaixo da bandeja à procura do rolo de notas com o qual abastecera a bolsa antes de descer para jantar. Restavam apenas vinte dólares: a descoberta foi tão alarmante que, por um momento, Lily achou que devia ter sido roubada. Então ela pegou papel e lápis e, sentando--se diante da escrivaninha, tentou anotar tudo o que gastara durante o dia. Sua cabeça estava latejando de cansaço, e Lily precisou refazer a conta inúmeras vezes; mas, afinal, entendeu que havia perdido trezentos dólares no bridge. Pegou seu talão de cheques para ver se o saldo era maior que aquele de que se lembrava, mas descobriu que o errara na direção contrária. Ela voltou aos seus cálculos, mas, por mais que se esforçasse, não podia fazer os trezentos dólares perdidos ressurgirem. Aquela era a soma que reservara para apaziguar a modista — a não ser que decidisse usá-la para subornar o joalheiro. De qualquer maneira, tinha tantos usos para a soma que sua própria insuficiência a levara a apostar alto na esperança de dobrá-la. Mas é claro que perdera — logo ela, que precisava de cada centavo, enquanto Bertha Dorset, que tinha um marido que a inundava de dinheiro, devia ter colocado pelo menos quinhentos no bolso, e Judy Trenor, que tinha o suficiente para perder até mil por noite, deixara a mesa com um punhado tão grande de notas que não pudera apertar as mãos de seus convidados quando estes lhe desejaram boa noite.

Um mundo onde tais coisas podiam acontecer parecia um lugar terrível para Lily Bart; mas ela nunca pudera compreender as leis de um universo que estava tão disposto a deixá-la de fora de seus cálculos.

Lily começou a se despedir sem chamar a criada, que mandara para a cama. Já era escrava da vontade dos outros havia tanto tempo que se mostrava atenciosa com aqueles que dependiam da sua e, quando estava amarga, às vezes lhe parecia que ela e sua criada estavam na mesma posição, a não ser pelo fato de que a segunda recebia seu salário mais regularmente.

Quando Lily se sentou diante do espelho para escovar o cabelo, seu rosto estava com uma aparência encovada e pálida, e ela se assustou com duas pequenas rugas perto da boca, leves falhas na curva macia das faces.

— Ah, preciso parar de me preocupar! — exclamou. — A não ser que seja a luz elétrica... — refletiu, erguendo-se de um pulo e acendendo as velas sobre a penteadeira.

Lily desligou o interruptor da parede e observou-se à luz de velas. A forma oval e branca de seu rosto surgiu, difusa, de um fundo de sombras, com a luz bruxuleante tornando-a indistinta como se fosse uma névoa; mas as duas rugas perto da boca continuaram ali.

Ela se levantou e se despiu depressa.

"É apenas porque estou cansada e tenho de pensar nessas coisas odiosas", repetiu sem parar; e pareceu-lhe mais uma injustiça que preocupações mesquinhas pudessem deixar um rastro na beleza que era sua única defesa contra elas.

Mas as coisas odiosas existiam e permaneceram em sua mente. Lily voltou, com uma sensação de cansaço, a pensar em Percy Gryce, como um andarilho que apanha um fardo pesado e segue pesadamente após um breve repouso. Tinha quase certeza de que o "fisgara": alguns dias de trabalho e receberia sua recompensa. Mas a recompensa em si pareceu-lhe pouco palatável naquele momento: não conseguia se deleitar com a ideia da vitória. Seria uma maneira de deixar de lado suas preocupações, só isso — e quão pouco isso teria parecido alguns anos antes! Suas ambições haviam diminuído gradualmente no ar seco do fracasso. Mas por que ela fracassara? Seria culpa sua ou culpa do destino?

Lily se recordou de como sua mãe, depois que eles tinham perdido toda a sua fortuna, costumava dizer para ela, com um tom feroz de vingança: "Mas você vai conseguir tudo de volta — vai conseguir tudo de volta, com esse rosto." A lembrança despertou diversas associações, e ela ficou deitada no escuro, reconstruindo o passado de onde surgira o seu presente.

Uma casa na qual ninguém jamais jantava a não ser que houvesse convidados; uma campainha tocando sem cessar; uma mesa no vestíbulo repleta de envelopes quadrados que eram abertos depressa e envelopes oblongos[7] que ficavam juntando poeira nas profundezas de um jarro de bronze; uma série de criadas francesas e inglesas que pediam as contas em meio a um caos de armários saqueados às pressas; uma dinastia igualmente transitória de babás e empregados; brigas na despensa, na cozinha e na sala de estar; viagens afobadas para a Europa cuja volta era marcada por malas abarrotadas, desfeitas ao longo de dias intermináveis; discussões semianuais sobre onde o verão deveria ser passado, interlúdios cinzentos de economia e reações de gastos explosivos — esse foi o ambiente das primeiras lembranças de Lily Bart.

Quem reinava naquele turbulento meio que ela chamava de casa era uma mãe vigorosa e determinada, ainda jovem o suficiente para dançar até deixar seus vestidos de baile em frangalhos, enquanto a silhueta indistinta de um pai de tons neutros ocupava um espaço intermediário entre o mordomo e o homem que vinha dar corda nos relógios. Mesmo para olhos de criança, a Sra. Hudson Bart parecera jovem; mas Lily não conseguia se recordar de uma época em que seu pai ainda não era calvo e levemente corcunda, com mechas brancas no cabelo e passos cansados. Ela levou um choque quando soube mais tarde que ele era apenas dois anos mais velho que sua mãe.

Lily quase nunca via o pai à luz do dia; ele passava o dia todo "na cidade"; e, no inverno, a noite já caíra há muito quando ela ouvia seus passos exaustos na escada e a mão tocando a maçaneta do quarto onde a menina aprendia as lições. Seu pai a beijava em silêncio e fazia uma ou duas perguntas à babá ou à preceptora; então, a criada da Sra. Bart vinha lembrá-lo de que eles iam jantar fora e ele saía às pressas, com um

---

[7] Pelas convenções da época, os envelopes quadrados eram usados para enviar convites para eventos sociais e os oblongos, para enviar contas. (N. da T.)

aceno de cabeça para Lily. No verão, quando o Sr. Bart vinha passar um domingo com elas em Newport ou Southampton, parecia ainda mais apagado e silencioso que no inverno. O descanso parecia esgotá-lo, e ele ficava sentado durante horas olhando a costa de um canto tranquilo da varanda, enquanto o estardalhaço da existência de sua esposa seguia adiante a poucos metros de distância, sem ser notado. Em geral, no entanto, a Sra. Bart e Lily iam para a Europa no verão e, antes que o navio estivesse na metade do caminho, o Sr. Bart desaparecia no horizonte. Às vezes, sua filha ouvia-o sendo acusado de ter deixado de enviar as remessas de dinheiro da esposa; mas ele quase nunca era mencionado ou lembrado até que sua figura paciente e encurvada surgia no cais de Nova York, evitando conflitos entre a magnitude da bagagem da Sra. Bart e as restrições alfandegárias americanas.

Dessa forma errática e agitada, a vida continuou até Lily chegar à adolescência: um percurso acidentado que a embarcação da família ia fazendo em uma rápida correnteza de divertimento, sendo puxada pela subcorrente de uma necessidade perpétua — a necessidade de mais dinheiro. Lily não conseguia se lembrar de uma época em que o dinheiro fora suficiente, e, de uma maneira vaga, seu pai sempre parecia ser o culpado pela deficiência. Ela decerto não podia ser imputada à Sra. Bart, que era descrita por suas amigas como uma "administradora maravilhosa". A mãe de Lily era famosa por produzir um efeito ilimitado com meios limitados; e, para essa senhora e seus conhecidos, havia algo de heroico em viver como quem possuía muito mais dinheiro do que sua conta bancária continha.

Lily, naturalmente, sentia orgulho dessa habilidade da mãe: ela fora criada com a crença de que, não importava qual fosse o custo, era necessário ter um bom cozinheiro e usar aquilo que a Sra. Bart chamava de "roupas decentes". A pior censura que a Sra. Bart podia fazer ao marido era perguntar se ele esperava que ela vivesse "como uma porca"; e, quando ele respondia que não, isso era sempre visto como uma desculpa para mandar um telegrama para Paris pedindo um ou dois vestidos extras e telefonar para o joalheiro e dizer que ele, afinal de contas, podia sim enviar o bracelete de turquesas que a Sra. Bart vira naquela manhã.

Lily conhecia pessoas que viviam "como porcos", e sua aparência e entorno justificavam a repugnância da Sra. Bart por aquela forma de existência. Eram quase sempre primos dela, que moravam em casas desmazeladas com gravuras de *A viagem da vida*, de Thomas Cole,[8] na sala de estar, e criadas desleixadas que diziam "Vou lá ver" para visitas que apareciam em horários nos quais todas as pessoas decentes ou estão na rua ou fingem ter saído. O mais revoltante era que muitos desses primos eram ricos, de modo que Lily absorveu a ideia de que, se as pessoas viviam como porcas, era por escolha e por uma falta de um padrão correto de conduta. Isso lhe deu uma sensação de superioridade, e ela não precisou dos comentários da mãe sobre os malvestidos e avarentos da família para aumentar seu forte gosto natural pelo esplendor.

Lily tinha 19 anos quando as circunstâncias a obrigaram a revisar sua visão do universo.

No ano anterior, ela debutara de maneira deslumbrante, fazendo surgir uma pesada nuvem de contas a pagar. A luz de sua apresentação à sociedade ainda se demorava sobre o horizonte, mas a nuvem se tornara mais espessa; subitamente, a tempestade caiu. Ela surgiu de maneira repentina, o que aumentou seu horror; e ainda havia momentos em que Lily revivia com doloroso realismo cada detalhe do dia em que o golpe foi dado. Ela e sua mãe estavam sentadas à mesa, diante de um almoço composto pelo *chaufroix*[9] e a salada de salmão do jantar da noite anterior: era uma das poucas economias da Sra. Bart consumir de maneira privada os restos dispendiosos de sua hospitalidade. Lily estava sentindo o doce langor que é a punição dos jovens por dançar até o sol nascer; mas sua mãe, apesar de algumas rugas ao redor da boca e sob as ondas amarelas de suas têmporas, estava tão alerta, determinada e corada como se houvesse acordado de um sono sem perturbações.

---

[8] Pintor inglês (1801-1848). (N. da T.)

[9] Corruptela de chaud-froid, literalmente "quente-frio" em francês, em referência a um alimento cozido, porém servido frio. (N. da T.)

No centro da mesa, entre os marrons-glacês derretidos e as cerejas em calda, uma pirâmide de rosas American Beauty[10] se sustentava sobre caules vigorosos; suas flores estavam tão erguidas quanto as da Sra. Bart, mas elas haviam adquirido uma cor roxa desbotada, e Lily ficou um pouco perturbada diante de sua reaparição no almoço.

— Eu realmente acho, mamãe — disse ela, em tom de reprovação — que nós poderíamos comprar flores frescas para o almoço. Bastariam alguns junquilhos ou lírios-do-vale...

A Sra. Bart se espantou. Era exigente diante do olhar dos outros e não se importava com a aparência da mesa do almoço se não houvesse ninguém além da família ao redor dela. Mas sorriu da inocência da filha.

— Lírios-do-vale custam dois dólares a dúzia nesta época — disse tranquilamente.

Lily não se impressionou. Ela não sabia quase nada sobre o valor do dinheiro.

— Apenas seis dúzias seriam o suficiente para encher aquele vaso — argumentou.

— Seis dúzias de quê? — perguntou seu pai da porta.

As duas mulheres ergueram o olhar, surpresas; embora fosse sábado, a aparição do Sr. Bart no almoço era inesperada. Mas nem sua mulher nem sua filha sentiram interesse o suficiente para pedir uma explicação.

O Sr. Bart desabou em uma cadeira e ficou olhando distraído para o fragmento do salmão que o mordomo colocara diante dele.

— Eu só estava dizendo — explicou Lily — que detesto ver flores velhas no almoço; e a mamãe disse que um buquê de lírios-do-vale não custaria mais do que 12 dólares. Posso pedir ao florista para mandar um todos os dias?

Ela se inclinou, confiante, para perto do pai: ele quase nunca lhe recusava nada, e a Sra. Bart lhe ensinara a interceder em seu favor quando ela própria não conseguia convencê-lo de algo.

---

[10] Tipo de rosa vermelha cujo nome significa "beleza americana". (N. da T.)

O Sr. Bart permaneceu imóvel, ainda com o olhar fixo no salmão, e sua mandíbula se abriu; ele parecia ainda mais pálido do que o normal, e seus cabelos escassos caíam em mechas desalinhadas sobre a testa. Subitamente, ele olhou para a filha e riu. A risada foi tão estranha que Lily corou: ela não gostava de ser ridicularizada, e seu pai parecia ter visto algo de ridículo em seu pedido. Talvez achasse uma tolice ser incomodado por tal ninharia.

— 12 dólares — 12 dólares por dia em flores? Ah, mas é claro, querida — gaste logo 12 mil. — Ele continuou a rir.

A Sra. Bart lançou um olhar rápido ao marido.

— Não precisa esperar, Poleworth — eu toco a sineta — disse para o mordomo.

O homem se retirou com um ar de desaprovação muda, deixando os restos do *chaufroix* sobre o aparador.

— O que houve, Hudson? Está se sentindo mal? — perguntou a Sra. Bart com rispidez.

A mãe de Lily não tolerava cenas a não ser que fossem feitas por ela própria, e achava odioso que o marido se expusesse daquela maneira diante da criadagem.

— Está se sentindo mal? — repetiu.

— Não, estou arruinado — disse o Sr. Bart.

Lily soltou um gritinho assustado e a Sra. Bart se levantou.

— Arruinado? — repetiu; mas, se controlando no mesmo instante, ela olhou calmamente para Lily.

— Feche a porta da copa — disse.

Lily obedeceu e, quando se virou de novo para a sala, seu pai estava com os dois cotovelos na mesa, um de cada lado do prato de salmão, e a cabeça nas mãos.

A Sra. Bart estava de pé diante dele com um rosto branco que deixava o amarelo de seu cabelo artificial. Ela olhou para Lily quando esta se aproximou: sua expressão era terrível, mas sua voz foi modulada de modo a assumir uma jovialidade apavorante.

— Seu pai não está bem — ele não sabe o que está dizendo. Não é nada — mas é melhor você ir lá para cima; e não converse com os criados — acrescentou.

Lily obedeceu; sempre obedecia quando sua mãe usava aquele tom. As palavras da Sra. Bart não a enganaram; ela imediatamente soube que eles estavam arruinados. No período sombrio que se seguiu, aquele fato terrível se sobrepujou até mesmo à morte lenta e difícil do pai. Para a esposa, ele não contava mais: tornara-se extinto quando deixara de cumprir seu propósito, e ela se manteve sentada ao seu lado com o ar provisional de um viajante esperando que um trem atrasado começasse a se mover. Os sentimentos de Lily foram mais gentis: ela sentiu pena do pai, de uma maneira assustada e ineficaz. Mas, como o Sr. Bart passou quase o tempo todo inconsciente e como sua atenção, quando a filha entrava no quarto, se desviava dela após um instante, ele se tornou um estranho ainda maior do que na época de sua infância, quando só chegava em casa após a noite cair. Era como se Lily sempre o houvesse visto através de uma névoa — primeiro de cansaço, depois de distância e indiferença —, e agora essa bruma se houvesse se adensado até torná-lo quase indistinguível. Se ela pudesse ter realizado qualquer pequena tarefa para o pai, ou pudesse ter trocado com ele aquelas palavras comoventes que uma vasta leitura de obras de ficção a haviam levado a associar com tais ocasiões, o instinto filial talvez houvesse sido despertado; mas a piedade que sentia, sem encontrar uma maneira ativa de expressão, permaneceu em um estado observante, sobrepujada pelo ressentimento amargo e constante de sua mãe. Cada olhar e gesto da Sra. Bart pareciam dizer: "Você está com pena dele agora — mas vai sentir outra coisa quando vir o que ele fez conosco."

Foi um alívio para Lily quando seu pai morreu.

Então, seguiu-se um longo inverno. Restara um pouco de dinheiro, mas, para a Sra. Bart, aquilo parecia pior do que nada — um escárnio diante do que era seu por direito. De que adiantava viver se era preciso viver como porcas? Ela mergulhou em uma espécie de apatia furiosa, um estado de fúria inerte contra o destino. Sua habilidade de "administradora" abandonou-a, ou a Sra. Bart não mais se orgulhava o suficiente dela para exercê-la. Não havia problema em "administrar" se, ao fazer isso, era possível para alguém manter sua própria carruagem; mas, quando seus maiores esforços não conseguem ocultar o fato de que é necessário ir a pé, não vale mais a pena fazê-los.

Lily e a mãe vagaram de um lugar para o outro, ora fazendo longas visitas a parentes que cuidavam de suas casas de uma maneira criticada pela Sra. Bart e que deploravam o fato de ela permitir que a filha tomasse café na cama apesar de não ter perspectivas, ora vegetando em refúgios europeus baratos, onde a Sra. Bart mantinha uma frieza furiosa diante dos serviços de chá frugais de seus companheiros de infortúnio. Ela tomava especial cuidado em evitar seus velhos amigos e os cenários de seus antigos sucessos. Ser pobre parecia-lhe uma tal admissão de fracasso que chegava a ser uma desgraça; e ela detectava um tom de condescendência até nas abordagens mais amistosas.

Só uma coisa a consolava: a contemplação da beleza de Lily. A Sra. Bart a examinava com uma espécie de paixão, como se ela fosse uma arma que construíra devagar para levar a cabo sua vingança. Era tudo o que restava de sua fortuna, o núcleo ao redor do qual sua vida seria reconstruída. A Sra. Bart a protegia com ciúmes, como se ela lhe pertencesse e Lily tivesse apenas sua guarda temporária; e tentou incutir na filha uma noção do peso de tamanha responsabilidade. Seguia mentalmente a carreira de outras beldades, descrevendo para Lily o que poderia ser conseguido com tamanha dádiva e fazendo longos relatos sobre os casos terríveis daquelas que, apesar de possuírem-na, não haviam conseguido o que queriam. Para a Sra. Bart, apenas a estupidez poderia explicar o desfecho lamentável de alguns de seus exemplos. Ela se rebaixava à contradição de culpar o destino, e não a si mesma, por seus próprios infortúnios; e vociferava tanto contra quem casava por amor que Lily poderia ter acreditado que sua própria união fora dessa natureza, se sua mãe com frequência não a assegurasse de que fora "enganada" — por quem, nunca esclarecia.

Lily ficou adequadamente impressionada com a magnitude de suas oportunidades. O desmazelo de sua vida atual dava uma ênfase encantadora à existência que ela acreditava ser sua por direito. Para uma inteligência menos iluminada, os conselhos da Sra. Bart talvez tivessem sido perigosos, mas Lily compreendeu que a beleza era apenas a matéria bruta da conquista e que, para transformá-la em sucesso, outras artes são necessárias. Ela sabia que trair-se e demonstrar qualquer noção de superioridade era uma forma mais sutil da estupidez que sua mãe denunciava, e não demorou muito para aprender que uma beldade precisa de mais tato do que aquelas que possuem feições mais ordinárias.

Suas ambições não eram tão vulgares quanto as da Sra. Bart. Entre as reclamações daquela senhora estava a de que seu marido — no começo, antes que ele ficasse cansado demais — desperdiçara suas noites em algo que ela descrevia vagamente como "lendo poesia"; e, entre os objetos levados a leilão após sua morte estavam duas ou três dúzias de edições puídas que haviam lutado para continuar a existir entre as botas e frascos de remédio de seu quarto de dormir. Havia em Lily uma veia de sentimentalismo, talvez transmitida dessa fonte, que dava um toque de idealismo aos seus objetivos mais prosaicos. Ela gostava de pensar em sua beleza como um poder voltado para o bem, algo que lhe daria a oportunidade de alcançar uma posição na qual usaria sua influência na vaga difusão de refinamento e bom gosto. Lily apreciava quadros, flores e ficção sentimental, e não conseguia deixar de pensar que tais gostos enobreciam seus desejos mundanos. Ela, na verdade, não tinha vontade de se casar com um homem que fosse apenas rico; tinha uma vergonha secreta da paixão grosseira da mãe pelo dinheiro. Teria preferido um nobre inglês com ambições políticas e uma vasta propriedade; ou, em segundo lugar, um príncipe italiano com um castelo nos Apeninos e um cargo hereditário no Vaticano. Causas perdidas tinham um charme romântico para Lily, que gostava de se imaginar se distanciando das pressões vulgares do Palácio do Quirinal e sacrificando seus prazeres em nome de uma tradição imemorial...

Como isso parecia distante agora! Essas ambições eram pouco menos fúteis e infantis do que aquelas mais antigas, que giravam em torno de uma boneca francesa com braços que mexiam e cabelo de verdade. Será que faziam mesmo apenas dez anos desde que sua imaginação vacilara entre o lorde inglês e o príncipe italiano? Implacável, sua mente passou em revista o exaustivo intervalo...

Após dois anos de um vagar faminto, a Sra. Bart morrera — morrera de um desgosto profundo. Ela detestara o desmazelo e fora seu destino ser tomada por ele. Suas visões de um casamento espetacular para Lily tinham se dissipado após o primeiro ano.

"As pessoas não vão poder se casar com você se não a virem — e como podem vê-la nestes buracos em que estamos enfiadas?" Esse era o seu lamento; e sua última adjuração à filha foi que escapasse do desmazelo se pudesse.

— Não deixe que ele envolva você e a arraste para o fundo. Lute contra ele de alguma maneira — você é jovem e ainda pode fazer isso — insistiu a Sra. Bart.

Ela morrera durante uma de suas breves visitas a Nova York, e lá Lily imediatamente se tornou o centro de um conselho familiar composto por aqueles parentes ricos que fora ensinada a desprezar por viverem como porcos. É possível que eles tivessem alguma ideia da opinião com a qual ela fora criada, pois nenhum manifestou um desejo muito grande por sua companhia; na verdade, a questão ameaçava permanecer sem solução até que a Sra. Peniston, com um suspiro, anunciou:

— Vou tentar ficar com ela por um ano.

A surpresa foi geral, mas todos trataram de escondê-la, temendo que a Sra. Peniston ficasse alarmada diante dela e reconsiderasse a decisão.

A Sra. Peniston era a irmã viúva do Sr. Bart e, embora ela não fosse de jeito nenhum o membro mais rico da família, seus parentes tinham motivos abundantes para explicar por que fora claramente destinada pela Providência para assumir os cuidados de Lily. Em primeiro lugar, a Sra. Peniston vivia sozinha e seria encantador para ela ter uma jovem acompanhante. Além disso, ela às vezes viajava, e a familiaridade de

Lily com hábitos estrangeiros — deplorada como um infortúnio por seus parentes mais conservadores — ao menos lhe permitiria servir como uma espécie de secretária. Mas, para falar a verdade, a Sra. Peniston não fora influenciada por essas considerações. Ela ficara com a menina simplesmente porque ninguém mais a queria e porque possuía a espécie de *mauvaise honte*[11] moral que torna difícil a exibição pública do egoísmo, embora não interfira em seu exercício privado. Teria sido impossível para a Sra. Peniston ser heroica em uma ilha deserta, mas, com os olhos de seu mundinho voltados em sua direção, ela sentiu certo prazer em seu gesto.

Ela recebeu a recompensa merecida pelos desinteressados ao descobrir que a sobrinha era uma companhia agradável. Temera que Lily fosse teimosa, crítica e "dada a estrangeirismos" — pois até a Sra. Peniston, embora ocasionalmente saísse do país, tinha horror a estrangeiros —, mas a menina mostrou uma capacidade de adaptação que, para uma mente mais penetrante que a da tia, talvez fosse mais inquietante do que o egoísmo da juventude. O infortúnio tornara Lily maleável em vez de endurecê-la, e é mais difícil quebrar uma substância flexível que uma rígida.

A Sra. Peniston, no entanto, não sofreu com a adaptabilidade da sobrinha. Lily não tinha intenção de tirar vantagem da generosidade da tia. Ela, na verdade, sentiu-se grata pelo refúgio que lhe foi oferecido: o interior opulento da Sra. Peniston, ao menos, não tinha um exterior desmazelado. Mas o desmazelo é uma qualidade que assume todo tipo de disfarce; e Lily logo descobriu que ele era tão latente na rotina dispendiosa de sua tia quanto na existência improvisada de uma pensão europeia.

A Sra. Peniston era uma dessas pessoas episódicas que são o supérfluo da vida. Era impossível acreditar que ela própria já fora o foco de qualquer atividade. O dado mais vívido sobre a tia de Lily era o fato de que sua avó pertencera à família Van Alstyne. Esse elo com a raça

---

[11] Expressão francesa que significa "falsa vergonha". (N. da T.)

bem-alimentada e diligente que habitara Nova York em seus primórdios ficava visível no asseio glacial da sala de estar da Sra. Peniston e na excelência de sua culinária. Ela pertencia àquela classe de velhos nova-iorquinos que sempre viveram bem, vestiram roupas caras e não fizeram quase nada além disso; e seguia fielmente as obrigações que herdara. Sempre fora uma espectadora da vida, e sua mente se assemelhava a um daqueles pequenos espelhos que seus ancestrais holandeses tinham o costume de fixar sobre as janelas do andar de cima, de modo que, das profundezas de sua domesticidade impenetrável, pudessem ver o que estava acontecendo na rua.

A Sra. Peniston era dona de uma casa de campo em Nova Jérsei, mas não morava lá desde a morte do marido — um acontecimento remoto que parecia estar gravado em sua memória principalmente como um ponto divisor das reminiscências pessoais que eram seu principal tópico de conversação. Ela era uma mulher que lembrava datas com intensidade e que sabia dizer após poucos segundos se as cortinas da sala de estar tinham sido trocadas antes ou depois da última doença do Sr. Peniston.

O campo lhe parecia solitário e as árvores, úmidas, e ela acalentava um vago temor de se deparar com um touro. Para se proteger de tais contingências, frequentava as estâncias de águas mais populares, onde se instalava impessoalmente em uma casa alugada e observava a vida através da tela de sua varanda. Aos cuidados de tal guardiã, Lily logo percebeu que poderia desfrutar apenas das vantagens materiais da boa comida e das roupas caras; e, embora estivesse longe de não dar-lhes o valor adequado, teria ficado feliz em trocá-las por aquilo que a Sra. Bart lhe ensinara a considerar como oportunidades. Ela suspirava ao pensar no que a energia feroz da mãe teria sido capaz de realizar se unida aos recursos da Sra. Peniston. A própria Lily tinha uma reserva abundante de energia, mas ela era restrita por sua necessidade de se adaptar aos hábitos da tia. Ela viu que precisava manter-se nas boas graças da Sra. Peniston a todo custo até que, como diria a Sra. Bart, conseguisse se sustentar com suas próprias pernas. Lily não estava disposta a levar a vida errante de um parente pobre e, para se adaptar à Sra. Peniston, tivera, até certo ponto, de assumir a atitude passiva daquela senhora. No começo, imaginou que seria fácil arrastar a tia para o turbilhão de suas próprias atividades, mas a Sra. Peniston possuía uma força estática contra a qual os esforços de sua sobrinha foram vãos. Tentar levá-la a ter uma relação ativa com a vida era como empurrar uma peça do mobiliário que foi pregada ao chão. Ela, no entanto, não esperava que Lily permanecesse igualmente imóvel: tinha toda a indulgência pela volatilidade da juventude de uma guardiã americana. Também tinha tolerância por outros hábitos da sobrinha. Parecia-lhe natural que Lily gastasse todo o seu dinheiro com roupas, e ela suplementava a renda escassa da menina com algumas "boas quantias" que deviam ser usadas para os mesmos propósitos. Lily, que era intensamente prática, teria preferido uma mesada fixa; mas a Sra. Peniston gostava da recorrência periódica de gratidão ocasionada por cheques inesperados e talvez fosse astuta o suficiente para perceber que as doações feitas daquela maneira mantinham a sobrinha com uma salutar sensação de dependência.

A Sra. Peniston não considerara necessário fazer nada além disso pela jovem que estava em seus cuidados; simplesmente deu-lhe passagem e deixou que ela entrasse na batalha. Lily o fizera, a princípio com a confiança de uma vencedora, depois com exigências cada vez menores, até ver-se se esforçando para manter-se de pé no vasto espaço que um dia parecera lhe pertencer. Como aquilo acontecera, ela ainda não sabia. Às vezes, achava que fora porque a Sra. Peniston tinha sido passiva demais, e às vezes temia que fora porque ela própria não tinha sido passiva o suficiente. Será que demonstrara um anseio exagerado pela vitória? Será que lhe faltara paciência, maleabilidade e dissimulação? Lily podia se acusar dessas falhas ou se absolver delas, mas o fracasso final permanecia o mesmo. Dúzias de moças mais jovens e mais feias tinham se casado, e ela estava com 29 anos e continuava a ser a Srta. Bart.

Estava começando a ter ataques de revolta contra o destino, durante os quais ansiava por abandonar a corrida e levar uma vida independente. Mas que tipo de vida seria? Mal tinha dinheiro suficiente para pagar a modista e as dívidas de jogo; e nenhum dos gostos transitórios que ela honrava designando como seus interesses era forte o suficiente para permitir-lhe viver contente na obscuridade. Ah, não — Lily era inteligente demais para não ser honesta consigo mesma. Ela sabia que detestava o desmazelo tanto quanto a mãe, e tinha a intenção de lutar contra ele até o último suspiro, nadando até a superfície quantas vezes fosse necessário até subir aos pináculos ensolarados do sucesso que tinham se mostrado tão escorregadios para suas mãos até então.

Capítulo 4

Na manhã seguinte, em sua bandeja de café da manhã, Lily encontrou um bilhete da anfitriã.

"Querida Lily", dizia ele, "se não for aborrecido demais descer às dez, você pode ir ao meu gabinete para me ajudar com algumas tarefas cansativas?"

Lily jogou o bilhete longe e se afundou nos travesseiros com um suspiro. *Era* aborrecido ter de descer às dez — um horário que, em Bellomont, era vagamente considerado sinônimo da alvorada —, e ela conhecia bem demais a natureza das tarefas cansativas em questão. A Srta. Pragg, a secretária, tivera de se ausentar, e haveria bilhetes e cartões de jantar[12] a escrever, endereços perdidos a caçar e outros trabalhinhos sociais enfadonhos a executar. Subentendia-se que a Srta. Bart ocuparia aquela posição em tais emergências e ela, em geral, aceitava a obrigação sem um murmúrio.

Nessa ocasião, no entanto, Lily sentiu aumentar a sensação de escravidão que o exame de seu talão de cheques causara na noite anterior. Tudo ao seu redor realçava a impressão de conforto e bem-estar. As janelas estavam abertas, deixando entrar o brilho e o frescor daquela manhã de setembro e, por entre as copas amarelas das árvores, Lily via uma

---

[12] Cartões com o nome de cada convidado colocados no lugar à mesa onde eles deveriam se sentar. (N. da T.)

extensão de sebes e canteiros levando, com cada vez menos formalidade, às ondas livres do bosque que fazia parte da propriedade. Sua criada fizera um pequeno fogo na lareira e ele disputava alegremente com a luz do sol que batia em raios oblíquos sobre o tapete verde-musgo e acariciava as laterais curvadas de uma velha escrivaninha marchetada. Ao lado da cama ficava uma mesa sobre a qual estava sua bandeja de café da manhã, com a porcelana e a prataria harmônicas, um punhado de violetas em um vaso fino e o jornal da manhã dobrado sob suas cartas. Não havia nada de novo para Lily nesses sinais de luxo cuidadoso; mas, embora eles fizessem parte de sua atmosfera, ela nunca deixava de ser sensível aos seus encantos. O mero exibicionismo causava-lhe uma sensação de superioridade; mas ela sentia uma afinidade com todas as manifestações mais sutis da riqueza.

A convocação da Sra. Trenor, no entanto, subitamente a fez lembrar de seu estado de dependência, e Lily se levantou e se vestiu com uma irritabilidade que em geral era prudente demais para se permitir sentir. Sabia que tais emoções deixam marcas no rosto assim como no caráter, e tivera a intenção de não permitir que o alerta das rugas reveladas por sua investigação da noite anterior houvesse sido em vão.

A maneira casual com que a Sra. Trenor cumprimentou-a aumentou sua irritação. Se alguém se arrastava para fora da cama àquela hora e aparecia, fresca e radiante, para dar início à tarefa monótona de escrever bilhetes, um reconhecimento especial do sacrifício parecia-lhe adequado. Mas o tom da Sra. Trenor não demonstrou nenhuma consciência do fato.

— Ah, Lily, que simpático da sua parte — disse ela apenas, suspirando diante do caos de cartas, contas e outros documentos domésticos que davam um toque comercial incongruente à fineza de sua escrivaninha.

— São tantos horrores esta manhã — acrescentou, abrindo um espaço no centro da confusão e se levantando para dar lugar à Srta. Bart.

A Sra. Trenor era uma mulher alta e de cabelos claros, e sua estatura era a única característica que a salvava da redundância. Sua tez rosada e loura sobrevivera a cerca de quarenta anos de atividades fúteis sem mostrar muitos sinais de esgotamento, a não ser pelo fato de que suas feições tinham perdido um pouco da vivacidade. Era difícil defini-la, podendo-se apenas dizer que parecia existir apenas para receber convidados, não tanto devido a um instinto de hospitalidade exagerado, mas porque era incapaz de viver a não ser em meio a uma multidão. Como seus interesses tendiam para o coletivo, a Sra. Trenor estava livre das rivalidades comuns ao sexo feminino, e a emoção mais pessoal que conhecia era o ódio pela mulher que presumia dar jantares mais extensos ou ter hóspedes mais divertidos do que os seus. Como seus talentos sociais, ajudados pela conta bancária do Sr. Trenor, quase sempre lhe garantiam o triunfo nessas competições, o sucesso a fizera desenvolver uma simpatia generalizada pelos outros membros do sexo feminino e, na classificação utilitária que a Srta. Bart fazia de suas amigas, a Sra. Trenor era considerada aquela que menos provavelmente desistiria dela.

— Foi simplesmente inumano a Pragg sumir nessa época — declarou a Sra. Trenor quando sua amiga se sentou diante da escrivaninha. — Ela disse que a irmã vai ter neném — como se isso fosse pior que ter vários hóspedes ao mesmo tempo! Tenho certeza de que vou me confundir toda e causar algumas brigas horríveis. Quando eu estava em Tuxedo, convidei muita gente para vir na semana que vem, mas perdi a lista e não consigo me lembrar de quem vem. E esta semana vai ser um fracasso tenebroso também — e Gwen Van Osburgh vai sair daqui e ir contar à mãe como as pessoas ficaram entediadas. Não foi minha intenção convidar os Wetherall — foi um erro de Gus. Eles torcem o nariz para Carry Fisher. Como se alguém pudesse deixar de receber Carry Fisher. Foi *mesmo* uma tolice dela se divorciar pela segunda vez — Carry é exagerada em tudo — mas ela disse que o único jeito de arrancar um centavo de Fisher era se divorciar dele e obrigá-lo a pagar pensão. E a pobre Carry tem de pensar em cada dólar que gasta. É realmente um absurdo Alice Wetherall fazer tamanho espalhafato por ter sido apresentada a ela, quando se pensa em como anda a sociedade. Alguém disse no outro dia que toda família tem um caso de divórcio e um de apendicite. Além do mais, Carry é a única pessoa que consegue manter

Gus de bom humor quando temos gente maçante na casa. Já percebeu que *todos* os maridos gostam dela? Todos menos os dela própria, é claro. É uma grande esperteza da parte de Carry ter-se tornado especialista em se dedicar a pessoas enfadonhas — é uma área tão vasta, e ela a domina. Há compensações, é claro — eu sei que Carry pega dinheiro emprestado de Gus — mas eu *pagaria* para mantê-lo de bom humor, então não posso reclamar, afinal de contas.

A Sra. Trenor parou para admirar o espetáculo da Srta. Bart e seus esforços para decifrar sua correspondência confusa.

— Mas não são só os Wetherall e Carry — continuou ela, em um tom de lamúria ainda mais forte. — A verdade é que eu estou profundamente desapontada com Lady Cressida Raith.

— Desapontada? Você já não a conhecia?

— Não, cruzes — eu a vi ontem pela primeira vez. Lady Skiddaw mandou-a para os Van Osburgh com uma carta de apresentação, e eu ouvi dizer que Maria Van Osburgh estava convidando um monte de gente para ir conhecê-la este fim de semana, então achei que seria divertido roubá-la dela; e Jack Stepney, que a conheceu na Índia, conseguiu fazer isso para mim. Maria ficou furiosa e teve o atrevimento de mandar Gwen se convidar para vir para cá, para que eles não fossem *totalmente* excluídos — mas, se eu soubesse como Lady Cressida era, podiam ter ficado com ela, e que fizessem bom proveito! Achei que qualquer amiga dos Skiddaw só podia ser interessante. Lembra como Lady Skiddaw era divertida? Havia ocasiões em que eu simplesmente tinha de mandar as meninas saírem da sala. Além do mais, Lady Cressida é irmã da Duquesa de Beltshire e, naturalmente, eu supus que elas deviam ser parecidas; mas é impossível saber com essas famílias inglesas. Elas são tão grandes que há espaço para todo tipo de gente, e parece que Lady Cressida é a moralista — casou com um clérigo e faz trabalho missionário no East End. Que coisa, eu ter tanto trabalho por causa de uma mulher de clérigo que usa joias indianas e gosta de botânica! Ela obrigou Gus a levá-la a todas as estufas ontem e o aborreceu até a morte perguntando os nomes das plantas. Imagine, tratar Gus como se ele fosse o jardineiro!

A Sra. Trenor revelou tudo isso em um crescendo de indignação.

— Bem, talvez Lady Cressida faça com que os Wetherall se conformem em ter sido apresentados a Carry Fisher — disse Lily em um tom apaziguador.

— Espero que sim! Mas ela está aborrecendo horrivelmente todos os homens e, se começar a distribuir tratados religiosos, como ouvi dizer que faz, vai ser deprimente demais. O pior é que Lady Cressida teria sido tão útil no momento certo. Você sabe que somos obrigados a convidar o bispo uma vez por ano, e ela teria dado o tom perfeito à ocasião. Eu sempre tenho um azar terrível com as visitas do bispo — acrescentou a Sra. Trenor, cuja infelicidade atual estava sendo alimentada por uma maré de reminiscências que subia rapidamente. — No ano passado, quando ele veio, Gus esqueceu que estava aqui e trouxe para casa os Farley e o Ned Winton com a mulher — que, no total, têm cinco divórcios e seis grupos de filhos!

— Quando Lady Cressida vai embora? — perguntou Lily.

A Sra. Trenor ergueu os olhos em desespero.

— Minha filha, se eu soubesse! Estava com tanta pressa de roubá-la de Maria que esqueci de marcar uma data e Gus disse que ela comentou com alguém que planejava ficar aqui o inverno todo.

— Aqui? Nesta casa?

— Não seja boba — aqui no país. Mas, se mais ninguém fizer um convite — você sabe que eles *nunca* ficam em hotéis.

— Talvez Gus tenha dito isso apenas para assustar você.

— Não — eu a ouvi dizendo a Bertha Dorset que tinha seis meses para passar aqui enquanto o marido se tratava na Engandina. Você devia ter visto a cara de enfado de Bertha! Mas não é brincadeira — se ela ficar aqui o outono inteiro, vai estragar tudo, e Maria Van Osburgh vai ficar simplesmente exultante.

Diante dessa visão comovente, a voz da Sra. Trenor tremeu de pena de si mesma.

— Ah, Judy — como se alguém pudesse se aborrecer em Bellomont! — protestou a Srta. Bart com grande tato. — Sabe perfeitamente bem que, mesmo se a Sra. Van Osburgh conseguisse todas as pessoas certas e a deixasse com todas as erradas, você ia ser um sucesso e ela, não.

Tal afirmação em geral teria restaurado o contentamento da Sra. Trenor; mas, nesta ocasião, não foi o suficiente para desanuviar seu cenho.

— Não é só a Lady Cressida — lamentou ela. — Tudo deu errado esta semana. Já percebi que Bertha Dorset está furiosa comigo.

— Furiosa com você? Por quê?

— Porque eu disse a ela que Lawrence Selden ia vir; mas acabou que ele não veio, e ela é irracional o suficiente para achar que é culpa minha.

A Srta. Bart pousou a caneta sobre a mesa e ficou olhando, distraída, para o bilhete que acabara de começar a escrever.

— Achei que estava tudo acabado entre eles — disse ela.

— Está sim, da parte dele. E é claro que Bertha não se manteve desocupada desde então. Mas acredito que esteja sem distrações no momento — e alguém insinuou que eu deveria convidar Lawrence. Bem, eu *convidei*, mas não consegui convencê-lo a vir; e, agora, imagino que ela vá se vingar de mim sendo completamente insuportável com todas as outras pessoas.

— Ah, talvez ela se vingue *dele* sendo completamente sedutora — com outro homem.

A Sra. Trenor balançou a cabeça, pesarosa.

— Ela sabe que ele não vai se importar. E quem mais há de disponível? Alice Wetherall não perde Lucius de vista. Ned Silverton não tira os olhos de Carry Fisher — pobrezinho! Gus se aborrece com Bertha, Jack Stepney a conhece bem demais — ah, mas é claro, temos Percy Gryce!

Ela se empertigou, sorrindo, ao pensar nisso.

O semblante da Srta. Bart não sorriu em resposta.

— Ah, ela e o Sr. Gryce provavelmente não se dariam bem.

— Está querendo dizer que ela o chocaria e ele a encheria de tédio? Bem, isso não é tão mau começo. Mas espero que Bertha não enfie na cabeça que vai ser simpática com ele, pois eu o convidei para vir aqui só por sua causa.

Lily riu.

— *Merci du compliment!*[13] Eu decerto não sou páreo para Bertha.

— Acha que eu fui pouco lisonjeira? Não é verdade. Todo mundo sabe que você é mil vezes mais bonita e mais inteligente que Bertha; mas não é maldosa. E, se há alguém que sempre consegue o que quer no final das contas, é uma mulher maldosa.

A Srta. Bart arregalou os olhos, com um ar de reprovação fingida.

— Achei que você gostava tanto de Bertha.

— E gosto. É muito mais seguro gostar de pessoas perigosas. Mas ela *é* perigosa — e nunca a vi tão disposta a fazer uma maldade quanto agora. Percebo pelos modos do pobre George. Aquele homem é um barômetro perfeito — sempre sabe quando Bertha está prestes a...

— Cair em ruína? — sugeriu a Srta. Bart.

— Não seja escandalosa! Você sabe que ele ainda acredita nela. E é claro que eu não digo que Bertha seja má de verdade. Mas ela adora deixar os outros infelizes — principalmente o pobre George.

— Bem, ele parece perfeito para o papel. Não me espanta que ela goste de companhia mais alegre.

— Ah, George não é tão melancólico quanto você imagina. Se Bertha não o exaurisse, seria um homem bem diferente. Ou se ela o deixasse em paz e permitisse que ajeitasse sua vida como quisesse. Mas Bertha não tem coragem de soltá-lo de suas garras por causa do dinheiro e, por isso, quando *ele* não está com ciúmes, *ela* finge que está.

A Srta. Bart continuou a escrever em silêncio, e sua anfitriã seguiu adiante com sua associação de ideias, franzindo o cenho.

— Sabe, acho que vou telefonar para Lawrence e dizer que ele *tem* de vir — exclamou ela após uma longa pausa.

— Ah, não — disse Lily, corando de repente. O rubor a surpreendeu quase tanto quanto à sua anfitriã que, embora em geral não observasse mudanças faciais, ficou olhando a amiga, intrigada.

— Minha nossa, Lily, como você é bonita! Por quê? Tem tanta antipatia assim por ele?

---

[13] "Obrigada pelo elogio", em francês. (N. da T.)

— De jeito nenhum; gosto dele. Mas se estiver sendo levada pela sua intenção generosa de me proteger de Bertha — acho que não preciso de sua proteção.

A Sra. Trenor se empertigou com uma exclamação.

— Lily! *Percy*! Está querendo me dizer que realmente conseguiu?

A Srta. Bart sorriu.

— Quero apenas dizer que o Sr. Gryce e eu estamos nos tornando muito bons amigos.

— Hum — entendi. — A Sra. Trenor olhou-a, deliciada. — Sabe, dizem que ele tem oitocentos mil por ano — e não gasta nada, a não ser em alguns livros velhos horrorosos. E a mãe dele sofre do coração e vai lhe deixar muito mais. *Ah, Lily, vá devagar!* — alertou a amiga.

A Srta. Bart continuou a sorrir sem se irritar.

— É melhor que eu, por exemplo, não vá correndo dizer a ele que tem um monte de livros velhos horrorosos — comentou ela.

— Não, claro que não; sei que você é maravilhosa em descobrir os assuntos que interessam aos outros. Mas ele é muito tímido, e se choca facilmente, e... e...

— Por que não diz logo, Judy? Eu tenho a reputação de estar à caça de um marido rico.

— Ah, não foi isso que eu quis dizer; ele jamais acreditaria que você seria capaz disso — a princípio — disse a Sra. Trenor, com franqueza e astúcia. — Mas você sabe que aqui, às vezes, há um certo excesso de entusiasmo — preciso me lembrar de pedir cautela a Jack e Gus — e, se Percy achasse que você é uma leviana, como diria a mãe dele... ah, você entendeu o que quero dizer. Não use seu vestido de crepe de seda escarlate no jantar e não fume se puder evitar, Lily querida!

Lily pôs de lado o trabalho terminado, com um sorriso irônico.

— É muita gentileza sua, Judy; vou trancar os meus cigarros e usar aquele vestido do ano passado que você mandou para mim hoje de manhã. E, se estiver realmente interessada na minha carreira, talvez possa ter a bondade de não me pedir para jogar bridge de novo hoje à noite.

— Bridge? Ele também não gosta de bridge? Ah, Lily, que vida horrível você vai levar! Mas é claro que não pedirei — por que não mencionou isso ontem à noite? Eu faria qualquer coisa para vê-la feliz, meu bem!

E a Sra. Trenor, reluzindo com aquele anseio feminino por ajudar o amor verdadeiro a seguir seu curso, envolveu Lily em um longo abraço.

— Tem mesmo certeza — acrescentou, solícita, quando esta última se soltou de seus braços — que não quer que eu telefone para Lawrence Selden?

— Tenho, sim — garantiu Lily.

Os três dias seguintes demonstraram a habilidade da Srta. Bart de administrar sua vida sem ajuda externa, para completa satisfação dela própria.

Sentada no terraço de Bellomont na tarde de sábado, Lily sorriu do temor da Sra. Trenor de que ela pudesse se afobar. Tal aviso talvez já houvesse sido necessário, mas os anos haviam-na ensinado uma lição salutar, e Lily acreditava poder gabar-se de saber como se adaptar ao ritmo da presa que perseguia. No caso do Sr. Gryce, achara melhor ir voando adiante, desaparecendo de forma elusiva e atraindo-o para um estágio atrás do outro de intimidade inconsciente. A atmosfera do local era propícia para essa maneira de cortejar alguém. A Sra. Trenor, cumprindo sua promessa, não deu qualquer sinal de que esperava ver Lily na mesa de bridge, e até insinuara para os outros jogadores que eles não deveriam demonstrar surpresa com essa ausência extraordinária. Devido a essa insinuação, Lily viu-se como o centro daquela solicitude que envolve uma jovem mulher durante a temporada de acasalamento. Uma solidão foi tacitamente criada para ela em meio à existência coletiva de Bellomont, e seus amigos não teriam demonstrado mais prontidão a desaparecer se sua corte houvesse sido adornada com todos os atributos de um romance. No círculo de Lily, essa conduta implicava uma compreensão solidária de seus motivos, e ela passou a admirar mais o Sr. Gryce ao ver quanta consideração este inspirava.

O terraço de Bellomont em uma tarde de setembro era um local propício a reflexões sentimentais, e a Srta. Bart, inclinada sobre a balaustrada que dava para o jardim lá embaixo, a uma certa distância do entusiasmado grupo que cercava a mesa posta para o chá, poderia estar perdida em labirintos de uma felicidade impossível de articular. Na verdade, seus pensamentos haviam encontrado uma maneira bem definida de se expressar, na recapitulação tranquila das bênçãos que lhe aguardavam. Do ponto onde se encontrava, Lily chegava a vê-las personificadas no Sr. Gryce, que, com um sobretudo leve e um cachecol, estava sentado, com um ar de ligeiro nervosismo, na ponta da cadeira, ouvindo Carry Fisher, com toda a energia no olhar e nos gestos que a combinação de natureza e artifícios havia lhe garantido, insistir que era seu dever tomar parte nas reformas municipais.

O hobby mais recente da Sra. Fisher eram as reformas municipais. Ele fora precedido por um igual zelo pelo socialismo que, por sua vez, substituíra uma defesa enfática da Ciência Cristã. A Sra. Fisher era franzina, feroz e dramática; e suas mãos e olhos eram instrumentos admiráveis no serviço de seja qual fosse a causa que houvesse adotado. Ela possuía, no entanto, o defeito comum dos entusiastas de ignorar qualquer frouxidão na reação de seus ouvintes, e Lily percebeu, divertida, sua completa ignorância da resistência demonstrada por todos os ângulos da postura do Sr. Gryce. A própria Lily sabia que a mente dele estava dividida entre o pavor de pegar um resfriado se permanecesse ao relento durante tempo demais àquela hora do dia e o medo de, caso se refugiasse na casa, a Sra. Fisher segui-lo com um papel para ser assinado. O Sr. Gryce tinha uma repugnância inata pelo que ele descrevia como "se comprometer" e, por mais que desse valor à sua saúde, era evidente que concluíra ser mais seguro permanecer fora do alcance de papel e tinta até que o acaso o libertasse das garras da Sra. Fisher. Enquanto isso, ele lançava olhares dolorosos na direção da Srta. Bart, cuja única reação foi retrair-se ainda mais em seu ar de graciosa abstração. Ela já havia aprendido como o contraste era valioso para dar ênfase aos seus encantos e tinha perfeita consciência do quanto a tagarelice da Sra. Fisher realçava a sua própria serenidade.

Lily foi despertada de seus devaneios pela aproximação de seu primo Jack Stepney que, ao lado de Gwen Van Osburgh, estava voltando da quadra de tênis pelo jardim.

O casal em questão estava envolvido no mesmo tipo de romance que Lily protagonizava, e esta sentiu certa irritação ao contemplar o que lhe pareceu uma caricatura de sua própria situação. A Srta. Van Osburgh era uma menina corpulenta, de superfícies chatas e sem nenhum traço admirável. Jack Stepney certa vez a descrevera como tão confiável quanto um cordeiro assado. Ele preferia uma dieta menos sólida e mais finamente temperada; mas a fome torna qualquer alimento palatável e já houvera momentos em que o Sr. Stepney fora reduzido a migalhas de pão.

Lily examinou com interesse a expressão nos rostos de ambos; o da menina, voltado para seu acompanhante como um prato vazio que esperava ser cheio, e o do homem passeando ao seu lado, já traindo o tédio crescente que em breve faria rachar o verniz de seu sorriso.

"Como os homens são impacientes!", refletiu Lily. "Tudo o que Jack tem de fazer para conseguir tudo o que quer é ficar mudo e deixar que aquela menina se case com ele; enquanto eu preciso calcular e tramar, avançar e retroceder, como em uma dança complicada, e um passo em falso me faria perder o ritmo para sempre."

Conforme eles se aproximavam, surgiu em sua mente a divertida noção de que havia um parentesco entre a Srta. Van Osburgh e Percy Gryce. As feições de ambos não eram semelhantes. Gryce era bonito de uma maneira didática — parecia o desenho de uma escultura de gesso feito por um pupilo inteligente — enquanto as feições de Gwen eram tão mal moldadas quanto um rosto pintado em um balão de criança. Mas a afinidade em questões mais profundas era inconfundível: os dois tinham os mesmos preconceitos e ideais, e a mesma característica de tornar outros parâmetros inexistentes ao ignorá-los. Esse atributo era comum à maioria das pessoas no círculo de Lily: elas tinham uma força de negação que eliminava tudo além de sua capacidade de percepção. Gryce e a Srta. Van Osburgh, em resumo, tinham sido feitos um para o outro de acordo com todas as leis de correspondência moral e física.

"No entanto, nem olhariam um para o outro", refletiu Lily. "Esse tipo de gente nunca faz isso. Cada um quer uma criatura de outra raça, daquela à qual Jack e eu pertencemos, com toda sorte de intuição, sensação e percepção que nem sequer imaginam existir. E eles sempre conseguem o que querem."

Ela ficou conversando com Jack Stepney e a Srta. Van Osburgh até que o cenho um pouco anuviado desta última avisou-lhe que mesmo a simpatia de uma prima estava sujeita a desconfiança e, ciente da necessidade de não criar inimizades naquele ponto crucial de sua carreira, permaneceu no mesmo lugar enquanto o feliz casal seguia adiante na direção da mesa posta para o chá.

Sentando-se no nível mais alto do terraço, Lily apoiou a cabeça nas madressilvas que ornavam a balaustrada. A fragrância das flores tardias parecia emanar de todo aquele cenário tranquilo, uma paisagem domada até atingir o último grau de elegância rural. No primeiro plano, reluziam os matizes cálidos dos jardins. Para além do gramado, com seus bordos piramidais levemente dourados e seus abetos aveludados, ondulavam pastos pontilhados de gado; e o rio, atravessando uma longa clareira, se alargava como um lago sob a luz prateada de setembro. Lily não queria se unir ao círculo de pessoas ao redor da mesa de chá. Ele representava o futuro que escolhera, e ela estava satisfeita com ele, mas sem pressa de antecipar suas alegrias. A certeza de que poderia se casar com Percy Gryce quando quisesse erguera um fardo pesado de seus ombros, e seus problemas financeiros eram recentes demais para que o desaparecimento deles não deixasse uma sensação de alívio que uma inteligência menos perspicaz poderia ter confundido com felicidade. Suas preocupações vulgares tinham terminado. Lily poderia organizar sua vida como quisesse e se alçar àquele empíreo de segurança onde os credores não conseguem penetrar. Ela teria vestidos mais belos que Judy Trenor e muito, muito mais joias que Bertha Dorset. Estaria para sempre livre dos ardis, dos estratagemas, das humilhações dos relativamente pobres. Em vez de precisar lisonjear, seria lisonjeada; em vez de ser grata, receberia agradecimentos. Havia velhas contas que poderia acertar, assim como velhos benefícios que poderia retribuir. E não tinha dúvidas quanto à extensão de seu poder. Sabia que o Sr. Gryce era do tipo mesquinho e cauteloso mais inacessível aos impulsos e emoções. Ele tinha o tipo de caráter para o qual a prudência é um vício e os bons conselhos, o alimento mais perigoso. Mas Lily já conhecia aquela espécie: sabia que uma natureza tão circunspeta precisava encontrar um imenso escape de egoísmo, e decidira ser para ele aquilo que sua americana fora até então: a única posse da qual se orgulharia a ponto de gastar dinheiro com ela. A Srta. Bart sabia que essa generosidade consigo próprio é uma das formas da avareza, e resolveu que a vaidade de seu marido se identificaria tanto com ela que satisfazer seus desejos seria, para ele, a forma mais sublime de autoindulgência. O sistema poderia, a princípio, fazer com que Lily precisasse recorrer aos mesmos ardis e estratagemas dos quais, com ele, pretendia se livrar; mas ela estava certa de que, em pouco tempo, poderia jogar o jogo à sua maneira. Como duvidar de seu poder? Sua beleza em si não era o mero bem efêmero que poderia ter sido nas mãos de uma menina inexperiente: sua habilidade em realçá-la, os cuidados que tomava com ela, os usos que fazia dela pareciam dar-lhe uma espécie de permanência. Lily sentia que podia confiar nela para levá-la até o fim.

E o fim, no geral, valia a pena. A vida não era o escárnio que Lily a considerara três dias atrás. Havia um lugar para ela, afinal, naquele mundo apinhado e egoísta de prazer do qual, há tão pouco tempo, sua pobreza parecera excluí-la. Aquelas pessoas que Lily havia ridicularizado, mas também invejado, davam-lhe de bom grado um lugar naquele círculo encantador ao redor do qual todos os seus desejos giravam. Elas não eram tão brutais e autocentradas quanto Lily imaginara — ou melhor, já que não seria mais necessário bajulá-las e adaptar-se a elas, aquele lado de sua natureza se tornava menos conspícuo. A sociedade é um corpo giratório que quase sempre é julgado de acordo com seu local no céu de cada homem; e, naquele momento, voltava seu rosto iluminado para Lily.

À luz rosada que esse corpo emanava, as pessoas ao redor de Lily pareciam-lhe repletas de qualidades agradáveis. Ela gostava de sua elegância; de sua leveza, sua falta de ênfase: até mesmo a autoconfiança que às vezes se assemelhava tanto com estupidez agora parecia ser a característica natural da ascendência social. Aqueles eram os senhores do único mundo com o qual Lily se importava, e eles estavam dispostos a admiti-la em suas fileiras e permitir que ela o comandasse ao seu lado. Ela já sentia em seu íntimo uma lealdade incipiente aos seus parâmetros, uma aceitação de suas limitações, uma incredulidade nas coisas nas quais eles não acreditavam, uma pena desdenhosa pelas pessoas que não podiam viver como eles viviam.

O pôr do sol, que surgira cedo, lançava seus raios oblíquos na propriedade. Por entre os troncos das árvores na longa alameda para além dos jardins, Lily vislumbrou o lampejo de rodas e adivinhou que mais visitas se aproximavam. Ocorreu um movimento atrás dela, uma dispersão de passos e vozes: o grupo ao redor da mesa de chá estava se dividindo. Logo, Lily ouviu alguém caminhando no terraço às suas costas. Supôs que o Sr. Gryce finalmente encontrara uma maneira de escapar de seu apuro, e sorriu, sabendo que era significativo que ele houvesse escolhido se juntar a ela em vez de proteger-se de imediato diante da lareira.

Lily se virou para dar-lhe a acolhida que um gesto tão cavalheiresco merecia; mas seu cumprimento se desfez em um rubor de espanto, pois o homem que se aproximava dela era Lawrence Selden.

— Como vê, eu vim, afinal — disse ele; mas, antes que Lily tivesse tempo de responder, a Sra. Dorset, se libertando de um colóquio inexpressivo com seu anfitrião, se colocara entre eles, em um pequeno gesto de posse.

Capítulo 5

A obediência aos rituais de domingo em Bellomont tinha como marca principal o surgimento pontual do elegante ônibus cujo propósito era levar os habitantes da casa até a igrejinha que ficava perto do portão da propriedade. Se alguém entrava ou não no ônibus era uma questão de importância secundária, já que, ao estacionar ali, este não apenas mostrava as intenções ortodoxas da família, como fazia com que a Sra. Trenor sentisse, quando o veículo afinal partia, que de certo modo fizera uso indireto dele.

A Sra. Trenor acreditava que suas filhas realmente iam à igreja todo domingo; mas, como as convicções da preceptora francesa a levavam ao templo rival e a fadiga da semana mantinha a mãe em seus aposentos até a hora do almoço, quase nunca havia alguém presente para verificar este fato. De tempos em tempos, em um espasmo de virtude — quando a casa estivera animada demais durante a noite —, Gus Trenor espremia seu simpático corpanzil em uma casaca apertada e arrancava as filhas de seu sono profundo; mas, em geral, como Lily explicou ao Sr. Gryce, esse dever parental era esquecido até que os sinos da igreja soassem na outra ponta do terreno, quando o ônibus já se afastara, vazio.

Lily insinuara para o Sr. Gryce que esse descuido dos deveres religiosos causava repugnância a alguém com a sua criação e que, durante suas visitas a Bellomont, sempre ia com Muriel e Hilda à igreja. Isso condizia com a afirmação, também compartilhada em tom confidencial, de que ela, nunca tendo jogado bridge antes, fora "obrigada" a fazê-lo na noite em que chegara e perdido uma quantia espantosa como consequência de sua ignorância do jogo e das regras das apostas. O Sr. Gryce estava, sem dúvida, achando Bellomont agradável. Ele gostava do conforto e do glamour daquela vida, assim como do brilho que adquirira ao se tornar um membro daquele grupo de pessoas ricas e conspícuas. Mas considerava aquele círculo muito materialista; havia momentos em que se assustava com a conversa dos homens e os olhares das mulheres, e ficou feliz ao descobrir que a Srta. Bart, apesar de toda a sua desenvoltura e autoconfiança, não se sentia em casa em um ambiente tão ambíguo. Por esse motivo, ficara especialmente satisfeito ao saber que ela iria, como de costume, acompanhar as mocinhas da família em sua ida à igreja na manhã de domingo; e, conforme caminhava de um lado para o outro na alameda de cascalho que havia diante da porta da casa, com seu sobretudo leve em um dos braços e seu livro de orações na mão cuidadosamente protegida pela luva, refletiu, contente, sobre a força de caráter que a fazia manter suas tradições em um lugar tão subversivo em matéria de princípios religiosos.

Durante um bom tempo, o Sr. Gryce e o ônibus ficaram a sós na alameda; mas, longe de lamentar essa indiferença deplorável da parte dos outros hóspedes, ele se flagrou acalentando a esperança de que a Srta. Bart fosse estar desacompanhada. Mas os preciosos minutos passavam voando; os enormes cavalos castanhos que puxavam o ônibus batiam com os cascos o chão, deixando seus flancos impacientes pontilhados de espuma; o cocheiro parecia estar se petrificando lentamente na boleia, e o criado, na escada; e, ainda assim, a dama não aparecia. De repente, no entanto, surgiram vozes e o farfalhar de saias diante da porta; e o Sr. Gryce, devolvendo o relógio ao bolso, voltou-se com um sobressalto; mas foi apenas para ajudar a Sra. Wetherall a subir na carruagem.

Os Wetherall sempre iam à igreja. Eles pertenciam ao vasto grupo de autômatos humanos que passam pela vida sem deixar de imitar sequer um dos gestos feitos pelas marionetes ao seu redor. É verdade que as marionetes de Bellomont não iam à igreja; mas outras igualmente importantes o faziam — e o círculo do Sr. Wetherall e sua senhora era tão grande que Deus estava incluído entre as pessoas que eles visitavam. Assim, eles surgiram, pontuais e resignados, com o ar de quem estava a caminho de uma recepção aborrecida, logo seguidos por Hilda e Muriel, se arrastando, bocejando e colocando o véu e as fitas uma da outra pelo meio do caminho. Tinham prometido a Lily que iriam à igreja com ela, declararam, e a velha Lily era tão querida que elas não se incomodavam de fazê-lo para agradar-lhe, embora não conseguissem entender por que enfiara aquela ideia na cabeça e, de sua parte, preferissem ter ido jogar tênis de quadra com Jack e Gwen, se ela não houvesse dito-lhes que viria. Após as duas mocinhas, surgiu Lady Cressida Raith, uma pessoa de aparência castigada usando um vestido de seda da loja de departamentos Liberty e berloques exóticos que, ao ver o ônibus, expressou surpresa por eles não atravessarem a propriedade a pé; mas que, diante do protesto horrorizado da Sra. Wetherall, que disse que a igreja ficava a um quilômetro e meio de distância, e após olhar rapidamente para a altura dos saltos dela, concordou com a necessidade de ir de carruagem. Assim, o pobre Sr. Gryce partiu em meio a quatro mulheres por cujo bem-estar espiritual ele não sentia a menor preocupação.

Talvez lhe fosse de algum consolo saber que a Srta. Bart realmente pretendera ir à igreja. Ela até acordara mais cedo do que o normal na execução de seu objetivo. Não fazia ideia de que vê-la em um vestido cinza de corte discreto, com seus famosos cílios voltados para um livro de orações, seria o golpe final na subjugação do Sr. Gryce e tornaria inevitável um certo incidente que estava determinada a fazer acontecer durante a caminhada que eles dois dariam juntos depois do almoço. Suas intenções, em resumo, nunca tinham sido tão bem-definidas; mas a pobre Lily, apesar do verniz duro de seu exterior, por dentro, era tão maleável quanto cera. Sua habilidade de se adaptar, de se identificar com os sentimentos dos outros, ao mesmo tempo que lhe servia de tempos em tempos nas contingências desimportantes, atrapalhava-a nos momentos decisivos da vida. Ela era como uma planta aquática ao sabor das marés e, hoje, a correnteza de seu humor a carregava na direção de Lawrence Selden. Por que ele viera? Para vê-la, ou ver Bertha Dorset? Aquela era a última pergunta que, naquele momento, deveria preocupá-la. Teria sido melhor para Lily ter se contentado em pensar que Selden havia simplesmente atendido ao chamado desesperado de sua anfitriã, ansiosa por colocá-lo entre si própria e o mau humor da Sra. Dorset. Mas Lily não descansara até ouvir da Sra. Trenor que Selden viera por conta própria.

— Ele não me mandou nem um telegrama — por acaso, encontrou uma charrete na estação. Talvez não tenha terminado com Bertha, afinal de contas — concluiu a Sra. Bertha, indo embora para reorganizar os cartões de jantar diante desse novo fato.

Talvez não tivesse, refletiu Lily; mas logo o faria, a não ser que ela houvesse perdido suas habilidades. Selden podia ter vindo por causa da Sra. Dorset, mas seria por ela que permaneceria ali. Isso, Lily havia concluído na noite anterior. A Sra. Trenor, seguindo o simples princípio de manter seus amigos casados felizes, sentara Selden ao lado da Sra. Dorset no jantar; mas, obedecendo às tradições ancestrais das casamenteiras, havia separado Lily e o Sr. Gryce, mandando a primeira para o salão com George Dorset e colocando o segundo como acompanhante de Gwen Van Osburgh.[14]

A conversa de George Dorset não interferiu com a extensão das reflexões da jovem sentada ao seu lado. Ele era um dispéptico melancólico, ansioso por encontrar os ingredientes nocivos de cada prato, que só se distraía dessa preocupação ao ouvir o som da voz da esposa. Nessa ocasião, no entanto, a Sra. Dorset não tomou parte na conversa geral. Estava conversando aos murmúrios com Selden e voltando um ombro desdenhoso e nu para seu anfitrião que, longe de se ressentir dessa exclusão, mergulhou nos excessos do menu com a alegre irresponsabilidade de um homem livre. Para o Sr. Dorset, no entanto, a postura da esposa

---

[14] Era costume na época que os convidados fossem para o salão de jantar acompanhados pela pessoa ao lado de quem iam se sentar, que em geral eram do sexo oposto e nunca eram seus próprios cônjuges. (N. da T.)

era motivo para um alarme tão evidente que, quando ele não estava raspando o molho do peixe ou tirando o recheio do pão com a colher, punha-se a esticar o pescoço fino para tentar obter um vislumbre dela entre uma luminária e outra.

A Sra. Trenor, por acaso, colocara o marido e a mulher diante um do outro na mesa, e Lily, portanto, também pôde observar a Sra. Dorset e, voltando seu olhar alguns palmos para o lado, fazer uma rápida comparação entre Lawrence Selden e o Sr. Gryce. Foi essa comparação que a perdeu. Por que outro motivo havia sentido aquele interesse súbito por Selden? Conhecia-o há oito anos ou mais; desde que voltara para os Estados Unidos, ele formava parte de seu pano de fundo. Lily sempre ficara satisfeita por sentar-se ao lado de Selden durante um jantar, achara-o mais afável que a maioria dos homens e lamentara vagamente o fato de ele não possuir as outras qualidades necessárias para fixar sua atenção; mas, até então, havia estado ocupada demais com suas próprias questões para vê-lo como algo além de um dos acessórios agradáveis da vida. A Srta. Bart era uma leitora perspicaz de seu próprio coração e viu que sua súbita preocupação com Selden surgira porque a presença dele mostrava o seu entorno sob uma luz diferente. Não que ele fosse brilhante ou excepcional; em sua própria profissão, era inferior a homens que já haviam aborrecido Lily em muitos jantares cansativos. A questão era que Selden havia preservado uma espécie de afastamento social, um ar bem-aventurado de quem observava o show de maneira objetiva, de quem tinha pontos de contato do lado de fora da imensa gaiola dourada onde todos eles haviam sido enfiados para serem examinados pela multidão atônita. Como aquele mundo fora da gaiola pareceu sedutor para Lily quando ela ouviu suas portas se fechando com estrépito! Na verdade, como Lily sabia, as portas nunca fechavam: permaneciam abertas; mas a maior parte dos prisioneiros era como moscas em uma garrafa que, após voarem lá para dentro, jamais voltavam a ter liberdade. O que distinguia Selden é que ele nunca se esquecera do caminho que levava ao lado de fora.

Essa foi sua maneira secreta de reajustar a visão dela. Lily, tirando os olhos de Selden, pôs-se a examinar seu mundinho através das retinas dele: era como se as luminárias rosadas houvessem sido desligadas e a luz empoeirada do dia, pousado sobre tudo. Ela olhou toda a extensão da mesa, esquadrinhando seus ocupantes um a um, de Gus Trenor, com sua pesada cabeça carnívora, que baixara para devorar uma *terrine* de tarambola, à esposa dele, do outro lado do longo arranjo de orquídeas, lembrando, com sua beleza chamativa, uma vitrine de joalheria iluminada por luz elétrica. E, entre um e outro, que imensidão de vazio! Como eram cansativas e triviais aquelas pessoas! Lily pôs cada uma em revista, com uma impaciência desdenhosa: Carry Fisher, com seus ombros, seus olhos, seus divórcios, seu ar de quem personificava uma matéria picante de jornal; o jovem Silverton, que pretendera viver de revisões e escrever um épico, e que agora vivia sustentado pelos amigos e criticava as trufas que comia; Alice Wetherall, uma lista de visitas transformada em gente, cujas convicções mais fervorosas giravam em torno das palavras escolhidas para os convites e das ilustrações dos cartões de jantar; Wetherall, com seu perene gesto nervoso de aquiescência, seu ar de concordar com as pessoas antes de saber o que estavam dizendo; Jack Stepney, com seu sorriso confiante e seus olhos ansiosos, a meio caminho entre uma cela de cadeia e um casamento com uma herdeira; Gwen Van Osburgh, com toda a franqueza de uma jovem que sempre ouviu dizer que não existe ninguém mais rico que seu pai.

Lily sorriu de sua maneira de classificar os amigos. Como eles haviam lhe parecido diferentes poucas horas atrás! Na ocasião, foram o símbolo de tudo o que ela estava obtendo, enquanto agora significavam tudo de que iria abrir mão. Naquela tarde mesmo, tinham-lhe parecido repletos de qualidades brilhantes; agora, ela via que eram simplesmente entediantes de maneira espalhafatosa. Sob o fulgor de suas oportunidades, ela via a pobreza de suas realizações. Não é que quisesse que fossem mais desinteressados; gostaria apenas que fossem mais atraentes. Envergonhada, Lily lembrou-se como, horas antes, sentira a força centrípeta de seus parâmetros. Ela fechou os olhos um instante, e a rotina vazia da vida que escolhera se estendeu como uma longa estrada branca sem declive ou curvas: era verdade que iria deslizar por ela de carruagem em vez de arrastar-se a pé, mas, às vezes, o pedestre pode desfrutar de um atalho que é negado àqueles que seguem sobre rodas.

Lily despertou devido a uma risada que o Sr. Dorset pareceu arrancar das profundezas de sua garganta estreita.

— Mas ora, olhe só para ela! — exclamou ele, voltando-se para a Srta. Bart com um regozijo lúgubre. — Perdão, mas olhe só a minha esposa fazendo aquele pobre diabo de bobo aqui em frente! Qualquer um imaginaria que ela está caída por ele — mas é o contrário, posso garantir.

Diante dessa súplica, Lily voltou seus olhos para o espetáculo que estava causando uma alegria tão legítima ao Sr. Dorset. De fato parecia, como ele dissera, que a Sra. Dorset era a participante mais ativa na cena: seu vizinho de mesa recebia seus avanços com um entusiasmo moderado que não o distraía de seu jantar. A cena fez o bom humor de Lily retornar e, sabendo o disfarce peculiar que os temores maritais do Sr. Dorset assumiam, ela perguntou com leveza:

— O senhor não sente ciúmes terríveis dela?

Dorset reagiu ao comentário com deleite.

— Ah, um ciúme abominável. A senhorita acertou em cheio — nem consigo dormir de noite. Os médicos me dizem que é isso que acabou com a minha digestão — esse ciúme infernal que sinto dela. Não consigo comer nem um bocado disto aqui — acrescentou ele, empurrando o prato com o cenho franzido; e Lily, infalivelmente adaptável, deu sua atenção radiante à prolongada denúncia que ele fez dos cozinheiros dos outros, com uma diatribe suplementar sobre as qualidades tóxicas da manteiga derretida.

Não era sempre que o Sr. Dorset encontrava ouvidos tão dispostos; e, sendo homem além de dispéptico, não é impossível que, ao despejar suas reclamações neles, tenha percebido seu tom rosado e sua simetria. Seja como for, ele prendeu Lily durante tanto tempo que as sobremesas estavam sendo servidas quando ela ouviu uma frase do outro lado da mesa, onde a Srta. Corby, a mulher engraçada do grupo, brincava com Jack Stepney por causa do noivado no qual ele estava prestes a entrar.

O papel da Srta. Corby era ser jocosa: ela sempre entrava na conversa dando uma cambalhota.

— E é claro que vai convidar Sim Rosedale para ser o padrinho! — exclamou ela, no clímax de suas previsões; e Stepney respondeu, como que impressionado:

— Minha nossa, que ideia! Que presente tremendo eu ia arrancar dele!

Sim, Rosedale! O nome, tornado ainda mais odioso devido ao apelido, interrompeu os pensamentos de Lily com a força de um sorriso perverso. Ele simbolizava uma das muitas possibilidades terríveis que estavam à espreita. Se ela não se casasse com Percy Gryce, talvez chegasse o dia em que teria de ser cortês com homens como Rosedale. *Se não se casasse com ele?* Mas tinha a intenção de fazê-lo — tinha certeza de seus sentimentos e dos dela própria. Lily afastou-se, com um calafrio, dos caminhos agradáveis por onde sua mente vinha vagando e pôs os pés, mais uma vez, no meio da longa estrada branca... Quando foi para o seu quarto naquela noite, viu que o correio trouxera uma nova pilha de contas. A Sra. Peniston, que era uma mulher conscienciosa, as enviara para Bellomont.

A Srta. Bart, assim, levantou-se na manhã seguinte com a forte convicção de que era seu dever ir à igreja. Bem cedo, obrigou-se a deixar de lado o prazer relaxante de sua bandeja de café da manhã, deu ordens para que separassem seu vestido cinza e mandou a criada pedir emprestado um livro de orações da Sra. Trenor.

Mas seu processo era puramente racional demais para não conter o embrião da rebeldia. Assim que seus preparativos estavam terminados, eles fizeram surgir uma sensação sufocada de resistência. Um pequeno lampejo era suficiente para atiçar a imaginação de Lily, e a visão do vestido cinza e do livro de orações emprestado lançou um longo facho de luz sobre os anos seguintes. Ela teria de ir à igreja com Percy Gryce todo domingo. Eles teriam um compartimento reservado na frente da igreja mais cara de Nova York, e o nome dele apareceria sempre na lista das instituições de caridade ajudadas pela paróquia. Em alguns anos, quando Percy ficasse mais corpulento, ele receberia a honra de ser nomeado oficial da igreja. Uma vez a cada inverno, o reitor viria jantar com eles, e seu marido imploraria que ela revisasse a lista para se certificar de que não havia nenhuma mulher divorciada incluída, com exceção daquelas que tinham demonstrado contrição casando-se de novo com homens muito ricos. Não existia nada de particularmente árduo nessa série de obrigações religiosas; mas ela simbolizava o tédio maciço que assomava sobre o caminho de Lily. E quem poderia consentir em se deixar aborrecer em uma manhã como aquela? Lily dormira bem e seu banho a deixara com um belo brilho, visível na curva perfeita de suas faces. Nenhuma ruga estava visível naquela manhã, ou o espelho se encontrava em um ângulo mais favorável.

E o dia estava cúmplice de seu humor: era um dia para se deixar levar pelos impulsos e gazetear. O ar leve parecia repleto de ouro em pó; para além do frescor orvalhado dos gramados, o bosque refulgia e fumegava, e as colinas do outro lado do rio flutuavam em um azul líquido. Cada gota de sangue nas veias de Lily a convidava a ser feliz.

O som das rodas despertou-a desse devaneio e, debruçando-se por detrás das persianas de seu quarto, ela viu o ônibus levando sua carga. Estava atrasada, portanto — mas o fato não a alarmou. Um vislumbre da expressão abatida do Sr. Gryce até sugeria que fizera bem em se ausentar, já que uma decepção exibida de maneira tão franca decerto abriria o apetite dele para a caminhada da tarde. Aquela caminhada, Lily não pretendia perder; um olhar para as contas sobre sua escrivaninha bastou para lembrar o quanto era necessária. Mas, por enquanto, tinha a manhã para si e podia refletir alegremente sobre como passaria as suas horas. Ela era familiar o suficiente com os hábitos de Bellomont para saber que provavelmente teria perfeita liberdade até a hora do almoço. Vira os Wetherall, as filhas dos Trenor e Lady Cressida partirem no ônibus; Judy Trenor certamente devia estar lavando o cabelo; Carry Fisher sem dúvida arrastara seu anfitrião para dar uma volta de carro, Ned Silverton devia estar fumando o cigarro dos jovens desesperados em seu quarto; e Kate Corby, claro, estaria jogando tênis com Jack Stepney e a Srta. Van Osburgh. Entre as mulheres, restava apenas a Sra. Dorset, e ela nunca descia antes da hora do almoço: jurava que seus médicos haviam-na proibido de se expor ao ar cruel da manhã.

Quanto aos outros hóspedes, Lily ignorou-os; onde quer que estivessem, era provável que não fossem interferir em seus planos. Esses, no momento, consistiam em vestir uma roupa um pouco mais rústica e fresca do que a primeira que selecionara e ir farfalhando lá para baixo, com uma sombrinha nas mãos e o ar despreocupado de uma dama que pretende se exercitar. O enorme vestíbulo estava vazio, a não ser pelo grupo de cães diante do fogo, que, percebendo de imediato a aparência da Srta. Bart de quem ia passear lá fora, se atiraram sobre ela, oferecendo-se com entusiasmo para acompanhá-la. Lily afastou as patas erguidas que expressavam essas ofertas e, assegurando aos alegres voluntários que em breve talvez fizesse uso de sua companhia, atravessou devagar a sala de estar vazia a caminho da biblioteca, que ficava em um dos cantos da casa. A biblioteca era praticamente tudo que sobrevivera do antigo solar de Bellomont: um cômodo longo e espaçoso, revelando as tradições da terra natal em suas portas de caixilhos clássicos, os azulejos holandeses da chaminé e a grade elaborada da lareira com suas jarras de metal brilhante. Alguns retratos de família de cavalheiros de maxilar quadrado com perucas brancas e damas com imensos chapéus e corpos franzinos estavam pendurados entre as prateleiras repletas de livros lindamente gastos: livros que, em sua maioria, eram contemporâneos dos ancestrais em questão e aos quais os Trenor subsequentes não haviam feito adições perceptíveis. A biblioteca de Bellomont, na verdade, nunca era usada para leitura, embora gozasse de alguma popularidade como sala de fumo ou refúgio tranquilo para um flerte. No entanto, ocorrera a Lily que, naquela ocasião, ela talvez pudesse encontrar ali o único dos convidados atuais que seria capaz de empregar o cômodo com seu objetivo original. Ela avançou, sem emitir qualquer ruído, pisando no tapete denso sobre o qual havia poltronas espalhadas aqui e ali e, antes de chegar à metade da biblioteca, viu que não tinha se enganado.

Lawrence Selden, de fato, estava sentado na outra ponta; mas, embora houvesse um livro sobre seus joelhos, sua atenção não estava voltada para ele, mas para uma senhora cujo corpo vestido de renda, debruçada na poltrona adjacente, se destacava com magreza exagerada do couro escuro do estofado.

Lily estacou ao ver a dupla; por um segundo, pareceu prestes a retirar--se, mas, pensando melhor, anunciou sua aproximação sacudindo de leve as saias, gesto que fez ambos erguerem as cabeças, a Sra. Dorset com uma expressão de franca irritação e Selden com o sorriso discreto de sempre. Lily ficou perturbada ao ver a tranquilidade dele; mas, no caso dela, sentir-se perturbada era fazer um esforço mais brilhante de autocontrole.

— Minha nossa, será que eu me atrasei? — disse Lily, dando a mão a Selden, que se aproximara para cumprimentá-la.

— Atrasou para quê? — perguntou a Sra. Dorset com rispidez. — Para o almoço não, é claro — mas talvez tivesse um compromisso mais cedo?

— Tinha, sim — disse Lily, em um tom confidencial.

— É mesmo? Talvez eu esteja atrapalhando. Mas o Sr. Selden está à sua inteira disposição. — A Sra. Dorset estava pálida de raiva e sua antagonista sentiu certo prazer em prolongar sua aflição.

— Ah, não — fique, por favor — pediu ela afavelmente. — Não tenho a menor intenção de mandá-la embora.

— Você é um amor, mas eu nunca interfiro com os compromissos do Sr. Selden.

O comentário foi feito com uma expressão de posse percebida pelo homem referido, que ocultou um ligeiro rubor de irritação, debruçando--se para pegar o livro que tinha derrubado quando Lily se aproximara. Os olhos desta última se arregalaram de maneira encantadora, e ela deu uma leve risada.

— Mas eu não tenho nenhum compromisso com o Sr. Selden! Tinha marcado de ir à igreja; e temo que o ônibus tenha partido sem mim. Sabe se partiu mesmo?

Lily voltou-se para Selden, que respondeu que ouvira o veículo se afastar havia algum tempo.

— Ah, então terei de ir a pé. Prometi a Hilda e Muriel que iria à igreja com elas. O senhor disse que está tarde demais para ir andando? Bem, terei o mérito de ter tentado, de qualquer maneira — e a vantagem de escapar de parte do sermão. Minha situação não ficou tão ruim!

E, com um alegre aceno de cabeça para o casal que atrapalhara, a Srta. Bart passou pelas portas de vidro e foi descendo a longa alameda do jardim com sua elegância farfalhante.

Caminhava na direção da igreja, mas sem muita pressa; um fato notado por aqueles que a observavam e que permaneceram diante da porta examinando-a com uma expressão intrigada e divertida. A verdade era que Lily estava sentindo uma decepção bastante aguda. Todos os seus planos para aquele dia giravam em torno da presunção de que fora para vê-la que Selden viera até Bellomont. Ao descer as escadas, havia esperado encontrá-lo com sua atenção voltada para ela; mas, em vez disso, o flagrara em uma situação que parecia demonstrar que esta atenção estava voltada para outra mulher. Seria possível que Selden viera por causa de Bertha Dorset, afinal de contas? Esta última tivera certeza disso a ponto de aparecer em um horário em que nunca se misturava a outros mortais, e Lily, por enquanto, não via nenhuma maneira de provar que ela estava errada. Não lhe ocorreu que Selden talvez houvesse sido motivado pelo simples desejo de passar um domingo fora da cidade: as mulheres nunca aprendem a abrir mão das razões sentimentais quando julgam um homem. Mas Lily não se desconcertava com facilidade; a competição a punha em brios, e ela refletiu que a vinda de Selden, se não declarava que ele ainda estava nas garras da Sra. Dorset, mostrava que se encontrava tão absolutamente livre delas que não tinha medo de sua proximidade.

Esses pensamentos a deixaram tão absorta que Lily passou a andar em um passo que dificilmente a levaria à igreja a tempo de ouvir o sermão e, afinal, tendo saído dos jardins e entrado na trilha que atravessava o bosque além deles, ela se esqueceu de suas intenções a ponto de se sentar em um banco rústico que havia em uma das curvas do caminho. O lugar era encantador, e Lily não ficou insensível ao encanto ou ao fato de que sua presença o aumentava; mas só estava acostumada a desfrutar da solidão quando cercada de gente, e a combinação de uma bela jovem com um cenário romântico pareceu-lhe boa demais para ser desperdiçada. Ninguém, no entanto, surgiu para tirar proveito daquela oportunidade; e, após meia hora de uma espera infrutífera, ela se levantou e seguiu adiante. Enquanto caminhava, sentiu que a fadiga começava a se espalhar pelo seu corpo; a fagulha que havia nela morrera, e o gosto pela vida pareceu rançoso aos seus lábios. Lily não sabia mais o que estivera procurando ou por que o fato de não encontrá-lo obscurecera de tal modo a luz em seu céu: tinha consciência apenas de uma vaga sensação de fracasso, de uma isolação íntima que era mais profunda que a solidão ao seu redor.

Seu ímpeto esmoreceu e ela ficou parada, olhando adiante com desânimo e cavando a borda cheia de samambaias da trilha com a ponta da sombrinha. Enquanto fazia isso, ouviu passos ali atrás e viu Selden ao seu lado.

— Como a senhorita anda depressa! — comentou ele. — Achei que nunca ia conseguir alcançá-la.

Ela respondeu alegremente.

— O senhor deve estar completamente sem fôlego! Eu passei uma hora sentada debaixo daquela árvore.

— Esperando por mim? — perguntou Selden; e Lily disse, com uma risada vaga:

— Bem — esperando para ver se o senhor vinha.

— Percebo a diferença, mas não me importo, já que fazer uma coisa incluía fazer a outra. Mas não tinha certeza de que eu viria?

— Se eu esperasse o suficiente, sim — mas só tinha um tempo limitado para dedicar ao experimento.

— Limitado por quê? Limitado pelo almoço?

— Não; pelo meu outro compromisso.

— Seu compromisso de ir à igreja com Muriel e Hilda?

— Não; de voltar da igreja com outra pessoa.

— Ah, entendi; devia ter imaginado que teria diversas alternativas. E a outra pessoa passará por aqui?

Lily riu de novo.

— É justamente isso que eu não sei; e, para descobrir, tenho a intenção de chegar à igreja antes que o sermão acabe.

— Exato; e é minha intenção impedi-la de fazê-lo; e, nesse caso, a outra pessoa, irritada com sua ausência, fará um gesto de desespero e voltará no ônibus.

Lily sentiu uma apreciação renovada ao ouvir isso; aquelas bobagens ditas por Selden eram como o próprio estado de espírito dela borbulhando.

— É isso que o senhor faria em tal emergência? — perguntou.

Selden encarou-a, solene.

— Estou aqui para provar para a senhorita o que sou capaz de fazer em uma emergência! — exclamou ele.

— Andar um quilômetro e meio em uma hora — tem de admitir que o ônibus viria mais rápido!

— Ah — mas ele conseguirá encontrá-la? Essa é a única medida do sucesso.

Eles se olharam com a mesma sensação de divertimento luxuoso que tiveram ao trocar comentários absurdos diante da mesa de chá dele; mas, de repente, a expressão de Lily mudou e ela disse:

— Bem, se isso for verdade, ele foi bem-sucedido.

Selden, seguindo o olhar dela, percebeu um grupo de pessoas em uma curva mais adiante, se aproximando deles. Era evidente que Lady Cressida insistira em voltar andando para casa e as outras pessoas que tinham ido à igreja consideraram que era seu dever acompanhá-la. Selden olhou depressa de um dos homens do grupo para o outro: Wetherall caminhando respeitosamente ao lado de Lady Cressida, com seu olharzinho oblíquo de atenção nervosa, e Percy Gryce atrás, com a Sra. Wetherall e as meninas.

— Ah — agora entendi por que estava querendo falar de americana! — exclamou Selden em um tom da mais franca admiração; mas o rubor com o qual essa investida foi recebida impediu-o de falar mais sobre o assunto.

O fato de Lily Bart não querer ouvir provocações sobre seus pretendentes ou até mesmo sobre os meios que usava para atraí-los era tão novo para Selden que ele sentiu uma surpresa momentânea que iluminou diversas possibilidades; mas ela veio bravamente em defesa de seu embaraço, dizendo, conforme o motivo dele se aproximava:

— Era por isso que eu estava esperando pelo senhor — para agradecer por ter me dado tantas informações!

— Ah, é muito difícil fazer justiça ao assunto em um tempo tão curto — disse Selden, no momento em que as duas meninas perceberam a presença da Srta. Bart; e, enquanto ela respondia com um gesto aos seus cumprimentos entusiasmados, ele acrescentou depressa: — Não quer dedicar esta tarde a ele? Sabe que preciso ir embora amanhã de manhã. Nós podemos dar uma caminhada e a senhorita terá a oportunidade de me agradecer com calma.

Capítulo 6

A tarde estava perfeita. Um profundo silêncio dominava o ambiente, e o brilho do outono americano fora abrandado por uma nebulosidade que deixava a iluminação mais difusa, sem torná-la opaca.

Nas clareiras cercadas de árvores do bosque já fazia um pouco de frio; mas, conforme o terreno ficava mais alto, o ar tornava-se mais leve e, subindo os longos aclives para além da estrada principal, Lily e seu acompanhante chegaram a um local onde o verão ainda não se fora. A vereda atravessava, sinuosa, um prado salpicado de árvores; então, em um mergulho, transformava-se um caminho mais largo coberto por ásteres e amoras arroxeadas onde, por entre as folhas trêmulas dos freixos, os campos se estendiam em distâncias pastorais.

Mais acima, viam-se grupos mais espessos de samambaias e das heras verdes e reluzentes que nascem nas colinas sombreadas; os galhos das árvores se debruçavam sobre o caminho, e a escuridão se aprofundava até se tornar quase um crepúsculo em uma área sob diversas faias onde poucos raios de sol atravessavam as folhas. Os troncos das árvores ficavam bastante afastados, com apenas uma camada fina de vegetação rasteira; o caminho ia serpenteando pela borda do bosque, de tempos em tempos passando por um pasto iluminado pelo sol ou por árvores carregadas de frutas.

Lily não tinha uma real intimidade com a natureza, mas sentia uma paixão por tudo que era apropriado, e era capaz de ser profundamente sensível a uma cena que era o pano de fundo perfeito para suas próprias sensações. A paisagem que se espalhava diante dela parecia um desdobramento de seu humor, e ela encontrou algo de si mesma em sua tranquilidade, sua amplidão, suas imensas distâncias. Nas colinas mais próximas, os bordos-açucareiros oscilavam como piras de luz; mais abaixo, havia uma massa acinzentada de árvores frutíferas e, aqui e ali, o verde vívido de um grupo de carvalhos. Duas ou três casas de fazenda pintadas de vermelho cochilavam sob as macieiras, e era possível ver a torre de madeira branca de uma igrejinha do outro lado do cume; enquanto que, bem mais adiante, em uma névoa de poeira, surgia a estrada principal por entre os campos.

— Vamos sentar aqui — sugeriu Selden, quando eles chegaram a uma pedra chata e nua, sobre a qual as faias assomavam por entre rochas cobertas de musgo.

Lily desabou sobre a pedra, com o rosto corado de tanto andar caminho acima. Ficou muda, com os lábios entreabertos devido ao cansaço da subida, os olhos passando tranquilamente pelos diferentes níveis da paisagem. Selden se esticou na grama a seus pés, inclinando o chapéu para se proteger dos raios retos do sol e cruzando os dedos atrás da cabeça, que estava apoiada na lateral da pedra. Não sentia vontade de obrigá-la a dizer nada; seu silêncio arfante parecia fazer parte da calma e harmonia das coisas. Em sua própria mente havia apenas um prazer preguiçoso, jogando um véu sobre as arestas de sensação como a bruma de setembro fazia sobre a cena diante deles. Mas Lily, embora sua postura fosse tão serena quanto a dele, pulsava com um emaranhado de pensamentos. Naquele momento, existiam dois seres dentro dela, um respirando fundo a liberdade e a excitação, o outro ofegante dentro de uma pequena prisão feita de medo. Mas, devagar, os suspiros do prisioneiro ficaram cada vez mais distantes e o outro prestou menos atenção nele: o horizonte se expandiu, o ar tornou-se mais forte e o espírito livre vibrou, prestes a alçar voo.

A própria Lily não teria sido capaz de explicar a euforia que parecia erguê-la no ar e fazê-la oscilar acima do mundo banhado de sol a seus pés. Seria amor, perguntou-se ela, ou apenas uma combinação afortunada de pensamentos e sensações alegres? Até que ponto poderia ser atribuída ao encanto da tarde perfeita, ao aroma do bosque enevoado, à lembrança do tédio do qual escapara? Lily não tinha uma experiência definitiva com a qual comparar a qualidade do que sentia. Já se apaixonara diversas vezes por fortunas ou carreiras, mas apenas uma vez por um homem. Isso acontecera anos antes, logo que ela debutara, quando fora tomada por uma paixão romântica por um jovem chamado Herbert Melson, que tinha olhos azuis e cabelos levemente ondulados. O Sr. Melson, que não possuía qualquer outro bem negociável, apressara-se em usar os acima citados para capturar a mais velha das irmãs Van Osburgh: desde então, ele se tornara um homem corpulento e asmático que gostava de contar histórias sobre os filhos. Se Lily se lembrou dessa emoção antiga, não foi para compará-la com aquela que agora a dominava; o único ponto de comparação era a sensação de leveza, de emancipação, que ela se recordava de ter em meio aos rodopios de uma valsa ou à privacidade de uma estufa durante seu romance juvenil. Até aquele dia, nunca mais experimentara aquela leveza, aquele fulgor de liberdade; mas agora, havia algo além de apenas o sangue pulsando, tateando às cegas. O encanto peculiar do que sentia por Selden era o fato de Lily compreendê-lo; ela saberia definir cada elo da corrente que os aproximava. Embora ele gozasse de uma popularidade inconspícua, que era mais sentida do que de fato expressada entre seus amigos, Lily jamais confundira sua discrição com obscuridade. Sua fama de culto era em geral considerada como um leve obstáculo às conversas agradáveis, mas Lily, que se orgulhava de sua apreciação generosa pela literatura e sempre levava um livro de Omar Khayyam em sua bolsa de viagem, sentia-se atraída por esse atributo, que, ela acreditava, teria sido mais valorizado pela sociedade em outros tempos. Além do mais, uma das dádivas de Selden era a de ter a aparência adequada para o seu papel; uma altura que fazia com que sua cabeça se erguesse sobre a multidão e feições morenas e marcantes que, em uma terra de tipos amorfos, dava-lhe a impressão de pertencer a uma raça mais específica, de possuir a estampa de um passado concentrado. Pessoas expansivas o consideravam um pouco seco, e moças muito jovens o achavam sarcástico; mas esse ar de indiferença amistosa, o mais distante possível da afirmação de qualquer vantagem pessoal, era a qualidade que despertava o interesse de Lily. Tudo em Selden estava de acordo com o que havia de mais exigente em seu gosto, até a leve ironia com que ele examinava o que parecia mais sagrado para ela. Talvez o que Lily mais admirasse em Selden fosse sua capacidade de expressar uma sensação de superioridade tão clara quanto a do homem mais rico que ela já conhecera.

Foi a prolongação inconsciente desse pensamento que a levou a dizer, rindo:

— Eu deixei de comparecer a dois compromissos hoje por sua causa; a quantos deixou de comparecer por mim?

— Nenhum — respondeu Selden calmamente. — Meu único compromisso em Bellomont era com a senhorita.

Ela olhou para ele, com um leve sorriso.

— Veio mesmo a Bellomont para me ver?

— Claro que sim.

A expressão de Lily ficou mais intrigada e profunda.

— Por quê? — murmurou, com um tom que não tinha nada de coquete.

— Porque a senhorita é um espetáculo maravilhoso: eu sempre gosto de saber o que está fazendo.

— Como sabia o que eu devia estar fazendo, se não estava aqui?

Selden sorriu.

— Não tenho a pretensão de acreditar que minha vinda para cá tenha desviado a senhorita um centímetro sequer de seu caminho.

— Isso é absurdo — já que, se não estivesse aqui, eu obviamente não estaria dando uma caminhada com o senhor.

— Não, mas dar uma caminhada comigo é só outra maneira de fazer uso de seu material. A senhorita é uma artista, e eu por acaso sou a cor que decidiu utilizar hoje. Faz parte de seu talento conseguir produzir efeitos premeditados de improviso.

Lily também sorriu: as palavras dele eram perspicazes demais para não apelar para seu senso de humor. Era verdade que ela pretendia usar a presença acidental de Selden como parte de um efeito bastante definido; ou esse, pelo menos, era o pretexto secreto que encontrara para violar sua promessa de dar uma caminhada com o Sr. Gryce. Lily, por vezes, fora acusada de ser ansiosa demais — até Judy Trenor a mandara ir devagar. Bem, ela não seria ansiosa demais naquele caso; deixaria seu pretendente em um suspense mais prolongado. Quando o dever e a inclinação de repente se uniam, não fazia parte da natureza de Lily separá-los. Ela deixara de fazer a caminhada alegando estar com dor de cabeça: aquela terrível dor de cabeça que, naquela manhã, a impedira de ir à igreja. Sua aparência no almoço justificou a desculpa. Ela estava lânguida, repleta de uma doçura sofredora; levava na mão um frasco de sais. O Sr. Gryce desconhecia tais sintomas; perguntou-se nervosamente se ela seria delicada, com medos prematuros pelo futuro de sua prole. Mas a compaixão ganhou o dia, e ele implorou a Lily que não se expusesse: sempre associava o ar livre com as enfermidades.

Lily recebera essa compaixão com uma gratidão lânguida, rogando ao Sr. Gryce, já que ela seria uma companhia tão pouco agradável, que se juntasse aos outros hóspedes que, depois do almoço, iriam de automóvel visitar os Van Osburgh em Peekskill. O Sr. Gryce havia ficado comovido com aquela generosidade e, para escapar de uma tarde que ameaçava ser aborrecida, aceitara seu conselho e partira, desconsolado, usando um capuz e óculos para se proteger da poeira; conforme o automóvel descia a avenida, Lily sorrira da semelhança dele com um besouro perplexo.

Selden tinha observado as manobras dela com um divertimento preguiçoso. Lily não dera resposta à sua sugestão de que eles passassem a tarde juntos, mas, conforme o plano dela se desdobrava, ele sentiu-se confiante de sua inclusão neste. A casa estava vazia quando Selden finalmente ouviu os passos de Lily nas escadas e saiu devagar da sala de bilhar para juntar-se a ela. Lily estava de chapéu e vestido de passeio e os cachorros pulavam a seus pés.

— Afinal de contas, decidi que o ar fresco talvez me faça bem — explicou ela; e ele concordou que valia a pena experimentar um remédio tão simples.

Os excursionistas passariam pelo menos quatro horas fora; Lily e Selden tinham a tarde toda pela frente, e a sensação de prazer e segurança deu o último toque de leveza ao espírito dela. Com tanto tempo para conversar e nenhum objetivo definido, podia desfrutar da rara alegria da divagação mental.

Lily sentia-se tão livre de segundas intenções que reagiu à acusação dele com certo ressentimento.

— Não sei por que o senhor está sempre me acusando de premeditação — disse.

— Achei que tinha confessado fazer uso dela: disse-me no outro dia que precisava seguir uma certa linha — e, quando fazemos algo, é um mérito fazê-lo com perfeição.

— Se está dizendo que uma jovem que não tem ninguém para pensar por ela é obrigada a pensar por si própria, estou perfeitamente disposta a aceitar a imputação. Mas deve me achar uma pessoa desoladora se acredita que jamais me deixo levar por um impulso.

— Ah, mas eu não acredito nisso: já não lhe disse que é um gênio justamente por converter impulsos em intenções?

— Um gênio? — repetiu Lily com um súbito toque de cansaço. — Só não são gênios aqueles que têm sucesso? Eu certamente não tive.

Selden empurrou o chapéu para trás e olhou-a de soslaio.

— Sucesso? O que é o sucesso? Gostaria de ouvir sua definição.

— O sucesso? — Ela hesitou. — Ora, extrair o máximo possível da vida, eu acho. É uma qualidade relativa, afinal de contas. Essa não é sua definição também?

— A minha? Deus me livre! — Selden se sentou, com uma energia repentina, pousando os cotovelos sobre os joelhos e olhando longamente para os campos plácidos. — Minha definição do sucesso é ser livre — disse ele.

— Livre? Livre das preocupações?

— De tudo — do dinheiro, da pobreza, da indolência e da ansiedade, de todos os acidentes materiais. Manter uma espécie de república do espírito — é isso que eu chamo de sucesso.

Lily se debruçou, em um lampejo de afinidade.

— Eu sei — sei que é estranho; mas era exatamente isso que estava sentindo hoje.

Ele encarou-a com a doçura latente de seus olhos.

— Essa sensação lhe é tão rara?

Ela corou um pouco diante do olhar dele.

— O senhor me acha horrivelmente sórdida, não é? Mas talvez seja porque eu nunca tive escolha. Quero dizer, nunca houve ninguém para me falar da república do espírito.

— Nunca há — é um país que temos de achar sozinhos.

— Mas eu jamais o teria encontrado se o senhor não tivesse me falado sobre ele.

— Ah, existem marcos na estrada — mas é preciso saber decifrá-los.

— Mas eu soube, eu soube! — exclamou Lily, com um rubor de ansiedade. — Sempre que o vejo, acabo soletrando uma letra do marco. E ontem — na noite de ontem, durante o jantar — de repente, vislumbrei o caminho que leva à sua república.

Selden ainda a fitava, mas com outros olhos. Até então ele sentira, ao vê-la e ouvi-la falar, o prazer estético que um homem reflexivo tende a buscar em seus breves encontros com mulheres bonitas. Sua postura sempre fora a de alguém que observa e admira, e ele quase teria chegado a se lamentar se houvesse encontrado nela qualquer fraqueza emocional que fosse interferir com o cumprimento de seus propósitos. Mas, agora, a insinuação dessa fraqueza se tornara sua característica mais interessante. Naquela manhã, Selden flagrara Lily em um desalinho momentâneo: seu rosto estava pálido e alterado e a diminuição de sua beleza dera-lhe um encanto pungente. *É assim que ela fica quando está sozinha!* Esse fora o primeiro pensamento dele; e o segundo fora notar a alteração que sua vinda causara nela. O perigo da relação deles estava no fato de que Selden não podia duvidar da espontaneidade da afeição de Lily. Não importava de que ângulo encarasse a intimidade que surgia entre eles: era impossível vê-la como parte do plano de vida da Srta. Bart; e ser o elemento-surpresa em uma carreira planejada com tanta meticulosidade era estimulante até para um homem que renunciara aos experimentos sentimentais.

— Bem — disse ele —, isso a fez querer ver mais? Vai se tornar uma de nós?

Selden tirara os cigarros do bolso ao dizer isso, e Lily esticou a mão na direção da cigarreira.

— Ah, por favor, me dê um — eu não fumo há dias!

— Por que essa abstinência tão estranha? Todo mundo fuma em Bellomont.

— Sim — mas não é considerado atraente em uma *jeune fille à marier*;[15] e, no momento, eu sou uma *jeune fille à marier*.

— Ah, então lamento, mas não podemos deixá-la entrar na república.

— Por que não? É uma ordem celibatária?

— De forma alguma, embora eu precise dizer que não existem muitas pessoas casadas nela. Mas a senhorita vai se casar com alguém muito rico, e é tão difícil para os ricos entrar nela quanto no reino dos céus.

— Eu acho isso injusto, pois, pelo que entendi, uma das condições para se tornar cidadão é não pensar demais em dinheiro, e a única maneira de não pensar nele é ter bastante.

— Isso é o mesmo que dizer que a única maneira de não pensar sobre o ar é ter o suficiente para respirar. É verdade, de certa maneira; mas seus pulmões estão pensando no ar, se a senhorita não estiver. E assim é com os ricos — eles podem não estar pensando em dinheiro, mas continuam a respirá-lo; leve-os para outro elemento e veja como sufocam depressa!

Lily ficou olhando para longe, pensativa, por entre os anéis azulados da fumaça de seu cigarro.

---

[15] Em francês, "jovem moça casadoura". (N. da T.)

— Parece-me — disse ela, afinal — que o senhor passa boa parte de seu tempo no elemento que desaprova.

Selden recebeu esse golpe sem se desconcertar.

— Sim; mas eu tento me manter anfíbio: e não há problema, contanto que os seus pulmões funcionem em outro ar. A verdadeira alquimia consiste em fazer o ouro voltar a ser outra coisa; e esse é o poder que a maioria dos seus amigos perdeu.

Lily refletiu.

— O senhor não acha — disse, após alguns instantes — que as pessoas que veem defeitos na alta sociedade são aptas demais a encará-la como um fim e não um meio, assim como as pessoas que desprezam o dinheiro falam dele como se só servisse para ser guardado em sacos e dar orgulho ao dono? Não é mais justo ver ambos como oportunidades que podem ser usadas tanto de maneira estúpida quanto de maneira inteligente, de acordo com a capacidade do usuário?

— Essa, certamente, é a maneira sã de ver as coisas; mas o que há de estranho na alta sociedade é que as pessoas que a veem como um fim são aquelas que pertencem a ela e não os críticos em cima do muro. Acontece justamente o contrário com a maior parte dos outros espetáculos — a plateia pode cair na ilusão, mas os atores sabem que a vida real fica além das luzes do palco. As pessoas que consideram a sociedade como uma maneira de escapar do trabalho estão fazendo o uso correto dela; mas, quando ela se torna aquilo pelo qual se trabalha, distorce todas as relações da vida. — Selden se apoiou sobre um dos cotovelos. — Minha nossa! — continuou. — Eu não subestimo o lado decorativo da vida. Creio que o senso de esplendor se justificou por aquilo que produziu. A pior parte é que tanta natureza humana é consumida no processo. Se todos nós somos a matéria-prima dos efeitos cósmicos, é preferível ser o fogo que tempera a espada a ser o peixe que tinge a capa roxa. E uma sociedade como a nossa desperdiça materiais tão bons ao produzir seus pedacinhos de roxo! Olhe para aquele menino, o Ned Silverton — ele é bom demais para ser usado para redecorar a vida social esmolambada dos outros. Um rapaz que acabou de sair para descobrir o universo. Não é uma pena que encontre apenas a sala de estar da Sra. Fisher?

— Ned é um menino muito simpático e eu espero que mantenha suas ilusões durante tempo suficiente para escrever algumas poesias bonitas sobre elas; mas o senhor acha que é só na alta sociedade que ele poderá perdê-las?

Selden respondeu dando de ombros.

— Por que dizemos que nossas ideias generosas são ilusões e que as mesquinhas são verdades? Já não é o suficiente para condenar a sociedade se nos flagramos aceitando essa fraseologia? Eu quase passei a usar esse jargão quando era da idade de Silverton, e sei como os nomes podem alterar a cor das crenças.

Lily jamais o ouvira falar com tanta energia e assertividade. Seus gestos habituais eram os de um homem eclético, que examina com leveza os objetos e faz comparações; e ela ficou comovida por esse súbito vislumbre do laboratório onde sua fé era criada.

— Ah, o senhor é tão ruim quanto os outros sectários! — exclamou.

— Por que diz que sua república é uma república? É uma corporação fechada, e o senhor cria objeções arbitrárias para deixar as pessoas de fora.

— Não é *minha* república; se fosse, eu daria um golpe de estado e colocaria a senhorita no trono.

— Quando, na realidade, acredita que eu não conseguiria sequer colocar o pé na soleira? Ah, entendo o que quer dizer. O senhor despreza minhas ambições — acha que elas não são dignas de mim!

Selden sorriu, mas sem ironia.

— Bem, isso não é um elogio? Eu as acho mais do que dignas da maioria das pessoas que as possuem.

Lily se virara para encará-lo com uma expressão grave.

— Mas não é possível que, se eu tivesse a oportunidade dessas pessoas, fosse fazer melhor uso delas? O dinheiro significa toda sorte de coisas — ele não serve apenas para comprar diamantes e automóveis.

— De jeito nenhum; a senhorita poderia expiar da culpa de sentir prazer com isso fundando um hospital.

— Mas, se o senhor pensa que isso é o que me daria prazer, deve achar que minhas ambições são boas o suficiente para mim.

Selden reagiu a esse apelo com uma risada.

— Ah, minha cara Srta. Bart, eu não sou a providência divina para garantir que vai sentir prazer com as coisas que está tentando obter!

— Ou seja, o melhor que pode dizer de mim é que, após lutar para obtê-las, eu provavelmente não sentirei prazer com elas? — Ela respirou fundo. — Que futuro miserável o senhor prevê para mim!

— Bem — a senhorita nunca o previu para si própria?

— Muitas vezes. Mas ele parece tão mais sombrio quando o senhor o mostra para mim!

Ele não respondeu a essa exclamação e, durante algum tempo, ambos seguiram mudos, enquanto algo pulsava entre eles no silêncio vasto do ambiente. Mas, de repente, Lily voltou-se para Selden com uma espécie de veemência.

— Por que o senhor faz isso comigo? Por que faz com que as coisas que eu escolhi me pareçam odiosas, se não tem nada para me oferecer em troca?

As palavras despertaram Selden do devaneio em que caíra. Ele próprio não sabia por que levara sua conversa para tais assuntos; aquele era o último uso que teria imaginado fazer de uma tarde a sós com a Srta. Bart. Mas aquele foi um dos momentos em que nem ele, nem ela pareceram falar de maneira deliberada, quando uma voz íntima dentro de cada um chamou o outro, atravessando abismos desconhecidos de emoções.

— Não, não tenho nada para lhe oferecer em troca — disse Selden, se sentando e se voltando para encará-la. — Se tivesse, seria seu.

Lily recebeu essa declaração abrupta de maneira ainda mais estranha do que aquela que ele usara para fazê-la; afundou o rosto nas mãos e Selden viu que, por um instante, chorou.

Mas foi apenas por um instante; pois, quando ele se aproximou e abaixou as mãos dela em um gesto mais grave que apaixonado, Lily fitou-o com um rosto suavizado, mas não desfigurado, pela emoção, e Selden pensou, com certa crueldade, que até seu choro era um artifício.

Essa reflexão fez com que sua voz ficasse mais firme quando ele perguntou, entre a compaixão e a ironia:

— Não é natural que eu tente diminuir o valor de todas as coisas que não posso lhe oferecer?

Lily fez uma expressão mais alegre ao ouvir isso, mas largou a mão dele, não em um gesto coquete, mas de quem renuncia a algo ao qual não tem direito.

— Mas o senhor *me* diminui, não é, tendo tanta certeza de que essas são as únicas coisas que me importam? — perguntou ela, com doçura.

Selden teve um sobressalto; mas foi apenas a última vibração de seu egoísmo. Quase no mesmo instante, ele respondeu simplesmente:

— Mas se importa com elas, não é? E, por mais que eu deseje, isso não vai mudar.

Selden havia deixado tão por completo de levar em consideração até que ponto aquilo poderia chegar que teve uma clara sensação de decepção quando Lily voltou para ele um rosto iluminado pelo desdém.

— Ah! — exclamou ela. — Apesar de todas as suas belas frases, o senhor na verdade é tão covarde quanto eu, pois não diria nada disso se não tivesse certeza absoluta da minha resposta.

O choque dessa réplica teve o efeito de cristalizar as intenções vacilantes de Selden.

— Eu não tenho tanta certeza da sua resposta — disse ele, muito sério. — E faço-lhe a justiça de acreditar que a senhorita também não tem.

Foi a vez de Lily olhá-lo com surpresa; e, após um instante, ela perguntou:

— O senhor quer se casar comigo?

Selden deu uma gargalhada.

— Não — mas talvez pudesse querer, se a senhorita quisesse!

— Foi isso que eu disse — o senhor tem tanta certeza do que vou fazer que pode se divertir com experimentos. — Lily recolheu a mão que ele voltara a pegar e pôs-se a fitá-lo com tristeza.

— Não estou fazendo experimentos — retrucou Selden. — Ou, se estiver, não é com a senhorita, mas comigo mesmo. Não sei que efeito terão sobre mim — mas, se casar com a senhorita for um deles, correrei o risco.

Ela deu um leve sorriso.

— Seria um grande risco, decerto — eu jamais tentei esconder quão grande.

— Ah, a senhorita é que é covarde! — exclamou ele.

Lily ficara de pé e Selden encarou-a, com os olhos fixos nos dela. O suave isolamento do dia que morria os encerrava: eles pareciam flutuar em um lugar onde o ar era mais fino. Todas as influências sublimes do momento tremiam em suas veias e os atraíam um para o outro como as folhas soltas são atraídas para o solo.

— A senhorita é que é covarde - · repetiu Selden, pegando ambas as mãos dela.

Lily apoiou-se nele um instante, como um pássaro que pousa: Selden sentiu que o coração dela batia mais devido ao cansaco do longo voo do que pelo entusiasmo diante das novas distâncias. Então, afastando-se com um sorrisinho de alerta, ela declarou:

— Vou ficar horrorosa de roupas feias; mas sei decorar meus próprios chapéus.

Eles ficaram em silêncio durante algum tempo depois disso, sorrindo um para o outro como crianças aventureiras que escalaram até uma altura proibida de onde descobriram um mundo novo. O mundo real a seus pés estava se cobrindo de um véu de escuridão e, do outro lado do vale, uma lua vívida surgiu em um azul mais denso.

De repente, eles ouviram um som remoto que era como o zumbido de um inseto gigante e, seguindo com os olhos a estrada principal, que serpenteava, mais branca que o resto em meio ao crepúsculo, viram um objeto negro cruzar a cena.

Lily acordou de sua absorção com um sobressalto; seu sorriso se apagou e ela começou a se mover na direção do caminho.

— Eu não tinha ideia de que estava tão tarde. Já vai ser noite quando chegarmos — disse ela, quase com impaciência.

Selden a estava observando com surpresa; levou um instante para voltar a vê-la como antes; então ele disse, com uma frieza incontrolável:

— Não foi ninguém da casa; o automóvel estava indo na direção contrária.

— Eu sei — eu sei. — Ela calou-se e ele a viu corar, mesmo no crepúsculo. — Mas eu disse a eles que não estava bem — que não ia sair. Vamos descer! — murmurou.

Selden continuou a olhar para Lily; logo, ele tirou a cigarreira do bolso e acendeu um cigarro devagar. Pareceu-lhe necessário, naquele momento, proclamar, com um gesto habitual, o fato de que voltara a se firmar na realidade: tinha um desejo quase pueril de fazer com que ela visse que, após o devaneio de ambos, ele caíra de pé.

Lily esperou enquanto a chama bruxuleava sob a palma em concha; Selden, então, lhe ofereceu um cigarro.

Ela pegou-o com a mão vacilante e, colocando-o nos lábios, inclinou-se para acendê-lo no dele. Em meio às sombras, a pequena chama vermelha iluminou a parte de baixo de seu rosto e ele viu sua boca formar um sorriso trêmulo.

— Estava falando sério? — perguntou ela, com um estranho arrepio de alegria que poderia ter apanhado, às pressas, de uma pilha de entonações decoradas, sem ter tempo de selecionar o tom exato.

A voz de Selden estava mais controlada.

— Por que não? — respondeu ele. — Como sabe, eu não corri nenhum risco fazendo isso. — E como ela continuava parada ali, um pouco mais pálida após aquela réplica, ele acrescentou depressa: — Vamos descer.

Capítulo 7

Era uma prova da profundidade da amizade da Sra. Trenor que ela, ao admoestar a Srta. Bart, usasse o mesmo tom de desespero que empregaria para lamentar o colapso de um grupo de hóspedes.

— Só posso dizer, Lily, que não entendo você! — A Sra. Trenor se recostou, suspirando, na indolência matinal de rendas e musselina, virando um ombro indiferente para a pilha de aborrecimentos em sua mesa enquanto examinava, com os olhos de um médico que desistiu de um caso, a silhueta ereta da paciente que a fitava.

— Se você não tivesse me dito que tinha planos sérios para ele — mas tenho certeza de que deixou isso bem claro desde o início! Por que outro motivo teria me pedido para não chamá-la para jogar bridge e para manter Carry e Kate Corby longe? Não suponho que tenha feito isso porque Percy a divertia; nenhum de nós imaginaria que seria capaz de suportá-lo por um instante sequer se não tivesse a intenção de se casar com ele. E olhe que todo mundo jogou limpo! Todos eles queriam ajudar. Mesmo Bertha ficou de fora — é preciso que se diga — até Lawrence vir para cá e você arrastá-lo para longe dela. Depois disso, tinha o direito de retaliar — por que você foi interferir com os assuntos dela? Conhece Lawrence Selden há anos — por que se comportou como se houvesse acabado de descobri-lo? Se sentia algum rancor por Bertha, foi burrice demonstrar isso justamente agora — poderia ter se vingado dela de qualquer maneira depois que estivesse casada! Eu lhe disse que Bertha era perigosa. Estava com um humor odioso quando chegou, mas o fato de Lawrence ter aparecido a deixou contente, e bastava você tê-la deixado pensar que ele viera por causa *dela* que jamais teria lhe ocorrido fazer esse truque. Ah, Lily, você nunca vai realizar nada se não for séria!

A Srta. Bart aceitou esse sermão com a mais pura objetividade. Por que deveria se zangar? Era a voz de sua própria consciência que falava através do tom repreendedor da Sra. Trenor. Mas até diante de sua consciência ela precisava ao menos tentar se defender.

— Eu só tirei um dia de folga — achei que ele ia passar a semana toda aqui e sabia que o Sr. Selden ia embora hoje de manhã.

A Sra. Trenor arrasou esse argumento com um gesto que demonstrava o quanto ele era fraco.

— Ele pretendia mesmo ficar — isso é o pior. Mostra que fugiu de você; que Bertha fez seu trabalho direito e o envenenou contra você.

Lily deu uma leve risada.

— Ah, se ele está fugindo, eu o alcançarei.

A amiga dela esticou o braço, como que para impedi-la.

— Lily, não faça nada de jeito nenhum!

A Srta. Bart recebeu o alerta com um sorriso.

— Não quis dizer literalmente, que ia pegar o próximo trem. Existem meios... — Mas ela não especificou quais eram.

A Sra. Trenor corrigiu o tempo verbal com irritação.

— *Existiam* meios — muitos deles! Não tinha imaginado que você precisava que eu os listasse. Mas não se engane — ele está completamente apavorado. Foi correndo para debaixo da saia da mãe, e ela vai protegê-lo!

— Ah, até a morte — concordou Lily, dando um sorriso que formou covinhas em seu rosto ao pensar nisso.

— Como você pode *rir*... — ralhou a amiga.

Mas ela voltou a ter uma percepção mais sóbria da situação quando Lily perguntou:

— O que foi que Bertha contou para ele, de fato?

— Não me pergunte — os maiores horrores! Parece que ela desencavou tudo. Ah, você sabe o que eu quero dizer — é claro que não existia nada *sério*; mas imagino que tenha mencionado o príncipe Varigliano — e lorde Hubert — e havia uma história sobre você ter pegado dinheiro emprestado com Ned Van Alstyne. Pegou mesmo?

— Ele é primo do meu pai — argumentou Lily.

— Bem, é claro que ela deixou *isso* de fora. Parece que Ned contou a Carry Fisher; e ela contou a Bertha, naturalmente. Elas são todas iguais: ficam de boca fechada durante anos e você pensa que está a salvo, mas, quando aparece uma oportunidade, lembram-se de tudo.

Lily ficara pálida: ela falou com um toque de rispidez.

— Foi uma quantia que perdi no bridge na casa dos Van Osburgh. Eu paguei a ele, é claro.

— Ah, bom, elas não vão lembrar disso; além do mais, foi a questão da dívida de jogo que amedrontou Percy. Ah, Bertha sabia com quem estava lidando. Sabia exatamente o que dizer para ele!

A Sra. Trenor continuou por quase uma hora a admoestar a amiga nesse tom. A Srta. Bart ouviu tudo com uma tranquilidade admirável. Seu temperamento, naturalmente bom, fora disciplinado por anos de concessões forçadas, já que ela quase sempre precisara atingir seus objetivos através do caminho tortuoso que levava aos propósitos de outras pessoas; e, como tinha por natureza a inclinação de encarar fatos desagradáveis assim que eles surgiam, não lamentou ouvir uma avaliação imparcial do que sua tolice provavelmente lhe custaria, ainda mais pelo fato de insistir em acreditar que o oposto era verdade. Os comentários enérgicos da Sra. Trenor decerto mostravam um cômputo desesperador, e Lily, enquanto escutava, começou aos poucos a ver a situação da mesma forma que a amiga. Além disso, as palavras da Sra. Trenor ganhavam para sua ouvinte uma ênfase criada por ansiedades que ela própria mal teria sido capaz de adivinhar. A riqueza, a não ser quando estimulada por uma imaginação fértil, tem apenas a mais vaga noção dos lados práticos da pobreza. Judy sabia que devia ser "horrível" para a pobre Lily ter de parar para calcular se poderia pagar por anáguas de renda de verdade, ou não ter um automóvel e um iate a vapor às suas ordens; mas o desgaste diário de contas a pagar, a irritação diária das pequenas tentações eram provações tão distantes da experiência dela quanto os problemas domésticos da faxineira. O fato de a Sra. Trenor não ter consciência da angústia real da situação tinha o efeito de torná--la mais cruel para Lily. Enquanto sua amiga a repreendia por perder a oportunidade de ofuscar as rivais, ela estava, mais uma vez, travando uma batalha imaginária com a maré crescente de dívidas da qual estivera tão próxima de escapar. Que ventos insanos a haviam arrastado de volta para aquelas águas sombrias?

Se faltava algo para dar o toque final a sua humilhação, era a sensação de que sua velha vida estava novamente ameaçando engolfá-la. Ontem, sua imaginação abrira asas e voara, ocupada com objetos diferentes; agora, ela precisava baixar ao nível da rotina familiar, na qual momentos de aparente brilho e liberdade se alternavam com longas horas de submissão.

Lily deu a mão à amiga com uma expressão de súplica.

— Minha querida Judy! Desculpe ter sido tão aborrecida; você é muito bondosa comigo. Mas deve ter algumas cartas para eu responder — deixe-me pelo menos ser útil.

A Srta. Bart se sentou à mesa, e a Sra. Trenor aceitou o fato de estar retomando as tarefas matinais com um suspiro que sugeria que, afinal de contas, ela se mostrara indigna de ser usada para fins mais nobres.

No almoço, foi um grupo diminuído que se sentou ao redor da mesa. Todos os homens, com exceção de Jack Stepney e Dorset, tinham voltado para a cidade (pareceu a Lily o toque final de ironia que Selden e Percy Gryce houvessem tomado o mesmo trem), e Lady Cressida, com os Wetherall de acompanhantes, fora despachada de automóvel para almoçar em uma casa de campo distante. Nesses momentos menos interessantes, era comum que a Sra. Dorset permanecesse em seus aposentos até a tarde; mas, nesta ocasião, ela surgiu, distraída, quando a refeição já ia pelo meio, com olhos fundos e a cabeça baixa, mas mostrando alguma malícia sob sua indiferença.

A Sra. Dorset ergueu as sobrancelhas ao olhar ao redor da mesa.

— Ficamos tão poucos aqui! Eu gosto tanto dessa tranquilidade — você não, Lily? Gostaria que os homens estivessem sempre ausentes — é muito mais simpático assim. Ah, você não conta, George: ninguém precisa conversar com o próprio marido. Mas eu pensei que o Sr. Gryce ia ficar até o final da semana, não? — acrescentou ela, em tom de curiosidade. — Essa não era a intenção dele, Judy? É um rapaz tão simpático — o que será que o espantou? Ele é muito tímido e eu temo que nós o tenhamos chocado: foi criado de maneira tão antiquada. Você sabia, Lily, que o Sr. Gryce me disse que nunca tinha visto uma moça apostar dinheiro até vê-la fazendo isso na outra noite? E ele vive dos juros de sua renda, e sempre tem bastante sobrando para investir!

A Sra. Fisher se inclinou para a frente com um ar enfático.

— Eu acho que realmente precisa educar aquele rapaz. É chocante que ele nunca tenha aprendido quais são seus deveres de cidadão. Todo homem rico deveria ser obrigado a saber como são as leis de seu país.

A Sra. Dorset olhou-a, muito séria.

— Acho que ele sabe como são as leis do divórcio. Disse para mim que havia prometido ao bispo assinar alguma petição contra.

A Sra. Fisher corou sob o pó-de-arroz, e Stepney disse, com um olhar risonho na direção da Srta. Bart:

— Imagino que ele esteja pensando em se casar e querendo consertar o barco antes de se lançar ao mar.

A noiva dele pareceu chocada com a metáfora, e George Dorset exclamou, com um grunhido sardônico:

— Pobre diabo! O problema não é o navio, mas a tripulação.

— Ou os clandestinos — disse a Srta. Corby alegremente. — Se eu estivesse pensando em fazer uma viagem com ele, ia tentar zarpar com um amigo a bordo.

A sensação vaga de irritação da Srta. Van Osburgh lutava por um meio de se expressar.

— Não vejo por que vocês riem dele. Achei-o muito simpático! — exclamou ela. — E, de qualquer maneira, a moça que se casar com ele sempre terá o suficiente para manter-se com conforto.

Ela pareceu intrigada com os risos redobrados com que suas palavras foram recebidas, mas talvez houvesse se consolado caso soubesse como elas calaram fundo no peito de uma de suas ouvintes.

Conforto! Naquele momento, a palavra foi mais eloquente para Lily Bart do que qualquer outra da língua. Não conseguiu nem parar para sorrir do fato de que uma herdeira via uma fortuna colossal como um mero abrigo contra as provações: sua mente estava tomada pela visão do que esse abrigo poderia ter significado para ela. As alfinetadas da Sra. Dorset não doíam, pois sua própria ironia lhe fazia cortes mais profundos: ninguém podia machucá-la tanto quanto ela machucava a si mesma, pois mais ninguém — nem mesmo Judy Trenor — sabia a imensidão de sua estupidez.

Ela acordou dessas reflexões inúteis devido a um pedido sussurrado por sua anfitriã, que a destacou dos outros quando todos deixavam a mesa.

— Lily, querida, se você não tem nada de especial para fazer, posso dizer a Carry Fisher que tem a intenção de ir até a estação buscar Gus na charrete? Ele volta às quatro e eu sei que ela pretende ir encontrá-lo. É claro que fico muito feliz que Gus esteja se distraindo, mas por acaso sei que Carry vem sugando o sangue dele desde que chegou, e ela recebeu muitas outras contas esta manhã. Parece-me — concluiu a Sra. Trenor em um tom dramático — que a maior parte da pensão de Carry é paga pelos maridos de outras mulheres!

A Srta. Bart, a caminho da estação, teve tempo para refletir sobre as palavras da amiga e sobre como estas se aplicavam a ela em particular. Por que ela deveria sofrer por ter, em uma ocasião e durante apenas algumas horas, pedido dinheiro emprestado a um primo idoso quando uma mulher como Carry Fisher podia ganhar a vida, sem ser repreendida por ninguém, graças à bondade de seus amigos homens e à tolerância de suas esposas? Mais uma vez, tudo girava em torno do que uma mulher casada podia fazer e que era proibido às moças solteiras. É claro que era um escândalo uma mulher casada pedir dinheiro emprestado — e Lily conhecia profundamente as implicações envolvidas —, mas, mesmo assim, era o mero *malum prohibitum*[16] que o mundo lamenta, mas aceita, e que, apesar de poder ser punido com uma vingança privada, não provoca a desaprovação coletiva da sociedade. Para a Srta. Bart, em resumo, tais oportunidades não eram possíveis. Ela podia, é claro, pedir dinheiro emprestado a suas amigas mulheres — cem dólares aqui e ali, no máximo — mas elas tinham mais propensão a lhe dar um vestido ou uma joia de pouco valor e faziam uma expressão constrangida quando Lily insinuava que preferia um cheque. As mulheres não são generosas na hora de emprestar, e aquelas entre as quais Lily circulava estavam na mesma situação que ela ou distantes demais desta para compreenderem suas necessidades. O resultado de suas reflexões foi a decisão de ir para Richfield juntar-se à tia. Não podia permanecer em Bellomont sem jogar bridge e incorrer em outras despesas; e seguir adiante com sua série costumeira de visitas naquele outono apenas prolongaria as mesmas dificuldades. Lily chegara ao ponto em que uma economia abrupta era necessária, e só as vidas enfadonhas eram baratas. Ela iria para Richfield na manhã seguinte.

Na estação, Lily achou que Gus Trenor pareceu surpreso e levemente aliviado ao vê-la. Ela passou-lhe as rédeas da pequena charrete que usara para ir buscá-lo e, após subir nela pesadamente, esmigalhando Lily e obrigando-a a ocupar apenas um terço do assento, ele disse:

— Olá! Não é sempre que eu tenho essa honra. A senhorita devia estar desesperada por algo para fazer.

A tarde estava quente e a proximidade aumentou em Lily a consciência do fato de que Gus era vermelho e maciço, e de que gotas de suor tinham feito a poeira do trem grudar de maneira desagradável à cara larga com que ele fitou-a; mas também a fez perceber, devido à expressão dos olhos pequenos e opacos de seu anfitrião, que o contato com seu frescor e elegância era tão agradável para ele quanto tomar uma bebida gelada.

Essa percepção ajudou Lily a responder alegremente:

---

[16] Expressão em latim que significa "mal proibido". (N. da T.)

— Não é sempre que eu tenho a chance. Há mulheres demais para disputar o privilégio comigo.

— O privilégio de me levar para casa? Bem, estou feliz que tenha ganhado a corrida, de qualquer maneira. Mas sei o que aconteceu de verdade — minha esposa a mandou. Não foi?

Gus tinha os lampejos inesperados de astúcia dos homens obtusos e Lily não conseguiu deixar de rir-se junto com ele ao ver que tinha descoberto a verdade.

— Judy acha que o senhor estará mais a salvo comigo do que com qualquer outra pessoa; e tem toda razão.

— Será que tem mesmo? Se tem, é porque a senhorita não perderia seu tempo com um velhote como eu. Nós homens casados temos de nos contentar com o que aparece: todos os tesouros ficam com os espertalhões que não se amarraram. Posso acender um charuto? Meu dia foi uma maçada.

Ele parou a charrete sob as sombras da rua da aldeia e passou as rédeas para Lily enquanto aproximava um fósforo do charuto. A pequena chama sob sua mão deu um tom mais escarlate ao seu rosto ofegante e Lily desviou o olhar com uma sensação momentânea de repugnância. E pensar que algumas mulheres o consideravam bonito!

Ao devolver-lhe as rédeas, ela disse, com simpatia:

— Precisou fazer tantas coisas cansativas assim?

— Eu que o diga — demais! — Trenor, em quem nem sua esposa, nem os amigos dela quase nunca prestavam atenção, deixou-se levar pelo raro prazer de uma conversa confidencial. — A senhorita não sabe o duro que eu tenho de dar para manter tudo isso aqui. — Ele sacudiu o chicote na direção da propriedade de Bellomont, que se espraiava diante deles em uma onda de opulência. — Judy não faz ideia do quanto gasta — não que nós não tenhamos bastante para fazer a coisa andar — interrompeu-se Trenor —, mas um homem precisa ficar de olhos abertos e aproveitar todas as chances que puder. Meu pai e minha mãe costumavam viver à larga de sua renda e guardar bastante ainda por cima — para minha sorte —, mas, nesse passo em que nós vamos, não sei onde íamos parar se eu não me arriscasse de tempos em tempos. Todas as mulheres pensam — quero dizer, Judy pensa — que tudo o que preciso fazer é ir à cidade uma vez por mês cortar cupons, mas a verdade é que é um diabo de um trabalho manter as engrenagens funcionando. Não que eu devesse reclamar hoje — disse ele, após um instante de pausa —, pois fiz um belo negócio graças ao amigo de Stepney, Rosedale: aliás, senhorita Lily, gostaria que tentasse convencer Judy a ser educada com aquele sujeito. Rosedale vai ser rico o suficiente para comprar todos nós um dia desses, e, se ela simplesmente o convidasse para jantar de vez em quando, conseguiríamos arrancar qualquer coisa dele. Rosedale está louco para ser amigo de quem não quer ser amigo dele e, quando se está nesse estado, não há nada que um homem não faça pela primeira mulher que o adotar.

Lily hesitou por um instante. A primeira parte do discurso de seu acompanhante dera início a uma associação de ideias interessante, que foi rudemente interrompida pela menção do nome do Sr. Rosedale. Ela emitiu um leve ruído de protesto.

— Mas o senhor sabe que Jack tentou levá-lo aos lugares e ele foi impossível.

— Ah, vá — porque ele é gordo e lustroso e tem modos de quitandeiro! Bem, só posso dizer que quem for esperto o suficiente para ser simpático com Rosedale agora vai se dar muito bem. Daqui a alguns anos, ele vai estar por cima da carne-seca quer a gente queira, quer não, e então não vai dar uma dica de meio milhão de dólares em troca de um jantar.

A mente de Lily deixara de lado a presença intrusiva do Sr. Rosedale e voltara à associação de ideias despertada pelas primeiras palavras de Trenor. Esse mundo misterioso e vasto de Wall Street, com suas "dicas" e seus "negócios" — será que ela não poderia encontrar ali um meio de escapar daquele apuro cansativo? Já ouvira falar muitas vezes de mulheres ganhando dinheiro dessa maneira por meio de seus amigos: não tinha mais noção que a maioria do sexo feminino da natureza exata desse tipo de transação, e seu caráter vago parecia torná-la menos vulgar. Não conseguia se imaginar, por mais extremo que fosse o caso, se rebaixando a ponto de extrair uma "dica" do Sr. Rosedale; mas ali ao seu lado estava um homem que possuía esse bem precioso e que, como marido de sua amiga mais querida, tinha com ela uma relação quase fraternal.

Em seu íntimo, Lily sabia que não era apelando para o instinto fraternal que estaria mais apta a comover Gus Trenor; mas essa maneira de explicar a situação a ajudava a colocar um véu sobre sua crueza, e ela sempre fazia questão de manter as aparências para si mesma. Era tão exigente em questões morais quanto em questões de beleza física e, quando fazia uma inspeção em sua própria mente, havia certas portas que não abria.

Quando eles chegaram aos portões de Bellomont, Lily voltou-se para Trenor com um sorriso.

— A tarde está tão perfeita — não quer seguir de charrete mais um pouco? Passei o dia bastante desanimada e é tão relaxante ficar longe dos outros, com alguém que não vai se importar se eu for um pouco aborrecida.

Tinha uma expressão tão linda no rosto ao fazer-lhe essa súplica, tão segura de sua simpatia e compreensão, que Trenor flagrou-se desejando que sua esposa pudesse ver como as outras mulheres o tratavam — não velhas manipuladoras como a Sra. Fisher, mas uma jovem que a maioria dos homens daria tudo para ver olhando-os daquele jeito.

— Desanimada? Por que haveria de ficar desanimada? Sua última encomenda do Doucet[17] foi um fracasso, ou a Judy arrancou-lhe os olhos da cara no bridge ontem à noite?

Lily balançou a cabeça com um suspiro.

— Tive de desistir do Doucet; e do bridge também — não tenho meios. Na verdade, não tenho meios de fazer nada que as minhas amigas fazem, e temo que Judy muitas vezes me ache maçante porque eu não jogo mais cartas, e porque não sou tão bem-vestida quanto as outras

---

[17] Jacques Doucet, famoso costureiro francês. (N. da T.)

mulheres. Mas o senhor também vai me achar maçante se eu falar das minhas preocupações, e eu só as mencionei porque quero que me faça um favor — o maior dos favores.

Os olhos de Lily mais uma vez buscaram os de Trenor, e ela achou graça da leve apreensão que encontrou neles.

— Ora, é claro — se for qualquer coisa que eu possa... — Ele se interrompeu e Lily entendeu que não conseguia desfrutar mais da situação devido à lembrança dos métodos da Sra. Fisher.

— O maior dos favores — repetiu ela, baixinho. — A verdade é que Judy está com raiva de mim e eu quero que o senhor a convença a me perdoar.

— Com raiva da senhorita? Ora, que bobagem... — O alívio dele se esparramou em uma risada. — Ora, ela lhe adora.

— Judy é minha melhor amiga e é por isso que não gosto de aborrecê-la. Mas imagino que o senhor saiba o que ela queria que eu fizesse. Judy, coitadinha, decidiu que eu deveria me casar com um homem muito rico.

Ela hesitou, com um leve embaraço, e Trenor, voltando-se abruptamente, encarou-a, com uma expressão de quem compreendia tudo.

— Um homem muito rico? Caramba! Não está falando de Gryce, está? Não — está? Ah, não, claro que eu não vou mencionar — pode confiar que vou ficar de bico fechado — mas Gryce — meu Deus, *Gryce*! Judy realmente achou que a senhorita ia conseguir casar com aquele grandessíssimo imbecil? Mas não conseguiu, não foi? Mandou-o pastar e é por isso que ele deu no pé no primeiro trem esta manhã? — Ele se recostou, se espalhando ainda mais no assento, como que dilatado com a alegria de seu próprio discernimento. — Como Judy pôde achar que a senhorita faria tal coisa? *Eu* poderia ter dito a ela que não suportaria aquele molenga!

Lily deu um suspiro mais profundo.

— Eu às vezes penso — murmurou ela — que os homens compreendem os motivos de uma mulher melhor do que as outras mulheres.

— Alguns homens, sem dúvida! Eu poderia ter *dito* a Judy — repetiu Trenor, exultante diante da superioridade implícita sobre a esposa.

— Achei que compreenderia — por isso quis conversar com o senhor — afirmou a Srta. Bart. — Eu *não posso* me casar por esse motivo; é impossível. Mas também não posso continuar a viver como todas as mulheres do meu círculo de amizades. Sou quase que inteiramente dependente da minha tia e, embora ela seja muito gentil comigo, não me dá uma quantia regular, e eu andei perdendo dinheiro no jogo e não tenho coragem de lhe contar. Já paguei minhas dívidas de jogo, é claro, mas não restou quase nada para minhas outras despesas e, se continuar vivendo dessa maneira, entrarei em dificuldades terríveis. Tenho uma minúscula renda própria, mas temo que ela esteja mal investida, pois parece diminuir a cada ano, e sou tão ignorante em questões financeiras que não sei se o agente da minha tia, que a administra, o faz da melhor maneira. — Ela pausou um instante e acrescentou, em um tom mais leve: — Não era minha intenção aborrecê-lo com tudo isso, mas quero sua ajuda para fazer com que Judy compreenda que não posso, no momento, continuar a viver como é necessário entre vocês. Partirei amanhã para encontrar minha tia em Richfield. Ficarei lá até o fim do outono, e vou demitir minha criada e aprender a remendar minhas próprias roupas.

Diante desse quadro de uma linda moça em dificuldades, tornado ainda mais pungente por ter sido desenhado com tanta leveza, Trenor soltou um murmúrio de compaixão indignada. 24 horas antes, se sua esposa o houvesse consultado sobre o futuro da Srta. Bart, ele teria dito que o melhor para uma jovem de gostos extravagantes e pouco dinheiro era se casar com o homem mais rico que conseguisse agarrar; mas, tendo a jovem em questão ao seu lado, pedindo por sua comiseração, fazendo-o pensar que ele a entendia melhor que suas melhores amigas e confirmando essa afirmação com o encanto de sua deliciosa proximidade, Trenor teria sido capaz de jurar que tal casamento era uma profanação e que, como um homem honrado, era seu dever fazer tudo o que pudesse para protegê-la do resultado de seu desinteresse. Esse impulso foi reforçado pela reflexão de que, se a Srta. Bart houvesse se casado com Gryce, estaria cercada de adulação e aprovação, enquanto que, tendo se recusado a se sacrificar ao pragmatismo, ela precisava suportar sozinha todo o custo de sua resistência. Ora, se ele conseguia encontrar uma maneira de ajudar com tais dificuldades uma sanguessuga profissional como Carry Fisher, que era simplesmente um hábito mental correspondente aos prazeres dos cigarros e dos coquetéis, então decerto poderia fazer o mesmo por uma moça que apelara para seus sentimentos mais nobres e que apresentara sua situação com a confiança de uma criança.

Trenor e a Srta. Bart prolongaram seu passeio até bem depois do pôr-do-sol; e, antes de seu término, o marido de Judy tentara, com algum sucesso, provar que bastava Lily confiar nele que seria possível obter para ela uma bela quantia de dinheiro sem colocar em perigo a pequena renda que possuía. Lily era tão genuinamente ignorante das manipulações do mercado de ações que não compreendeu as explicações técnicas de Trenor e talvez nem tenha percebido que certas partes foram muito vagas; os detalhes confusos que cercavam a transação serviam de véu para seu embaraço e, em meio àquela indistinção, suas esperanças brilharam como lampiões na névoa. Ela compreendeu apenas que seus modestos investimentos seriam misteriosamente multiplicados sem que corressem qualquer risco; e a afirmação de que esse milagre ocorreria em pouco tempo, que não haveria um intervalo enfadonho para o suspense e o arrependimento, dissipou os escrúpulos que lhe restavam.

Mais uma vez, Lily sentiu seu fardo ficar mais leve e, por isso, permitiu-se voltar às atividades reprimidas. Com suas preocupações imediatas dissipadas por um passe de mágica, foi fácil resolver-se a jamais se colocar em uma situação tão difícil de novo; e, com a necessidade de economia e abnegação relegada ao plano de fundo, ela se sentiu preparada para enfrentar qualquer outra exigência possível da vida. Até mesmo permitir que Trenor, durante a volta para casa, se aproximasse mais e colocasse a mão sobre a dela em um gesto de consolo custou-lhe apenas um tremor momentâneo de relutância. Era parte do jogo fazer com que ele acreditasse que seu apelo fora um impulso espontâneo, provocado pelo apreço que ela sentia; e sua sensação renovada de habilidade em lidar com os homens, ao mesmo tempo que a fazia recobrar o orgulho ferido, também ajudava-a a ocultar de si mesma as consequências implicadas na maneira como seu anfitrião agiu. Ele era um homem maçante e vulgar que, sob toda aquela aura de autoridade, consistia em um mero excedente no espetáculo dispendioso pelo qual seu dinheiro pagava: decerto, para uma moça inteligente, seria fácil manipular sua vaidade e mantê-lo em dívida com ela, e não o contrário.

Capítulo 8

O primeiro cheque de mil dólares que Lily recebeu com um garrancho manchado de Gus Trenor aumentou sua autoconfiança na proporção exata em que diminuiu suas dívidas.

A transação se justificara por seu resultado: ela viu quão absurdo teria sido permitir que escrúpulos primitivos a privassem dessa maneira fácil de apaziguar seus credores. Sentiu-se realmente virtuosa ao distribuir a soma na forma de pequenos subornos para os comerciantes com quem lidava, e o fato de que uma nova encomenda acompanhou cada pagamento não diminuiu sua sensação de altruísmo. Quantas mulheres, em seu lugar, teriam feito as encomendas sem fazer os pagamentos!

Lily teve grande facilidade em manter Trenor de bom humor, o que lhe deu mais tranquilidade. Parecia que, por enquanto, prestar atenção em suas histórias, ouvir suas confidências e rir de suas piadas era tudo o que ele ia requerer dela, e a amabilidade com que sua anfitriã encarava tais atenções a livrava de qualquer traço de ambiguidade. A Sra. Trenor evidentemente presumiu que a crescente intimidade de Lily com seu marido era apenas uma maneira encontrada pela jovem de retribuir suas gentilezas.

— Estou tão feliz que você e Gus tenham se tornado tão bons amigos — disse ela com aprovação. — É maravilhoso de sua parte ser tão simpática com ele e aturar as histórias enfadonhas que ele conta. Sei como elas são, pois tive de ouvi-las quando estávamos noivos — tenho certeza de que ele ainda está contando as mesmas. E agora não vou mais precisar viver convidando Carry Fisher para vir aqui e mantê-lo de bom humor. Ela é uma ave de rapina e não tem a menor moral. Vive pedindo que Gus especule em seu nome e tenho certeza de que nunca paga quando perde dinheiro.

A Srta. Bart podia ter um frêmito de horror diante dessa descrição sem o constrangimento de acreditar que a mesma se aplicava a ela. Sua própria posição, decerto, era bastante diferente. A ideia de não pagar o que perdesse estava fora de cogitação, já que Trenor lhe assegurara que certamente não perderia nada. Ao enviar-lhe o cheque, ele explicara que havia ganhado cinco mil graças à "dica" de Rosedale e colocado quatro mil de volta na mesma aplicação, já que havia a promessa de outro grande "acréscimo de rendimento"; Lily, portanto, entendeu que Trenor agora estava usando seu próprio dinheiro para especular e que, por isso, ela não lhe devia nada além da gratidão que um serviço tão insignificante demandava. Tinha uma vaga ideia de que, para levantar o capital inicial, Trenor usara o dinheiro do qual ela extraía sua renda; mas sua curiosidade não se interessou muito por essa questão. Toda ela, no momento, estava concentrada na data provável do próximo "acréscimo de rendimento".

Lily recebeu notícias desse acontecimento algumas semanas mais tarde, na ocasião do casamento de Jack Stepney com a Srta. Van Osburgh. Como prima do noivo, a Srta. Bart fora convidada para ser uma das damas de honra; mas recusara com a desculpa de que, já que era muito mais alta que as outras acompanhantes virginais, sua presença poderia destruir a simetria do grupo. A verdade era que acompanhara noivas demais até o altar: tinha a intenção de ser a figura principal da cerimônia na próxima vez que fosse vista diante dele. Conhecia muito bem os gracejos feitos à custa de jovens que já haviam sido apresentadas à sociedade havia tempo demais e estava resolvida a evitar as exibições de juventude que poderiam levar as pessoas a atribuir-lhe uma idade mais avançada que a sua verdadeira.

O casamento de um membro da família Van Osburgh foi celebrado na igrejinha próxima à propriedade dos pais da noiva, em uma aldeia às margens do Rio Hudson. Foi o tipo de "cerimônia simples no campo" para a qual os convidados são levados em trens especiais e durante a qual as hordas de pessoas não convidadas têm de ser mantidas a distância com a intervenção da polícia. Enquanto essa celebração silvestre ocorria, em uma igreja lotada do último grito da moda e ornada de orquídeas, os representantes da imprensa avançavam, com seus bloquinhos na mão, em meio a um labirinto de presentes de casamento, e o representante de um estúdio cinematográfico armava sua aparelhagem na porta da igreja. Era o tipo de cena na qual Lily muitas vezes se imaginara desempenhando o papel principal e, nessa ocasião, o fato de ser mais uma vez uma mera espectadora em vez da figura mística de véu que ocupava o centro das atenções tornou-a mais decidida a ocupar aquele lugar antes do fim do ano. O fato de suas preocupações imediatas terem sido dissipadas não a cegava para a possibilidade de sua recorrência; apenas dava-lhe ânimo o suficiente para não afundar sob suas dúvidas e sentir uma fé renovada em sua beleza, sua habilidade e sua capacidade geral de atrair um destino brilhante. Não era possível que uma pessoa consciente de tal aptidão para a supremacia e a alegria estivesse fadada a um perpétuo fracasso; e seus erros lhe pareciam facilmente reparáveis à luz de sua autoconfiança restaurada.

Essas reflexões se tornaram ainda mais pertinentes quando Lily viu, em um banco de igreja próximo, o perfil sério e a barba bem aparada do Sr. Percy Gryce. Havia algo de nupcial no aspecto dele: a grande gardênia branca tinha um ar simbólico que ela considerou um bom presságio. Visto em meio a um grupo como aquele, Percy, afinal, não lhe pareceu ter um aspecto ridículo: uma pessoa de boa vontade poderia ter descrito seu corpo pesado como robusto, e lhe favorecia a postura de passividade indolente que realça as estranhezas dos inquietos. Lily acreditava que ele era o tipo de homem cujas associações sentimentais afloravam diante das cenas convencionais de um casamento e se imaginou, na intimidade das estufas dos Van Osburgh, manipulando habilmente aquelas sensibilidades que haviam sido preparadas para suas mãos. Na verdade, quando ela olhou as mulheres ao redor e se lembrou do reflexo que vira em seu espelho, não lhe pareceu que seria necessária nenhuma habilidade especial para reparar seu erro e fazê-lo cair mais uma vez a seus pés.

A visão dos cabelos negros de Selden em um banco quase em frente ao dela perturbou por um instante o equilíbrio de sua autossatisfação. Após o sangue que lhe subiu às faces quando seus olhos se encontraram com os dele surgiu um movimento contrário, uma onda de resistência e afastamento. Lily não queria vê-lo de novo, não por temer sua influência, mas porque a presença dele sempre tinha o efeito de vulgarizar suas aspirações, de deixar seu mundo inteiro fora de foco. Além disso, Selden era a lembrança viva do pior erro de sua carreira, e o fato de ter sido a causa deste não suavizava os sentimentos dela em relação a ele. Lily ainda era capaz de imaginar uma existência ideal na qual, com a abundância de todo o resto, um relacionamento com Selden poderia ser o último toque de luxo; mas, no mundo como ele era, tal privilégio provavelmente custava mais do que valia.

— Lily, querida, você nunca esteve tão linda! Parece que algo delicioso acabou de acontecer com você!

A jovem que expressou dessa forma sua admiração pela amiga exuberante não sugeria, com sua própria aparência, possibilidades tão felizes. A Srta. Gertrude Farish, na verdade, era a personificação da mediocridade e da ineficácia. Se havia qualidades compensadoras em seu olhar franco e no frescor de seu sorriso, essas eram qualidades que apenas um observador amável perceberia antes de notar que seus olhos eram de um cinza vulgar e que seus lábios não tinham nenhuma curva fascinante. A própria Lily ora sentia pena por suas limitações, ora impaciência pelo contentamento com que Gerty as aceitava. Para a Srta. Bart, assim como para sua mãe, a aquiescência ao desmazelo era uma prova de estupidez; e havia momentos em que, na consciência de sua própria habilidade em parecer e ser exatamente aquilo que a ocasião exigia, ela sentia que as outras moças eram feias e inferiores por escolha. Decerto ninguém precisava confessar tamanha aceitação do próprio destino quanto a que era revelada na cor "útil" do vestido de

Gerty Farish e no desenho discreto de seu chapéu: é uma inépcia quase tão grande permitir que suas roupas mostrem que você sabe que é feia quanto deixá-las proclamar que pensa que é bela.

É claro que, como Gerty era fatalmente pobre e desmazelada, fora inteligente da parte dela se envolver com filantropia e frequentar os concertos da filarmônica; mas havia algo de irritante em sua presunção de que a vida não continha nenhum prazer maior e que era possível extrair tanto interesse e excitação dela em um apartamento pequeno quanto nos esplendores da propriedade dos Van Osburgh. Hoje, no entanto, seus trinados entusiasmados não irritaram Lily. Eles pareceram apenas realçar ainda mais a sua própria beleza excepcional e dar a seu plano de vida uma vasta imensidão.

— Vamos espiar os presentes antes de os outros deixarem a sala de jantar! — sugeriu a Srta. Farish, dando o braço à amiga. Era típico dela sentir um interesse sentimental e desinteressado por todos os detalhes de um casamento: era o tipo de pessoa que sempre ficava com o lenço na mão durante a cerimônia e ia embora levando um pedaço de bolo embrulhado.

— Está tudo tão lindo, não está? — continuou a Srta. Farish, quando elas entraram na sala distante que fora separada para a exibição do butim matrimonial da Srta. Van Osburgh. — Eu sempre digo que ninguém faz nada melhor do que minha prima Grace! Você já provou algo mais delicioso do que a mousse de lagosta com molho de champanhe? Tinha decidido há semanas que não ia perder este casamento, e imagine só como tudo se resolveu maravilhosamente bem. Quando Lawrence Selden soube que eu vinha, insistiu em ir pessoalmente me buscar em casa e me levar na estação e, quando voltarmos esta noite, ele vai jantar comigo no Sherry's. Palavra, estou tão animada que é como se a noiva fosse eu!

Lily sorriu: sabia que Selden sempre fora gentil com a prima enfadonha e às vezes se perguntara por que ele desperdiçava tanto tempo de maneira tão mal remunerada; mas, agora, pensar nisso a fez sentir um vago prazer.

— Você o vê com frequência? — perguntou ela.

— Sim; ele muitas vezes tem a bondade de ir me visitar aos domingos. E, de tempos em tempos, vamos a uma peça juntos; mas, ultimamente, não o tenho visto tanto. Ele não tem estado com a cara boa e parece nervoso e irrequieto. Meu querido Selden! Gostaria que se casasse com uma boa moça. Disse-lhe isso hoje, mas ele respondeu que não gostava das moças muito boas e que as outras não gostavam dele — mas estava brincando, é claro. Jamais seria capaz de se casar com uma moça que *não fosse* boa. Ah, querida, você já viu pérolas assim antes?

Elas haviam parado diante da mesa na qual estavam à mostra as joias da noiva, e o coração de Lily pulsou de inveja quando ela viu o reflexo da luz em suas superfícies — o brilho leitoso de pérolas perfeitas, o lampejo dos rubis tornado mais forte pelo contraste com o veludo, os intensos raios azuis das safiras que chamejavam, cercadas por diamantes: todos aqueles matizes preciosos realçados e aprofundados pelos mais variados engastes. O fulgor das pedras aqueceu o sangue de Lily como o vinho. De maneira mais absoluta do que qualquer outra expressão de riqueza, elas simbolizavam a vida que ela queria levar, a vida de superioridade e refinamento exigente em que cada detalhe precisava ter o acabamento de uma joia, com o todo formando um engaste harmonioso para sua própria raridade preciosa.

— Ah, Lily, olhe só esse pingente de diamante — é do tamanho de um prato de jantar! Quem será que deu? — A Srta. Farish, que era míope, debruçou-se sobre o cartão que acompanhava o presente. — *Sr. Simon Rosedale.* Como? Aquele homem horroroso? Ah, sim — lembrei que ele é amigo de Jack e suponho que minha prima Grace teve de convidá-lo; mas ela deve detestar permitir que Gwen aceite um presente dele.

Lily sorriu. Duvidava da relutância da Sra. Van Osburgh, mas conhecia o hábito da Srta. Farish de atribuir seus próprios sentimentos delicados às pessoas que tinham menos probabilidade de serem importunadas por eles.

— Bem, se Gwen não quiser ser vista usando isso, sempre pode trocar por outra coisa — comentou ela. — Ah, aqui está algo muito mais bonito — continuou. — Olhe só essa safira branca divina. Tenho certeza de que a pessoa que a escolheu o fez com muito cuidado. Que nome é esse? Percy Gryce? Ah, então não estou surpresa! — A Srta. Farish deu um sorriso significativo ao recolocar o cartão no lugar. — Você deve ter ouvido falar, é claro, que ele está completamente apaixonado por Evie Van Osburgh. Grace está tão contente — é o maior romance! Ele a conheceu na casa de George e Bertha Dorset, há apenas seis semanas, e é um casamento maravilhoso para a querida Evie. Ah, não estou falando do dinheiro — é claro que ela própria tem bastante. Mas Evie é uma menina tão tranquila e caseira, e parece que ele tem os mesmos gostos; de modo que os dois são perfeitos um para o outro.

Lily olhava fixamente para a safira branca em seu leito de veludo. Evie Van Osburgh e Percy Gryce? Ela repetiu mentalmente os nomes, com imenso desdém. *Evie Van Osburgh*? A mais nova, mais gorducha e mais enfadonha das quatro filhas gorduchas e enfadonhas para quem a Sra. Grace Van Osburgh, com uma astúcia inigualável, arrumara maridos invejáveis. Ah, sortudas são as moças que são criadas ao abrigo do amor de uma mãe — uma mãe que sabe como criar oportunidades sem conceder favores, como tirar vantagem de proximidade sem permitir que o apetite se perca com o hábito! A moça mais esperta pode calcular mal ao cuidar dos próprios interesses, pode ceder demais em um momento e se afastar demais no seguinte: é preciso a vigilância e a clarividência constante de uma mãe para fazer com que as filhas caiam, a salvo, nos braços da riqueza e do prestígio!

A leveza efêmera de Lily afundou sob o peso de uma sensação renovada de fracasso. A vida era estúpida demais, errada demais! Por que os milhões de Percy Gryce tinham de se unir a outra grande fortuna, por que aquela menina desajeitada tinha de se tornar possuidora de poderes que jamais saberia como usar?

Ela foi despertada dessas especulações com um toque familiar no braço e, ao se virar, viu Gus Trenor ao seu lado. Sentiu um arrepio de irritação: que direito tinha ele de tocá-la? Por sorte, Gerty Farish fora caminhando distraidamente até a próxima mesa e eles estavam a sós.

Trenor, parecendo mais corpulento do que nunca na casaca apertada e com um rubor desagradável provocado pelas libações matrimoniais, fitou-a com franca aprovação.

— Minha nossa, Lily, você está de fechar o comércio!

Gradualmente, ele passara a usar o primeiro nome dela, que jamais encontrara o momento correto para corrigir isso. Além do mais, em seu círculo, todos os homens e mulheres se tratavam pelo primeiro nome; era apenas nos lábios de Trenor que aquela familiaridade tinha um significado desagradável.

— Bem — continuou ele, ainda alegremente inconsciente da irritação dela —, já decidiu qual desses berloques vai mandar duplicar na Tiffany's amanhã? Tenho um cheque para você no bolso que vai ajudar bastante!

Lily olhou-o, assustada: sua voz estava mais alta do que o normal e a sala começava a encher de gente. Mas, quando ela se assegurou de que os outros ainda estavam a uma distância segura, uma sensação de prazer substituiu a apreensão.

— Outro dividendo? — perguntou, sorrindo e se aproximando de Trenor no desejo de não ser ouvida.

— Bem, não exatamente: eu vendi na alta e arrumei quatro paus para você. Nada mal para uma principiante, hein? Acho que vai começar a pensar que é uma especuladora bastante esperta. E talvez não considere o pobre Gus um tremendo imbecil, como algumas outras pessoas.

— Eu o considero o mais gentil dos amigos; mas não posso agradecer de maneira adequada aqui.

Lily permitiu que seus olhos brilhassem fixos nos de Trenor para compensar pelo aperto de mão que ele teria exigido se eles estivessem a sós — e como ficou feliz por não estarem! Aquela notícia a fez ser tomada pela felicidade produzida pela súbita cessação de uma dor física. O mundo não era tão estúpido e errado assim, afinal de contas: de tempos em tempos, até os menos afortunados tinham um lance de sorte. Ao pensar nisso, ela começou a recobrar o ânimo: era uma característica sua que a menor das boas-venturas desse asas a todas as suas esperanças. No instante seguinte, Lily refletiu que Percy Gryce não estava perdido para sempre; e sorriu ao pensar no desafio que seria arrancá-lo de Evie Van Osburgh. Que chance tinha aquela menina simplória diante dos seus esforços? Ela olhou em torno, torcendo para ver Gryce; mas, em vez dele, deparou-se com as feições lustrosas do Sr. Rosedale, que estava passando pela multidão com um ar meio obsequioso, meio intrusivo, como se ele, no momento em que tivesse sua presença notada, fosse inflar até ficar do tamanho da sala.

Sem desejar ser a causa dessa expansão, Lily rapidamente transferiu o olhar para Trenor, para quem a expressão de sua gratidão não pareceu ser a recompensa absoluta que ela a considerava.

— Para o diabo com seus agradecimentos — não quero que me agradeça, mas *queria* a chance de trocar duas palavrinhas com você de vez em quando — resmungou ele. — Achei que ia passar o outono inteiro conosco e quase não pus os olhos em você no último mês. Por que não volta para Bellomont esta noite? Estamos só nós dois e Judy está com um bico deste tamanho. Venha me alegrar, por favor. Se concordar, levo você de automóvel, e pode ligar para sua criada e pedir a ela que leve suas roupas da cidade no próximo trem.

Lily sacudiu a cabeça com uma expressão encantadora, fingindo pesar.

— Gostaria de poder — mas é impossível. Minha tia voltou para a cidade e eu preciso ficar com ela durante os próximos dias.

— Bem, eu a vejo bem menos desde que ficamos tão camaradas do que quando você era amiga de Judy — continuou Trenor, com uma sagacidade inconsciente.

— Quando eu era amiga de Judy? E não sou mais? Realmente, você diz os maiores absurdos! Se eu vivesse em Bellomont, ia se cansar de mim muito mais depressa do que Judy — mas venha me ver na casa da minha tia na próxima tarde que estiver na cidade; aí, vamos poder conversar com calma e você vai poder me dizer como devo investir minha fortuna.

Era verdade que, nas últimas três ou quatro semanas, Lily se ausentara de Bellomont sob o pretexto de que tinha outras visitas a fazer; mas, agora, começava a sentir que a dívida da qual conseguira se esquivar fora se multiplicando durante aquele ínterim.

A perspectiva de conversar com calma não pareceu tão plenamente satisfatória para Trenor como ela esperara, e seu cenho continuava franzido quando ele disse:

— Ah, não sei se posso lhe prometer uma dica nova todos os dias. Mas há algo que pode fazer por mim; seja só um pouco simpática com Rosedale. Judy prometeu convidá-lo para jantar quando nós voltarmos para a cidade, mas eu não consigo convencê-la a chamá-lo para ir a Bellomont e, se você me deixasse trazê-lo aqui agora, faria toda a diferença do mundo. Acho que nem duas mulheres falaram com ele esta tarde, e posso lhe garantir que é um camarada com quem vale a pena ser cortês.

A Srta. Bart fez um gesto de impaciência, mas reprimiu as palavras que pareciam prestes a acompanhá-lo. Afinal, aquela era uma maneira inesperadamente fácil de pagar sua dívida; e ela também tinha seus próprios motivos para ser simpática com o Sr. Rosedale.

— Ah, traga-o aqui, claro — disse Lily, sorrindo. — Talvez eu consiga obter sozinha uma dica dele.

Trenor fez uma pausa abrupta e seus olhos se fixaram nos dela com uma expressão que a fez corar.

— Mas veja só — não se esqueça de que ele é um diabo de um pelintra — disse ele; e, com uma leve risada, ela se virou para a janela aberta perto da qual eles estavam.

A multidão dentro da sala havia aumentado, e Lily desejava espaço e ar fresco. Encontrou ambos no terraço, onde apenas alguns homens fumavam cigarros e tomavam licor devagar, enquanto casais esparsos passeavam sobre o gramado, caminhando até os canteiros tingidos com as cores do outono.

Quando Lily saiu, um homem deixou o grupo de fumantes e se aproximou dela, que se viu cara a cara com Selden. A aceleração do pulso que sua proximidade sempre causava foi aumentada por uma leve sensação de embaraço. Eles não haviam se encontrado desde sua caminhada naquela tarde em Bellomont e a lembrança, para Lily, ainda era tão vívida que ela mal podia acreditar que Selden estivesse menos consciente desta. Mas seu cumprimento não expressou mais do que a satisfação que toda mulher bonita espera ver refletida nos olhos dos homens; e essa descoberta, ainda que desagradável para a vaidade da Srta. Bart, foi tranquilizadora para os seus nervos. Entre o alívio por ter escapado de Trenor e a vaga apreensão com o encontro com Rosedale, era um prazer descansar um instante naquela sensação de entendimento perfeito que os modos de Lawrence Selden sempre demonstravam.

— Que sorte — disse ele. — Estava me perguntando se ia conseguir trocar uma palavra com a senhorita antes que o trem especial nos levasse de volta. Vim com Gerty Farish e prometi que não ia deixá-la perder o trem, mas tenho certeza de que ela ainda está se deixando comover pelos presentes. Aparentemente, a Srta. Farish vê sua quantidade e valor como provas da afeição desinteressada de ambos os noivos.

Não havia o menor vestígio de constrangimento em sua voz e, enquanto Selden falava, se apoiando de leve na ombreira da janela e deixando que seus olhos pousassem sobre ela, em uma franca admiração de sua elegância, Lily sentiu, com um arrepio de pesar, que ele voltara sem o menor esforço ao tom que eles usavam um com o outro antes de sua última conversa. Sua vaidade ficou ferida diante daquele sorriso incólume. Lily queria ser, para Selden, algo mais do que uma personificação da beleza, uma breve distração para os olhos e o cérebro; e traiu esse desejo em sua resposta.

— Ah — disse ela —, eu invejo a Gerty esse poder de atribuir romance a todas as nossas transações feias e prosaicas! Jamais recuperei minha autoestima desde que o senhor me mostrou quão pobres e desimportantes eram minhas ambições.

As palavras mal haviam saído de sua boca quando Lily percebeu o quanto tinham sido infelizes. Parecia-lhe ser seu destino mostrar seu pior lado a Selden.

— Pensei que ocorrera o contrário — respondeu ele com leveza —, e que eu fora o meio de provar de que elas eram mais importantes do que qualquer coisa para a senhorita.

Foi como se a correnteza ansiosa de seu ser houvesse se deparado com um obstáculo súbito que a fez voltar para dentro de si mesma. Lily olhou-o, tão desamparada quanto uma criança ferida ou assustada: esse eu verdadeiro dela, que ele tinha a habilidade de extrair de suas profundezas, estava tão pouco acostumado a seguir sozinho!

O apelo de seu desamparo, como sempre, tocou uma corda latente de afeição que havia dentro dele. Não teria significado nada para Selden descobrir que a presença dele tornava Lily mais sedutora, mas esse vislumbre de um humor crepuscular cujo segredo apenas ele possuía teve mais uma vez o efeito de colocá-lo ao lado dela em um mundo que era apenas deles dois.

— Pelo menos o senhor não pode pensar de mim nada pior do que aquilo que me diz! — exclamou Lily com uma risada trêmula; mas, antes que Selden pudesse responder, o entendimento que fluía entre eles foi abruptamente interrompido pelo ressurgimento de Gus Trenor, que se aproximava com o Sr. Rosedale logo atrás.

— Que diabo, Lily, achei que tinha me passado o pé: Rosedale e eu estávamos procurando você pela casa toda!

Sua voz tinha um tom de familiaridade conjugal: a Srta. Bart imaginou detectar nos olhos de Rosedale um brilho divertido que demonstrava uma percepção deste fato, e essa ideia transformou sua antipatia por ele em repugnância.

Lily recebeu a mesura profunda de Rosedale com um leve aceno de cabeça, tornado ainda mais desdenhoso por ela ter acreditado ver em Selden uma expressão de surpresa diante de sua intimidade com aquele homem. Trenor tinha virado de costas e seu amigo continuou de pé diante da Srta. Bart, alerta e expectante, com os lábios sorrindo de qualquer coisa que ela estivesse prestes a dizer e o corpo todo consciente do privilégio de ser visto naquela companhia.

Era o momento de ter tato; de transpor rapidamente os abismos; mas Selden ainda estava debruçado na janela, no lugar de observador objetivo da cena e, sob o feitiço do seu olhar, Lily sentiu-se incapaz de usar os artifícios de sempre. O pavor de que Selden fosse suspeitar de que houvesse alguma necessidade de ela adular um homem como Rosedale a impediu de pronunciar as frases triviais da cortesia. Rosedale ainda estava parado diante de Lily em uma postura expectante, e ela continuou a encará-lo em silêncio, com os olhos na altura de sua careca polida. Seu olhar deu o toque final ao que seu silêncio sugeria.

Ele corou devagar, trocando o peso de um pé para o outro, manuseou a pérola negra gorducha que tinha presa à gravata e retorceu nervosamente o bigode; então, passando os olhos pelo corpo dela, se afastou e disse, com um olhar de soslaio para Selden:

— Palavra que eu nunca vi uma roupa mais batatal. É a última criação daquela modista que a senhorita frequenta no Benedick? Se for, não sei por que as outras mulheres não vão lá também!

As palavras foram atiradas com força contra o silêncio de Lily e ela viu, em um átimo, que seu próprio gesto dera-lhes aquela ênfase. Em uma conversa comum, poderiam ter passado despercebidas; mas, vindo depois de sua pausa prolongada, adquiriam um significado especial. Lily sentiu, sem olhar, que Selden o compreendera de imediato e que inevitavelmente ligaria a alusão a sua visita a ele. A consciência disso aumentou sua irritação com Rosedale, mas também sua sensação de que agora, mais do que nunca, era o momento de apaziguá-lo, por mais odioso que fosse fazê-lo na presença de Selden.

— Como o senhor sabe que outras mulheres não frequentam minha modista? — respondeu ela. — Como vê, não tenho medo de dar o endereço dela para os meus amigos!

Seu olhar e seu tom tão claramente incluíam Rosedale nesse círculo privilegiado que os olhinhos dele se arregalaram de prazer e um sorriso significativo fez subir as pontas de seu bigode.

— Ora essa, mas não precisa ter! Podia dar a roupa inteira para elas e mesmo assim ganhar de lavada!

— Ah, como o senhor é gentil; e seria ainda mais se me levasse até um canto sossegado e pegasse para mim um copo de limonada ou outra bebida inocente qualquer antes que tenhamos de ir correndo pegar o trem.

Lily virou de costas enquanto falava, permitindo que Rosedale desfilasse ao seu lado por entre os grupos que se reuniam no terraço, enquanto cada um de seus nervos pulsava com a consciência do que Selden devia ter pensado da cena.

Mas, sob sua sensação de raiva da perversidade das coisas e da superficialidade de sua conversa com Rosedale, uma terceira ideia persistia: ela não pretendia ir embora sem tentar descobrir a verdade sobre Percy Gryce. O acaso, ou talvez a vontade dele, os mantivera separados desde sua partida apressada de Bellomont; mas a Srta. Bart era especialista em tirar o máximo de vantagem do inesperado, e os incidentes desagradáveis dos últimos minutos — o fato de ela ter revelado para Selden exatamente aquela parte de sua vida que mais queria que ele ignorasse — aumentaram seu desejo por um abrigo, por uma maneira de escapar de tais contingências humilhantes. Qualquer situação definitiva seria mais tolerável que essa necessidade constante de se esquivar das eventualidades que a mantinha em uma postura alerta de inquietação diante de todas as possibilidades da vida.

Lá dentro, havia uma sensação geral de dispersão no ar, como a de uma plateia que se prepara para partir depois que os atores principais deixaram o palco; mas, entre os grupos que restavam, Lily não encontrou nem Gryce, nem a mais jovem Srta. Van Osburgh. O fato de ambos estarem ausentes pareceu-lhe um mau presságio; e ela deixou o Sr. Rosedale encantado ao propor que eles fossem até as estufas na outra ponta da casa. Na longa série de cômodos havia gente o suficiente para tornar conspícua aquela caminhada, e Lily percebeu que estava recebendo olhares divertidos e curiosos, que ricochetearam sem causar nenhum dano tanto na indiferença dela quanto na autossatisfação dele. Naquele momento, Lily não se importava quase nada em ser vista com Rosedale: toda a sua mente estava voltada para o objeto de sua busca. Este último, no entanto, não foi descoberto nas estufas, e ela, oprimida por uma súbita convicção de seu fracasso, estava pensando em uma forma de se livrar de seu acompanhante, que se tornara supérfluo, quando eles dois se depararam com a Sra. Van Osburgh, corada e exausta, mas radiante com a consciência do dever cumprido.

Ela fitou-os por um instante com o olhar benévolo, porém vago, da anfitriã cansada, para quem seus convidados se tornaram meros pontinhos girando em um caleidoscópio de fadiga; então sua atenção se focou de repente e ela agarrou a Srta. Bart em um gesto confidencial.

— Minha querida Lily, não tive tempo de trocar nem uma palavra com você e agora suponho que já esteja indo embora. Já viu Evie? Ela estava lhe procurando pela casa toda: queria lhe contar seu segredinho; mas acredito que já tenha adivinhado. O noivado só vai ser anunciado na semana que vem — mas você é tão amiga do Sr. Gryce que eles dois queriam que fosse a primeira a saber o quanto estão felizes.

Capítulo 9

Durante a juventude da Sra. Peniston, a moda era voltar para a cidade em outubro; portanto, no décimo dia do mês, as persianas de sua residência na Quinta Avenida eram erguidas, e os olhos da réplica de bronze de *O gálata moribundo* que ocupava a sala de estar voltavam a examinar a via deserta.

As primeiras duas semanas após sua volta eram para a Sra. Peniston o equivalente doméstico de um retiro religioso. Ela perscrutava os lençóis e os cobertores exatamente com o mesmo estado de espírito de um penitente explorando os recônditos da consciência; buscava traças como uma alma abalada buscando as enfermidades ocultas. A prateleira mais alta de todos os armários era obrigada a revelar os seus segredos, o porão e o depósito de carvão eram esquadrinhados até as profundezas mais escuras e, no estágio final desse rito de purificação, a casa inteira era coberta por um branco contrito e alagada por uma espuma expiatória.

Foi durante essa fase do processo que a Srta. Bart entrou na casa, na tarde em que voltou do casamento de Gwen Van Osburgh. A viagem de volta não fora ideal para lhe acalmar os nervos. Embora o noivado de Evie Van Osburgh ainda fosse oficialmente um segredo, ele havia sido compartilhado com os inúmeros amigos íntimos da família; e o trem repleto de convidados que retornavam à cidade fervilhava de alusões e expectativas. Lily tinha plena consciência de seu papel naquele drama sussurrado: sabia o tipo exato de divertimento que a situação provocava. As distrações vulgares de seus amigos incluíam o riso alto de tais complicações; o gosto de surpreender o destino no ato de pregar uma peça. Ela sabia bem como se comportar em situações difíceis. Dominava com precisão aquela postura que ficava entre a vitória e a derrota; e cada insinuação foi rebatida sem esforço pela alegria indiferente que demonstrou. Mas estava começando a ficar cansada daquela máscara; sua resistência durou menos tempo do que o normal, e ela afundou em uma repugnância mais profunda por si mesma.

Como sempre acontecia com Lily, essa repulsa moral encontrou expressão física em um desgosto mais agudo por seu entorno. Ela sentiu aversão da feiura complacente do interior de nogueira-negra da casa da Sra. Peniston, do brilho escorregadio dos azulejos do vestíbulo e do odor de sapólio e cera para móveis que a recebeu na porta.

A escada ainda estava sem o carpete e, quando se encontrava a caminho de seu quarto, Lily foi impedida de seguir ao chegar à plataforma por uma maré de espuma. Erguendo as saias, ela se afastou com um gesto impaciente; e, ao fazê-lo, teve a estranha sensação de já ter estado na mesma situação, mas em um lugar diferente. Pareceu-lhe que estava, mais uma vez, descendo a escada do prédio de Selden; e, olhando para baixo para ralhar com a pessoa responsável por aquela inundação, Lily viu-se diante dos mesmos olhos erguidos que já a haviam confrontado em circunstância similar. Era a faxineira que, apoiada em seus cotovelos escarlates, a examinava com a mesma curiosidade descarada, a mesma aparente relutância em deixá-la passar. Nesta ocasião, no entanto, a Srta. Bart estava em seu próprio território.

— Não está vendo que eu quero subir? Por favor, mova o seu balde — disse, com rispidez.

A mulher, a princípio, pareceu não escutar; então, sem qualquer pedido de desculpas, empurrou o balde e esfregou a plataforma da escada com um pano de chão molhado, mantendo os olhos fixos em Lily enquanto esta última passava. Era insuportável que a Sra. Peniston permitisse que tais criaturas se espalhassem pela casa; e Lily entrou em seu quarto decidida a fazer com que a mulher fosse demitida naquela noite.

A Sra. Peniston, no entanto, não estava disponível para receber reclamações naquele momento: desde o início da manhã, se trancara com a criada e pusera-se a examinar suas peles, um processo que era o episódio culminante no drama da renovação doméstica. À noite, Lily também ficou sozinha, pois sua tia, que raramente jantava fora, havia atendido à convocação de uma prima da família Van Alstyne que estava de passagem pela cidade. A casa, em seu estado antinatural de imaculabilidade e ordem, parecia tão lúgubre quanto um túmulo, e quando Lily, erguendo-se da mesa após uma breve refeição feita entre aparadores protegidos por capas, entrou distraidamente na sala de estar e foi ofuscada pelo brilho dos móveis recém-descobertos do cômodo, sentiu que havia sido enterrada viva nos limites sufocantes da existência da Sra. Peniston.

Ela em geral conseguia evitar estar em casa durante a temporada de renovação doméstica. Nesta ocasião, no entanto, uma variedade de motivos a tinham levado de volta à cidade; sendo que o principal deles fora o fato de que recebera menos convites do que o normal para o outono. Fazia tanto tempo que Lily estava acostumada a passar de uma casa de campo a outra, até o fim da temporada de festas levar seus amigos de volta à cidade, que os períodos de tempo livre que a confrontaram produziram uma sensação aguda de popularidade decrescente. Era verdade o que dissera para Selden — as pessoas estavam cansadas dela. Elas a acolheriam em um novo papel, mas o da Srta. Bart já conheciam de cor. A própria Lily já se conhecia de cor e estava cansada da velha história. Havia momentos em que ansiava cegamente por qualquer coisa diferente, qualquer coisa estranha, remota e inédita; mas os voos mais altos de sua imaginação só a mostravam levando a vida de sempre, mas em um cenário novo. Lily só conseguia ver-se em uma sala de estar, disseminando elegância como uma flor exala perfume.

De qualquer maneira, com o avanço de outubro, ela precisara encarar a alternativa de voltar para a propriedade dos Trenor ou ir encontrar-se com a tia na cidade. Mesmo o enfado desolador de Nova York em outubro e os desconfortos ensaboados do interior da casa da Sra. Peniston pareceram-lhe preferíveis àquilo que a esperava em Bellomont; e, com um ar de devoção heroica, ela anunciara sua intenção de permanecer com a tia até o final do ano.

Sacrifícios dessa natureza às vezes são recebidos com a mesma relutância com que são oferecidos; e a Sra. Peniston comentou com a criada com quem trocava confidências que, se alguém da família tinha de estar ao seu lado em uma crise como aquela (embora ela, durante quarenta anos, houvesse sido considerada competente o suficiente para supervisionar suas próprias cortinas sendo penduradas), ela certamente teria preferido a Srta. Grace à Srta. Lily. Grace Stepney era uma prima obscura de modos adaptáveis que se interessava pelos interesses alheios e vinha fazer companhia à Sra. Peniston quando Lily jantava fora com frequência demais; ela jogava *bézique*, pegava os pontos que escapuliam da agulha de tricô, lia em voz alta os obituários no *Times* e admirava com sinceridade as cortinas de cetim roxo da sala de estar, *O gálata moribundo* na janela e o quadro de 13 por 18 centímetros das cataratas do Niágara que representava o único excesso artístico de toda a vida regrada do Sr. Peniston.

A Sra. Peniston, em circunstâncias normais, se aborrecia tanto com sua excelente prima quanto qualquer pessoa recebedora de tais serviços se aborrece com aquelas que os prestam. Ela preferia a arrebatadora e inconstante Lily, que não sabia distinguir uma ponta da agulha de crochê da outra e frequentemente feria sua sensibilidade sugerindo que a sala de estar fosse redecorada. Mas, na hora de procurar guardanapos perdidos ou de ajudar a decidir se a escada dos fundos precisava de um carpete novo, então o discernimento de Grace decerto era maior que o de Lily: para não falar do fato de que essa última se ressentia do cheiro de cera de abelha e sabonete de lixívia e se comportava como se achasse que uma casa deveria se manter limpa sozinha, sem ajuda externa.

Sentada sob o brilho melancólico do candelabro da sala de estar — a Sra. Peniston só acendia as lâmpadas quando havia convidados — Lily teve a impressão de ver a própria silhueta se afastando em meio a uma vasta e enfadonha paisagem de cores neutras e chegando enfim a uma meia-idade como a de Grace Stepney. Quando ela deixasse de entreter Judy Trenor e suas amigas, seria obrigada a entreter a Sra. Peniston; para onde quer que olhasse, só via um futuro de submissão aos caprichos dos outros, nunca a possibilidade de asserção de sua própria individualidade ardente.

Um toque da campainha, que ecoou enfaticamente por toda a casa vazia, a despertou e a faz se dar conta do quanto estava aborrecida. Era como se todo o cansaço dos últimos meses houvesse culminado na vacuidade daquela noite interminável. Ah, se aquela campainha fosse um chamado do mundo lá fora — uma prova de que ela ainda era lembrada e querida!

Após uma certa demora, uma criada surgiu anunciando que havia uma pessoa lá fora pedindo para ver a Srta. Bart; e, após Lily exigir uma descrição mais específica, ela acrescentou:

— É a Sra. Haffen, senhorita; ela se recusa a dizer o que quer.

Lily, para quem aquele nome não significava nada, abriu a porta e deparou-se com uma mulher de chapéu puído firmemente plantada sob a luz do vestíbulo. O brilho forte e direto das lâmpadas a gás mostrou uma figura familiar, com seu rosto bexiguento e a calva avermelhada visível por entre os fios do cabelo fino e cor de palha. Lily olhou a faxineira, surpresa.

— Você queria me ver? — perguntou.

— Quero dar uma palavrinha com a senhorita. — O tom não era nem agressivo nem conciliatório: não revelava nada sobre o objetivo da mulher. Ainda assim, um instinto qualquer de cautela mandou Lily se recolher em um local onde a criada, que continuava por perto, não pudesse ouvi-la.

Ela fez um sinal indicando que a Sra. Haffen deveria vir até a sala de estar e fechou a porta depois que elas entraram.

— O que deseja? — indagou.

A faxineira, seguindo o hábito de suas colegas de profissão, estava postada com os braços cruzados dentro do xale. Após desembaraçar-se deste, ela mostrou um pequeno embrulho feito de jornal sujo.

— Tenho algo aqui que talvez lhe interesse, Srta. Bart. — A mulher pronunciou o nome com uma ênfase desagradável, como se sabê-lo fizesse parte do motivo de estar ali. Para Lily, a entonação pareceu uma ameaça.

— Você encontrou algo que me pertence? — perguntou ela, esticando a mão.

A Sra. Haffen se afastou.

— Bem, para falar a verdade, acho que isso é mais meu do que de qualquer outra pessoa.

Lily olhou-a, perplexa. Agora tinha certeza de que os modos da visitante expressavam uma ameaça; mas, por mais que fosse especialista em certas situações, nada em suas experiências a preparara para o significado exato daquela cena. Ela sentiu, no entanto, que devia pôr um fim nesta o quanto antes.

— Não compreendo; se esse embrulho não é meu, por que você pediu para me ver?

A mulher não se encabulou com a pergunta. Estava evidentemente preparada para responder a ela, mas, como todas as pessoas de sua classe, precisava retroceder muito antes de começar, e foi só depois de uma pausa que respondeu:

— Meu marido trabalhou de zelador do Benedick até o dia primeiro deste mês; depois disso, não conseguiu arrumar mais nada.

Lily permaneceu em silêncio, e ela continuou:

— E nem foi culpa nossa, nem nada: o homem da agência tinha outro rapaz que queria empregar e a gente foi expulso de mala e cuia, só pela vontade dele. Eu tive uma doença longa no inverno passado e fiz uma operação que comeu quase tudo o que a gente tinha guardado; e é difícil para mim e as crianças, com meu marido desempregado há tanto tempo.

Afinal de contas, ela viera apenas pedir que a Srta. Bart conseguisse um emprego para o marido; ou, o que era mais provável, requisitar que a jovem interviesse junto à Sra. Peniston. Lily tinha tal aparência de sempre conseguir o que queria que estava acostumada que lhe pedissem para servir de intermediária e, aliviada de sua vaga apreensão, se refugiou em uma frase convencional.

— Lamento que vocês tenham passado maus bocados — disse.

— Ah, passamos mesmo, moça, e está só no começo. Se a gente conseguisse outro lugar para ficar — mas o homem da agência, ele pegou implicância de nós. Não é nossa culpa, nem nada, mas...

Nesse momento, a impaciência de Lily ficou mais forte.

— Se você tem algo a me dizer... — interrompeu ela.

O ressentimento da mulher diante dessa frieza pareceu incitá-la a seguir adiante.

— Tenho, moça. Eu já chego lá — disse ela. A faxineira calou-se de novo, com os olhos fixos em Lily, e então continuou, no tom de quem fazia uma narrativa difusa. — Quando a gente estava no Benedick, eu cuidava dos aposentos de alguns dos senhores; pelo menos, varria os cômodos aos sábados. Alguns dos senhores recebiam uma enormidade de cartas; eu nunca vi igual. As lixeiras chegavam a transbordar, com os papéis esparramados no chão. Acho que, por receberem tantas, eles acabam sendo descuidados. Alguns são piores do que os outros. O Sr. Selden, Sr. Lawrence Selden, sempre foi um dos mais cuidadosos: queimava as cartas no inverno e rasgava em pedacinhos no verão. Mas, às vezes, recebia tantas que só amassava tudo junto, que nem os outros, e rasgava de uma vez — assim.

Enquanto falava, a mulher abrira o barbante que fechava o embrulho em suas mãos e, então, tirou dali uma carta que colocou sobre a mesa, entre si e a Srta. Bart. Como ela dissera, a carta estava rasgada ao meio; mas, com um gesto rápido, a faxineira pôs uma metade ao lado da outra e alisou a página.

Uma onda de indignação tomou conta de Lily. Ela sentiu que estava na presença de algo vil, que, por enquanto, era apenas uma conjectura vaga — o tipo de vileza sobre a qual as pessoas sussurravam, mas que jamais achara que pudesse tocar sua própria vida. Lily se afastou com um movimento de repulsa, mas sua retirada foi interrompida por uma descoberta súbita: sob o brilho forte do candelabro da Sra. Peniston, ela reconheceu a letra da carta. Era uma caligrafia larga e desconjuntada, com floreios de masculinidade que não disfarçavam muito bem sua falta de firmeza, e as palavras, escritas às pressas com traços grossos sobre um papel de carta de cor pálida, ecoaram em seus ouvidos como se houvessem sido ditas.

A princípio, Lily não compreendeu todo o peso da situação. Entendeu apenas que, diante de seus olhos, estava uma carta escrita por Bertha Dorset e endereçada, presumivelmente, a Lawrence Selden. Não havia data, mas o tom da tinta provava que era comparativamente recente. O embrulho nas mãos da Sra. Haffen sem dúvida continha mais cartas parecidas — uma dúzia, adivinhou Lily, pelo volume. A carta sobre a mesa era curta, mas suas poucas palavras, que haviam pulado para dentro de seu cérebro antes que ela tivesse consciência de lê-las, contavam uma longa história — uma história que, nos últimos quatro anos, fizera as amigas da mulher que a escrevera sorrirem e darem de ombros, vendo-a apenas como uma situação divertida na comédia mundana. Agora, o outro lado se mostrava para Lily, o lado vulcânico e abissal por sobre cuja superfície as conjecturas e as insinuações deslizam com tanta leveza, até que a primeira rachadura transforma seu sussurro em um grito. Lily sabia que aquilo do qual a sociedade mais se ressente é dar sua proteção àqueles que não sabem aproveitá-la: é por ter traído sua conivência que o corpo social pune os infratores que são descobertos. E, nesse caso, não havia dúvida da questão. O código do mundo de Lily decretava que o marido de uma mulher devia ser o único a julgar sua conduta: ela estava tecnicamente acima de qualquer suspeita enquanto estivesse sob o abrigo de sua aprovação, ou mesmo de sua indiferença. Mas, em um homem do temperamento de George Dorset, não podia haver suspeita de aquiescência — quem possuísse as cartas de sua esposa poderia, com um gesto, fazer desabar toda a estrutura da existência dela. E em que mãos havia caído o segredo de Bertha Dorset! Por um instante, a ironia da descoberta fez com que uma vaga sensação de triunfo se misturasse à repugnância de Lily. Mas a repugnância prevaleceu — toda a sua resistência instintiva, de gosto, de criação, dos escrúpulos cegos que herdara, se ergueu contra o outro sentimento. Sua sensação mais forte foi de contaminação física.

Lily se afastou, como quem desejasse colocar a máxima distância possível entre si e a visitante.

— Não sei nada sobre essas cartas — disse. — Não imagino por que as trouxe aqui.

A Sra. Haffen encarou-a sem hesitação.

— Vou lhe dizer por que, moça. Trouxe para vender, pois não tenho outro modo de conseguir dinheiro e, se a gente não pagar o aluguel até amanhã de noite, vamos para a rua. Nunca fiz nada assim antes e, se a senhorita falar com o Sr. Selden ou o Sr. Rosedale sobre empregar meu marido no Benedick de novo — eu vi a senhorita falando com o Sr. Rosedale nos degraus naquele dia em que saiu dos aposentos do Sr. Selden...

O sangue subiu à testa de Lily. Ela, afinal, compreendeu — a Sra. Haffen supunha que Lily era a autora das cartas. Em meio ao primeiro jato de raiva, ela quase tocou a sineta e mandou que a mulher fosse expulsa da casa; mas um impulso obscuro a fez controlar-se. A menção do nome de Selden fizera surgir uma nova associação de ideias. As cartas de Bertha Dorset não significavam nada para Lily — elas que fossem para onde a correnteza da sorte as carregasse! Mas Selden estava inextricavelmente envolvido em seu destino. Os homens, a princípio, não sofrem muito com esse tipo de exposição; e, naquele caso, o lampejo de adivinhação que levara o significado das cartas até o cérebro de Lily também revelou que elas eram apelos — repetidos e, portanto, provavelmente não atendidos — pela renovação de um elo que o tempo, evidentemente, afrouxara. Ainda assim, o fato de que a correspondência havia caído nas mãos de uma estranha tornaria Selden culpado de negligência no tipo de situação em que o mundo menos perdoa tal defeito; e existiam riscos mais graves a serem considerados quando o assunto dizia respeito a um homem com um equilíbrio tão instável quanto Dorset.

Se Lily pesou todas essas coisas, não foi de maneira consciente: só se deu conta da sensação de que Selden iria querer que as cartas fossem recuperadas e que, portanto, ela devia fazê-lo. Seu raciocínio não foi além disso. Lily, na verdade, teve uma visão rápida de si mesma devolvendo o embrulho a Bertha Dorset e das oportunidades que a restituição faria surgir; mas esse pensamento iluminou abismos diante dos quais ela se encolheu, envergonhada.

Enquanto isso, a Sra. Haffen, que de imediato percebera sua hesitação, já abrira o embrulho e dispusera seu conteúdo sobre a mesa. Todas as cartas tinham sido coladas com a ajuda de pedaços de papel fino. Algumas estavam em fragmentos pequenos; outras, apenas rasgadas ao meio. Embora não houvesse muitas, espalhadas daquela maneira elas quase chegavam a cobrir a mesa. O olhar de Lily pousou em uma palavra aqui e ali — e então ela disse, baixinho:

— Quanto você quer por elas?

O rosto da Sra. Haffen ficou vermelho de satisfação. Era evidente que a mocinha estava muito assustada, e a Sra. Haffen era o tipo de mulher que sabia extrair o máximo de tais receios. Percebendo uma vitória mais fácil do que aquela que previra, ela pediu uma soma exorbitante.

Mas a Srta. Bart mostrou que não era uma presa tão fácil quanto se poderia esperar após um início tão imprudente. Ela se recusou a pagar o preço pedido e, após um momento de hesitação, ofereceu metade da quantia.

A Sra. Haffen imediatamente se empertigou. Ela esticou a mão na direção das cartas espalhadas e, dobrando-as devagar, fez menção de colocá-las de volta no embrulho.

— Acho que elas valem mais para a senhorita do que para mim, mas os pobres também precisam viver, que nem os ricos — observou, sentenciosamente.

Lily estava latejando de medo, mas a insinuação fortaleceu sua resistência.

— Você está enganada — disse, com indiferença. — Eu ofereci tudo o que estou disposta a pagar pelas cartas; mas pode haver outras maneiras de obtê-las.

A Sra. Haffen ergueu um olhar desconfiado: era experiente demais para não saber que aquela transação tinha riscos tão grandes quanto suas recompensas, e vislumbrou a complicada engrenagem vingativa que uma palavra daquela jovem autoritária poderia pôr em marcha.

A faxineira enxugou os olhos com a ponta do xale, murmurando através dele que nunca se consegue nada de bom sendo duro demais com os pobres, mas que jamais tinha se metido em nada parecido com aquilo e que jurava por Deus nosso senhor que tudo o que ela e o marido tinham pensado era que as cartas não deviam cair nas mãos de mais ninguém.

Lily permaneceu imóvel, mantendo entre ela e a faxineira a distância máxima compatível com a necessidade de falar em voz baixa. A ideia de barganhar pelas cartas lhe era intolerável, mas ela sabia que, se parecesse fraquejar, a Sra. Haffen imediatamente aumentaria o preço original.

Lily, depois, jamais conseguiria recordar quanto tempo o duelo durou, ou qual foi o golpe decisivo que, afinal, após um período registrado em minutos pelo relógio e em horas pelo ritmo acelerado de seu pulso, deu-lhe a posse das cartas; soube apenas que a porta finalmente foi fechada e que ela viu-se sozinha com o embrulho nas mãos.

Nunca lhe ocorreu ler as cartas; até mesmo desdobrar o jornal sujo da Sra. Haffen teria parecido degradante. Mas o que pretendia fazer com seu conteúdo? O destinatário daquelas cartas tivera a intenção de destruí-las, e era seu dever cumprir esse propósito. Ela não tinha direito de ficar com elas — fazê-lo seria diminuir qualquer que fosse o mérito de tê-las obtido. Mas como destruí-las com a eficácia necessária para que não houvesse risco de caírem em tais mãos? A grade gélida da lareira da sala de estar da Sra. Peniston emitia um brilho nada tranquilizador; o fogo, assim como as lâmpadas, só era aceso quando havia convidados.

A Srta. Bart estava se virando para levar as cartas para o andar de cima quando ouviu a porta da frente se abrir, e sua tia entrou na sala de estar. A Sra. Peniston era uma mulher baixa e roliça, com uma pele descorada e repleta de pequenas rugas. Seu cabelo grisalho estava penteado com precisão e suas roupas pareciam excessivamente novas, porém levemente antiquadas. Eram sempre negras e apertadas, com o brilho do que custava caro: ela era o tipo de mulher que usava azeviche no café da manhã. Lily sempre a via em uma couraça preta brilhante, com botas pequenas e apertadas e um ar de quem estava preparada para dar a largada; mas isso nunca acontecia.

A Sra. Peniston examinou a sala de estar com grande minúcia.

— Vi um facho de luz sob uma das persianas quando estava chegando de carruagem: é extraordinário que jamais tenha conseguido ensinar àquela mulher a baixá-las até o final.

Após corrigir essa irregularidade, ela se sentou sobre uma das poltronas roxas reluzentes; a Sra. Peniston sempre se sentava sobre algo, nunca nele. Então, ela se virou para olhar a Srta. Bart.

— Você parece cansada, querida; suponho que tenha sido a excitação do casamento. Cornelia Van Alstyne não parava de falar no assunto: Molly tinha ido e Gerty Farish entrou um minutinho para nos contar como foi. Achei estranho eles servirem melão antes do consomê: em um casamento, um bufê de café da manhã sempre deve começar com um consomê. Molly não gostou dos vestidos das madrinhas. Julia Melson jurou que eles custaram trezentos dólares cada na Céleste, mas ela disse que não parecia. Que bom que você decidiu não ser uma das madrinhas; aquele tom de salmão não teria ficado bem na sua pele.

A Sra. Peniston sentia um verdadeiro deleite em discutir os menores detalhes de festas às quais não comparecera. Nada a teria convencido a passar pelo esforço e pela fadiga de ir ao casamento de uma Van Osburgh, mas seu interesse pelo evento era tão grande que, após ter ouvido duas versões sobre ele, ela estava preparada para extrair uma terceira da sobrinha. Lily, no entanto, fora deploravelmente descuidada em sua observação dos pormenores da ocasião. Ela não notara qual fora a cor do vestido da Sra. Van Osburgh e não sabia nem dizer se o velho jogo de porcelana de Sèvres dos Van Osburgh fora usado na mesa: a Sra. Peniston, em resumo, descobriu que tinha mais serventia como ouvinte do que como narradora.

— Realmente, Lily, não sei por que você se deu ao trabalho de ir ao casamento se não consegue se lembrar do que aconteceu ou de quem viu lá. Quando eu era moça, costumava guardar o menu de todos os jantares aos quais ia e escrever o nome das pessoas na parte de trás; e só joguei fora as lembranças que os convidados recebiam nos bailes depois da morte do seu tio, quando me pareceu impróprio ter tantas coisas coloridas dentro de casa. Tinha um armário inteiro cheio delas, eu me lembro bem; e, até hoje, sei dizer em que baile ganhei cada uma. Molly Van Alstyne se parece comigo quando eu era moça; é maravilhoso como repara em tudo. Soube dizer à mãe exatamente qual era o corte do vestido da noiva e nós logo vimos, pela dobra nas costas, que deve ter sido um Paquin.

A Sra. Peniston se levantou de repente e aproximou-se do relógio de bronze banhado a ouro com uma estátua de Minerva de capacete que reinava sobre a lareira entre dois vasos de malaquita; ela passou o lenço de renda entre o capacete e o visor da deusa.

— Eu sabia — a criada nunca tira o pó daqui! — exclamou, triunfal, exibindo uma mancha minúscula no lenço; e então, voltando a se sentar, continuou: — Molly achou que a Sra. Dorset era a mulher mais bem vestida da festa. Não duvido que o vestido dela tenha *mesmo* custado mais que o de qualquer outra pessoa, mas a ideia não me agrada muito — uma combinação de pele de marta e *point de milan*.[18] Parece que ela vai a um rapaz novo de Paris, que só aceita encomendas depois de a cliente passar um dia com ele em sua propriedade em Neuilly. Ele diz que precisa estudar a vida doméstica da pessoa para quem vai criar a roupa — uma exigência bastante peculiar, na minha opinião! Mas a própria Sra. Dorset contou isso a Molly: disse que a propriedade era repleta de objetos lindíssimos e que ela realmente lamentou ter de ir embora. Molly disse que nunca a vira tão bonita; ela estava muito entusiasmada e contou que tinha sido a casamenteira que juntara Evie Van Osburgh e Percy Gryce. A Sra. Dorset de fato parece ter uma influência muito boa sobre os rapazes. Ouvi dizer que agora está se interessando por aquele tolo do Silverton, que ficou de cabeça virada por Carry Fisher e que tem perdido dinheiro no jogo barbaramente. Bem, como eu ia dizendo, Evie

---

[18] Tipo de renda muito fina. (N. da T.)

está mesmo noiva: a Sra. Dorset convidou-a para fazer parte do mesmo grupo de hóspedes que Percy Gryce e arranjou a coisa toda, e Grace Van Osburgh está no sétimo céu — tinha quase desistido de casar Evie.

A Sra. Peniston fez outra pausa, mas dessa vez seu escrutínio se voltou não para os móveis, mas para sua sobrinha.

— Cornelia Van Alstyne ficou muito surpresa; ela ouviu dizer que você é que ia se casar com o jovem Gryce. Esteve com os Wetherall logo depois de eles terem se hospedado em Bellomont junto com você, e Alice Wetherall tinha quase certeza de que vocês estavam noivos. Disse que, quando o Sr. Gryce deixou a casa inesperadamente certa manhã, todos imaginaram que tinha corrido à cidade para comprar uma aliança.

Lily se levantou e se moveu na direção da porta.

— Acredito que estou *mesmo* cansada: acho que vou para a cama — disse; e a Sra. Peniston, subitamente absorta pelo fato de que o cavalete que sustentava o retrato feito a carvão do falecido Sr. Peniston não estava perfeitamente alinhado com o sofá em frente, deu-lhe um beijo distraído na testa.

Em seu quarto, Lily aumentou o gás da lareira e olhou a grade ali dentro. Era tão bem polida quanto a do andar de baixo, mas ali, pelo menos, ela podia queimar alguns papéis correndo menos risco de ser admoestada pela tia. Lily não se pôs a fazer isso de imediato, no entanto, desabando em uma poltrona e olhando ao redor, cansada. Seu quarto era grande e confortável — causava inveja e admiração na pobre Grace Stepney, que morava em uma casa de cômodos; mas, contrastado com os tons claros e as vistas luxuosas dos quartos de hóspedes onde passava tantas semanas de sua existência, ele parecia tão lúgubre quanto uma prisão. O guarda-roupa monumental e a moldura da cama de nogueira-negra eram provenientes do quarto do Sr. Peniston, e o papel de parede cor magenta com um desenho em relevo muito usado no início da década de sessenta era coberto por gravuras de aço de caráter anedótico. Lily tentara atenuar esse fundo desprovido de charme com alguns toques frívolos como uma penteadeira com detalhes em renda e uma mesinha de madeira pintada coberta de fotografias; mas, ao olhar em torno, deu-se conta de que seus esforços tinham sido inúteis. Que contraste com a elegância sutil do cenário no qual se imaginara — aposentos que deixariam para trás o luxo complicado do entorno de suas amigas através do uso de toda aquela sensibilidade artística que a fazia considerar-se superior a elas; nos quais cada matiz e cada linha se uniriam para pôr em relevo a sua beleza e dar distinção ao seu lazer. Mais uma vez, a sensação sufocante de feiura física foi intensificada por sua depressão mental, de modo que cada peça ofensiva de decoração pareceu mostrar seu ângulo mais agressivo.

As palavras de sua tia não continham nenhuma novidade; mas haviam voltado a tornar vívida a imagem de Bertha Dorset, sorrindo, bajulada, vitoriosa, expondo-a ao ridículo através de insinuações inteligíveis para todos os membros de seu pequeno grupo. A ideia do ridículo calou mais fundo do que qualquer outra sensação: Lily conhecia todas as expressões do jargão alusivo que podia arrancar a pele das vítimas sem fazer brotar uma gota de sangue. Ela enrubesceu com a lembrança, levantando-se e pegando as cartas. Não tinha mais a intenção de destruí-las: esta fora apagada pela rápida corrosão das palavras da Sra. Peniston.

Em vez disso, Lily aproximou-se de sua escrivaninha e, acendendo uma vela, amarrou e selou o embrulho; então, abriu o guarda-roupa, pegou uma caixa de madeira e colocou as cartas dentro. Ao fazê-lo, ela se deu conta da ironia que era o fato de dever a Gus Trenor os meios de comprá-las.

Capítulo 10

O outono se arrastou monotonamente. A Srta. Bart recebeu um ou dois bilhetes de Judy Trenor, repreendendo-a por não voltar a Bellomont; mas respondeu de forma evasiva, alegando a obrigação de permanecer com a tia. Na verdade, no entanto, ela estava se cansando rapidamente de sua existência solitária ao lado da Sra. Peniston, e apenas a excitação de gastar seu dinheiro recém-adquirido aliviava o enfado de seus dias.

Durante toda a sua vida, Lily vira o dinheiro sair com a mesma rapidez com que entrava e, apesar das teorias que cultivava sobre a prudência de reservar uma parte de seus ganhos, infelizmente ela não tinha, para salvá-la, uma visão clara dos riscos do caminho oposto. Era uma satisfação profunda sentir que, durante alguns meses, pelo menos, seria independente da generosidade das amigas, que poderia se mostrar em público sem se perguntar se algum olhar penetrante detectaria em suas roupas os vestígios do esplendor reaproveitado de Judy Trenor. O fato de o dinheiro libertá-la temporariamente de todas as obrigações menores tornava vaga sua percepção da obrigação maior que ele representava e, jamais tendo sabido antes o que era ter uma soma tão grande ao seu dispor, Lily se demorou deliciosamente na diversão de gastá-la.

Foi em uma ocasião em que fazia isso quando, ao deixar uma loja onde passara uma hora deliberando sobre a encomenda de uma maleta com utensílios de toalete da mais complicada elegância, ela encontrou por acaso a Srta. Farish, que entrara no mesmo estabelecimento com o modesto propósito de consertar seu relógio. Lily estava se sentindo extraordinariamente virtuosa. Tinha decidido adiar a compra da maleta até que recebesse a conta pela capa nova que usaria para ir à ópera, e a resolução a fez sentir muito mais rica do que quando entrara na loja. Quando sentia essa autossatisfação, ela desenvolvia uma capacidade maior de solidariedade e percebeu logo o ar de desânimo da amiga.

A Srta. Farish, aparentemente, tinha acabado de sair da reunião do comitê de uma instituição de caridade com a qual estava envolvida e que se encontrava em dificuldades. O objetivo da associação era disponibilizar aposentos confortáveis, com uma sala de leitura e outras distrações modestas, onde jovens mulheres da categoria empregada nos escritórios do centro da cidade pudessem morar quando estivessem sem função ou precisassem de um descanso, e o relatório financeiro do primeiro ano mostrava uma quantia tão deplorável que a Srta. Farish, convencida da necessidade urgente de tal trabalho, sentia-se proporcionalmente desencorajada pelo pequeno interesse que ele despertava. O hábito de olhar para o outro não fora cultivado em Lily, e ela muitas vezes se aborrecia com a descrição dos esforços filantrópicos da amiga; mas, hoje, sua imaginação vívida se impressionou com o contraste entre sua própria situação e aquela das moças que Gerty ajudava. Elas eram jovens, como Lily: algumas talvez fossem bonitas, algumas não inteiramente desprovidas de uma sensibilidade superior como a sua. Ela se imaginou levando uma vida como a daquelas moças — uma vida em que o sucesso parecia tão miserável quanto o fracasso — e a visão a fez estremecer de comiseração. O preço da maleta ainda estava no seu bolso; e, pegando sua bolsinha de dinheiro, Lily colocou uma bela porção do total na mão da Srta. Farish.

A satisfação extraída desse ato foi tudo aquilo que o mais fervoroso moralista poderia ter desejado. Lily sentiu um novo interesse por si mesma como uma pessoa de instintos caridosos: nunca antes pensara em fazer o bem com a fortuna que tantas vezes sonhara em possuir, mas, agora, seu horizonte foi expandido pela visão de uma filantropia pródiga. Além do mais, lançando mão de uma lógica obscura, ela sentiu que aquele lampejo momentâneo de generosidade justificava todas as extravagâncias anteriores e desculpava quaisquer outras que pudesse cometer no futuro. A surpresa e a gratidão da Srta. Farish confirmaram essa impressão, e Lily despediu-se dela com uma sensação de autoestima que naturalmente confundiu com os frutos do altruísmo.

Mais ou menos nessa época, sua alegria aumentou devido a um convite para passar a semana do feriado de Ação de Graças em uma casa de campo nas montanhas Adirondack.[19] Esse convite, um ano antes, teria provocado uma reação menos imediata, pois a excursão, embora organizada pela Sra. Fisher, tinha como anfitriã oficial uma senhora de origem obscura e ambição social indomável de quem Lily evitara se tornar íntima até então. Agora, no entanto, ela estava disposta a concordar com a Sra. Fisher, cujo ponto de vista era que não importava quem fosse a anfitriã, contanto que tudo estivesse bem feito; e fazer tudo bem (sob uma supervisão competente) era o ponto forte da Sra. Wellington Bry. Essa senhora (cujo consorte era conhecido por "Welly" Bry na Bolsa de Valores e nos círculos esportivos) já sacrificara um marido e inúmeros outros detalhes de menor importância em sua determinação de subir na vida; e, após pôr as garras em Carry Fisher, fora astuta o suficiente para perceber que seria sábio se submeter por completo à direção dela. Tudo, portanto, foi bem feito, pois não havia limites para a prodigalidade da Sra. Fisher quando ela não estava gastando seu próprio dinheiro e, como comentou com sua pupila, um bom cozinheiro era a melhor introdução à alta sociedade. Se os convidados não eram tão seletos quanto a *cuisine*, o Sr. e a Sra. Welly Bry ao menos tiveram a satisfação de aparecer nas colunas sociais ao lado de um ou dois nomes notáveis, sendo que o principal deles, é claro, foi o da Srta. Bart. A jovem foi tratada por seus anfitriões com a deferência apropriada; e estava com aquele tipo de humor no qual tais atenções são aceitáveis, vindas de onde quer que seja. A admiração da Sra. Bry foi o espelho no qual a autossatisfação de

---

[19] Cordilheira no estado de Nova York onde muitos membros da alta classe nova-iorquina construíram casas de campo suntuosas, principalmente na segunda metade do século XIX. (N. da T.)

Lily voltou a ter contornos nítidos. Nenhum inseto pendura seu ninho em fios mais frágeis do que aqueles que sustentam a vaidade humana; e a sensação de ter importância entre os insignificantes foi suficiente para restaurar à Srta. Bart toda a agradável consciência de seu poder. Se aquelas pessoas a cortejavam, aquilo provava que ela ainda era conspícua no mundo ao qual aspiravam; e Lily não deixou de ter certo prazer em deixá-los deslumbrados com sua elegância, em desenvolver neles uma admiração perplexa de sua superioridade.

Talvez, no entanto, esse prazer viesse, mais do que ela imaginava, do estímulo físico da excursão, do desafio do frio revigorante e do exercício árduo, do frêmito com que seu corpo reagia às influências da mata no inverno. Lily voltou à cidade rejuvenescida, consciente de que havia mais cor em suas faces e elasticidade renovada em seus músculos. O futuro parecia repleto de vagas promessas, e todas as suas apreensões se esvaeceram em meio ao seu humor eufórico.

Alguns dias após seu retorno à cidade, ela teve a desagradável surpresa de uma visita do Sr. Rosedale. Ele chegou tarde, na hora dos confidentes, em que a mesa continua posta para o chá diante do fogo, em amistosa expectativa; e seus modos demonstravam uma prontidão a se adaptar à intimidade da ocasião.

Lily, que tinha uma vaga noção de que o Sr. Rosedale estava de alguma maneira ligado à sua sorte no mercado de ações, tentou dar-lhe as boas-vindas que ele esperava; mas havia algo na natureza do ânimo dele que esfriou o dela, que percebeu estar marcando cada etapa da convivência entre eles com um novo erro.

O Sr. Rosedale — que pareceu se sentir imediatamente em casa, sentando-se em uma poltrona adjacente e bebericando seu chá com uma expressão crítica e o comentário "A senhorita devia procurar meu fornecedor para obter algo realmente bom" — pareceu não ter nenhuma consciência da repugnância que fez Lily ficar em uma posição gélida e empertigada do outro lado do bule. Talvez fosse sua própria maneira de manter-se distante que despertou no Sr. Rosedale a paixão dos colecionadores por tudo que é raro e inatingível. Ele, pelo menos, não demonstrou nenhum sinal de ressentimento e parecia preparado a se comportar com toda a familiaridade que faltava aos modos dela.

O objetivo de sua visita era pedir-lhe que fosse à ópera em seu camarote na noite de estreia da temporada e, ao vê-la hesitar, ele disse:

— A Sra. Fisher virá, e eu consegui garantir a presença de um tremendo admirador seu que jamais me perdoará se a senhorita não aceitar.

Como o silêncio de Lily deixou-o com a alusão nas mãos, o Sr. Rosedale acrescentou, com um sorriso confidencial:

— Gus Trenor prometeu vir à cidade só para isso. Imagino que iria bem mais longe pelo prazer de vê-la.

A Srta. Bart foi tomada pela irritação: já era revoltante o suficiente ter de ouvir seu nome associado ao de Trenor; e, nos lábios de Rosedale, a insinuação era particularmente desagradável.

— Os Trenor são meus melhores amigos — acho que todos nós iriamos bem longe para ver uns aos outros — disse ela, se concentrando na preparação de mais chá.

O sorriso de seu visitante mostrava cada vez mais intimidade.

— Bom, eu não estava pensando na Sra. Trenor no momento — dizem que Gus nem sempre pensa. — Então, com a vaga consciência de que não tinha usado o tom apropriado, ele acrescentou, fazendo um esforço bem-intencionado para distraí-la: — Como anda sua sorte em Wall Street, aliás? Ouvi dizer que Gus ganhou uma bela pilha para a senhorita no mês passado.

Lily colocou a lata de chá em cima da mesa com um gesto abrupto. Sentiu que suas mãos estavam tremendo e uniu-as sobre os joelhos para firmá-las; mas seus lábios tremiam também e, por um instante, ela teve medo de que o tremor fosse passar para sua voz. Quando falou, no entanto, foi em um tom de perfeita leveza.

— Ah, sim — eu tinha um pouco de dinheiro para investir e o Sr. Trenor, que me ajuda nesses assuntos, me aconselhou a comprar ações em vez de investir em uma hipoteca, como o agente da minha tia queria; e, por acaso, eu dei um "lance de sorte" — não é assim que vocês dizem? Isso acontece com frequência com o senhor, creio.

Lily estava retribuindo o sorriso dele agora, relaxando a tensão de sua postura e admitindo-o, através de gradações imperceptíveis nos modos e no olhar, um passo adiante em sua intimidade. O instinto protetor sempre a fazia ter a frieza necessária para uma dissimulação bem-sucedida, e aquela não era a primeira vez que usava sua beleza para desviar a atenção de um assunto inconveniente.

Quando o Sr. Rosedale foi embora, levou consigo não apenas um convite aceito como uma impressão geral de ter se comportado da maneira perfeita para fazer avançar sua causa. Sempre acreditara ter delicadeza e sabedoria para tratar com as mulheres e a rapidez com que a Srta. Bart havia "entrado na linha" (como ele próprio teria dito) confirmou sua confiança em sua habilidade para lidar com aquele sexo caprichoso. A maneira como ela disfarçara a transação com Trenor, para o Sr. Rosedale, era um tributo à sua própria perspicácia e uma confirmação de suas suspeitas. A moça evidentemente ficara nervosa e ele, que não via outra forma de ter mais familiaridade com ela, não desdenharia de tirar vantagem daquele nervosismo.

O Sr. Rosedale deixou Lily em um acesso de nojo e medo. Parecia incrível que Gus Trenor houvesse falado dela com aquele homem. Com todos os seus defeitos, Trenor tinha a salvaguarda de suas tradições e era-lhe difícil quebrá-las justamente por elas serem inteiramente instintivas. Mas Lily lembrou com uma pontada de dor que havia momentos de relaxamento em que Gus, como Judy lhe confidenciara, "dizia tolices": fora em um deles, sem dúvida, que as palavras fatais tinham lhe escapado dos lábios. Quanto a Rosedale, após o primeiro choque, ela decidiu que não se importava muito com as conclusões que ele havia tirado. Embora Lily, em geral, fosse bastante astuta no que dizia respeito a seus próprios interesses, ela cometera o erro, relativamente comum entre pessoas cujos hábitos sociais são instintivos, de supor que a inabilidade de adquiri-los implicava uma estupidez generalizada. Como uma mosca-varejeira bate de maneira irracional contra o vidro de uma janela, o naturalista dos salões às vezes se esquece de que, em condições menos artificiais, ela é capaz de medir distâncias e chegar a conclusões com toda a exatidão necessária para o seu bem-estar; e o fato de não haver perspectiva nos modos que o Sr. Rosedale apresentava em sociedade fizera com que Lily acreditasse que ele era igual a Trenor e outros homens enfadonhos que conhecia, e presumisse que alguns elogios e o gesto de aceitar um convite aqui e ali seriam suficientes para torná-lo inócuo. No entanto, não podia haver dúvida de que seria conveniente aparecer em seu camarote na noite de estreia da temporada de ópera; e, afinal, como Judy Trenor prometera fazer-lhe convites naquele inverno, não custava nada aproveitar as vantagens de ter sido a primeira em campo.

Durante um ou dois dias após a visita de Rosedale, os pensamentos de Lily foram assombrados pela consciência de que Trenor alegava ter um direito obscuro sobre ela. Lily lamentou não ter uma ideia mais clara da natureza da transação que parecia tê-la colocado em seu poder; mas a ideia de pedir ajuda a terceiros a horrorizava, e ela sempre fora completamente ignorante em questões de matemática. Além disso, não via Trenor desde o dia do casamento de Gwen Van Osburgh e, diante daquela ausência continuada, as marcas deixadas pelas palavras de Rosedale logo foram apagadas por outras impressões.

Quando a noite de estreia da temporada de ópera surgiu, suas apreensões tinham desaparecido tão completamente que ver o rosto rubro de Trenor no camarote de Rosedale a fez ser tomada por uma agradável sensação de segurança. Lily não se resignara de todo à necessidade de mostrar-se como convidada de Rosedale em uma ocasião tão conspícua, e foi um alívio ver-se apoiada por qualquer pessoa de seu próprio círculo — os hábitos sociais da Sra. Fisher eram promíscuos demais para que sua presença ali justificasse a da Srta. Bart.

Para Lily, que sempre ganhava ânimo com a expectativa de mostrar sua beleza em público, e consciente de que, naquela noite, esta estava acentuada por uma linda roupa nova, a insistência do olhar de Trenor se misturou à correnteza geral de expressões de admiração das quais sentia ser o centro. Ah, era bom ser jovem, ser radiante, reluzir com a sensação de que se era esguia, forte e elástica, de que se tinha formas bem-feitas e o rubor no tom exato, sentir-se elevar-se a uma altura inatingível por aquela elegância inexprimível que é o equivalente físico da genialidade!

Todos os meios pareciam justificáveis para atingir tal fim, ou melhor, através de uma mudança de foco com a qual a prática tornara a Srta. Bart familiar, a causa encolheu-se até transformar-se em um pontinho minúsculo diante do brilho ofuscante do efeito. Mas jovens radiantes, um pouco cegas com seu próprio fulgor, tendem a esquecer que o modesto satélite banhado por sua luz continua a fazer suas próprias revoluções e a gerar calor em seu próprio ritmo. Se o prazer poético que Lily sentia naquele momento permanecia imperturbado pelo pensamento vil de que seu vestido e sua capa tinham sido pagos indiretamente por Gus Trenor, este último não tinha poesia o suficiente em sua natureza para se esquecer desse fato prosaico. Trenor só sabia que nunca tinha visto Lily tão bonita na vida, que não havia nenhuma mulher ali dentro que soubesse vestir belas roupas como ela e que até então ele, a quem a jovem devia a oportunidade de fazer aquela exibição, não recebera nenhuma recompensa além daquela de poder examiná-la junto com outras centenas de pares de olhos.

Para Lily, portanto, foi uma surpresa desagradável quando, nos fundos do camarote, onde eles ficaram a sós entre dois atos, Trenor disse, sem preâmbulo e em um tom autoritário e amuado:

— Diga, Lily, o que um sujeito precisa fazer para encontrar com você? Eu venho à cidade três ou quatro dias por semana, mas você parece que só lembra da minha existência quando quer arrancar uma dica de mim.

O fato de o comentário ser de um mau-gosto evidente não o tornava mais fácil de responder, pois Lily tinha uma consciência nítida de que aquele não era o momento de empertigar seu corpo esbelto e erguer com surpresa as sobrancelhas, gestos através dos quais em geral debelava sinais incipientes de familiaridade.

— Fico muito lisonjeada que queira me ver — disse ela, tentando usar a leveza em vez da altivez —, mas, a não ser que tenha perdido meu endereço, teria sido fácil me encontrar todas as tardes na casa da minha tia — para falar a verdade, eu esperava vê-lo lá.

Se Lily acreditava apaziguá-lo com essa última concessão, a tentativa foi um fracasso, pois Trenor apenas respondeu, franzindo o cenho daquela maneira que o fazia parecer mais estúpido do que nunca quando estava com raiva:

— Para o diabo com essa história de ir à casa da sua tia e desperdiçar a tarde vendo outros sujeitos conversando com você! Sabe que eu não sou do tipo que gosta de ficar de boca aberta no meio da multidão — sempre prefiro dar no pé no meio dessas palhaçadas. Mas por que não podemos fazer um passeio juntos para algum lugar — uma pequena expedição como aquela de charrete em Bellomont, no dia em que você foi me buscar na estação?

Em um gesto desagradável, ele se debruçou para perto dela para expressar aquela sugestão, e Lily pensou sentir um odor significativo que explicava o rubor escuro em seu rosto e o suor brilhante em sua testa.

A ideia de que qualquer resposta impensada poderia provocar uma explosão mitigou sua repugnância com cautela e ela disse, rindo:

— Não sei como é possível passear pelo campo quando se está na cidade, mas nem sempre estou cercada por uma multidão de admiradores e, se o senhor me disser em que tarde virá, posso me certificar de que tenhamos uma conversa tranquila.

— Para o diabo com a conversa! É isso que você sempre diz — exclamou Trenor, cujas imprecações não eram muito variadas. — No casamento de Gwen Van Osburgh, se esquivou de mim com a mesma história — mas, falando claro, a verdade é que, agora que conseguiu o que queria de mim, prefere a companhia de outro qualquer.

Trenor tinha levantado bastante a voz ao dizer as últimas palavras e Lily corou de irritação, mas ela manteve o comando da situação e colocou a mão sobre o braço dele, em um gesto persuasivo.

— Não seja tolo, Gus; não posso permitir que fale comigo dessa maneira ridícula. Se quiser mesmo me ver, por que não damos uma caminhada no parque uma tarde dessas? Concordo que é divertido ser rústico quando se está na cidade e, se você quiser, posso encontrá-lo lá, e nós vamos dar comida para os esquilos e você vai me levar para passear no lago de barco a vapor.

Lily sorriu enquanto falava, deixando seus olhos pousados sobre os dele de uma maneira que suavizou suas palavras de zombaria e o tornou subitamente maleável à vontade dela.

— Muito bem: trato feito. Que tal amanhã? Amanhã às três, no final do calçadão? Estarei lá em ponto, lembre-se; não vá desistir, hein, Lily?

Mas, para alívio da Srta. Bart, a repetição de sua promessa foi interrompida quando a porta do camarote foi aberta para admitir George Dorset.

Trenor, emburrado, cedeu seu lugar, e Lily deu um sorriso radiante para o recém-chegado. Ela não conversava com Dorset desde a visita de ambos a Bellomont, mas algo em seu olhar e seus modos lhe disse que ele se lembrava da atmosfera amistosa de seu último encontro. Dorset não era um homem que sabia expressar admiração com facilidade: seu rosto longo e amarelado e seus olhos desconfiados pareciam estar sempre barricados contra o entusiasmo. Mas, no que concernia sua própria influência, a intuição de Lily possuía antenas finíssimas e, quando ela deu-lhe espaço no sofá estreito, teve certeza de que ele sentia um prazer mudo em estar ao seu lado. Poucas mulheres se davam ao trabalho de ser simpáticas com Dorset, mas Lily fora gentil com ele em Bellomont e, agora, dava-lhe um sorriso divino de gentileza renovada.

— Bem, aqui estamos nós, para mais seis meses de cambalhotas — disse Dorset, em tom de reclamação. — Não há nem sombra de diferença entre este ano e o passado, exceto pelo fato de que as roupas das mulheres são novas, e as vozes dos cantores, não. Minha mulher adora música, como você sabe — me faz suportar isso aqui todo inverno. Não é tão ruim nas noites de ópera italiana — aí ela vem tarde e eu tenho tempo de fazer a digestão. Mas, quando eles vão tocar Wagner, nós precisamos apressar o jantar e eu pago o preço por isso. E as correntes de ar são horríveis — asfixia na frente e pleurisia nas costas. Lá se vai Trenor, deixando o camarote sem fechar a cortina! Com uma couraça que nem a dele, as correntes de ar não fazem diferença. A senhorita já viu Trenor comendo? Se viu, deve ter ficado espantada de ele ainda estar vivo; imagino que seja feito de couro por dentro também. Mas eu vim aqui dizer que minha mulher quer que vá nos visitar no próximo domingo. Pelo amor de Deus, aceite. Ela convidou uma gente muito aborrecida — uns intelectuais. Agora anda metida nisso e, para mim, talvez seja pior do que a música. Alguns têm o cabelo comprido, e eles começam uma discussão na hora da sopa e não percebem quando alguém lhes passa um prato. A consequência é que o jantar esfria e eu sofro de dispepsia. Aquele imbecil do Silverton é quem os leva lá em casa — ele escreve poesia e anda ficando muito amigo de Bertha. Ela poderia escrever melhor que qualquer um deles se quisesse, e eu não a culpo por querer gente inteligente por perto; só o que digo é: não me obrigue a vê-los comer!

O detalhe mais importante desse comunicado fez Lily estremecer de prazer. Em circunstâncias normais, não haveria nada de surpreendente em um convite de Bertha Dorset; mas, desde aquele episódio em Bellomont, uma hostilidade não declarada mantivera as duas mulheres afastadas. Agora, com um sobressalto, Lily se deu conta de que sua sede de retaliação desaparecera. "Se você quer perdoar seu inimigo", diz o provérbio malaio, "fira-o o primeiro"; e Lily estava verificando a verdade do ditado. Se ela houvesse destruído as cartas da Sra. Dorset, talvez houvesse continuado a odiá-la; mas o fato de que elas continuavam em suas mãos saciara seu ressentimento.

Lily aceitou o convite, sorrindo e vendo na renovação daquela intimidade uma fuga das importunações de Trenor.

Capítulo 11

Os feriados de fim de ano já tinham passado e a temporada de eventos sociais estava começando. Todas as noites, a Quinta Avenida se transformava em um rio de carruagens cuja correnteza subia até as áreas elegantes ao redor do Central Park, onde as janelas iluminadas e as lonas abertas anunciavam os costumeiros rituais de hospitalidade. Outros afluentes cruzavam o curso d'água principal, levando sua carga até os teatros, os restaurantes ou a ópera; e a Sra. Peniston, do ermo posto de observação que era sua janela no segundo andar da casa, sabia dizer com precisão exatamente quando o barulho crônico era aumentado pelo influxo súbito de pessoas a caminho de um baile da família Van Osburgh, ou quando a multiplicação de rodas significava apenas que a ópera tinha acabado ou que havia um grande jantar no Sherry's.

A Sra. Peniston acompanhava a ascensão e culminação da temporada com o mesmo interesse que o mais ativo entre aqueles que tomavam parte em suas alegrias; e, na posição de espectadora, desfrutava da oportunidade de fazer comparações e generalizações das quais os participantes, como se sabe, precisam abrir mão. Ninguém teria sido capaz de registrar com mais exatidão as flutuações sociais ou ter apontado com mais infalibilidade as características específicas de cada temporada: seu tédio, sua extravagância, sua falta de bailes ou seu excesso de divórcios. Ela possuía uma memória especialmente boa para as vicissitudes dos "arrivistas" que subiam à superfície a cada nova maré ou submergiam sob as ondas ou aterrissavam em triunfo em um local onde elas não quebravam; e era capaz de ver com extraordinária clareza retrospectiva seu destino final, de modo que, quando eles o cumpriam, quase sempre podia dizer a Grace Stepney — que era quem ouvia suas profecias — que soubera exatamente o que ia acontecer.

Essa temporada em particular a Sra. Peniston teria descrito como uma daquelas em que todos sentiam certa "pobreza de espírito", com exceção do Sr. e da Sra. Welly Bry e do Sr. Simon Rosedale. Wall Street tivera um mau outono, em que os preços haviam caído graças àquela lei peculiar que prova que ações de estradas de ferro e fardos de algodão são mais suscetíveis à distribuição do poder executivo do que muitos cidadãos respeitáveis treinados para desfrutar de todas as vantagens do autogoverno. Até mesmo as fortunas que supostamente tinham autonomia do mercado revelaram uma secreta dependência dele ou sofreram de um abalo solidário: a alta sociedade se manteve amuada em suas casas de campo ou veio à cidade incógnita; os bailes grandes foram desencorajados, e a informalidade e os jantares breves entraram na moda.

Mas a sociedade, após se divertir um pouco no papel de Cinderela, logo se cansou de ficar diante da lareira e deu as boas-vindas à fada--madrinha na forma de qualquer mágico poderoso o suficiente para transformar a abóbora murcha de novo na carruagem dourada. O mero fato de enriquecer em uma época em que os investimentos da maioria estão encolhendo já basta para atrair inveja e atenção; e, de acordo com os boatos que circularam por Wall Street, Welly Bry e Rosedale tinham descoberto o segredo desse milagre.

Dizia-se que Rosedale, em particular, havia dobrado sua fortuna, e comentava-se que ele ia comprar a casa recém-terminada de uma das vítimas da queda na bolsa que, em um período de apenas doze meses, ganhara o mesmo número de milhões, construíra uma casa na Quinta Avenida, enchera um de seus salões com obras-primas de mestres clássicos da pintura, recebera a cidade inteira nela e saíra às escondidas do país com uma enfermeira e um médico enquanto seus credores montavam guarda diante das obras-primas e seus convidados explicavam uns para os outros que só haviam jantado com ele porque queriam ver os quadros. O Sr. Rosedale pretendia ter uma carreira menos meteórica. Ele sabia que precisaria avançar devagar, e os instintos de sua raça o capacitavam para suportar esnobações e delongas. Mas logo percebeu que o tédio generalizado da temporada dava-lhe uma oportunidade extraordinária para brilhar e começou, com paciente diligência, a formar um pano de fundo para sua glória crescente. A Sra. Fisher foi-lhe imensamente útil nesse período. Já ajudara tantos novatos a entrar no palco social que era como um daqueles cenários sempre reutilizados no teatro, que deixam claro para o espectador experiente exatamente qual a cena que está prestes a se desenrolar. Mas o Sr. Rosedale queria, a longo prazo, um ambiente mais individual. Ele era sensível a diferentes matizes que a Srta. Bart jamais teria lhe dado o mérito de ser capaz de perceber, pois não demonstrava uma variação correspondente em seus modos; e estava se tornando cada vez mais convencido de que era aquela mesma Srta. Bart quem possuía exatamente as qualidades necessárias para complementar sua personalidade social.

Tais detalhes não entravam no campo de visão da Sra. Peniston. Como muitas mentes panorâmicas, a dela tinha a propensão de não notar as minúcias do primeiro plano, e era bem mais provável que soubesse onde Carry Fisher encontrara o chef do Sr. e da Sra. Welly Bry para eles do que o que estava acontecendo com a própria sobrinha. Mas não lhe faltavam, no entanto, informantes para suplementar suas deficiências. A mente de Grace Stepney era uma espécie de papel pega-mosca moral para a qual as fofocas que zumbiam para todo canto eram fatalmente atraídas, e onde permaneciam grudadas graças a sua inexorável memória. Lily ficaria surpresa de saber quantos fatos triviais sobre ela estavam alojados na cabeça da Srta. Stepney. Ela tinha plena consciência de que despertava interesse em gente desmazelada, mas supunha que só existe uma forma de desmazelo e que a admiração pelo brilho é a expressão natural desse estado inferior. Sabia que Gerty Farish a admirava cegamente e, portanto, imaginava inspirar o mesmo sentimento em Grace Stepney, que considerava uma Gerty Farish sem as características redentoras da juventude e do entusiasmo.

Na realidade, as duas eram tão diferentes uma da outra quanto do objeto de sua contemplação. O coração da Srta. Farish era uma fonte de ilusões doces, enquanto que o da Srta. Stepney era um arquivo preciso de fatos relacionados a ela própria. Ela tinha sensibilidades que, para Lily, teriam parecido cômicas em uma pessoa com sardas no nariz e pálpebras vermelhas, que morava em uma casa de cômodos e admirava a sala de estar da Sra. Peniston; mas as limitações da pobre Grace davam a essas sensibilidades uma vida interior mais concentrada, assim como o solo pobre dá a algumas de suas plantas esfomeadas uma florescência mais intensa. Ela não tinha, na verdade, uma propensão abstrata à maldade: não desgostava de Lily porque esta era bela e predominante, mas porque pensava que Lily desgostava dela. É menos mortificante acreditar que somos impopulares do que insignificantes, e a vaidade prefere presumir que a indiferença é uma forma latente de hostilidade. Mesmo a parca cortesia com que Lily tratava o Sr. Rosedale teria feito da Srta. Stepney uma amiga sua para a vida toda; mas como ela poderia prever que valia a pena cultivar tal amizade? Como, além disso, pode uma jovem que jamais foi ignorada medir a dor que isso causa? E, por fim, como podia Lily, acostumada a escolher entre diversos convites, adivinhar que havia ofendido mortalmente a Srta. Stepney ao fazer com que esta fosse excluída de um dos raros jantares dados pela Sra. Peniston?

A Sra. Peniston não gostava de dar jantares, mas tinha um profundo senso de dever familiar e, quando o Sr. e a Sra. Jack Stepney voltaram de sua lua-de-mel, sentiu que era sua obrigação acender as lâmpadas da sala de estar e extrair sua melhor prataria do cofre. Os eventos organizados pela Sra. Peniston eram precedidos por dias de hesitação torturante em relação a cada detalhe do banquete, desde os lugares que os convidados ocupariam à mesa até o estampado da toalha e, durante uma dessas discussões preliminares, ela cometera o ato imprudente de sugerir a sua prima Grace que, como o jantar seria em família, talvez esta pudesse ser incluída. Durante uma semana, a expectativa iluminara a vida sem cor da Srta. Stepney; mas, então, foi-lhe dito que seria mais conveniente recebê-la outro dia. A Srta. Stepney soube exatamente o que tinha acontecido. Lily, para quem as reuniões familiares eram ocasiões do mais puro enfado, persuadira a tia de que um jantar com pessoas requintadas seria muito mais ao gosto do jovem casal, e a Sra. Peniston, que era completamente dependente da sobrinha em questões sociais, fora induzida a decretar o exílio de Grace. Afinal, ela sempre estava livre; por que se incomodaria em ter sua visita adiada?

Era precisamente porque a Srta. Stepney sempre estava livre — e porque sabia que seus parentes conheciam o segredo de suas noites desocupadas — que esse incidente assumiu um aspecto gigantesco a seus olhos. Ela tinha consciência de que a culpada de tudo fora Lily; e o ressentimento vago se transformou em animosidade absoluta.

A Sra. Peniston, a quem Grace fora visitar um ou dois dias após o jantar, largou seu crochê e voltou-se abruptamente, deixando de examinar de soslaio a Quinta Avenida.

— Gus Trenor? Lily e Gus Trenor? — disse, com uma palidez tão súbita que sua visitante quase chegou a ficar alarmada.

— Ah, prima Julia... é claro que eu não quis dizer...

— Não sei o que você *quis* dizer — interrompeu a Sra. Peniston, com um tremor assustado na vozinha irritada. — Essas coisas não existiam na minha época. E minha própria sobrinha! Creio que não compreendi. As pessoas dizem que ele está apaixonado por ela?

O horror da Sra. Peniston era genuíno. Embora ela se jactasse de possuir uma familiaridade incomparável com as crônicas secretas da alta sociedade, tinha a inocência de uma menina de colégio que vê a perversidade como parte da história e a quem jamais ocorre que os escândalos sobre os quais lê durante a lição podem estar se repetindo na rua ao lado. A Sra. Peniston mantivera sua imaginação protegida como os móveis da sala de estar. Ela sabia, é claro, que a alta sociedade "tinha mudado muito" e que muitas mulheres que sua mãe teria considerado "peculiares" agora tinham condições de escolher a quem visitavam; já discutira os perigos do divórcio com seu pároco e, às vezes, ficara grata por Lily ainda ser solteira; mas a ideia de que qualquer escândalo poderia manchar o nome de uma jovem e, acima de tudo, que ele poderia ser associado despreocupadamente ao de um homem casado, era uma novidade, e a Sra. Peniston ficou tão escandalizada quanto se houvesse sido acusada de deixar os tapetes fora dos armários durante o verão todo ou de violar qualquer outra regra sagrada da vida doméstica.

A Srta. Stepney, controlando a primeira onda de medo, começou a refletir sobre a superioridade de uma mente mais ampla. Realmente, era lamentável ser tão ignorante do mundo como a Sra. Peniston.

Ela sorriu da pergunta desta última:

— As pessoas sempre dizem coisas desagradáveis — e eles, sem dúvida, passam bastante tempo juntos. Uma amiga minha encontrou-os no outro dia no Central Park — e já era bem tarde, os postes tinham sido acesos. É uma pena que Lily se exiba dessa maneira.

— *Exiba*! — exclamou a Sra. Peniston. Ela se inclinou, baixando a voz para mitigar seu horror. — Que tipo de coisa andam dizendo? Que ele pretende se divorciar e se casar com ela?

Grace Stepney deu uma risada franca.

— Minha nossa, isso não! Ele jamais faria isso. É um... um flerte. Nada mais.

— Um flerte? Entre minha sobrinha e um homem casado? Você está me dizendo que Lily, com sua beleza e outros atributos, não encontrou melhor maneira de passar o tempo do que desperdiçá-lo com um homem gordo e estúpido que tem idade para ser seu pai? — Esse argumento pareceu tão convincente à Sra. Peniston que lhe deu segurança suficiente para pegar o crochê enquanto esperava Grace Stepney reorganizar suas tropas.

Mas a Srta. Stepney pôs-se a postos em um instante.

— Isso é o pior — andam dizendo que ela não está desperdiçando seu tempo! Todo mundo sabe que Lily, como você disse, é bonita demais e... e encantadora demais para se dedicar a um homem como Gus Trenor, a não ser que...

— A não ser quê? — repetiu a Sra. Peniston.

Sua visitante inspirou fundo, nervosa. Era um prazer chocar a Sra. Peniston, mas não chocá-la a ponto de deixá-la com raiva. A Srta. Stepney não era suficientemente familiar com o teatro clássico para ter lembrado do que em geral acontece com os portadores de más notícias, mas teve então uma rápida visão da privação de jantares e de um guarda-roupa reduzido como possíveis consequências de seu desinteresse. Para honra do sexo feminino, no entanto, o ódio a Lily prevaleceu sobre considerações mais pessoais. A Sra. Peniston escolhera o momento errado para gabar os encantos da sobrinha.

— A não ser — disse Grace, se debruçando para falar em um sussurro enfático — que haja vantagens materiais a serem obtidas através de agrados a ele.

Ela sentiu que o momento era tremendo e se lembrou subitamente de que a Sra. Peniston prometera lhe dar seu vestido de brocado preto com franja de azeviche no final da temporada.

A Sra. Peniston largou o crochê mais uma vez. Outro aspecto da mesma questão surgira em sua mente, e ela sentiu que tinha dignidade demais para permitir que uma parenta que usava suas roupas velhas deixasse seus nervos em frangalhos.

— Se você sente prazer em me irritar com insinuações misteriosas — disse, com frieza —, podia ao menos ter escolhido um momento mais apropriado do que justamente quando eu estou me recuperando do esforço de ter dado um enorme jantar.

A menção ao jantar dissipou os últimos escrúpulos da Srta. Stepney.

— Não sei por que eu deveria ser acusada de ter prazer em lhe contar isso de Lily. Sabia bem que ninguém ia me agradecer — retrucou, com um acesso de raiva. — Mas ainda tenho alguma lealdade à minha família e, como você é a única pessoa que tem qualquer autoridade sobre Lily, achei que devia saber o que andam dizendo dela.

— Bem — disse a Sra. Peniston —, a questão é justamente que você não me disse o que andam dizendo.

— Não imaginei que precisaria ser tão clara. As pessoas dizem que Gus Trenor paga as contas dela.

— Paga as contas dela? As contas dela? — A Sra. Peniston desatou a rir. — Não posso imaginar onde ouviu tamanha bobagem. Lily tem uma renda própria — e eu lhe dou presentes muito generosos...

— Ah, todo mundo sabe disso — interrompeu a Srta. Stepney secamente. — Mas Lily usa muitos vestidos caros...

— Eu gosto que ela se vista bem. É o certo!

— Sem dúvida; mas ela também tem dívidas de jogo.

A Srta. Stepney, no começo, não tinha intenção de tocar nesse assunto; mas a culpa era da própria descrença da Sra. Peniston. Ela era como os incrédulos de dura cerviz da Bíblia, que precisam ser aniquilados para serem convencidos.

— Dívidas de jogo? Lily? — A voz da Sra. Peniston tremeu de ira e perplexidade. Ela se perguntou se Grace Stepney havia perdido a cabeça. — O que você quer dizer com "dívidas de jogo"?

— Apenas que, no círculo de Lily, quem joga bridge e aposta dinheiro corre o risco de perder bastante — e eu não acredito que Lily sempre ganhe.

— Quem lhe disse que minha sobrinha aposta dinheiro nas cartas?

— Minha nossa, prima Julia, não me olhe como se eu estivesse tentando jogar você contra Lily! Todo mundo sabe que ela é louca por bridge. A própria Sra. Gryce me disse que foi essa mania de apostar que assustou Percy Gryce — parece que ele tinha ficado encantado com ela no começo. Mas é claro que, no círculo de amigos de Lily, é bastante comum as moças apostarem dinheiro. Na verdade, é por causa disso que as pessoas tendem a justificar que ela...

— Justificar que ela o quê?

— Que ela fique em dificuldades — e aceite as atenções de homens como Gus Trenor... e George Dorset.

A Sra. Peniston soltou mais uma exclamação.

— George Dorset? E há mais algum? Gostaria de saber o pior, por favor.

— Não fale assim, prima Julia. Ultimamente, Lily tem passado bastante tempo com os Dorset, e ele parece admirá-la — mas é claro que isso é natural. Tenho certeza de que não há nada de verdadeiro nas coisas horríveis que as pessoas andam dizendo; mas ela *de fato* gastou uma boa quantidade de dinheiro neste inverno. Evie Van Osburgh estava na Céleste encomendando o enxoval no outro dia — sim, o casamento será no mês que vem — e me disse que Céleste lhe mostrou coisas belíssimas que ia mandar para Lily. E dizem que Judy Trenor brigou com ela por causa de Gus; mas eu lamento muito ter dito qualquer coisa, achei que seria uma gentileza.

A incredulidade genuína da Sra. Peniston permitiu-lhe rejeitar o que a Srta. Stepney dissera com um desdém que não indicava que a segunda teria muitas chances de herdar o vestido de brocado preto; mas as mentes que a razão não consegue penetrar em geral têm alguma rachadura através da qual a desconfiança é filtrada, e as insinuações da visitante escorregaram com a facilidade que ela esperava. A Sra. Peniston não gostava de fazer cenas, e sua determinação em evitá-las sempre a levara a manter-se ignorante dos detalhes da vida de Lily. Quando ela era jovem, as moças supostamente não requeriam uma supervisão atenta. Presumia-se que elas, em geral, estivessem envolvidas no negócio legítimo da corte e do casamento, e a interferência em tais assuntos por parte de quem as criava era considerada tão inaceitável quanto um espectador que subitamente entrasse em campo durante a partida. É claro que havia meninas "levianas", mesmo durante as primeiras experiências da Sra. Peniston; mas suas leviandades eram consideradas, na pior hipótese, como um excesso de vitalidade, sobre o qual o pior que se podia dizer era que não era o comportamento apropriado para uma mocinha. A leviandade moderna parecia sinônimo de imoralidade, e a mera ideia da imoralidade era tão ofensiva para a Sra. Peniston quanto o cheiro de comida passando da cozinha para a sala de estar: era uma das concepções que sua mente se recusava a admitir.

Ela não tinha nenhuma intenção imediata de repetir para Lily o que ouvira, nem de tentar verificar sua veracidade através de uma interrogação discreta. Fazer isso talvez provocasse uma cena: e uma cena, com o estado abalado dos nervos da Sra. Peniston, com os efeitos do jantar ainda vívidos, e a mente ainda trêmula devido a novas impressões, era um risco que ela acreditava ser seu dever evitar. Mas, no fundo de sua mente, permaneceu um depósito de ressentimento contra a sobrinha, ainda mais denso por não poder ser esclarecido por meio de explicações ou discussões. Era horrível que uma jovem permitisse que boatos sobre ela circulassem; por mais infundadas que fossem as acusações, só podia ser culpa sua que elas houvessem sido feitas. A Sra. Peniston sentiu-se como se existisse uma doença contagiosa na casa e ela estivesse condenada a ter calafrios em meio aos seus móveis contaminados.

Capítulo 12

A Srta. Bart, na verdade, vinha trilhando um caminho tortuoso e nenhum de seus críticos poderia estar mais consciente disso do que a própria; mas ela possuía a impressão fatalista de que era atraída de um passo errado para outro, sem nunca perceber a estrada correta até que fosse tarde demais para escolhê-la.

Lily, que se considerava acima de preconceitos tolos, jamais havia imaginado que o fato de permitir que Gus Trenor ganhasse algum dinheiro para ela perturbaria sua autossatisfação. E o fato em si ainda parecia bastante inofensivo; mas era uma fonte rica de complicações nocivas. Conforme o divertimento de gastar o dinheiro ia se esgotando, essas complicações iam se tornando mais urgentes, e Lily, cuja mente podia ser severamente lógica ao concluir que sua falta de sorte tinha sido causada por outrem, justificou-se com a ideia de que devia todos os seus problemas à inimizade de Bertha Dorset. Essa inimizade, no entanto, aparentemente desaparecera diante de uma renovação de cordialidade entre as duas mulheres. A visita de Lily aos Dorset resultara, para ambas, numa descoberta de que poderiam ser úteis uma à outra; e o instinto civilizado encontra mais prazer em usar um antagonista do que em frustrar seus planos. A Sra. Dorset, na verdade, estava no meio de um novo estudo sentimental, cuja vítima inocente era alguém que até pouco fora propriedade da Sra. Fisher: Ned Silverton. E, nesses momentos, como Judy Trenor comentara certa vez, ela sentia uma necessidade particular de distrair a atenção do marido. Dorset era tão difícil de divertir quanto um selvagem; mas nem mesmo seu egocentrismo era imune às artes de Lily, ou melhor, estas eram especialmente adaptadas para acalmar um egoísmo inquieto. Sua experiência com Percy Gryce serviu-lhe bastante na hora de satisfazer os humores de Dorset e, se o incentivo para agradar era menos urgente, as dificuldades de sua situação estavam ensinando-a a aproveitar ao máximo as menores oportunidades.

A intimidade com os Dorset provavelmente não diminuiria tais dificuldades sob o aspecto materialista. A Sra. Dorset não tinha os impulsos de generosidade de Judy Trenor, e a admiração de Dorset não tendia a se expressar por meio de "dicas" financeiras, mesmo se Lily houvesse querido repetir sua experiência nesse campo. No momento, o que ela precisava da amizade dos Dorset era simplesmente sua sanção social. Lily sabia que as pessoas estavam começando a falar dela; mas esse fato não a alarmou tanto quanto à Sra. Peniston. Em seu círculo, tais fofocas não eram incomuns e, quando uma moça bonita flertava com um homem casado, presumia-se apenas que ela estava levando as coisas até o limite do aceitável. Era o próprio Trenor quem a assustava. Seu passeio pelo Central Park não fora um sucesso. Trenor tinha se casado ainda jovem e, desde então, suas interações com as mulheres não tinham tomado a forma das conversas sentimentais e triviais que vão e vêm como os caminhos de um labirinto. Ele a princípio sentiu-se intrigado e, depois, irritado ao ser sempre levado de volta ao mesmo ponto de partida, e Lily percebeu que aos poucos perdia o controle da situação. Trenor, na verdade, estava com um humor incontrolável. Apesar de seu entendimento com Rosedale, fora profundamente afetado pela queda no mercado de ações; suas despesas domésticas eram pesadas, e ele tinha a sensação de que, para onde quer que se virasse, se deparava com uma oposição amuada a seus desejos em vez da bem-aventurança que lhe sorrira a vida toda.

A Sra. Trenor ainda estava em Bellomont, mantendo a casa na cidade aberta e aterrissando nela de tempos em tempos para ver como andava o mundo, mas preferindo a animação ocasional dos hóspedes de fim de semana às restrições de uma temporada enfadonha. Desde os feriados de fim de ano, ela não voltara a convidar Lily para ir se hospedar lá e, na primeira vez em que as duas se encontraram na cidade, esta achou que havia uma leve frieza em seu comportamento. Seria apenas a expressão do desprazer da Sra. Trenor com a negligência da Srta. Bart ou teria algum rumor inquietante chegado aos seus ouvidos? A segunda hipótese parecia improvável, mas Lily sentiu certo nervosismo. Se sua afeição errante havia criado raízes em algum lugar, fora na amizade com Judy Trenor. Lily acreditava na sinceridade do carinho da amiga, embora este às vezes fosse demonstrado de maneira egoísta, e sentia uma relutância especial em arriscar-se a perdê-la. Mas, além disso, Lily tinha uma aguda consciência do quanto essa perda a afetaria. O fato de Gus Trenor ser o marido de Judy às vezes era a principal razão de Lily não gostar dele e de se ressentir dos favores que este a obrigara a dever-lhe.

Para se tranquilizar, a Srta. Bart, logo após o Ano-Novo, "se convidou" a passar um fim de semana em Bellomont. Ela ficara sabendo de antemão que a presença de um grande grupo a protegeria de uma assiduidade excessiva da parte de Trenor, e o telegrama de sua esposa, dizendo "mas, é claro, venha", pareceu garantir-lhe as boas-vindas de sempre.

Judy recebeu-a com cordialidade. As preocupações causadas por um grande grupo de hóspedes sempre prevaleciam sobre seus sentimentos pessoais, e Lily não percebeu nenhuma mudança no comportamento da anfitriã. No entanto, logo viu que a experiência de ir a Bellomont estava fadada a ser malsucedida. O grupo era composto por pessoas que a Sra. Trenor chamava de "gente cacete" — seu termo genérico para quem não jogava bridge — e, como era seu hábito reunir todos esses obstrucionistas em uma só categoria, ela em geral os convidava ao mesmo tempo, independentemente de suas outras características. O resultado tendia a ser uma combinação irredutível de pessoas que não tinham nenhuma qualidade em comum a não ser a abstinência do bridge; e os antagonismos surgidos num grupo que não possuía o único gosto que talvez pudesse ter-lhe amalgamado, nesse caso, foram agravados pelo mau tempo e pelo tédio mal disfarçado de ambos os anfitriões. Em tais emergências, Judy normalmente teria pedido que Lily ajudasse a unir os elementos discordantes; e a Srta. Bart, presumindo que tal serviço era esperado dela, pôs mãos à obra com o zelo costumeiro. Mas, desde o começo, notou uma resistência sutil aos seus esforços. Realmente não havia qualquer alteração no comportamento da Sra. Trenor para com ela, mas surgira uma leve frieza no das outras senhoras. Uma ocasional menção sarcástica a "seus amigos, o Sr. e a Sra. Wellington Bry" ou "o judeuzinho que comprou a casa dos Greiner — alguém comentou que a senhorita o conhecia, Srta. Bart", mostrou a Lily que ela não contava mais com a aprovação daquela parte da sociedade que, sendo a que menos contribui para o seu divertimento, tomou para si o direito de decidir que formas esse divertimento pode tomar. Os sinais eram sutis, e um ano antes Lily teria sorrido deles, confiando no charme de sua personalidade para dissipar qualquer preconceito contra ela. Mas, agora, ficara mais sensível às críticas e menos confiante em seu poder de enfrentá-las. Além do mais, Lily sabia que, se as senhoras que estavam em Bellomont se permitiam censurá-la abertamente, isso era prova de que não tinham medo de submetê-la ao mesmo tratamento pelas costas. O pavor de que qualquer coisa no comportamento de Trenor pudesse justificar sua desaprovação fez com que Lily buscasse qualquer pretexto para evitá-lo, e ela deixou Bellomont com a consciência de ter fracassado em todos os objetivos que a haviam levado até lá.

Na cidade, ela voltou a se preocupar com questões que, momentaneamente, tiveram o feliz efeito de banir pensamentos desagradáveis. O Sr. e a Sra. Welly Bry, após muito debate e consultas nervosas a seus novos amigos, decidiram dar o passo ousado de organizar uma recepção para um grande número de convidados. Atacar a alta sociedade coletivamente, quando seus meios de abordagem se limitam a poucas pessoas, é como avançar em território desconhecido com um número insuficiente de batedores; mas essa tática impulsiva já levou a vitórias brilhantes, e os Bry estavam resolvidos a se arriscar. A Sra. Fisher, a quem tinham confiado a organização do evento, decidira que *tableaux vivants*[20] e músicos caros eram as iscas que mais provavelmente atrairiam as presas desejadas e, após longas negociações e o tipo de manipulação pelo qual era conhecida, ela convencera uma dúzia de mulheres da alta sociedade a se exibirem em uma série de representações que, em outro milagre da persuasão, o célebre pintor de retratos Paul Morpeth concordara em dirigir.

Lily estava em seu elemento em tais ocasiões. Sob a tutela de Morpeth, seu agudo senso de plasticidade, que até então não pudera se nutrir de nenhum alimento mais nobre do que os vestidos e os estofados, aproveitou a chance de se expressar na disposição dos panos, no estudo das posturas, nas gradações de luz e sombra. Seu instinto para o drama foi excitado pela escolha dos quadros e as belíssimas reproduções de roupas históricas estimularam uma imaginação que apenas as impressões visuais conseguiam tocar. Mas sua maior causa de entusiasmo foi poder exibir a própria beleza sob um novo aspecto: mostrar que esta não era uma mera qualidade fixa, mas um elemento que moldava todas as emoções em novas formas de graciosidade.

As medidas da Sra. Fisher tinham sido corretas, e a sociedade, surpreendida em um momento de enfado, sucumbiu à tentação da hospitalidade da Sra. Bry. A minoria que protestava foi esquecida em meio à multidão que renegou suas crenças e apareceu; a plateia estava quase tão maravilhosa quanto o espetáculo.

Lawrence Selden estava entre aqueles que haviam cedido às tentações oferecidas. Se ele nem sempre agia de acordo com a máxima social de que um homem pode ir aonde quiser, era porque há muito descobrira que quase sempre só sentia prazer quando estava em um pequeno grupo de semelhantes. Mas Selden gostava de efeitos espetaculares e não era insensível ao papel que o dinheiro cumpre em sua produção: tudo o que pedia era que os muito ricos cumprissem sua vocação de diretores daquele teatro e não gastassem seu dinheiro de maneira enfadonha.

---

[20] Em francês "pinturas vivas", termo que significa a arte de recriar cenas de quadros com atores ou modelos. (N. da T.)

Disso, os Bry decerto não podiam ser acusados. Sua casa recém-construída, por mais deficiente que fosse como moldura da domesticidade, era quase tão bem projetada para a exibição de assembleias festivas quanto aqueles palácios arejados que os arquitetos italianos improvisaram para que fossem os cenários da hospitalidade dos príncipes. O ar de improvisação, na verdade, era notável: toda a mise-en-scène era tão recente, tão apressadamente montada, que era preciso tocar nas colunas de mármore para saber que não eram de papelão, sentar-se em uma das poltronas de tecido dourado adamascado para ter certeza de que não tinham sido pintadas na parede.

Selden, que testara um desses assentos, viu-se, em um canto do salão, examinando a cena com absoluto prazer. Os convidados, obedecendo ao instinto decorativo que pede belas roupas em um belo cenário, se vestiram pensando mais no pano de fundo da Sra. Bry do que nela própria. A multidão sentada, enchendo o imenso cômodo sem apertar-se demais, apresentou uma superfície de tecidos ricos e ombros cobertos de joias que se harmonizava com as paredes douradas cheias de enfeites e os esplendores rubros do teto veneziano. Na outra ponta do salão, um palco havia sido construído atrás de um arco de proscênio, fechado por uma cortina feita de um tecido adamascado velho; mas, no período antes que esta se abrisse, quase ninguém pensou no que podia revelar, pois todas as mulheres que haviam aceitado o convite da Sra. Bry estavam ocupadas tentando descobrir quantas de suas amigas haviam feito o mesmo.

Gerty Farish, sentada ao lado de Selden, estava absorta naquele prazer ingênuo e sem discriminações que tanto irritava o discernimento da Srta. Bart. Era possível que a proximidade de Selden tivesse algo a ver com as particularidades da alegria de sua prima; mas a Srta. Farish estava tão pouco acostumada a atribuir a causa de seu divertimento em cenas como aquela a algo que estava acontecendo com ela própria que tinha consciência apenas de um contentamento mais profundo.

— Não foi um amor da parte de Lily conseguir um convite para mim? É claro que jamais teria ocorrido a Carry Fisher me colocar na lista, e eu teria lamentado muito ter perdido tudo isso — a própria Lily, em especial. Alguém me disse que o teto foi feito por Veronese[21] — você deve saber, é claro, Lawrence. Todos dizem que é muito bonito, mas as mulheres dele são sempre tão horrivelmente gordas. São deusas? Bem, só posso dizer que, se fossem mortais e precisassem usar espartilhos, teria sido melhor para elas. Acho que as nossas mulheres são bem mais bonitas. E este salão é um ambiente muito favorável — todos estão com a aparência tão boa! Você já viu joias como essas? Olhe só as pérolas da Sra. George Dorset — imagino que a menor de todas pagaria o aluguel do nosso clube de mulheres durante um ano. Não que eu devesse reclamar do clube; todos deram uma ajuda maravilhosa. Eu lhe disse que Lily doou trezentos dólares? Não foi esplêndido da parte dela? E também angariou bastante dinheiro com os amigos — a Sra. Bry nos deu quinhentos dólares e o Sr. Rosedale, mil. Gostaria que Lily não fosse tão simpática com o Sr. Rosedale, mas ela disse que não adianta ser rude, pois ele não percebe a diferença. Ela realmente não suporta magoar os outros — eu fico com tanta raiva quando dizem que é fria e pretensiosa! As meninas do clube não dizem isso. Sabia que ela foi lá comigo duas vezes? Sim, Lily! E você devia ter visto os olhos delas! Uma disse que só olhar para Lily era tão bom quanto passar um dia no campo. E ela sentou, conversou e riu com elas — sem o menor ar de quem estava fazendo uma *caridade*, sabe, mas como se estivesse se divertindo tanto quanto as outras. Desde então, elas não param de perguntar quando Lily vai voltar; e ela prometeu que — ah!

As confidências da Srta. Farish foram interrompidas quando a cortina se abriu, mostrando o primeiro *tableau* — um grupo de ninfas dançando sobre uma relva coberta de flores nas posturas rítmicas de *A Primavera*, de Botticelli. O efeito dos *tableaux vivants* depende não apenas da disposição perfeita das luzes e da interposição enganadora de camadas de gaze, mas de um ajuste mental correspondente. Para mentes desguarnecidas, eles, mesmo com todos os adornos possíveis,

---

[21] Paolo Veronese (1528-1588), arquiteto e pintor italiano. (N. da T.)

continuam a ser apenas uma forma superior de figuras de cera; mas, para a imaginação vívida, podem fornecer lampejos mágicos de um mundo entre a realidade e a fantasia. A mente de Selden pertencia à segunda categoria: ele podia se deixar levar pelas influências que causam as visões tão completamente quanto uma criança sob o encanto de um conto de fadas. Os *tableaux* da Sra. Bry não careciam de nenhuma das qualidades usadas para produzir tais ilusões e, sob a batuta de Morpeth, os quadros se seguiram na marcha rítmica de um mural esplêndido, no qual as curvas fugidias da carne e a luz bruxuleante dos jovens olhos haviam sido subjugadas à harmonia plástica sem perder o charme da vida.

As cenas haviam sido tiradas de quadros antigos, e as participantes, bem escolhidas para representar figuras adequadas para os seus tipos físicos. Ninguém, por exemplo, tinha a aparência mais típica de uma modelo de Goya[22] do que Carry Fisher, com seu rosto pequeno de pele escura, o brilho exagerado dos olhos, a provocação do sorriso bem marcado pela pintura. Uma ilustre Srta. Smedden, do Brooklyn, mostrava com perfeição as curvas suntuosas da *Filha de Titian*[23], erguendo sua bandeja dourada repleta de uvas sobre o ouro harmônico dos cabelos em onda e do brocado rico, e uma jovem Sra. Van Alstyne, que tinha o tipo mais frágil dos holandeses, com uma testa larga de veias azuis e os olhos de cílios bem claros, rendeu uma modelo característica de Vandyck[24], de cetim negro diante de um arco com cortina. Então vieram as ninfas de Kauffmann[25] pondo guirlandas no altar do Amor; um jantar veronense, com texturas reluzentes, pérolas nos cabelos e arquitetura em mármore; e, de Watteau[26], um grupo de comediantes tocando alaúde e descansando ao lado de uma fonte numa clareira banhada de sol.

---

[22] Francisco José de Goya (1746-1828), pintor espanhol. (N. da T.)

[23] Titian é um dos nomes pelos quais é conhecido o pintor veneziano Tiziano Vecelli (1477-1576). A obra citada por Wharton não parece ser um original dele, mas uma gravura do desenhista tcheco Václav Hollar (1607-1677) reproduzindo uma modelo de Titian que se acreditava ser filha deste. (N. da T.)

[24] Antoon Vandyck (1599-1641), pintor flamengo. (N. da T.)

[25] Não há consenso sobre a qual artista Wharton se refere aqui. Possivelmente, à pintora suíça Angelica Kauffmanm (1741-1807) ou ao pintor alemão Hugo Wilhelm Kauffmann (1844-1915). (N. da T.)

[26] Jean Antoine Watteau (1684-1721), pintor francês. (N. da T.)

Cada quadro evanescente estimulava a capacidade de Selden de criar visões para si, levando-o tão longe pela alameda da imaginação que nem mesmo os comentários incessantes de Gerty Farish — "Ah, como Lulu Melson está bonita!" Ou: "Aquela deve ser Kate Corby, ali à direita, de roxo!" — quebraram o encanto da ilusão. De fato, a personalidade das modelos fora subjugada com tanta habilidade às cenas que elas representavam que até mesmo o membro menos imaginativo da plateia deve ter sentido o contraste quando a cortina se abriu de repente e mostrou aquilo que era simples e absolutamente um retrato da Srta. Bart.

Ali, não havia como ocultar a predominância da personalidade — a exclamação unânime dos espectadores foi um tributo não ao quadro *Mrs. Lloyd*, de Reynolds[27], mas à beleza em carne e osso da Srta. Bart. Ela mostrara sua inteligência artística escolhendo um tipo tão parecido com o seu que podia personificar a pessoa representada sem deixar de ser ela mesma. Era como se Lily houvesse não saído, mas entrado na tela de Reynolds, banindo o fantasma de sua beldade morta com os raios de sua graça viva. O impulso de se exibir em um cenário esplêndido — ela pensara, por um instante, em representar a Cleópatra de Tiepolo[28] — cedera diante do instinto mais verdadeiro de confiar em sua beleza sem adornos, e ela escolhera de propósito uma pintura sem uma roupa ou um cenário que pudessem roubar a atenção. As dobras de seu vestido branco e o fundo de folhas diante do qual estava postada serviam apenas para acentuar as longas curvas de dríade que subiam do pé em ponta ao braço erguido. A nobre leveza de sua postura, sugerindo uma elegância altaneira, revelava o lado poético de sua beleza que Selden sempre sentira em sua presença, mas que esquecia quando não estava com ela. Sua expressão agora estava tão vívida que ele pareceu ver diante de si a verdadeira Lily Bart, despida das trivialidades de seu pequeno mundo e capturando, por um momento, uma nota daquela harmonia eterna da qual sua beleza fazia parte.

---

[27] Sir Joshua Reynolds (1723-1792), pintor inglês. (N. da T.)
[28] Giovanni Battista Tiepolo (1696-1770), pintor italiano. (N. da T.)

— É uma tremenda ousadia se exibir com esses trapos; mas ela tem as curvas perfeitas e imagino que quis que nós soubéssemos disso!

Essas palavras, pronunciadas por aquele *connoisseur* experiente, o Sr. Ned Van Alstyne, cujo bigode branco e perfumado roçara o ombro de Selden sempre que a abertura das cortinas apresentara uma oportunidade excepcional para o estudo da silhueta feminina, afetaram seu ouvinte de maneira inesperada. Não era a primeira vez que Selden ouvia alguém dizendo algo não muito profundo sobre a beleza de Lily e, até então, o tom dos comentários havia influenciado de maneira imperceptível sua visão dela. Mas, agora, ele despertou um desprezo indignado. Aquele era o mundo no qual ela vivia, aqueles os critérios de acordo com os quais estava fadada a ser julgada! Alguém vai a Calibã para saber sua opinião sobre Miranda?[29]

No longo momento antes de a cortina se fechar, Selden teve tempo de sentir toda a tragédia da vida de Lily. Era como se a beleza dela, assim separada de tudo o que a barateava e vulgarizava, lhe houvesse estendido mãos súplices daquele mundo no qual eles dois haviam, certa vez, se encontrado por um instante, e onde ele sentira um anseio esmagador por estar com ela de novo.

Selden despertou de seu devaneio com a pressão de dedos entusiasmados.

— Ela não estava linda demais, Lawrence? Não gosta mais dela com aquela roupa simples? Assim, ela parece a verdadeira Lily — a Lily que eu conheço.

Ele olhou nos olhos radiantes de Gerty Farish.

— A Lily que *nós* conhecemos — corrigiu; e sua prima, sorrindo diante da implicação daquela concordância, exclamou alegremente:

— Vou contar isso a Lily! Ela vive dizendo que você não gosta dela.

* * *

---

[29] Em *A tempestade*, de William Shakespeare, Calibã é um escravo selvagem e maldoso, e Miranda, a heroína bela e inocente. (N. da T.)

Quando a performance terminou, o primeiro impulso de Selden foi procurar a Srta. Bart. Durante o interlúdio musical que se seguiu aos *tableaux*, as modelos se sentaram aqui e ali na plateia, diversificando a aparência convencional desta com a variedade pitoresca de suas roupas. Lily, no entanto, não estava entre elas, e sua ausência serviu para prolongar o efeito que causara em Selden: o encanto teria sido quebrado se ele a houvesse visto cedo demais no ambiente do qual ela, por um feliz acidente, fora dissociada. Eles não se encontravam desde o dia do casamento de Gwen Van Osburgh e, da parte de Selden, esse distanciamento havia sido intencional. Hoje, no entanto, ele sabia que, mais cedo ou mais tarde, acabaria ao lado de Lily; e, embora tivesse deixado que a multidão que se dispersava o levasse para onde quisesse, sem fazer nenhum esforço imediato para encontrá-la, sua procrastinação não se deveu a nenhuma resistência remanescente, mas ao desejo de desfrutar de um período de completa subjugação.

Lily não duvidou nem por um instante do significado dos murmúrios que surgiram quando ela apareceu. Nenhum outro *tableau* fora recebido com aquele tom específico de aprovação: ele, obviamente, fora originado por ela própria e não pelo quadro que representara. Em cima da hora, Lily sentira medo de estar se arriscando demais ao abrir mão das vantagens de um cenário mais suntuoso, mas seu triunfo absoluto lhe deu a sensação intoxicante de ter recuperado seu poder. Sem desejar diminuir a impressão que havia causado, se manteve afastada da plateia até que começasse a dispersão antes do jantar e, portanto, teve uma segunda oportunidade de se exibir da maneira mais favorável quando a multidão entrou devagar na sala de estar vazia onde ela se encontrava de pé.

Lily logo se tornou o centro de um grupo que foi aumentando e se renovando conforme a circulação se tornava generalizada, e os comentários individuais sobre seu sucesso foram uma deliciosa prolongação do aplauso coletivo. Em tais momentos, Lily se tornava um pouco mais fácil de contentar, e se importava menos com a qualidade da admiração que recebia do que com sua quantidade. Diferenças de personalidade se fundiram numa atmosfera alegre e lisonjeira, na qual sua beleza se abriu como uma flor à luz do sol; e, se Selden houvesse se aproximado um ou dois minutos mais cedo, a teria visto voltando-se para Ned Van Alstyne ou George Dorset com o olhar que ele sonhara capturar para si.

A sorte, no entanto, decretou que a aproximação apressada da Sra. Fisher, que alistara Van Alstyne como seu ajudante de campo, fizesse com que o grupo se separasse antes que Selden chegasse ao umbral da sala. Um ou dois dos homens saíram em busca das damas que deveriam levar à sala de jantar, enquanto os outros, notando que Selden se aproximava, abriram-lhe caminho em obediência ao acordo de cavalheiros que dita as regras dos salões. Lily, portanto, estava de pé sozinha quando Selden abordou-a; e, ao encontrar a expressão esperada em seus olhos, ele teve a satisfação de supor que a fizera surgir. A expressão de fato se tornou mais profunda quando o olhar de Lily pousou sobre Selden, pois, mesmo naquele momento em que estava intoxicada consigo mesma, ela sentiu o pulsar mais rápido de vida que a proximidade dele sempre causava. E ela também viu nos olhos que encontraram os seus a deliciosa confirmação de seu triunfo e, por um instante, pareceu-lhe que era só para ele que desejava ser bela.

Selden oferecera-lhe o braço sem dizer nada. Lily aceitou em silêncio e eles se afastaram, não na direção da sala de jantar, mas contra a maré que se dirigia para lá. Os rostos ao redor de Lily passavam como o fluxo de imagens dos sonhos: ela mal notou para onde Selden a levava até que eles passaram por uma porta de vidro ao final de uma longa série de cômodos e viram-se, subitamente, em meio ao silêncio e ao aroma de um jardim. O cascalho rangia sob seus pés e, ao redor, havia a escuridão transparente de uma noite de verão. Luzes penduradas formavam cavernas cor de esmeralda nas profundezas da folhagem e embranqueciam a água de uma fonte entre as flores. O lugar mágico estava deserto: não havia nenhum som, exceto o da água caindo em meio às ninfeias e uma música distante que poderia estar vindo do outro lado de um lago encantado.

Selden e Lily ficaram imóveis, aceitando a irrealidade da cena como parte de suas próprias sensações oníricas. Não teriam se surpreendido se houvessem sentido uma brisa de verão em seus rostos ou visto as luzes entre as copas das árvores refletidas no arco do céu estrelado. A solidão ao seu redor não era mais estranha do que a doçura de estarem juntos ali, a sós.

Após algum tempo, Lily retirou a mão e se afastou um passo, de modo que seu corpo esguio e vestido de branco formou um contraste com a penumbra dos galhos. Selden seguiu-a e, ainda sem dizer nada, eles se sentaram em um banco perto da fonte.

Subitamente, ela ergueu os olhos com a súplica intensa de uma criança.

— Você nunca fala comigo — pensa coisas severas de mim — murmurou.

— É verdade que penso em você; o quanto, só Deus sabe! — disse ele.

— Então, por que nós nunca nos vemos? Por que não podemos ser amigos? Certa vez, você prometeu me ajudar — continuou Lily no mesmo tom, como se as palavras estivessem sendo arrancadas dela contra a sua vontade.

— Eu só possa ajudá-la amando você — disse Selden, baixinho.

Ela não respondeu, mas seu rosto voltou-se pare ele com o movimento lento de uma flor. Ele encarou-a devagar e seus lábios se tocaram.

Lily se afastou e se levantou do banco. Selden fez o mesmo e eles ficaram de pé, frente a frente. De repente, ela agarrou a mão dele e apertou-a por um instante contra a sua face.

— Ah, me ame, me ame... mas não me conte! — disse Lily, suspirando, com os olhos nos de Selden; e, antes que ele pudesse dizer qualquer coisa, ela já havia se virado e passado pelo arco das copas, desaparecendo na luz forte do cômodo adiante.

Selden ficou ali, onde Lily o deixara. Ele sabia bem demais que os momentos sublimes são efêmeros e, por isso, não fez menção de segui-la; mas, logo, voltou a entrar na casa e, atravessando os cômodos desertos, foi até a porta da frente. Algumas senhoras de vestidos suntuosos já estavam reunidas no vestíbulo de mármore e, na chapelaria, Selden encontrou Van Alstyne e Gus Trenor.

O primeiro, quando Selden se aproximou, deixou de selecionar cuidadosamente um charuto em uma das caixas de prata convidativas que haviam sido postas perto da porta.

— Ah, Selden, vai também? Vejo que é um epicurista como eu: não quer ver todas aquelas deusas enchendo o bucho de sopa de tartaruga. Jesus, quanta mulher bonita; mas nenhuma chega ao pé da minha priminha. Tanta joia — para que joia quando uma mulher tem a si mesma para mostrar? O problema é que esses panos todos que elas usam cobrem o corpo todo e, quando é bonito, ninguém vê. Só hoje eu descobri que silhueta Lily tem.

— Se dependesse dela, o mundo inteiro ia saber — rugiu Trenor, com o rosto vermelho devido à dificuldade de se enfiar no casaco debruado de pele. — Para mim, isso é um tremendo mau gosto — não, não quero charuto. Nunca se sabe o que se vai fumar nestas casas novas — pode até ser que o *cozinheiro* compre os charutos. Ficar para o jantar? É boa! Essas pessoas enchem tanto a sala que você não consegue nem chegar perto de ninguém com quem queira falar; prefiro jantar no bonde lotado. Minha mulher é que estava certa de não vir: ela disse que a vida é curta demais para introduzir gente nova à sociedade.

Capítulo 13

Lily acordou de sonhos felizes e encontrou dois bilhetes na mesa de cabeceira.

Um era da Sra. Trenor, dizendo que naquela tarde iria fazer uma visita rápida à cidade e esperava que a Srta. Bart pudesse jantar com ela. O outro era de Selden. Ele escrevera apenas que, devido a um caso importante, teria de ir a Albany, de onde só voltaria à noite, e pedia que Lily lhe dissesse em qual horário do dia seguinte poderia recebê-lo.

Lily, se recostando nos travesseiros, examinou a carta dele, pensativa. A cena na estufa dos Bry lhe parecera fazer parte de seus sonhos; ela não esperava acordar e se deparar com tal prova de que fora real. A primeira coisa que sentiu foi irritação: esse ato inesperado de Selden acrescentava mais uma complicação à sua vida. Era tão pouco típico da parte dele ceder a um impulso tão irracional! Será que ia mesmo pedi-la em casamento? Lily, certa vez, lhe mostrara a impossibilidade de tal esperança, e o comportamento subsequente de Selden pareceu provar que ele aceitava a situação com uma sensatez que feriu levemente o orgulho dela. Era agradável saber que tal sensatez só podia ser mantida contanto que Selden não a visse; mas, embora nada na vida fosse mais doce que descobrir seu poder sobre ele, Lily viu o perigo de permitir que o episódio da noite anterior tivesse uma continuação. Como não poderia se casar com Selden, seria mais gentil com ele, assim como mais fácil para ela, escrever uma ou duas linhas esquivando-se de vê-lo, ainda que de forma amistosa: Selden era o tipo de homem que não deixaria de saber interpretar tal insinuação e, quando eles se vissem da próxima vez, seria apenas com a cordialidade de sempre.

Lily pulou da cama e foi imediatamente para sua escrivaninha. Queria escrever logo, enquanto pudesse confiar na força de sua determinação. Ainda estava lânguida devido ao sono breve e à excitação da noite anterior; e ver a caligrafia de Selden a fizera lembrar do momento culminante de seu triunfo: aquele em que ela lera em seus olhos que nenhuma filosofia era mais forte que seu poder. Seria um prazer sentir aquela sensação de novo... Ninguém seria capaz de causá-la de maneira tão absoluta; e Lily não pôde suportar a ideia de conspurcar suas lembranças deliciosas com uma refusa definitiva. Ela pegou a caneta e escreveu "Amanhã às quatro"; murmurando de si para si, enquanto enfiava a folha no envelope: "Eu posso facilmente adiar o encontro amanhã."

A convocação de Judy Trenor foi muito bem-vinda para Lily. Era a primeira vez que ela recebia uma comunicação direta de Bellomont desde sua última visita e ainda estava apavorada com a possibilidade de ter desagradado à amiga. Mas aquela ordem tão característica da parte de Judy parecia reestabelecer o relacionamento de antes; e Lily sorriu ao pensar que ela provavelmente exigira sua presença para saber como tinha sido o evento dos Bry. A Sra. Trenor se ausentara do banquete, talvez pelo motivo revelado com tanta franqueza por seu marido, ou talvez porque, na explicação ligeiramente diferente da Sra. Fisher, "não suportava pessoas novas a não ser que as tivesse descoberto". De qualquer maneira, embora Judy houvesse permanecido, altiva, em Bellomont, Lily suspeitava de que estivesse sentindo uma imensa curiosidade em saber o que tinha perdido e em descobrir exatamente até que ponto a Sra. Wellington Bry deixara para trás todas as mulheres que haviam lutado pelo reconhecimento social antes dela. Lily teria concordado de bom grado em satisfazer tal curiosidade, mas, por acaso, ia jantar fora. Ela decidiu, no entanto, que não deixaria de ver a Sra. Trenor durante alguns instantes e, tocando a sineta para chamar a criada, mandou um telegrama dizendo que estaria com a amiga aquela noite às dez.

Lily ia jantar com a Sra. Fisher, que daria uma festa informal para algumas das modelos do evento da noite anterior. Os convidados iam ouvir canções de trabalho dos negros no ateliê após o jantar — pois a Sra. Fisher, desesperançada com os ideais republicanos, passara a atuar como modelo e anexara à sua casa pequena e repleta de objetos um amplo aposento que, independentemente da maneira como era usado nas horas de inspiração artística, em outros momentos servia ao exercício de uma hospitalidade incansável. Lily relutou em ir embora, pois o jantar foi divertido e ela teria gostado de ficar ali fumando um cigarro e ouvindo algumas canções; mas não podia faltar ao seu compromisso com Judy e, logo após as dez, pediu que a anfitriã chamasse um fiacre e subiu a Quinta Avenida até a casa dos Trenor.

Esperou tanto tempo do lado de fora que começou a se perguntar por que a presença de Judy na cidade não se evidenciara em uma agilidade maior em abrir a porta para ela; e sua surpresa foi ainda maior quando, em vez do criado que esperara ver àquela hora, enfiando às pressas o casaco do uniforme, foi recebida por um zelador com uma roupa de algodão puída, que a deixou entrar no vestíbulo tomado por móveis cobertos. Trenor, no entanto, apareceu imediatamente na porta da sala de estar, dando-lhe as boas-vindas com uma tagarelice que lhe era incomum enquanto tirava seu casaco e a levava para dentro.

— Venha para o escritório; é o único lugar confortável da casa. Esta sala aqui, não parece que alguém já vai descer com o cadáver? Não entendo por que Judy deixa a casa toda coberta com esses panos brancos horrorosos — parece que a gente vai pegar pneumonia só de andar por aqui em um dia frio. Você está parecendo um pouco abatida, aliás: está um gelo lá fora. Eu notei quando estava andando para casa do clube. Venha, eu lhe dou um gole de conhaque e você vai poder fazer um brinde a si mesma diante do fogo e experimentar meus cigarros egípcios novos. Aquele turco baixinho da embaixada me falou de uma marca que quero que você prove; se gostar, eu lhe arrumo alguns: não dá para comprar aqui, mas eu encomendo.

Ele atravessou a casa com Lily, levando-a até um cômodo amplo nos fundos onde a Sra. Trenor em geral passava os dias e que, mesmo em sua ausência, parecia ocupado. Ali, como sempre, havia flores, jornais, uma escrivaninha repleta de papéis e um aspecto geral de intimidade iluminada, de modo que foi uma surpresa não ver a silhueta ágil de Judy se levantando depressa da poltrona perto da lareira.

Aparentemente, era o próprio Trenor quem estivera ocupando o lugar em questão, pois sobre ele havia uma nuvem de fumaça de cigarro e, ao seu lado, uma dessas complicadas mesas dobráveis que a engenhosidade britânica criou para facilitar a circulação do tabaco e dos destilados. Encontrar um móvel como aquele em uma sala de estar não era incomum no círculo de amizades de Lily, onde se fumava e bebia sem restrições de hora e lugar; e seu primeiro gesto foi pegar um dos cigarros recomendados por Trenor e interromper sua loquacidade, perguntando, com um olhar surpreso:

— Onde está Judy?

Trenor, um pouco afogueado por ter falado mais do que o normal e talvez devido à proximidade prolongada com as garrafas de álcool, estava debruçado sobre estas últimas para decifrar os rótulos prateados.

— Vamos, Lily, tome só um gole de conhaque com um pouco de gasosa — você está com a cara abatida mesmo: juro que a ponta do seu nariz está vermelha. Eu tomo mais um copo para lhe acompanhar. Judy? Veja bem, Judy está com uma dor de cabeça dos diabos — derrubada, pobrezinha — me disse para explicar, pedir desculpas. Mas venha aqui, para perto do fogo; você parece arrasada, de verdade. Quero que fique confortável. Seja boazinha.

Trenor pegara a mão de Lily, com um ar ligeiramente brincalhão, e estava levando-a até um banco baixo perto da lareira; mas ela estacou e se desvencilhou com delicadeza.

— Está querendo me dizer que Judy não está bem o suficiente para me ver? Ela não quer que eu suba?

Ele bebeu de um só gole o copo que servira para si e parou para pousá-lo na mesa antes de responder.

— Ah, não. A verdade é que ela não está com disposição para ver ninguém. A dor veio de repente, sabe, e ela me pediu que lhe dissesse que sentia muito — se soubesse onde você estava jantando, teria mandado um recado.

— Ela sabia onde eu estava jantando fora; mencionei isso no meu telegrama. Bem, não importa, é claro. Imagino que, se ela está tão indisposta, não vai voltar para Bellomont amanhã; assim, posso vir vê-la de manhã.

— Isso, exatamente — maravilha. Eu digo a ela que você vai dar um pulo aqui amanhã de manhã. Agora sente um pouquinho, seja boazinha, e vamos conversar um instante. Não quer nem um gole, só para beber junto comigo? Diga o que acha desse cigarro. O que foi, não gostou? Por que está jogando fora desse jeito?

— Estou jogando fora porque preciso ir, se você tiver a bondade de chamar um fiacre para mim — respondeu Lily com um sorriso.

Ela não estava gostando daquela estranha excitação de Trenor, com sua explicação óbvia demais, e a ideia de ficar a sós com ele, com a amiga fora de alcance no andar de cima, do outro lado daquela imensa casa vazia, não aumentou seu desejo de prolongar o tête-à-tête.

Mas Trenor, com uma rapidez que não escapou a Lily, se colocou entre ela e a porta.

— Por que precisa ir, será que posso saber? Se Judy estivesse aqui, teria ficado fofocando até de madrugada — mas, comigo não quer ficar nem cinco minutos! É sempre a mesma história. Ontem à noite, não consegui nem chegar perto de você — fui àquela maldita festa vulgar só para vê-la, e todo mundo ficou falando em você e me perguntando se eu já tinha visto coisa mais assombrosa, mas quando tentei chegar perto e trocar uma palavrinha você nem notou, continuou a rir e brincar com um bando de imbecis que só queriam sair se gabando por aí e fazer cara de entendidos quando você fosse mencionada.

Ele fez uma pausa, com o rosto vermelho por causa da diatribe, e encarou-a com uma expressão na qual o ressentimento era o ingrediente que menos a desagradava. Mas Lily recobrara sua presença de espírito e permaneceu tranquila de pé no meio da sala, com um leve sorriso que parecia distanciá-la cada vez mais de Trenor.

Friamente, ela disse:

— Não seja absurdo, Gus. Já passa das onze e eu preciso insistir que você chame um fiacre.

Ele continuou imóvel, com aquele cenho franzido que Lily passara a detestar.

— E se eu não chamar — o que você vai fazer?

— Vou subir para falar com Judy, se você me forçar a incomodá-la.

Trenor se aproximou um passo e colocou a mão no braço dela.

— Escute, Lily: você não pode me dar cinco minutos de livre e espontânea vontade?

— Hoje não, Gus. Você...

— Muito bem: então, eu irei tomá-los. Não só cinco, mas quantos eu quiser. — Diante da porta, ele jogara os ombros para trás, com as mãos enfiadas no fundo dos bolsos. Indicou com a cabeça a poltrona perto da lareira.

— Vá se sentar ali, por favor. Tenho uma palavrinha para dizer a você.

O lado irascível de Lily estava prevalecendo sobre seus temores. Ela se empertigou e se aproximou da porta.

— Se você tem algo a me dizer, terá de fazê-lo em outra ocasião. Irei lá para cima falar com Judy se não chamar um fiacre imediatamente.

Ele desatou a rir.

— Pode subir à vontade, meu bem; mas não vai encontrar Judy. Ela não está lá em cima.

Lily olhou-o, assustada.

— Está querendo dizer que Judy não está na casa — que não veio para a cidade?

— É isso mesmo — retrucou Trenor, com o riso se transformando em amuo diante do olhar dela.

— Tolice — eu não acredito. Vou subir — disse Lily, impaciente.

Ele afastou-se inesperadamente, sem tentar impedir que ela chegasse à porta.

— Pode subir à vontade; mas minha mulher está em Bellomont.

Mas Lily pensou em algo que a tranquilizou.

— Se ela não tivesse vindo, teria mandado me avisar...

— Ela fez isso; telefonou esta tarde pedindo que eu lhe avisasse.

— Eu não recebi nenhum recado.

— Eu não mandei nenhum.

Os dois se mediram por um instante, mas Lily ainda via seu oponente em meio a uma névoa de desprezo que tornava todas as outras considerações indistintas.

— Não posso imaginar por que quis fazer esse truque tão idiota; mas, se já satisfez seu senso de humor peculiar, peço mais uma vez que chame um fiacre.

Aquele era o tom errado e ela soube assim que terminou de falar. Ser ferido pela ironia não é necessariamente compreendê-la, e a raiva fez Trenor ficar com listras vermelhas tão marcadas no rosto que ele parecia ter levado uma chicotada de verdade.

— Olhe aqui, Lily, não fale comigo como se tivesse o rei na barriga. — Ele tinha voltado para perto da porta e, em seu instinto de afastar-se, Lily permitiu que recuperasse o controle da saída. — Foi *mesmo* um truque, confesso; mas, se acha que sinto vergonha disso, está enganada. Deus sabe que tive paciência — esperei e fiquei com cara de palhaço. Enquanto isso, você permitiu que vários outros homens a bajulassem... E caçoassem de mim, aposto. Eu não sou esperto e não consigo deixar meus amigos com cara de imbecil, que nem você... Mas consigo perceber quando alguém faz isso comigo... Percebo bem depressa quando estão me fazendo de bobo."

— Ah, disso eu não sabia! — retrucou Lily, sem pensar; mas seu riso morreu diante do olhar dele.

— Não, disso você não sabia; mas vai aprender agora. É por isso que está aqui hoje. Eu venho esperando por um momento tranquilo para conversar e, agora que consegui, pretendo obrigá-la a me ouvir.

Após uma explosão de ressentimento inarticulado, Gus demonstrava uma firmeza e uma concentração que eram ainda mais desconcertantes para Lily. Por um instante, sua presença de espírito a abandonou. Ela mais de uma vez já estivera em situações em que uma rápida investida de eloquência fora necessária para acobertar o fato de que estava batendo em retirada; mas o pulsar assustado de seu coração lhe disse que, naquele momento, aquela habilidade de nada adiantaria.

Para ganhar tempo, Lily repetiu:

— Eu não entendo o que você quer.

Trenor tinha arrastado uma poltrona e colocado entre ela e a porta. Ele desabou ali e se recostou, fitando-a.

— Vou lhe dizer o que quero: saber exatamente o que está acontecendo entre nós dois. Diabos, o homem que paga pelo jantar em geral tem permissão para se sentar à mesa.

Ela foi tomada pela raiva e pela humilhação, percebendo a repugnante necessidade de apaziguar alguém que desejava tratar com desprezo.

— Não sei o que quer dizer — mas não é possível que não entenda, Gus, que não posso ficar aqui conversando com você a essa hora...

— Ah, mas você não se incomoda de ir aos aposentos de um homem em plena luz do dia — me parece que nem sempre toma tanto cuidado com as aparências.

A brutalidade do ataque deixou-a tonta, como se houvesse levado um golpe físico. Rosedale contara tudo, então; e era assim que os homens falavam dela. Lily, subitamente, sentiu-se fraca e indefesa: teve tanta pena de si mesma que sua garganta pareceu fechar. Mas, ao mesmo tempo, outra parte de seu ser estava colocando-a em alerta, sussurrando o aviso apavorado de que cada palavra e cada gesto precisavam ser controlados.

— Se você me trouxe aqui para me insultar...

Trenor riu.

— Não faça essa encenação. Não quero ofendê-la. Mas os homens têm sentimentos — e você está brincando comigo há tempo demais. Não fui eu que iniciei esta história. Fiquei fora do caminho, deixando a pista livre para os outros camaradas, até você me pegar e começar a me fazer de palhaço — e olhe que foi bem fácil. Esse é o problema: foi fácil demais. Você perdeu a cautela, achou que ia poder me virar do avesso e me jogar na calçada como se eu fosse uma bolsa vazia. Mas, palavra, isso não é jogo justo: é tentar driblar as regras. É claro que, agora, sei o que queria — não estava atrás dos meus belos olhos — mas vou lhe dizer uma coisa, dona Lily, vai ter que pagar o preço por me fazer pensar que estava...

Ele se levantou, jogando os ombros para trás de maneira agressiva, e deu um passo na direção dela com o rosto cada vez mais vermelho; mas Lily não cedeu terreno, embora cada um de seus nervos implorasse para que se afastasse enquanto ele avançava.

— Pagar o preço? — balbuciou ela. — Quer dizer que eu lhe devo dinheiro?

Trenor riu de novo.

— Ah, não quero o pagamento em espécie. Mas existe algo chamado jogo justo — e dividendos sobre o investimento — e, diabo, eu não recebi nem um olhar seu...

— Investimento? E que tenho eu a ver com os seus investimentos? Você me aconselhou a fazer os meus... deve ter visto que eu não entendia nada de negócios... disse que não havia problema...

— Não *havia* problema — e não há, Lily: eu lhe daria dez vezes mais de bom grado. Só estou pedindo uma palavra de agradecimento sua. — Ele estava ainda mais perto, esticando a mão de maneira assustadora; e o medo de Lily começara a dominar todas as outras sensações.

— Mas eu lhe agradeci; demonstrei minha gratidão. O que você fez que qualquer amigo não faria, ou que qualquer um não aceitaria de um amigo?

Trenor a agarrou com um riso de desdém.

— Não duvido que você já tenha aceitado esse tipo de coisa antes — e se livrado dos outros, assim como quer se livrar de mim. Não quero saber como acertou suas contas com eles — se conseguiu enganá-los, tanto melhor. Não me olhe com essa cara — sei que não estou falando da maneira como os homens devem falar com as garotas — mas, que diabos, se você não gosta, pode me obrigar a parar assim que quiser — sabe que sou louco por você — para o diabo com o dinheiro, Lily, eu tenho bastante — se *isso* lhe incomoda... Eu fui um grosseirão, Lily... Lily! Olhe para mim...

Sem cessar, o mar de humilhação foi subindo — e, com uma onda quebrando tão pouco tempo após a outra, a vergonha moral se fundiu ao medo físico. Lily soube que teria saído incólume ao ataque de qualquer pessoa, com exceção de si mesma — que era sua própria sensação de desonra que a atirava naquela solidão pavorosa.

O toque dele foi um choque em seus sentidos quase afogados. Ela se afastou com um desdém fingido que era um gesto de desespero.

— Já disse que não entendo — mas, se eu lhe devo dinheiro, você o receberá...

O rosto de Trenor toldou-se de fúria: o recuo horrorizado de Lily fizera surgir seu lado primitivo.

— Ah — vai pedir dinheiro emprestado a Selden ou Rosedale — e tentar enganá-los, assim como me enganou! A não ser... a não ser que já tenha acertado suas outras contas — e que eu seja o único que foi largado no frio!

Lily ficou muda, congelada. As palavras — as palavras eram piores que o toque. Seu coração batia em todo o seu corpo — na garganta, nos braços e pernas, em suas pobres mãos indefesas. Ela examinou o cômodo ao redor, desesperada, e pousou os olhos sobre a sineta, lembrando que era possível pedir ajuda. Sim, mas com ela viria o escândalo — o horror abjeto das más línguas. Não, ela precisava lutar e sair sozinha. Já era ruim o suficiente que os criados soubessem que estava na casa com Trenor — não poderia haver motivo para rumores em sua maneira de deixar o lugar.

Lily ergueu a cabeça e conseguiu encará-lo mais uma vez.

— Estou aqui sozinha com você — disse. — O que mais tem a dizer?

Para sua surpresa, Trenor reagiu com um olhar perplexo. Com sua última rajada de palavras, a chama se apagara, deixando-o gelado e humilhado. Era como se um ar frio houvesse dissipado a névoa do álcool e a situação assomasse à sua frente, negra e nua como as ruínas de um incêndio. Velhos hábitos, velhas inibições, a tradição da ordem, puxaram de volta a mente atarantada que a fúria arrancara do lugar. Os olhos de Trenor tinham a expressão confusa do sonâmbulo que é acordado à beira do precipício.

— Vá para casa! Suma daqui! — gaguejou ele e, dando as costas para ela, caminhou de volta para perto da lareira.

O alívio súbito de seus medos fez com que a lucidez de Lily retornasse imediatamente. O colapso da força de Trenor a deixou no controle e ela se ouviu, com uma voz que era a sua própria, mas parecia estar vindo de outra pessoa, mandando-o chamar um criado, mandando-o ordenar que este chamasse um fiacre, dizendo-lhe que devia levá-la até o veículo quando ele chegasse. De onde veio aquela força, ela não soube; mas uma voz insistente alertou-a de que devia deixar a casa abertamente e deu-lhe coragem para, no vestíbulo, diante do empregado que esperava, trocar palavras leves com Trenor e mandar os recados de sempre para Judy ao mesmo tempo que, por dentro, estremecia de repugnância. Nos degraus da frente, com a rua ali adiante, Lily teve uma louca sensação de liberdade, tão intoxicante quanto a ocasião em que o prisioneiro respira ao ar livre pela primeira vez; mas a clareza mental continuou, e ela notou o aspecto silencioso da Quinta Avenida, adivinhou que já era muito tarde e até observou a silhueta de um homem — haveria qualquer coisa de familiar nela? — que, conforme ela entrava no fiacre, dobrou a esquina em frente e desapareceu na penumbra da rua transversal.

No entanto, quando as rodas começaram a girar, uma escuridão pavorosa a envolveu. "Não consigo pensar — não consigo pensar", gemeu Lily, recostando a cabeça na lateral trêmula do veículo. Parecia estranha a si mesma, ou melhor, havia duas pessoas diferentes dentro dela, aquela que sempre conhecera e um novo ser abominável acorrentado ao primeiro. Lily certa vez folheara, em uma casa em que estava hospedada, uma tradução de *Eumênides*[30], e sua imaginação ficara impressionada

---

[30] Peça do dramaturgo grego Ésquilo. (N. da T.)

pelo horror profundo da cena em que Orestes, na caverna do oráculo, encontra suas caçadoras implacáveis dormindo e consegue repousar por uma hora. Sim, as Fúrias talvez dormissem, mas estavam ali, sempre ali nos cantos escuros, e agora estavam acordadas e ela podia ouvir o bater metálico de suas asas... Lily abriu os olhos e viu as ruas passando — as ruas familiares e estranhas. Tudo o que via era igual, mas estava diferente. Havia um enorme abismo entre hoje e ontem. Tudo no passado parecia simples, natural, banhado pela luz do sol — e ela estava sozinha em um lugar repleto de escuridão e impureza. Sozinha! Era a solidão que a assustava. Seus olhos pousaram sobre um relógio iluminado em uma esquina e ela viu que as mãos marcavam trinta minutos após as onze. Apenas onze e meia — havia mais horas e horas naquela noite! E Lily teria de passá-las a sós, trêmula e insone em sua cama. Sua natureza delicada se horrorizou com essa provação, que não tinha o estímulo do conflito para fortificá-la. Ah, o contar mental dos minutos, lentos e gélidos! Lily se viu deitada na cama de nogueira-negra — e a escuridão a amedrontaria e, se ela deixasse a vela acesa, os detalhes lúgubres do quarto ficariam para sempre marcados em sua mente. Lily sempre detestara seu quarto na casa da Sra. Peniston — sua feiura, sua impessoalidade, o fato de que nada ali realmente lhe pertencia. Para um coração despedaçado que não conta com o conforto da proximidade de alguém, um cômodo pode abrir braços quase humanos, e o ser para quem não há quatro paredes que signifiquem mais que quaisquer outras é, nessas horas, um expatriado.

Lily não tinha um coração para recebê-la. Seu relacionamento com a tia era tão superficial quanto o de hóspedes do mesmo hotel que passam um pelo outro na escada. Mas, mesmo se as duas fossem mais próximas, era impossível pensar na Sra. Peniston como alguém que pudesse oferecer abrigo ou compreensão para uma tristeza como a sua. Assim como a dor que pode ser relatada é apenas meia dor, a piedade que faz perguntas tem pouco poder de cura. Lily ansiava pela escuridão de braços que a encerrassem, pelo silêncio que não é solidão, mas a compaixão muda.

Ela teve um sobressalto e olhou as ruas que passavam. Gerty! Eles estavam perto da esquina de Gerty. Se pudesse chegar lá antes que aquela angústia terrível subisse de seu peito aos seus lábios — se pudesse sentir os braços de Gerty ao redor do corpo enquanto tremia com o ataque de medo que estava prestes a tomá-la! Lily abriu a porta no teto e chamou o cocheiro. Não era tão tarde — Gerty ainda podia estar acordada. E, mesmo que não estivesse, o som da campainha penetraria cada canto de seu minúsculo apartamento e a despertaria para o chamado da amiga.

Capítulo 14

Gerty Farish, na manhã seguinte à recepção dos Wellington Bry, acordou de sonhos tão felizes quanto os de Lily. Se estes eram de um tom menos vívido, se tinham os matizes mais discretos de sua personalidade e de sua experiência, justamente por isso eram mais adequados à sua imaginação. Os clarões de alegria sob os quais Lily se movia teriam cegado a Srta. Farish, que, na questão da felicidade, estava acostumada a uma luz parca, do tipo que passa pelas frestas da vida das outras pessoas.

Agora, Gerty Farish era o centro de uma pequena iluminação própria: um facho leve, porém inconfundível, composto pela gentileza cada vez maior de Lawrence Selden com ela e pela descoberta que essa afabilidade incluía Lily Bart. Se esses dois fatores parecem incompatíveis para o estudioso da psicologia feminina, é necessário lembrar que Gerty sempre fora uma parasita na ordem moral, vivendo das migalhas de outras mesas e contentando-se em ver pela janela o banquete servido para suas amigas. Agora que ela estava desfrutando de um pequeno festim privado, teria lhe parecido incrivelmente egoísta não colocar um prato para a amiga; e não havia ninguém com quem teria preferido compartilhar seu divertimento que a Srta. Bart.

Quanto à natureza da gentileza cada vez maior de Selden, Gerty jamais teria ousado defini-la, assim como não teria ousado sacudir o pó das asas de uma borboleta para descobrir quais eram suas cores. Agarrar aquela maravilha seria acabar com o seu viço e talvez vê-la desfalecer e morrer na sua mão: era melhor ficar com a sensação de beleza palpitando fora do alcance, enquanto ela prendia a respiração e via onde esta iria pousar. No entanto, o comportamento de Selden na casa dos Bry trouxera as asas ritmadas para tão perto que elas pareciam estar batendo dentro de seu próprio coração. Gerty jamais o vira tão alerta, tão sensível, tão atento ao que ela tinha a dizer. Ele em geral demonstrava uma benevolência distraída que Gerty aceitava e pela qual era grata, acreditando que era o sentimento mais profundo que sua presença poderia inspirar; mas sentiu rapidamente uma mudança em Selden que implicava que ela era capaz de dar prazer e não apenas de senti-lo.

E era tão delicioso que essa afinidade superior fosse alcançada através do interesse de ambos por Lily Bart! A afeição de Gerty pela amiga — um sentimento que havia se acostumado a manter-se vivo com a mais parca dieta — se transformara em absoluta adoração quando a curiosidade incansável de Lily a levara a se envolver em suas atividades. Uma prova de benevolência despertara em Lily um apetite momentâneo pela filantropia. Sua visita ao Clube Feminino a fizera entrar pela primeira vez em contato com os contrastes dramáticos da vida. Ela sempre havia aceitado, com uma tranquilidade filosófica, o fato de que existências como a sua se erigiam sobre um pedestal de pessoas obscuras. O limbo lúgubre do desmazelo se espalhava ao redor e debaixo de sua mais bela florescência, assim como a lama e o granizo de uma noite de inverno cercam uma estufa repleta de flores tropicais. Tudo isso fazia parte da ordem natural das coisas, e a orquídea que se alimentava da atmosfera artificial criada para ela podia abrir as curvas delicadas de suas pétalas sem se perturbar com o gelo no vidro.

Mas é uma coisa viver confortavelmente com o conceito abstrato da pobreza, e outra entrar em contato com os seres humanos que o personificam. Lily sempre pensara nessas vítimas do destino como em uma massa. O fato de essa massa ser composta por vidas individuais, inúmeros centros independentes de sensação, com a mesma busca ansiosa por prazer que ela própria, a mesma repulsa feroz da dor — o fato de que alguns desses feixes de sentimento tinham formatos não muito diferentes do seu, com olhos feitos para ver a alegria e lábios prontos para o amor — essa descoberta causou em Lily um daqueles choques súbitos de piedade que, às vezes, descentralizam uma vida. A natureza de Lily era incapaz de tal renovação: ela só conseguia sentir tais demandas através da sua própria, e nenhuma dor permanecia vívida por muito tempo se não tocasse um nervo correspondente. Mas, por enquanto, tinha deixado de lado seu egoísmo devido ao interesse de uma parenta próxima por um mundo tão diferente do seu. Suplementara sua primeira contribuição com a assistência pessoal a duas das pessoas mais atraentes entre aquelas ajudadas pela Srta. Farish, e a admiração e o interesse que sua presença causava entre as trabalhadoras cansadas do clube satisfizeram de forma inédita seu desejo insaciável de agradar.

Gerty Farish não tinha compreensão profunda o suficiente de psicologia para separar os diversos fios que compunham a trama da filantropia de Lily. Supunha que sua linda amiga fora movida pelo mesmo motivo que ela própria — aquela maior nitidez de visão moral que faz com que todo o sofrimento humano se torne tão próximo e insistente que os outros aspectos da vida se distanciam. Gerty vivia de acordo com fórmulas tão simples que não hesitou em classificar o estado da amiga como aquele despertar emocional com o qual as atividades que fazia com os pobres a tinham acostumado; e se regozijava em pensar que fora o humilde instrumento usado para causar tal transformação. Agora, tinha uma resposta a todas as críticas à conduta de Lily: como dissera, conhecia "a verdadeira Lily", e a descoberta de que o mesmo ocorria com Selden levou-a, de uma aceitação plácida da vida, a uma sensação inebriante diante de suas possibilidades — sensação que aumentou mais ainda ao longo da tarde, após o recebimento de um telegrama de Selden perguntando se poderia jantar com ela naquela noite.

Enquanto Gerty se perdia na feliz confusão criada em sua modesta vida doméstica por essa indagação, Selden se unia a ela e pensava com intensidade em Lily Bart. O trabalho que o levara a Albany não era complexo o suficiente para absorver toda a sua atenção, e ele tinha a característica profissional de manter uma parte da mente livre quando seus serviços não eram exigidos. Essa parte — que, no momento, corria o risco de se tornar o todo — transbordava com as sensações da noite anterior. Selden entendia os sintomas: reconhecia o fato de que estava pagando, como sempre houvera uma chance de acontecer, pelas exclusões voluntárias de seu passado. Ele sempre tivera a intenção de se manter livre de vínculos permanentes, não devido a qualquer pobreza de espírito, mas porque, de maneira diferente, era, tanto quanto Lily, uma vítima do ambiente em que fora criado. Havia um quê de verdade em suas palavras quando ele dissera para Gerty Farish que não queria se casar com uma "boa" moça; pois o adjetivo, no vocabulário de sua prima, conotava certas qualidades utilitárias que em geral excluíam o luxo do encanto. Mas fora o destino de Selden ter uma mãe encantadora: seu belo retrato, mostrando uma mulher sorridente e envolta em casimira, ainda emanava um leve aroma daquela qualidade indefinível. Seu pai fora o tipo de homem que se delicia com uma mulher encantadora: que repete suas palavras, a estimula e a ajuda a manter para sempre o seu encanto. Nem ele nem ela ligavam para dinheiro, mas seu desdém tomava a forma de sempre gastar um pouco mais do que ditava a prudência. Sua casa talvez fosse desorganizada, mas era esplêndida: se havia bons livros nas estantes, também havia bons pratos na mesa. O pai de Selden tinha um bom olho para pintura, sua esposa sabia reconhecer a melhor renda antiga; e ambos tinham tamanha consciência de sua parcimônia e discernimento na hora de comprar qualquer coisa que nunca compreendiam como era possível que as contas se acumulassem.

Embora muitos dos amigos de Selden fossem descrever seus pais como pobres, ele fora criado em uma atmosfera onde os recursos limitados só significavam uma restrição à extravagância despropositada: onde as poucas posses eram de tamanha qualidade que sua raridade dava-lhe um destaque merecido, e a abstinência era combinada à elegância de uma maneira exemplificada pela capacidade de a Sra. Selden de usar seu veludo velho como se ele fosse novo. Os homens têm a vantagem de se livrar bem cedo do ponto de vista doméstico e, antes de

Selden se formar na faculdade, ele já aprendera que há tantas maneiras diferentes de passar sem dinheiro quanto de gastá-lo. Infelizmente, não encontrou nenhuma maneira tão prazerosa quanto aquela adotada em sua casa; e sua visão das mulheres em especial fora influenciada pela lembrança da única que lhe passara seus "valores". Era dela que Selden herdara sua indiferença pela economia: o desapego do estoico pelas coisas materiais combinado ao prazer do epicurista com elas. A vida desprovida de qualquer um desses sentimentos parecia-lhe algo menor; e em nenhum lugar a mistura dos dois ingredientes era tão essencial quanto na personalidade de uma mulher bonita.

Sempre parecera a Selden que havia muito a viver além das aventuras sentimentais, mas ele tinha uma concepção vívida de um amor que se alargaria e se aprofundaria até se tornar o fator central da existência. O que não podia aceitar, em seu caso, era a alternativa provisória de um relacionamento que fosse menos do que isso: que deixasse partes de sua natureza insatisfeitas ao mesmo tempo que exigia um esforço indevido de outras. Em outras palavras, Selden se recusava a permitir o crescimento de uma afeição que despertasse sua piedade, mas deixasse sua inteligência intocada: a comiseração não o iludiria mais do que um truque visual, a beleza da vulnerabilidade não seria mais poderosa que a de um rosto.

Mas, agora — aquele pequeno "mas" passou uma esponja sobre tudo o que ele jurara. Suas resistências racionais pareciam, naquele momento, tão menos importantes do que saber quando Lily leria seu bilhete! Selden cedeu ao encanto de preocupações triviais, se perguntando em que horário a resposta seria enviada, com que palavras começaria. Quanto ao conteúdo, ele não tinha dúvidas — tinha tanta certeza da subjugação de Lily quanto da sua própria. Assim, teve tempo disponível para pensar em todos os seus detalhes deliciosos, como um homem que trabalha duro e permanece deitado em uma manhã de folga, observando o raio de luz atravessar aos poucos o quarto. Mas, se aquela nova luz o maravilhava, ela não o cegava. Selden ainda podia discernir os fatos, apesar de sua própria relação com eles ter mudado. Não tinha menos consciência do que antes daquilo que era dito de Lily Bart, mas podia separar a mulher que conhecia da classificação vulgar que se fazia dela. Ele se lembrou das palavras de Gerty Farish, e a sabedoria do mundo pareceu-lhe instável diante da perspicácia da inocência. "Bem--aventurados os puros de coração, porque verão a Deus"[31] — ainda que seja o deus oculto no peito do próximo! Selden estava naquele estado de autocontemplação apaixonada produzido quando alguém se rende ao amor pela primeira vez. Ele ansiava por estar na companhia de alguém cujo ponto de vista justificaria o seu próprio, que confirmaria, por meio da observação deliberada, a verdade até o ponto em que suas intuições tinham se precipitado. Não conseguiu esperar até o recesso de meio-dia, mas aproveitou um instante de oportunidade para escrever depressa seu telegrama para Gerty Farish.

Chegando à cidade, foi diretamente para o clube do qual era sócio, onde esperava talvez encontrar um bilhete da Srta. Bart. Mas sua caixa de correspondência continha apenas uma linha expressando a aquiescência entusiasmada de Gerty, e ele estava se virando, decepcionado, quando alguém o abordou da sala de fumo.

— Olá, Lawrence. Vai jantar aqui? Coma comigo — pedi um pato.

Selden viu Trenor, que não estava vestido para jantar, sentado com um copo comprido perto do cotovelo atrás das folhas de um jornal esportivo. Ele agradeceu, mas disse que tinha um compromisso.

— Que diabos, acho que todos os homens da cidade têm um compromisso esta noite. Vou ficar com o clube só para mim. Você sabe como eu estou neste inverno, perdido naquela casa vazia. Minha mulher pretendia vir à cidade hoje, mas adiou de novo, e como um sujeito pode jantar sozinho numa sala com os espelhos cobertos e só um frasco de molho Harvey no aparador? Ande, Lawrence, deixe para lá esse compromisso e tenha pena de mim — fico triste quando janto sozinho e não tem ninguém no clube além daquele imbecil bajulador do Wetherall.

— Desculpe, Gus — não posso.

---

[31] Mateus 5:8. (N. da T.)

Antes de Selden se virar, ele percebeu o rubor forte no rosto de Trenor, o suor feio de sua testa muito branca, a maneira como seus anéis cheios de joias afundavam nas dobras de seus dedos gordos e vermelhos. Sem dúvida, o monstro predominava — o monstro que há no fundo do copo. E ele já ouvira o nome daquele homem associado ao de Lily! Ora — a ideia o enojava; durante todo o trajeto até seu prédio, Selden foi assombrado pela imagem das mãos gordas e cheias de dobras de Trenor...

Em sua mesa estava o bilhete: Lily o mandara para seus aposentos. Ele sabia o que continha mesmo antes de partir o lacre — um lacre cinza com um navio zarpando e a palavra "Adiante!" escrita embaixo. Ah, ele a levaria adiante — para além da feiura, da mesquinharia, do atrito e da corrosão da alma...

A pequena sala de estar de Gerty reluzia, acolhedora, quando Selden entrou. Sua modesta decoração, composta por pinturas feitas com tinta esmalte e engenhosidade, expressava-se para Selden na linguagem que, naquele momento, era mais doce aos seus ouvidos. É surpreendente como um cômodo estreito e um teto baixo importam pouco quando a alma subitamente tornou-se mais larga. Gerty também reluzia; ou, pelo menos, emanava um brilho sutil. Ele jamais notara antes que ela possuía atrativos — na verdade, não seria nada má para um bom rapaz... Durante o simples jantar (em uma mesa cuja decoração também lhe pareceu maravilhosa), Selden disse a Gerty que ela devia se casar — estava com vontade de formar pares no mundo inteiro. Ela fizera o pudim de leite com suas próprias mãos. Era um pecado guardar tais dotes para si mesma. Ele lembrou, com um frêmito de orgulho, que Lily sabia decorar seus próprios chapéus — dissera-lhe isso no dia de sua caminhada em Bellomont.

Selden só falou em Lily depois do jantar. Durante a modesta refeição, manteve a conversa girando em torno de sua anfitriã que, nervosa ao se ver no centro das observações, ficou tão corada quanto as cúpulas para castiçal que ela própria fizera para a ocasião. Selden manifestou um interesse extraordinário por sua administração doméstica: elogiou-a pela engenhosidade com que utilizara cada centímetro de seus pequenos aposentos, perguntou-lhe como fazia quando a criada tirava as tardes de folga, descobriu que era possível improvisar jantares deliciosos em um réchaud e expressou generalizações atenciosas sobre o fardo que era ter uma casa grande.

Quando eles estavam de volta na sala de estar, onde ficavam tão próximos quanto duas peças de um quebra-cabeça, e Gerty já fizera o café e o servira nas xícaras de porcelana branca da avó, os olhos dele, após se recostar, deleitando-se com a fragrância cálida, pousaram sobre uma fotografia recente da Srta. Bart, e a transição desejada foi realizada sem esforço. A fotografia era bonita — mas vê-la como estava na noite passada! Gerty concordou com Selden — Lily jamais estivera tão luminosa. Mas será que uma fotografia podia captar aquela luz? Havia uma expressão nova em seu rosto — algo diferente. Sim, Selden concordou que existia algo diferente. O café estava tão delicioso que ele pediu uma segunda xícara: que contraste com aquela coisa aguada que serviam no clube! Ah, pobres solteiros, com as refeições impessoais do clube alternadas à culinária igualmente impessoal dos jantares sociais! Um homem que vivia em uma casa de cômodos perdia o melhor da vida. Selden se lembrou da solidão insossa da refeição de Trenor e sentiu compaixão por ele durante um instante... Mas, voltando a Lily — e ele voltou diversas vezes, questionando, conjecturando, incitando Gerty a falar, arrancando de seus pensamentos mais íntimos a ternura reservada para a amiga.

No começo, Gerty derramou-se generosamente, feliz com aquela comunhão perfeita de afinidades. Saber que Selden compreendia Lily ajudava-a a confirmar sua própria confiança na amiga. Eles dois conversaram longamente sobre o fato de que Lily não tivera nenhuma chance. Gerty deu como exemplo seus impulsos generosos — sua inquietação e seu descontentamento. O fato de sua vida jamais tê-la satisfeito era a prova de que ela fora feita para algo mais nobre. Lily já poderia ter se casado mais de uma vez, já poderia ter feito o casamento convencional com um homem rico que tinham lhe ensinado a considerar como o único objetivo de uma vida — mas, quando a oportunidade surgia, jamais conseguia ir adiante. Percy Gryce, por exemplo, havia se apaixonado por ela — todos em Bellomont tinham suposto que eles estavam noivos, e o afastamento de Lily era considerado inexplicável. Essa visão do incidente envolvendo Gryce se harmonizava tão bem com o estado de espírito de Selden que foi imediatamente adotada por ele, com um olhar retrospectivo de desprezo por aquilo que já lhe parecera ser a solução óbvia para o caso. Se houvesse mesmo acontecido uma rejeição — e parecia-lhe incrível que ele já houvesse duvidado disso! —, então Selden tinha a chave do mistério e as colinas de Bellomont estavam iluminadas não pelo pôr-do-sol, mas pela aurora. Fora ele quem hesitara e não reconhecera o rosto da oportunidade — e alegria que agora lhe esquentava o peito já poderia ser uma inquilina familiar ali, se Selden a houvesse capturado em seu primeiro voo.

Foi nesse ponto, talvez, que uma alegria que tinha acabado de abrir as asas pela primeira vez dentro do coração de Gerty caiu por terra e não se moveu mais. Ela permaneceu sentada diante de Selden, repetindo mecanicamente "Não, Lily nunca foi compreendida...", ao mesmo tempo que sentia encontrar-se no centro de um imenso clarão de compreensão. A pequena sala confidencial, onde, há um instante, seus pensamentos tinham se tocado da mesma maneira que suas poltronas, assumiu uma vastidão hostil, separando-a de Selden com toda a distância de sua nova visão do futuro — e aquele futuro se estendia, interminável, com sua própria figura solitária atravessando-o com dificuldade, um mero grão de poeira em meio ao nada.

— Lily só é ela mesma com algumas poucas pessoas; e você é uma delas — Gerty ouviu Selden dizer. E depois: — Seja boa para ela, Gerty, por favor. — E depois: — Ela tem capacidade de se tornar qualquer coisa que acreditemos que é — você vai ajudá-la, acreditando no melhor?

As palavras golpearam o cérebro de Gerty como o som de uma língua que parece familiar a distância, mas que, de perto, revela ser ininteligível. Selden viera ali para falar de Lily — só isso! Havia uma terceira pessoa no banquete que ela preparara para ele — e aquela terceira pessoa tomara o seu lugar. Gerty tentou compreender o que ele estava dizendo, agarrar-se a seu próprio papel na conversa — mas era tudo tão incompreensível quanto o ribombar das ondas sobre a cabeça do afogado e ela sentiu, como os afogados devem sentir, que afundar não seria nada comparado à dor do esforço de se manter à tona.

Selden se levantou e Gerty deu um suspiro fundo, acreditando que logo poderia se deixar levar pelas ondas abençoadas.

— Na casa da Sra. Fisher? Você disse que ela foi jantar lá? Vai haver música depois; acredito que recebi um cartão dela. — Ele olhou para o relógio rosa bobo que batia os minutos daquela hora terrível. — Dez e quinze? Talvez eu dê uma passada lá; as festas da Sra. Fisher são divertidas. Eu demorei demais, não foi, Gerty? Parece cansada — fiquei tagarelando e aborreci você. — E, transbordando um afeto irreprimível, Selden deu um beijo fraternal no rosto dela.

Na casa da Sra. Fisher, em meio à fumaça de charuto que tomava o ateliê, meia dúzia de vozes cumprimentaram Selden. Faltava uma canção para o final quando ele entrou e afundou em uma cadeira ao lado da anfitriã, olhando em torno em busca da Srta. Bart. Mas ela não estava lá, e a descoberta causou-lhe um desconforto completamente desproporcional à sua seriedade, já que o bilhete no bolso de seu paletó lhe assegurava que, no dia seguinte, às quatro, eles iriam se encontrar. Para sua impaciência, aquilo pareceu um tempo imensurável, e Selden, meio envergonhado do impulso, se inclinou para perto da Sra. Fisher a fim de perguntar, quando a música acabou, se a Srta. Bart não tinha jantado com ela.

— Lily? Acabou de ir. Teve de sair correndo, não me lembro mais para onde. Ela não estava maravilhosa ontem à noite?

— Quem? Lily? — perguntou Jack Stepney das profundezas de uma poltrona ali perto. — Olhe, eu não sou nenhum santarrão, mas, quando uma moça se exibe daquele jeito, como se estivesse sendo leiloada — pensei seriamente em falar com a prima Julia.

— Você sabia que Jack tinha se tornado nosso censor social? — disse a Sra. Fisher para Selden, com uma risada.

Stepney protestou, em meio ao escárnio geral:

— Mas ela é minha prima, diabos, e quando um homem é casado...
o *Town Talk* só falava nela esta manhã.

— Sim, foi uma leitura bastante interessante — disse o Sr. Ned Van Alstyne, cofiando o bigode para esconder o sorriso por trás dele. — Se eu comprei esse jornal imundo? Não, claro que não; um camarada me mostrou. Mas já ouvi as histórias antes. Quando uma moça é tão bonita assim, é melhor que se case logo; então, ninguém mais faz perguntas. Na nossa sociedade imperfeita ainda não há lugar para uma jovem que demanda os privilégios do casamento sem assumir suas obrigações.

— Pelo que eu soube, Lily vai assumir essas obrigações junto ao Sr. Rosedale — disse a Sra. Fisher, rindo.

— Rosedale — minha nossa! — exclamou Van Alstyne, deixando cair os óculos. — Stepney, é culpa sua por trazer aquele brutamontes para o nosso meio.

— Ah, pelo amor de Deus, na nossa família nós não *casamos* com gente assim — protestou Stepney languidamente.

Mas sua esposa, que estava sentada no outro lado da sala em uma roupa opressiva do tipo usado pelas mulheres recém-casadas, calou-o com uma declaração profunda:

— Nas circunstâncias de Lily, é um erro ter um padrão alto demais.

— Ouvi dizer que até mesmo Rosedale andou assustado com o falatório — argumentou a Sra. Fisher —, mas vê-la ontem à noite o fez perder a cabeça. O que acham que ele disse para mim depois dos *tableaux*? "Meu Deus, Sra. Fisher, se eu conseguisse convencer Paul Morpeth a pintá-la daquele jeito o quadro iria valorizar cem por cento em dez anos."

— Ora essa — mas ela não está por aqui em algum lugar? — perguntou Van Alstyne, recolocando os óculos com um olhar nervoso.

— Não; saiu correndo quando vocês todos estavam fazendo o ponche lá embaixo. Aonde ia, aliás? O que há de bom hoje? Não ouvi falar de nada.

— Ah, acho que não era para uma festa — disse um jovem Farish inexperiente que tinha chegado tarde. — Ajudei-a a subir no fiacre quando estava chegando e ela deu o endereço dos Trenor para o cocheiro.

— Dos Trenor? — repetiu a Sra. Jack Stepney. — Ora, a casa está fechada — Judy me telefonou de Bellomont esta noite.

— É mesmo? Que estranho. Tenho certeza de que não estou enganado. Bem, Trenor está lá, de qualquer maneira... eu... bcm... na verdade, não tenho a cabeça boa para números — interrompeu-se ele, alertado pelo pé de alguém a cutucá-lo e pelos sorrisos que surgiram por todo o cômodo.

À luz desagradável desses sorrisos, Selden se levantou e apertou a mão da anfitriã. A atmosfera do lugar o sufocava e ele se perguntou por que se demorara tanto ali.

Diante da porta, lembrou-se de uma frase de Lily: "Parece-me que o senhor passa boa parte de seu tempo no elemento que desaprova."

Bem — o que o levara ali, senão a busca por Lily? Aquele era o elemento dela, não o seu. Mas Selden a tiraria dali, a levaria adiante! Aquele "Adiante!" em sua carta era como um pedido de ajuda. Ele sabia que a tarefa de Perseu não está cumprida quando ele liberta Andrômeda de suas correntes, pois seus membros estão dormentes depois de tanto tempo cativa e ela não consegue se levantar e andar, mas se agarra ao herói com dificuldade enquanto ele nada de volta para a terra firme com seu fardo. Bem, tinha força por eles dois — era a fraqueza dela que lhe dera sua força. Infelizmente, não era o ataque honesto das ondas que eles tinham de atravessar, mas um pântano fundo de velhas associações e hábitos e, naquele momento, seus eflúvios tomavam a garganta de Selden. Mas ele veria mais longe, respiraria melhor, na presença de Lily: ela era, a um só tempo, o peso morto em seu peito e a vela que o levaria até um lugar seguro. Selden sorriu do redemoinho de metáforas com o qual estava tentando erguer defesas contra as influências da última hora. Era lamentável que ele, que sabia dos diversos motivos nos quais dependem os julgamentos sociais, mesmo assim fosse tão afetado por eles. Como poderia alçar Lily a uma visão mais livre da vida se sua própria maneira de encará-la era impregnada por qualquer mente na qual a via refletida?

A opressão moral produzira em Selden um anseio físico por ar fresco, e ele continuou a caminhar, abrindo os pulmões para o frio reverberante da noite. Na esquina da Quinta Avenida, Van Alstyne abordou-o, oferecendo sua companhia.

— Vai andar? É bom para tirar a fumaça da cabeça. Agora que as mulheres passaram a gostar de tabaco, nós vivemos mergulhados na nicotina. Seria curioso estudar o efeito do cigarro na relação entre os sexos. A fumaça é um solvente quase tão poderoso quanto o divórcio: ambos tendem a obscurecer a questão moral.

Nada poderia estar menos em sintonia com o estado de espírito de Selden do que os aforismos pós-jantar de Van Alstyne, mas, enquanto este se ativesse às generalidades, os nervos de seu ouvinte poderiam ser controlados. Por sorte, Van Alstyne se orgulhava de sua habilidade de resumir os aspectos da vida social e, tendo Selden por plateia, ele estava ansioso por demonstrar sua eficiência. A Sra. Fisher morava em uma rua no lado leste da cidade, perto do Central Park, e, conforme os dois homens foram descendo a Quinta Avenida, as novidades arquitetônicas dessa via tão versátil inspiraram o discurso de Van Alstyne.

— Olhe só para a casa dos Greiner — um típico degrau na escada social! O homem que a construiu veio de um ambiente onde todos os pratos são colocados na mesa ao mesmo tempo. A fachada dela é uma refeição arquitetônica completa; se ele houvesse omitido um estilo, seus amigos poderiam pensar que o dinheiro tinha acabado. Não foi uma má compra para Rosedale, no entanto: atrai a atenção e impressiona os turistas que vêm do oeste. Daqui a pouco, ele vai sair dessa fase e querer algo que as multidões irão ignorar, mas que impressionará um grupo seleto. Principalmente se casar com minha esperta prima...

Selden interrompeu-o depressa com a pergunta:

— E a casa dos Wellington Bry? Bastante bem-feita para algo do tipo, não achou?

Eles estavam bem diante da larga fachada branca, com suas linhas restritas que sugeriam que um bom corpete fora colocado sobre uma silhueta redundante.

— Esse é o estágio seguinte: o desejo de implicar que a pessoa já foi à Europa e tem um padrão. Tenho certeza de que a Sra. Bry pensa que sua casa é uma cópia do Trianon; na América, todas as casas de mármore com móveis dourados são consideradas uma cópia do Trianon. Mas que sujeito esperto é esse arquiteto — como ele compreende o cliente! Colocou toda a Sra. Bry em seu uso da ordem compósita. Para os Trenor, você deve lembrar, ele usou a coríntia: exuberante, mas baseada no melhor precedente. A casa dos Trenor é uma de suas melhores obras — não parece um salão de banquetes[32] virado do avesso. Ouvi dizer que a Sra. Trenor quer construir um novo salão de festas e que a recusa de Gus é o que a mantém em Bellomont. As dimensões do salão dos Bry devem irritá-la: pode ter certeza de que ela as conhece tão bem quanto se houvesse estado lá ontem com uma fita métrica. Quem disse que a Sra. Trenor estava em casa, aliás? O jovem Farish? Não está, eu tenho certeza; a Sra. Stepney tem razão. Veja, a casa, está às escuras; imagino que Gus deva ocupar os fundos.

Ele havia estacado na esquina oposta à dos Trenor, e Selden foi obrigado a parar de andar também. A casa se erguia, negra e desabitada; só um facho de luz oblongo acima da porta indicava uma ocupação provisória.

— Eles compraram a casa que dá para os fundos; com isso, ficam com cinquenta metros de comprimento na rua lateral. É lá que vai ficar o salão de baile, com um corredor ligando-o ao resto da casa, e uma sala de bilhar e etc. acima. Eu sugeri que mudassem a entrada e levassem a sala de estar para o lado que dá para a Quinta Avenida: pode ver como a porta da frente corresponde às janelas...

A bengala que Van Alstyne tinha erguido para fazer sua demonstração foi abaixada com um "Epa!" alarmado quando a porta se abriu e as silhuetas de duas pessoas ficaram discerníveis à luz que vinha do vestíbulo. No mesmo instante, um fiacre parou diante do meio-fio e uma das silhuetas deslizou para dentro dela envolta por uma roupa de gala; enquanto a outra, escura e corpulenta, permaneceu projetada contra a luz.

---

[32] Espécie de pavilhão muito comum nas mansões inglesas do período Tudor (1485-1603). (N. da T.)

Durante um segundo imensurável, os dois espectadores do incidente ficaram em silêncio; então, a porta da casa foi fechada, o fiacre seguiu e toda a cena se dissipou como se alguém houvesse desligado uma lanterna mágica.

Van Alstyne tirou os óculos com um assovio baixo.

— Hum... nenhuma palavra sobre isso, hein, Selden? Como é da família, sei que posso contar com você. As aparências enganam... e a luz da Quinta Avenida é muito imperfeita...

— Boa noite — disse Selden, voltando-se abruptamente para a rua lateral sem ver a mão estendida pelo outro.

A sós com o beijo do primo, Gerty examinou seus pensamentos. Ele já a beijara antes — mas não com outra mulher nos lábios. Se Selden a houvesse poupado disso, ela teria conseguido afundar em silêncio, acolhendo as águas negras que a afogariam. Mas, agora, as águas estavam trespassadas de glória, e era mais difícil se afogar na aurora do que na escuridão. Gerty escondeu o rosto da luz, mas ela penetrou até os recessos de sua alma. Ela estava tão satisfeita, a vida parecia tão simples e suficiente — por que Selden viera perturbá-la com novas esperanças? E Lily — Lily, sua melhor amiga! Ela acusou a mulher, como as mulheres sempre fazem. Talvez, se não fosse por Lily, a visão que acalentava poderia ter se tornado verdade. Selden sempre gostara dela — sempre compreendera e se solidarizara com a independência modesta de sua vida. Ele, que tinha a reputação de pesar todas as coisas na balança exata das percepções exigentes, fora acrítico e simples em sua maneira de encarar Gerty: sua inteligência jamais a amedrontara, pois ela se sentira em casa dentro de seu coração. E, agora, tinha sido expulsa e a porta fora barrada pelas mãos de Lily! Lily, que a própria Gerty implorara que ele deixasse entrar! A situação foi iluminada por um lampejo lúgubre de ironia. Gerty conhecia Selden — sabia o quanto a força da fé dela em Lily ajudara a acabar com sua hesitação. Ela também lembrou como Lily falara nele — viu-se aproximando os dois, fazendo com que um conhecesse melhor o outro. Da parte de Selden, sem dúvida, a ferida estava sendo causada de forma inconsciente — ele jamais adivinhara o segredo tolo da prima. Mas Lily... Lily devia saber! Quando, nessas questões, as percepções das mulheres se enganam? E, se ela sabia, havia roubado deliberadamente a amiga, e feito isso apenas por capricho, já que, mesmo em meio àquele ciúme súbito e inflamado, parecesse incrível a Gerty que Lily quisesse casar com Selden. Lily podia ser incapaz de casar por dinheiro, mas era igualmente incapaz de viver sem ele; e a investigação ansiosa de Selden sobre as pequenas economias domésticas fez com que Gerty o considerasse tão tragicamente enganado quanto ela própria.

Ela ficou um longo tempo na sala de estar, onde as brasas estavam se desfazendo em cinzas frias e o lampião ia se apagando sob sua bela cúpula. Logo diante desta estava a foto de Lily Bart, olhando imperiosamente para as quinquilharias baratas e para os móveis apertados na salinha. Será que Selden conseguia imaginá-la num ambiente como aquele? Gerty sentiu a pobreza, a insignificância de seu entorno: viu sua própria vida como Lily devia vê-la. E a crueldade das opiniões de Lily surgiu, implacável, em sua memória. Gerty percebeu que dera ao seu ídolo atributos que ela própria criara. Quando Lily já sentira algo, ou tivera piedade, ou compreendera? Tudo o que ela queria era o gosto da novidade: pareceu a Gerty uma criatura cruel fazendo experimentos num laboratório.

O relógio rosa bateu outra hora, e Gerty se levantou com um sobressalto. Tinha um horário marcado de manhã cedo com uma missionária no lado leste da cidade. Ela apagou o lampião, jogou as cinzas sobre as brasas na lareira e foi para o quarto se despir. No pequeno espelho sobre a cômoda, viu seu rosto refletido em meio às sombras do quarto e o reflexo foi obscurecido pelas lágrimas. Que direito tinha ela de ter os mesmos sonhos que as belas? Um rosto sem graça levava a um destino sem graça. Gerty chorou baixinho enquanto se despia, separando as roupas com a precisão habitual, deixando tudo em ordem para o dia seguinte, quando a velha vida teria de ser retomada como se não houvesse ocorrido uma ruptura em sua rotina. Sua criada só chegava às oito, por isso ela preparou sua própria bandeja de chá e colocou-a ao lado da cama. Então, trancou a porta do apartamento, apagou a vela e se deitou. Mas, na cama, o sono se recusou a vir e Gerty permaneceu ali, diante do fato de que detestava Lily Bart. Ele abateu-se sobre ela na escuridão, como um mal amorfo com o qual precisava lutar às cegas. A razão, o bom senso, o altruísmo, todas as forças sãs e diurnas foram rechaçadas na briga ferrenha pela autopreservação. Gerty queria a felicidade — de maneira tão ardente e inescrupulosa quanto Lily, mas sem o poder desta de obtê-la. Em seu estado de alerta impotente, ela permaneceu deitada, trêmula, odiando a amiga...

A campainha soando a fez pular da cama. Gerty acendeu uma vela e ficou ali, alarmada, escutando. Por um instante, seu coração bateu irracionalmente, mas então os fatos a fizeram voltar à sensatez e ela se lembrou de que tais visitas às vezes aconteciam na vida de pessoas envolvidas em atividades caridosas. Colocou às pressas o roupão para ir atender e, destrancando a porta, deparou-se com a visão resplande-cente de Lily Bart.

Seu primeiro gesto foi de repulsa. Ela se encolheu, como se a pre-sença de Lily jogasse uma luz súbita demais sobre sua tristeza. Então, ouviu seu nome em um tom de súplica, viu de relance o rosto da amiga e sentiu-se sendo tocada e agarrada.

— Lily, o que foi? — perguntou, assustada.

A Srta. Bart a soltou e ficou ali, com a respiração entrecortada, como alguém que chegou a um abrigo após uma longa fuga.

— Eu estava com tanto frio — não podia ir para casa. Seu fogo está aceso?

A compaixão instintiva de Gerty, reagindo ao chamado urgente do hábito, dissipou toda a relutância. Lily era apenas alguém que precisava de ajuda — não havia tempo para parar e perguntar por que motivo. A piedade disciplinada impediu Gerty de expressar seu espanto e a fez levar a amiga em silêncio até a sala de estar e sentá-la diante da lareira escura.

— Há lenha ali: o fogo vai estar aceso em um minuto.

Gerty se ajoelhou e as chamas surgiram sob suas mãos ágeis. Elas adquiriram uma luminosidade estranha em meio às lágrimas que ainda lhe embaçavam a visão e açoitavam o rosto pálido e crispado de Lily. As meninas se olharam em silêncio. Então, Lily repetiu:

— Eu não podia ir para casa.

— Não, não. Você veio para cá, querida! Está com frio e cansada — fique aí, que eu vou fazer um chá.

Gerty inconscientemente adotara o tom consolador das pessoas de sua área: qualquer sentimento pessoal seu foi engolido pela vontade de ajudar; e a experiência lhe ensinara que era preciso estancar o sangue antes de examinar a ferida.

Lily ficou imóvel, se debruçando na direção do fogo: o tilintar das xícaras ali atrás a acalmaram, assim como os ruídos familiares confortam uma criança que o silêncio manteve acordada. Mas, quando Gerty postou-se ao seu lado com o chá, ela o recusou e olhou a sala familiar como se esta lhe fosse estranha.

— Vim para cá porque não ia suportar ficar sozinha — disse.

Gerty pousou a xícara na mesa e se ajoelhou ao lado de Lily.

— Lily! Alguma coisa aconteceu. Você não pode me dizer o que foi?

— Não ia suportar ficar acordada no meu quarto até de manhã. Detesto meu quarto na casa da tia Julia; por isso, vim para cá...

Ela fez um movimento súbito, saindo de sua apatia, e agarrou-se a Gerty, novamente arrebatada pelo medo.

— Ah, Gerty, as Fúrias... sabe o barulho das asas delas... sozinha, à noite, no escuro? Não, não sabe... não há nada que pudesse tornar a escuridão terrível para você...

Aquelas palavras, após as últimas horas que Gerty havia passado, arrancaram dela um leve murmúrio irônico; mas Lily, diante da luz intensa de sua própria tristeza, estava cega para qualquer coisa fora desta.

— Você me deixa ficar aqui? Não vou me importar quando o dia amanhecer. Já está tarde? A noite já está quase terminada? Deve ser horrível ser insone — tudo se posta diante da cama, olhando para você...

A Srta. Farish pegou as mãos trêmulas dela.

— Lily, olhe para mim! Alguma coisa aconteceu. Houve algum acidente? Você está assustada — por quê? Diga-me, se puder — uma ou duas palavras — para que eu possa ajudá-la.

Lily balançou a cabeça.

— Não estou assustada; esta não é a palavra. Você pode imaginar olhar para o seu espelho certa manhã e ver um rosto desfigurado — uma mudança horrível que aconteceu enquanto dormia? Bem, essa é minha aparência para mim mesma. Não suporto me ver em meus próprios pensamentos — detesto feiura, como você sabe — sempre fugi dela — mas não posso lhe explicar — você não ia entender.

Ela ergueu a cabeça e seus olhos pousaram sobre o relógio.

— Como a noite é longa! E eu sei que não vou dormir amanhã. Alguém me disse que meu pai costumava ficar insone, pensando em coisas terríveis. E ele não era perverso, só foi infeliz — e agora eu vejo como deve ter sofrido, deitado sozinho com seus pensamentos! Mas eu sou má — uma menina má — todos os meus pensamentos são maus — eu sempre tive gente má ao meu redor. Isso é desculpa? Achei que saberia cuidar da minha própria vida — era arrogante — tão arrogante! Mas, agora, estou no nível deles...

Os soluços a sacudiram, e ela se dobrou como uma árvore na ventania.

Gerty continuou ajoelhada ao lado de Lily, esperando, com a paciência ditada pela experiência, até que essa nova rajada de desespero a impelisse a falar mais. A princípio, imaginara um choque físico qualquer, algum perigo corrido nas ruas lotadas, já que Lily presumivelmente estivera a caminho de casa depois de sair da residência da Sra. Fisher; mas, agora, viu que outros centros nervosos estavam abalados, e sua mente afastou-se, trêmula, das conjecturas.

Os soluços de Lily cessaram e ela ergueu a cabeça.

— Existem meninas más nos cortiços aonde você vai. Diga — elas algum dia se recuperam? Algum dia esquecem e voltam a se sentir como antes?

— Lily! Não deve falar assim. Está sonhando.

— Elas não sempre vão de mal a pior? Não há como voltar — seu velho eu a rejeita, a expulsa.

Ela se levantou, esticando os braços como se sentisse o mais absoluto cansaço físico.

— Vá para cama, querida! Você trabalha duro e levanta cedo. Eu ficarei aqui perto do fogo e você deixa a vela e mantém sua porta aberta. Só o que quero é sentir que está perto de mim. — Lily estava com ambas as mãos nos ombros de Gerty e tinha no rosto um sorriso que era como a aurora sobre um mar tomado pelos restos de um naufrágio.

— Não posso deixar você sozinha, Lily. Venha se deitar na minha cama. Suas mãos estão congeladas — você tem de se despir e se esquentar. — Gerty estacou, com uma compunção súbita. — Mas e a Sra. Peniston? Já passa da meia-noite! O que ela vai pensar?

— Ela vai para a cama. Eu tenho uma chave. Não importa — não posso ir para lá.

— Não há necessidade: você fica aqui. Mas precisa me contar onde estava. Ouça, Lily — falar vai ajudar! — Gerty retomou as mãos da Srta. Bart e pressionou-as contra o corpo. — Tente me contar — vai desanuviar sua pobre cabeça. Ouça: você estava jantando na casa de Carry Fisher. — Gerty parou e acrescentou, com um jato de heroísmo: — Lawrence Selden saiu daqui para ir atrás de você.

Ao ouvir o nome, o rosto de Lily se desmanchou, indo de uma angústia contida para a tristeza franca de uma criança. Seus lábios tremeram e seus olhos se arregalaram, úmidos.

— Ele foi atrás de mim? E eu não o encontrei! Ah, Gerty, ele tentou me ajudar. Ele me disse — me avisou, há muito tempo — previu que eu me tornaria odiosa para mim mesma!

Aquele nome, viu Gerty com uma pontada no coração, desatara uma torrente de autocomiseração no peito seco da amiga e, lágrima por lágrima, Lily derramou toda a vastidão de sua angústia. Ela caíra de lado na poltrona grande de Gerty, com a cabeça afundada no lugar onde há pouco a de Selden se recostara, em uma entrega tão bela que o coração dolorido da Srta. Farish se convenceu da inevitabilidade de sua derrota. Ah, não era necessário um propósito deliberado da parte de Lily para roubá-la de seu sonho! Contemplar aquela beleza prostrada era ver nela uma força da natureza, reconhecer que o amor e o poder pertencem àquelas como Lily, assim como a renúncia e as obrigações são o destino daquelas que as primeiras deixam sem mais nada. Mas, se a paixão de Selden parecia uma fatalidade, o efeito que o nome dele causara deu o golpe derradeiro na firmeza de Gerty. Os homens passam por tais amores sobre-humanos e sobrevivem a eles: eles são a provação que convence o coração a se contentar com as alegrias humanas. Com que felicidade Gerty teria aceitado a incumbência da cura: com que gosto teria consolado o sofredor até que este voltasse a tolerar a vida! Mas, quando Lily se traiu, aquilo tirou dela essa última esperança. A donzela mortal na praia não pode fazer nada diante da sereia que ama sua presa: tais vítimas perecem na aventura.

Lily ficou de pé em um pulo e agarrou-a com mãos fortes.

— Gerty, você o conhece, você o compreende; me diga: se eu fosse ter com ele, se lhe contasse tudo... se dissesse: "Eu sou má até os ossos — quero admiração, quero festas, quero dinheiro..." Sim, *dinheiro*! Essa é minha vergonha, Gerty — e todos sabem, dizem isso de mim — é o que os homens pensam de mim. Se eu dissesse para ele, lhe contasse a história toda, dissesse claramente "Eu fui mais baixo que a mais baixa das mulheres, pois usufruí do mesmo que elas, mas não paguei o preço que pagam...". Ah, Gerty, você o conhece, pode falar por ele: se eu lhe contasse tudo, ele me desprezaria? Ou sentiria pena de mim, e me entenderia, e me salvaria de desprezar a mim mesma?

Gerty ficou de pé, fria e passiva. Sabia que o momento de sua provação chegara e seu pobre coração bateu loucamente, protestando contra o seu destino. Como um rio obscuro entrevisto no lampejo de um raio, ela entreviu sua chance de felicidade em um lampejo de tentação. O que a impedia de dizer: "Ele é como os outros homens?" Não tinha tanta certeza assim, afinal! Mas fazê-lo teria sido uma blasfêmia com o seu amor. Gerty não podia tê-lo diante de seus olhos em nenhuma luz que não a mais nobre: precisava confiar que merecia tudo o que sua paixão acreditava dele.

— Sim: eu o conheço. Ele vai ajudá-la — disse; e, em um segundo, Lily estava expressando sua emoção por meio de lágrimas vertidas contra o peito dela.

Havia apenas uma cama no pequeno apartamento, e as duas meninas deitaram sobre ela lado a lado depois que Gerty desfizera os laços do vestido de Lily e a persuadira a colocar os lábios no chá morno. Após a vela ser apagada, elas permaneceram imóveis na escuridão, com Gerty se encolhendo para o canto da cama estreita, de modo a evitar contato com a pessoa com quem a dividia. Sabendo que Lily não gostava de ser acariciada, ela há muito aprendera a controlar os impulsos de afeição que tinha com a amiga. Mas, hoje, cada célula de seu corpo se afastava de Lily: era uma tortura ouvir sua respiração e sentir o lençol se mover com ela. Quando Lily se virou e caiu em um repouso mais profundo, um cacho de seu cabelo tocou a face de Gerty com seu aroma. Tudo nela era cálido, macio e fragrante: até mesmo as manchas de sua tristeza a tornavam mais bela, como gotas de chuva na rosa castigada pelos elementos. Mas Gerty, deitada com os braços ao comprido, na estreiteza imóvel de uma estátua, sentiu os soluços sacudindo o corpo quente que respirava ao seu lado, e Lily estendeu o braço, tateou em busca do da amiga e segurou-a firme.

— Gerty, me abrace, me abrace, ou eu vou pensar nas coisas — gemeu Lily; e Gerty, em silêncio, colocou o braço debaixo dela, fazendo um travesseiro na dobra do cotovelo como uma mãe que faz um ninho para uma criança inquieta. Naquele lugar morno, Lily se acalmou e sua respiração ficou lenta e regular. Sua mão ainda segurava a de Gerty, como que para espantar sonhos maus, mas seus dedos relaxaram, sua cabeça afundou mais no abrigo e Gerty sentiu que ela dormia.

Capítulo 15

Quando Lily acordou, estava só na cama, e a luz do inverno iluminava o quarto.

Sentou-se, perplexa diante da estranheza do ambiente; logo surgiu a lembrança e ela olhou ao redor com um calafrio. Sob o raio frio e oblíquo de luz refletido na parede dos fundos de um prédio ao lado, Lily viu seu vestido de noite e sua capa de ópera em cima de uma cadeira, em uma pilha espalhafatosa. As roupas de gala largadas de lado têm um aspecto tão pouco apetitoso quanto os restos de um banquete, e ocorreu a ela que, quando estava em casa, a vigilância de sua criada sempre lhe poupara de ver tais incongruências. Seu corpo doía de fadiga e também devido ao fato de que não pudera se mover muito na cama de Gerty. Ao longo de todo o seu sono agitado, tivera a consciência de não ter espaço para se revirar, e o longo esforço para permanecer imóvel a fazia sentir como se houvesse passado a noite em um trem.

Essa sensação de desconforto físico foi a primeira a afirmar-se; então Lily percebeu, abaixo dela, uma prostração mental correspondente, uma apatia horrorizada mais insuportável do que a primeira onda de repugnância. Pensar em ter de acordar todas as manhãs com esse peso no peito obrigou sua mente cansada a fazer um novo esforço. Ela precisava descobrir uma maneira de sair do lodaçal onde caíra: foi menos o arrependimento do que o pavor de seus pensamentos matinais que a convenceu da necessidade de agir. Mas Lily estava indizivelmente cansada; era exaustivo pensar de maneira coerente. Ela se recostou, examinando o pobre quarto minúsculo com um desgosto renovado. O ar externo, espremido entre prédios altos, não fazia nenhum frescor entrar pela janela; o vapor do aquecimento começava a cantar em um labirinto de canos velhos e um cheiro de comida penetrava pela fresta da porta.

A porta foi aberta, e Gerty, vestida e de chapéu, entrou com uma xícara de chá. Seu rosto parecia amarelado e inchado à luz esparsa, e seu cabelo sem brilho assumia a cor exata de sua pele, o que o tornava imperceptível.

Gerty olhou timidamente para Lily e perguntou, envergonhada, como ela estava; Lily respondeu com o mesmo constrangimento e se levantou para beber o chá.

— Eu devia estar cansada demais ontem à noite; acho que tive um ataque de nervos na carruagem — disse, quando a bebida trouxe clareza a seus pensamentos vagarosos.

— Você não estava se sentindo bem; fico tão feliz que tenha vindo para cá — respondeu Gerty.

— Mas como irei para casa? E a tia Julia?

— Ela já sabe; eu telefonei para lá mais cedo e sua criada trouxe suas coisas. Mas não quer comer nada? Eu mesma fiz os ovos mexidos.

Lily não conseguiu comer; mas o chá deu-lhe forças para se levantar e se vestir sob o olhar curioso da criada. Foi um alívio para ela o fato de Gerty precisar sair apressadamente; as duas trocaram beijos em silêncio, mas sem qualquer vestígio da emoção da noite anterior.

Lily encontrou a Sra. Peniston em um estado de agitação. Ela mandara chamar Grace Stepney e estava tomando dedaleira. Lily defendeu-se o melhor que pôde da saraivada de perguntas, explicando que sentira uma fraqueza quando voltava da casa de Carry Fisher; e que, temendo não ter forças para chegar em casa, fora para o apartamento da Srta. Farish; mas que uma noite bem dormida a deixara recuperada e ela não precisava de um médico.

Isso foi um alívio para a Sra. Peniston, que pôde se deixar levar por seus próprios sintomas, aconselhando Lily a ir se deitar, algo que era a panaceia de sua tia para todos os distúrbios físicos e morais. Na solidão de seu quarto, Lily foi obrigada a encarar os fatos com clareza. Sua maneira de vê-los à luz do dia necessariamente era diferente da visão enevoada da noite. As Fúrias aladas agora eram fofoqueiras predatórias que tomavam chá juntas. Mas seus receios pareciam ainda mais feios agora que não eram mais vagos; e, além do mais, ela precisava agir, não se desesperar. Pela primeira vez, se forçou a calcular a quantia exata que devia a Trenor; e o resultado desse cômputo odioso foi a descoberta de que ela, no total, recebera nove mil dólares[33] dele. O pretexto frágil usado para justificar a transação murchou diante das chamas de sua vergonha: Lily sabia que nem um centavo daquilo lhe pertencia e que, para recobrar seu amor-próprio, ela precisava pagar tudo imediatamente. A inabilidade de apaziguar dessa forma a sua indignação a fez sentir uma sensação paralisante de insignificância. Lily estava se dando conta, pela primeira vez, de que a dignidade de uma mulher pode ser mais cara que sua aparência; e o fato de que a manutenção de um atributo moral dependia de dólares e centavos fez o mundo parecer um lugar mais sórdido do que ela jamais havia concebido.

Depois do almoço, quando os olhos inquisidores de Grace Stepney não estavam mais ali, Lily pediu para conversar com a tia. As duas mulheres subiram a escada até o gabinete, onde a Sra. Peniston se sentou em uma poltrona de cetim preto decorada com botões amarelos ao lado de uma mesa com tampo de contas coloridas sobre a qual havia uma caixa de bronze com uma miniatura de Beatrice Cenci[34] na tampa. Lily sentia por esses objetos a mesma repugnância que um prisioneiro pode ter em relação à decoração do tribunal. Era ali que sua tia ouvia suas raras confidências, e os olhos pequenos e o turbante de Beatrice estavam associados em sua mente ao desaparecimento gradual do sorriso dos lábios da Sra. Peniston. O horror que esta tinha de ver alguém fazendo

---

[33] Para se ter uma ideia de quão vultosa era essa quantia, em 1900 a renda média anual de um trabalhador americano era de 1.100 dólares. (N. da T.)

[34] Jovem italiana de família nobre que matou seu pai tirânico e se tornou um símbolo de resistência, inspirando uma peça do escritor inglês Percy Bysshe Shelley. (N. da T.)

uma cena dava-lhe uma inexorabilidade que nem a maior força de caráter teria sido capaz de produzir, posto que era independente de quaisquer considerações sobre o que era certo e o que era errado; e, sabendo disso, Lily quase nunca se atrevia a atacá-la. Ela jamais tinha sentido menos vontade de tentar do que naquele momento; mas procurara, em vão, por qualquer outra forma de escapar de uma situação intolerável.

A Sra. Peniston examinou-a com um ar crítico.

— Você está com uma má cor, Lily; essa história de ficar correndo de um lado para o outro sem parar está começando a deixá-la abatida — disse.

A Srta. Bart discerniu uma oportunidade.

— Não acho que seja isso, tia Julia; eu ando preocupada — respondeu.

— Ah — disse a Sra. Peniston, fechando os lábios com o estalo de uma bolsa diante de um mendigo.

— Lamento incomodá-la com isso — continuou Lily —, mas realmente acredito que minha fraqueza de ontem à noite foi ocasionada em parte por uma ansiedade...

— Eu imaginava que a cozinheira de Carry Fisher teria sido explicação suficiente. É uma mulher que trabalhou para Maria Melson em 1891 — na primavera do ano em que fomos a Aix[35] — e eu me lembro de jantar lá dois dias antes de zarparmos e ter *certeza* de que os cobres não tinham sido areados.

— Acho que não comi muito; não consigo comer, nem dormir — Lily fez uma pausa e então disse, abruptamente: — O fato é, tia Julia, que eu devo algum dinheiro.

O semblante da Sra. Peniston se anuviou de maneira perceptível, mas não expressou a perplexidade que sua sobrinha esperara. Ela ficou em silêncio e Lily foi forçada a continuar:

— Eu fui imprudente...

— Não há dúvida de que foi; extremamente imprudente — interrompeu a Sra. Peniston. — Não posso compreender como alguém com

---

[35] Aix-en-Provence, no sul da França. (N. da T.)

a sua renda e nenhuma despesa — para não falar dos belos presentes que eu sempre lhe dei...

— Ah, você foi muito generosa, tia Julia; eu jamais me esquecerei de sua gentileza. Mas talvez não entenda bem as despesas que uma moça tem hoje em dia...

— Não entendo quais despesas *você* poderia ter, além de suas roupas e passagens de trem. Eu espero que se vista com elegância; mas paguei sua conta na Céleste em outubro.

Lily hesitou; a memória implacável de sua tia jamais fora tão inconveniente.

— Você foi o mais bondosa possível; mas eu tive de comprar mais algumas coisas desde então...

— Que tipo de coisas? Roupas? Quanto gastou? Deixe-me ver a conta — aposto que aquela mulher está enganando você.

— Ah, não, acho que não: as roupas ficaram tão horrivelmente caras; e é preciso comprar tantos tipos diferentes, com as visitas ao campo, o golfe, a patinação, as idas a Aiken e a Tuxedo...

— Deixe-me ver a conta — repetiu a Sra. Peniston.

Lily hesitou de novo. Em primeiro lugar, Madame Céleste ainda não mandara a sua conta e, em segundo lugar, o valor desta era apenas uma fração da quantia de que ela precisava.

— Ela não me mandou a conta das minhas roupas de inverno, mas eu *sei* que foi alta; e há uma ou duas outras coisas; eu fui descuidada e imprudente — tenho medo de pensar no que devo...

Ela ergueu o rosto lindo e atormentado para a Sra. Peniston, na esperança vã de que uma imagem tão comovente para o sexo oposto pudesse fazer algum efeito sobre o seu próprio. Mas o resultado foi que a Sra. Peniston afastou o corpo, apreensiva.

— Realmente, Lily, você já tem idade para cuidar de seus próprios assuntos e, depois de quase me matar de susto com aquele teatro de ontem à noite, poderia ao menos escolher um momento melhor para me preocupar com essas questões. — A Sra. Peniston olhou o relógio e engoliu um tablete de dedaleira. — Se você deve mais mil a Céleste, ela pode mandar a conta para mim — acrescentou, como se quisesse terminar a discussão a qualquer custo.

— Lamento muito, tia Julia; detesto incomodar a senhora num momento como este; mas, realmente, não tenho escolha. Devia ter dito algo mais cedo. Devo muito mais que mil dólares.

— Muito mais? Deve dois mil dólares? Ela deve ter roubado você!

— Eu lhe disse que não é apenas a Céleste. Eu... tenho outras contas... mais urgentes... que precisam ser pagas.

— Pelo amor de Deus, o que você anda comprando? Joias? Deve ter perdido a cabeça — disse a Sra. Peniston com rispidez. — Mas, se está com dívidas, deve sofrer as consequências e guardar sua renda mensal até que as contas estejam pagas. Se ficar quieta aqui até a próxima primavera, em vez de correr de um lado para o outro pelo país inteiro, não terá nenhuma despesa e, decerto, em quatro ou cinco meses poderá pagar suas outras contas se eu quitar a despesa da costureira agora.

Lily ficou em silêncio mais uma vez. Ela sabia que não tinha esperanças de arrancar nem mesmo mil dólares da Sra. Peniston com a mera desculpa de pagar a conta de Céleste: sua tia esperaria ver uma lista de todos os itens comprados na costureira e faria o cheque nominal a ela e não a Lily. No entanto, o dinheiro precisava ser obtido antes do final do dia!

— As dívidas às quais me refiro são... diferentes... não são como as contas dos comerciantes — começou a dizer confusamente; mas a expressão da Sra. Peniston quase a fez ficar com medo de continuar. Seria possível que sua tia suspeitasse de algo? Essa ideia impeliu Lily a confessar.

— O fato é que eu joguei cartas com frequência — bridge. As mulheres todas fazem isso, inclusive as solteiras — é esperado. Às vezes, ganhei — ganhei bastante — mas, ultimamente, não tenho tido sorte — e é claro que dívidas assim não podem ser pagas aos poucos...

Ela fez uma pausa. O rosto da Sra. Peniston parecia estar se petrificando conforme ela escutava.

— Cartas — você jogou cartas apostando dinheiro? Então, é verdade; quando me contaram, eu me recusei a acreditar. Não perguntarei se os outros horrores que me disseram são verdade também; já ouvi o suficiente para o estado em que meus nervos estão. Quando penso no exemplo que você teve nesta casa! Mas suponho que seja essa sua criação estrangeira — ninguém sabia de onde vinham os amigos de sua mãe. E os domingos dela eram um escândalo — isso, eu sei. — A Sra. Peniston voltou-se abruptamente para ela. — Você joga cartas aos domingos?

Lily corou ao lembrar de certos domingos chuvosos em Bellomont e com os Dorset.

— Você é dura comigo, tia Julia; jogar cartas nunca me agradou muito, mas é horrível quando pensam que a gente é puritana e superior e acabamos sendo levados a fazer o que os outros fazem. Aprendi uma lição dura e, se você me ajudar desta vez, prometo que...

A Sra. Peniston ergueu a mão, ameaçadora.

— Não precisa fazer promessas; é desnecessário. Quando eu lhe ofereci um lar, não me propus a pagar suas dívidas de jogo.

— Tia Julia! Será possível que não vai me ajudar?

— Certamente não farei nada que dê a impressão de que tolero seu comportamento. Se você de fato deve dinheiro à sua costureira, eu pagarei a conta dela — mas não vejo nenhuma obrigação de quitar quaisquer outras dívidas suas.

Lily se levantara, pálida e trêmula. O orgulho rugia dentro dela, mas a humilhação forçou a exclamação de seus lábios:

— Tia Julia, eu cairei em desgraça... eu... — Mas ela não pôde dizer mais nada. Se a Sra. Peniston se mantinha irredutível diante da ficção das dívidas de jogo, como reagiria após a confissão da terrível verdade?

— Eu considero que você *caiu* em desgraça, Lily; devido à sua conduta, muito mais do que aos resultados dela. Disse que seus amigos a persuadiram a jogar cartas; bem, eles que aprendam uma lição também. Provavelmente, um pouco de dinheiro não lhes fará falta — e, de qualquer maneira, eu não desperdiçarei o meu com eles. Agora, devo pedir que me deixe a sós — essa conversa foi muito dolorosa e eu preciso pensar na minha própria saúde. Baixe as persianas, por favor; e diga a Jennings que não verei ninguém esta tarde além de Grace Stepney.

Lily foi para o seu quarto e trancou a porta. Estava tremendo de medo e raiva — o farfalhar das asas das Fúrias estava em seus ouvidos. Andou de um lado para o outro no quarto, com passos cegos e irregulares. A última porta por onde escapar tinha sido fechada — ela se sentiu trancada com sua desonra...

Subitamente, seus passos sem rumo a levaram até diante do relógio que ficava sobre a lareira. Ele marcava três e meia, e Lily se lembrou de que Selden viria vê-la às quatro. Ela tivera a intenção de rejeitá-lo de imediato — mas, agora, seu coração pulou quando pensou em vê-lo. Não havia uma promessa de resgate em seu amor? Quando Lily estava deitada ao lado de Gerty na noite anterior, pensara na vinda de Selden e em como seria doce chorar sua dor no peito dele. É claro que tivera a intenção de se livrar de suas consequências antes de encontrá-lo — jamais chegara a duvidar de que a Sra. Peniston a ajudaria. E sentira, mesmo no auge de sua angústia, que o amor de Selden não poderia ser um verdadeiro refúgio; mas seria tão bom se abrigar ali por um instante, enquanto reunia forças para seguir adiante.

Mas, agora, o amor dele era sua única esperança e, enquanto ela estava ali sozinha com sua infelicidade, a ideia de contar-lhe tudo se tornou tão sedutora quanto o fluxo do rio para o suicida. O primeiro mergulho seria terrível — mas, depois, que bem-aventurança não poderia surgir! Lily se lembrou das palavras de Gerty: "Eu o conheço. Ele vai ajudá-la"; e sua mente agarrou-se a elas como um doente se agarra a uma relíquia com poderes de cura. Ah, se Selden realmente entendesse — se ele a ajudasse a catar os cacos de sua vida e a formar com eles uma imagem nova na qual não restasse nenhum vestígio do passado! Selden sempre fizera Lily sentir que era digna de coisas melhores, e ela jamais necessitara tanto de tal consolo. Diversas vezes, temera colocar em risco o amor dele com sua confissão: pois era de amor que precisava — seria necessário o calor da paixão para soldar os fragmentos de sua autoestima. Mas Lily recorreu às palavras de Gerty e valeu-se delas. Tinha certeza de que Gerty sabia o que Selden sentia por ela e, em sua cegueira, jamais lhe ocorreu que a opinião da amiga pudesse ser afetada por emoções muito mais ardentes do que as suas próprias.

Às quatro horas, Lily estava na sala de estar: tinha certeza de que Selden seria pontual. Mas a hora chegou e passou — esvaiu-se em um ritmo febril, medida pelas batidas impacientes de seu coração. Ela teve tempo de examinar de novo a sua infelicidade e de oscilar mais uma vez entre o impulso de contar tudo a Selden e o horror de destruir as ilusões dele. Mas, conforme os minutos iam passando, a necessidade de suplicar por sua compreensão foi se tornando mais urgente; Lily não seria capaz de suportar sozinha o peso daquela angústia. Haveria um momento perigoso, talvez; mas ela por acaso não poderia confiar em sua beleza para ajudá-la a atravessá-lo e chegar sã e salva ao abrigo da veneração dele?

No entanto, a hora correu e Selden não veio. Sem dúvida, ele ficara preso em algum compromisso, ou entendera mal o bilhete que ela havia escrito às pressas, confundindo quatro com cinco. A campainha soou alguns minutos depois das cinco, confirmando essa suposição e fazendo Lily resolver imediatamente que escreveria de maneira mais legível no futuro. O som de passos no vestíbulo e da voz do mordomo chegando antes deles derramou uma energia nova nas veias dela. Lily mais uma vez sentiu que era alerta e competente para moldar as emergências e a lembrança do poder que tinha sobre Selden a fez ser tomada por uma confiança súbita. Mas, quando a porta da sala de estar se abriu, foi Rosedale quem entrou.

A reação de Lily foi sentir uma dor aguda, mas, após um movimento de irritação diante da inabilidade do destino e também de seu próprio descuido em não proibir a entrada de qualquer um com exceção de Selden, ela se controlou e cumprimentou Rosedale afavelmente. Era um aborrecimento imaginar que Selden, quando chegasse, fosse encontrar aquele visitante em particular a lhe ocupar a atenção, mas Lily era mestra na arte de se livrar de companhias supérfluas e, no estado de espírito em que se encontrava, Rosedale parecia-lhe absolutamente insignificante.

Ela foi forçada a reconhecer a maneira dele de encarar a situação após alguns instantes de conversa. Começara a falar da recepção dos Bry por considerar aquele um assunto fácil e vago que provavelmente os manteria ocupados até a chegada de Selden, mas o Sr. Rosedale, após plantar-se tenazmente ao lado da mesa de chá, com as mãos nos bolsos e as pernas esticadas com um pouco de intimidade demais, logo passou a tratar da questão sob uma perspectiva mais pessoal.

— Muito bem feito — é, acho que foi, sim. Welly Bry se meteu nisso e não vai sair até conseguir entender como a coisa funciona. É claro que houve algumas questões aqui e ali — questões das quais não seria de se esperar que a Sra. Fisher fosse cuidar —, o champanhe não estava frio e os casacos foram misturados na chapelaria. Eu teria gasto mais dinheiro com a música. Mas sou assim: quando quero algo, estou disposto a pagar. Não vou até o balcão e depois fico me perguntando se o artigo vale o preço. Não ficaria satisfeito em receber à maneira do Sr. e da Sra. Welly Bry; ia querer algo que parecesse mais espontâneo e natural, mais como se aquilo não fosse nenhum esforço. E só é preciso duas coisas para conseguir isso, Srta. Bart: dinheiro e a mulher certa para gastá-lo.

Ele fez uma pausa e examinou-a com atenção enquanto ela fingia reorganizar as xícaras de chá.

— O dinheiro, eu tenho — continuou, pigarreando, — O que quero é a mulher — e vou conseguir.

O Sr. Rosedale se inclinou um pouco, pousando as mãos sobre o castão da bengala. Já vira homens do tipo de Ned Van Alstyne levar os chapéus e as bengalas consigo para as salas de estar e achava que aquilo dava um toque de familiaridade elegante à sua aparência.

Lily ficou em silêncio, dando um leve sorriso e fixando os olhos no rosto dele com uma expressão vaga. Na realidade, estava pensando que uma declaração levaria algum tempo para ser feita e que Selden sem dúvida surgiria antes que eles pudessem chegar ao momento da recusa. Seu aspecto pensativo, indicando cautela, mas não repulsa, pareceu, para o Sr. Rosedale, uma maneira sutil de encorajá-lo. Ele não teria gostado de discernir qualquer demonstração de ansiedade.

— E vou conseguir — repetiu, com uma risada que tinha a intenção de aumentar sua convicção. — Em geral, eu *consegui* o que queria na vida, Srta. Bart. Queria dinheiro e tenho mais do que sei como investir; e, agora, o dinheiro não parece ter nenhuma importância, a não ser que eu possa gastá-lo com a mulher certa. É isso que quero fazer com ele: quero que a minha esposa faça todas as outras mulheres se sentirem inferiores. Jamais negaria um dólar que fosse gasto com esse propósito. Mas não é qualquer mulher que sabe fazer isso, não importa o quanto se gaste com ela. Tinha uma história qualquer sobre uma moça que queria escudos de ouro, ou qualquer coisa assim, e os camaradas jogaram em cima dela e a esmigalharam: mataram a menina. Ora, isso é bem verdade: algumas mulheres parecem soterradas debaixo de suas joias. O que eu quero é uma mulher que vá levantar mais a cabeça conforme eu for colocando mais diamantes em cima dela. E quando vi a senhorita na outra noite na casa dos Bry, com aquele vestido branco simples, parecendo que estava com uma coroa, pensei: "Meu Deus, se ela tivesse mesmo uma, iria usá-la como se houvesse nascido com ela."

Lily ainda assim não disse nada, e o Sr. Rosedale continuou, com cada vez mais entusiasmo:

— Mas vou lhe dizer qual é o problema: esse tipo de mulher custa mais que todas as outras juntas. Se uma mulher vai ignorar as pérolas que usa, elas precisam ser melhores que as de qualquer outra pessoa — e é assim com todo o resto. A senhorita sabe o que quero dizer — sabe que só as coisas vistosas são baratas. Bom, eu ia querer que minha mulher sentisse que poderia ter o mundo, se quisesse. Sei que há algo de vulgar no dinheiro, que é ter de pensar nele; e minha mulher jamais precisaria se rebaixar a isso. — Ele fez uma pausa e acrescentou, em um lapso infeliz que o fez voltar aos modos do começo da conversa: — Imagino que saiba que mulher tenho em mente, Srta. Bart.

Lily ergueu a cabeça, alegrando-se um pouco diante daquele desafio. Mesmo em meio ao tumulto escuro de seus pensamentos, o tilintar dos milhões do Sr. Rosedale emitia notas levemente sedutoras. Ah, se ela possuísse parte suficiente para quitar sua dívida odiosa! Mas o homem por trás deles foi se tornando cada vez mais repugnante à luz da chegada esperada de Selden. O contraste era grotesco demais: Lily mal conseguiu conter o sorriso provocado por ele. Decidiu que era melhor ser direta.

— Se está se referindo a mim, Sr. Rosedale, fico muito grata — muito lisonjeada; mas não sei o que já fiz para fazê-lo pensar que...

— Ah, se está querendo dizer que não está caída de amores por mim, ainda me resta bom senso suficiente para ver isso. E não estou falando como se estivesse — imagino que sei o tipo de conversa esperada nestas circunstâncias. Eu estou doido pela senhorita — essa é a verdade — e estou apenas lhe apresentando as consequências de forma clara. A senhorita não gosta muito de mim — *ainda* —, mas gosta de luxo, de elegância, de alegria e de não ter de se preocupar com os cobres. Gosta de se divertir e de não ter de pagar por isso; e o que eu proponho é suprir a diversão e o pagamento.

Ele fez uma pausa e Lily respondeu, com um sorriso gélido:

— O senhor se engana em um fato, Sr. Rosedale: eu estou preparada para pagar por aquilo que me dá prazer.

Disse isso com a intenção de fazê-lo ver que, se suas palavras continham uma alusão incerta a suas questões privadas, ela estava preparada para confrontá-la e repudiá-la. Mas, se o Sr. Rosedale compreendeu o que Lily queria dizer, não ficou envergonhado, continuando no mesmo tom:

— Não tinha intenção de ofender; desculpe se falei com franqueza demais. Mas por que não é direta comigo? Por que fica dando essas voltas? Sabe bem que já houve ocasiões em que teve aborrecimentos — muitos deles — e, conforme uma moça vai ficando mais velha, e as coisas vão passando, ora, quando ela vê, aquilo que quer talvez siga adiante e não volte mais. Não digo que isso esteja perto de acontecer com a senhorita; mas já teve aborrecimentos dos quais uma moça do seu calibre não devia nunca nem ter ouvido falar, e o que estou lhe oferecendo é a chance de dar as costas para eles de uma vez por todas.

O rosto de Lily estava em brasa quando ele terminou de falar; não havia como não entender suas palavras, e fingir ignorá-las seria uma confissão fatal de fraqueza, enquanto se ressentir de maneira aberta demais seria correr o risco de ofendê-lo em um momento perigoso. A indignação estava trêmula em seus lábios; mas ela foi vencida pela voz secreta que avisava que Lily não devia brigar com o Sr. Rosedale. Ele sabia coisas demais sobre ela e, mesmo no momento em que era essencial se mostrar da maneira mais favorável, não tinha escrúpulos em insinuar isso. Como, então, usaria aquele poder quando o desdém de Lily dissipasse o único motivo que tinha para não fazê-lo? Todo o seu futuro talvez dependesse da maneira como iria responder: ela precisava parar e considerar isso, em meio à tensão de suas outras preocupações, como um fugitivo sem fôlego que tem de estacar na encruzilhada e tentar decidir com frieza que caminho tomar.

— O senhor tem razão, Sr. Rosedale. Eu *tive* aborrecimentos; sou grata por querer me livrar deles. Nem sempre é fácil ser independente e ter amor-próprio quando se é pobre e se vive entre os ricos; eu fui imprudente com o meu dinheiro e precisei me preocupar com as minhas contas. Mas seria egoísta e ingrata se fizesse disso um motivo para aceitar tudo o que o senhor oferece, sem nada melhor a oferecer do que o desejo de me ver livre dos meus receios. Precisa me dar tempo — tempo para pensar em sua gentileza — e no que eu poderia lhe dar para retribuí-la.

Lily estendeu a mão em um gesto encantador que livrava sua rejeição de qualquer rudeza. A insinuação de uma indulgência futura fez Rosedale se levantar, obediente, um pouco corado diante daquele sucesso inesperado e disciplinado pela tradição de seu sangue a aceitar o que era concedido, sem exigir demais com pressa desmedida. Algo em sua aquiescência imediata a assustou; ela sentiu que possuía uma paciência capaz de subjugar a maior força de vontade em menor quantidade do que ele. Mas, ao menos, eles haviam se despedido de maneira amigável, e o Sr. Rosedale deixara a casa sem se encontrar com Selden — Selden, cuja ausência contínua agora a fazia sentir a dor de um novo receio. Rosedale permanecera por mais de uma hora e Lily entendeu que estava tarde demais para esperar que Selden aparecesse. Ele escreveria explicando sua ausência, é claro — chegaria um bilhete seu na última entrega do correio. Mas aquela confissão teria de ser adiada; e o medo da espera atingiu pesadamente seu espírito exaurido.

Ele ficou ainda mais pesado quando não veio nenhum bilhete na última vez em que o carteiro tocou a campainha e ela teve de subir para passar uma noite solitária — uma noite tão lúgubre e insone quanto sua imaginação torturada pintara para Gerty. Lily jamais havia aprendido a conviver com seus próprios pensamentos, e ter de confrontá-los durante aquelas horas de angústia lúcida fez com que a tristeza confusa de sua vigília anterior parecesse fácil de suportar.

A luz do dia dispersou a legião de fantasmas e fez Lily ter certeza de que teria notícias de Selden antes do meio-dia; mas o dia passou sem que ele escrevesse ou viesse. Ela ficou em casa, almoçando e jantando sozinha com a tia, que reclamou de palpitações e falou de assuntos gerais em um tom gelado. A Sra. Peniston foi para a cama cedo e, depois disso, Lily se sentou e escreveu um bilhete para Selden. Estava prestes a tocar a sineta chamando um criado para levá-lo quando seus olhos pousaram sobre um parágrafo do jornal vespertino que estava ao lado de seu cotovelo: "O Sr. Lawrence Selden estava entre os passageiros que zarparam esta tarde para Havana e as Índias Ocidentais no navio *Antilles*."

Ela largou o jornal e permaneceu imóvel, olhando o seu bilhete. Compreendeu então que ele não viria nunca — que fora embora por temer a possibilidade de vir. Lily se levantou e, atravessando a sala, observou-se durante um longo tempo no espelho iluminado sobre a lareira. As rugas de seu rosto surgiram com uma clareza terrível. Ela estava com cara de velha — e, quando uma moça parece velha até para si própria, o que dirá para os outros? Lily se afastou e começou a vagar sem rumo pelo cômodo, regulando seus passos com precisão mecânica para não pisar sobre as rosas monstruosas do tapete de lã de Axminster da Sra. Peniston. De repente, percebeu que a caneta que usara para escrever para Selden ainda estava apoiada no tinteiro aberto. Sentou--se novamente e, pegando um envelope, escreveu depressa o nome de Rosedale. Então, colocou uma folha de papel sobre a mesa e ficou com a caneta suspensa no ar. Fora bastante fácil escrever a data e "Querido

Sr. Rosedale" — mas, depois disso, sua inspiração desapareceu. Sua intenção era dizer a ele que viesse vê-la, mas as palavras se recusavam a tomar forma. Afinal, ela começou assim: "Eu estive pensando..." Então, largou a caneta e ficou sentada, com os cotovelos sobre a mesa e o rosto escondido nas mãos.

Subitamente, Lily teve um sobressalto ao ouvir a campainha. Não era tarde — nem chegara a dar dez horas — e talvez ela ainda fosse receber um bilhete ou uma mensagem de Selden; ou ele poderia estar ali em pessoa, do outro lado da porta! A nota sobre sua viagem poderia ter sido um erro — talvez houvesse sido outro Lawrence Selden quem fora para Havana. Todas essas possibilidades tiveram tempo de passar pela mente de Lily e dar-lhe a convicção de que iria vê-lo ou ter notícias dele antes que a porta da sala de estar se abrisse e entrasse um criado com um telegrama.

Lily abriu-o com as mãos trêmulas e leu o nome de Bertha Dorset ao final da mensagem: "Vamos partir inesperadamente amanhã. Gostaria de vir conosco em um cruzeiro pelo Mediterrâneo?"

LIVRO 2

Capítulo 1

Quando estava nos degraus do Cassino, Selden teve a impressão vívida de que Monte Carlo tinha, mais do que qualquer outro lugar que ele conhecia, o dom de se adaptar ao humor de cada homem.

O seu próprio, naquele momento, dava à cidade uma alegre propensão a acolher visitantes que poderia muito bem, diante de olhos cínicos, ser encarada como perfumaria e futilidade. Um apelo tão franco pela participação — um reconhecimento tão claro do lado folgazão da natureza humana — era um alívio para uma mente cansada de trabalhar duro em ambientes projetados para disciplinar os sentidos. Enquanto ele examinava a praça branca rodeada por uma arquitetura exoticamente coquete; o deliberado ar tropical dos jardins; os grupos que vagavam tendo ao fundo montanhas cor de malva que sugeriam um cenário sublime esquecido em uma mudança de cenas apressada — enquanto absorvia o vasto efeito da luz e do lazer, sentiu um movimento de repulsa pelos últimos meses de sua vida.

O inverno nova-iorquino apresentara uma perspectiva interminável de dias pesados de neve se estendendo até uma primavera de sol inclemente e atmosfera feroz, quando o aspecto desagradável das coisas agredia os olhos como o vento empoeirado raspava a pele. Selden, mergulhado no trabalho, convenceu-se de que as condições externas eram irrelevantes para um homem em seu estado, e que o frio e a feiura formavam um bom tônico para a sensibilidade frouxa. Quando um caso urgente exigiu que Selden saísse do país e fosse se encontrar com um cliente em Paris, ele saiu com relutância da rotina do escritório; e foi só então que, após ter concluído seu trabalho e escapado para passar uma semana no sul, começou a sentir aquele entusiasmo renovado pela observação que é o consolo dos que têm um interesse objetivo pela vida.

A multiplicidade de atrações — a perpétua surpresa dos contrastes e das semelhanças! Todos esses truques e nuances do espetáculo se descortinaram de chofre diante de Selden, conforme ele descia os degraus do Cassino e parava na calçada diante de suas portas. Ele não saía do país havia sete anos — e que mudanças aquele novo contato trouxera! O cerne profundo permanecera intocado, mas quase nenhum detalhe minúsculo da superfície continuara igual. E ali era o lugar ideal para tornar completa aquela renovação. As sublimidades, as perpetuidades, talvez não o houvessem comovido: mas aquela tenda armada para os folguedos efêmeros era um teto de esquecimento entre Selden e o firmamento.

Estava na metade do mês de abril, e a sensação era de que a diversão havia atingido seu ápice, e os grupos provisórios reunidos na praça e nos jardins logo se separariam, para se reunir em outros ambientes. Enquanto isso não acontecia, os últimos instantes da performance pareciam ganhar maior brilho devido à ameaça iminente da queda da cortina. A qualidade do ar, a exuberância das flores, a intensidade azul do mar e do céu davam o efeito de um último tableau, quando todas as luzes são acesas ao mesmo tempo. Essa impressão logo se tornou mais forte devido à maneira com que um grupo de pessoas, conscientes de estarem conspícuas, avançou até o meio da parte frontal e se postou diante de Selden, parecendo serem os atores principais que haviam se juntado para cumprir as exigências da cena final. Seu surgimento confirmou a suspeita de que o espetáculo fora montado sem que se pensasse nos custos, e enfatizou a semelhança com uma dessas peças históricas em que os protagonistas exibem toda a gama de sentimentos humanos sem mover um só objeto do cenário. As senhoras estavam separadas, para que umas não atrapalhassem o efeito provocado pelas outras, e os homens as cercavam com a mesma irrelevância dos heróis de teatro cujos alfaiates são mencionados no programa. Foi o próprio Selden quem fundiu o grupo sem querer, ao chamar a atenção de um de seus membros.

— Mas se não é o Sr. Selden! — exclamou a Sra. Fisher, surpresa; e, com um gesto que indicava a Sra. Jack Stepney e a Sra. Wellington Bry, ela acrescentou, em um tom súplice: — Estamos prestes a morrer de fome porque não conseguimos decidir onde almoçar.

Admitido no grupo e transformado em confidente de sua dificuldade, Selden descobriu, divertido, que havia diversos lugares aonde quem não fosse corria o risco de deixar de ver algo, e diversos lugares aonde quem *fosse* corria o risco de abrir mão de algo; de modo que o ato de comer se tornava uma consideração de menor importância justamente nos templos consagrados a esse ritual.

— É claro que o melhor é o Terrasse — mas isso faz parecer que não temos nenhum outro motivo para estar lá: os americanos que não conhecem ninguém sempre correm para onde a comida é de maior qualidade. E a duquesa de Beltshire tem frequentado o Bécassin ultimamente — resumiu a Sra. Bry, ansiosa.

Esta senhora, para desespero da Sra. Fisher, ainda não tinha progredido ao ponto de não pesar suas alternativas sociais em público. Ela não conseguia adquirir o ar de quem fazia algo porque queria, tornando sua escolha a derradeira chancela do lugar selecionado.

O Sr. Bry, um homem pálido e baixinho com feições de comerciante e roupas de homem de lazer, encarou o dilema de maneira hilária.

— Acho que a duquesa vai ao lugar mais barato, a não ser que tenha alguém para pagar pela refeição. Se você oferecesse um rega-bofe no Terrasse, ela aparecia bem depressa.

Mas a Sra. Jack Stepney argumentou:

— Os grão-duques vão àquele lugarzinho em La Condamine. Lorde Hubert diz que é o único restaurante na Europa onde as ervilhas são boas.

Lorde Hubert Dacey, um homem esguio de roupas surradas que tinha um sorriso encantador e o ar de ter passado a maior parte da vida levando os ricos ao restaurante certo, assentiu com uma leve ênfase e disse:

— E é mesmo.

— *Ervilhas?* — disse o Sr. Bry com desdém. — E a sopa de tartaruga de lá é boa? Isso só mostra — continuou ele — como são esses mercados europeus, se um camarada consegue ter uma reputação só porque as ervilhas dele são boas!

Jack Stepney interveio com autoridade.

— Não sei se concordo com Dacey; há um buraquinho em Paris, perto da Quai Voltaire... Mas, de qualquer maneira, eu não aconselho a espelunca do Condamine, pelo menos não quando estamos com as senhoras.

Stepney, desde que se casara, havia engordado e se tornado um santarrão, como em geral acontecia com os homens que se uniam às Van Osburgh; mas sua esposa, para sua surpresa e constrangimento, disparara em um ritmo avassalador que o deixava sem fôlego, esforçando-se para acompanhá-la.

— Então é lá que nós vamos! — declarou ela, jogando pesadamente as plumas para o lado. — Estou tão cansada do Terrasse; lá é tão aborrecido quanto um dos jantares da mamãe. E lorde Hubert prometeu nos contar quem são todas as pessoas horríveis do outro lugar — não foi, Carry? Ah, Jack, não faça essa cara tão séria!

— Bem — disse a Sra. Bry —, eu só quero saber quem são as costureiras delas.

— Sem dúvida, Dacey poderá lhe dizer isso também — comentou Stepney, com uma intenção irônica à qual o outro reagiu com o murmúrio:

— Eu ao menos poderei *descobrir*, meu caro. — E, como a Sra. Bry declarou que não seria capaz de dar mais um passo, o grupo chamou dois ou três dos faetontes leves que estão sempre atentos nos recantos dos jardins, saindo em procissão ruidosa na direção de La Condamine.

Seu destino era um dos pequenos restaurantes em frente ao bulevar que vai descendo do Cassino de Monte Carlo até o bairro comprido que dá para o cais. Da janela diante da qual logo se instalaram, tinham uma vista da curva azul intensa da baía, aninhada entre o verde de dois promontórios: à direita, o rochedo de Mônaco, encimado pela silhueta medieval de sua igreja e de seu castelo; à esquerda, os terraços e torres da casa de jogos. Entre um e outro, as águas da baía formavam leves ondulações devido ao ir e vir de barcos de lazer, o que levou, justamente no momento culminante do almoço, o grupo a voltar sua atenção das ervilhas para o avanço majestoso de um imenso iate a vapor.

— Caramba, acho que são os Dorset voltando! — exclamou Stepney; e lorde Hubert, baixando o *pince-nez*, corroborou: — É o *Sabrina*, sim.

— Tão cedo? Eles iam passar um mês na Sicília — observou a Sra. Fisher.

— Imagino que sintam como se tivessem passado; só há um hotel moderno lá — disse o Sr. Bry com desprezo.

— Foi ideia de Ned Silverton — mas o pobre Dorset e Lily Bart devem ter morrido de tédio — disse a Sra. Fisher, acrescentando, em um murmúrio, para Selden: — Espero que não tenha havido nenhuma briga.

— É muito simpático ter a Srta. Bart de volta — disse lorde Hubert com sua voz afável e clara. E a Sra. Bry acrescentou espertamente: — Imagino que a duquesa vá jantar conosco agora que Lily está aqui.

— A duquesa a admira imensamente: tenho certeza que ficaria encantada com o encontro — concordou lorde Hubert, com a prontidão profissional de um homem acostumado a ganhar a vida facilitando contatos sociais. Selden ficou impressionado com o súbito tom comercial dele.

— Lily tem sido um sucesso tremendo aqui — continuou a Sra. Fisher, ainda se dirigindo confidencialmente a Selden. — Parece dez anos mais nova — nunca esteve tão bonita. Lady Skiddaw levou-a para todo lado em Cannes e a princesa da coroa da Macedônia convidou-a para passar uma semana em Cimiez. Andam dizendo que esse foi um dos motivos pelos quais Bertha correu com o iate para a Sicília: a princesa não prestou muita atenção nela, que não aguentou ficar assistindo ao triunfo de Lily.

Selden não respondeu nada. Tinha uma vaga noção de que a Srta. Bart estava fazendo um cruzeiro pelo Mediterrâneo com os Dorset, mas não lhe ocorrera que houvesse alguma chance de encontrá-la na Riviera, onde a temporada estava quase chegando ao fim. Quando ele se recostou, contemplando em silêncio sua xícara de café turco com friso em filigrana, estava tentando colocar seus pensamentos em ordem, de modo a descobrir como a notícia daquela proximidade realmente o afetava. Selden possuía uma objetividade que lhe permitia, até mesmo em momentos de alta pressão emocional, ter uma visão bastante clara de seus sentimentos, e ficou sinceramente surpreso com a perturbação que ver o *Sabrina* lhe causara. Tinha motivos para acreditar que os três meses que passara absorto pelo trabalho após o choque profundo de sua desilusão haviam dissipado os vapores de sua mente. O sentimento que nutrira e enfatizara fora de gratidão por sua escapatória: ele era como um viajante, tão agradecido por ter sido resgatado de um acidente perigoso que, a princípio, mal tem consciência de suas contusões. Agora, Selden sentiu a dor latente e se deu conta de que, afinal, não tinha saído incólume.

Uma hora mais tarde, ao lado da Sra. Fisher nos jardins do cassino, Selden tentava encontrar novos motivos para esquecer seus ferimentos na contemplação do perigo evitado. O grupo tinha se dispersado com aquela vaga indecisão que é característica dos movimentos sociais em Monte Carlo, onde o lugar inteiro e as longas horas douradas do dia parecem oferecer uma infinidade de maneiras de não se fazer nada. Lorde Hubert Dacey afinal partira em busca de duquesa de Beltshire, tendo recebido da Sra. Bry a delicada missão de obter a presença dela em um jantar; os Stepney tinham ido para Nice em seu automóvel, e o Sr. Bry fora participar de um campeonato de tiro ao pombo que naquele momento estava ocupando todas as suas faculdades mentais.

A Sra. Bry, que possuía uma tendência a ficar vermelha e ofegante após o almoço, tivera o bom senso de aceitar o conselho de Carry Fisher e se retirar para o seu hotel a fim de repousar por uma hora; de modo que Selden e sua acompanhante puderam dar uma caminhada propícia às confidências. A caminhada logo terminou em uma pausa tranquila em um banco encimado por louros e rosas *banksiae*, de onde eles podiam ver o azul ofuscante do mar por entre balaustradas de mármore e os dardos chamejantes das flores dos cactos brotando como meteoros da rocha. A sombra suave de seu nicho e o brilho da atmosfera ao redor levavam ao relaxamento e ao consumo de muitos cigarros; e Selden, cedendo a essas influências, permitiu que a Sra. Fisher lhe relatasse toda a história de suas experiências recentes. Ela saíra do país com o Sr. e a Sra. Welly Bry no momento em que as pessoas da alta sociedade fogem da inclemência da primavera nova-iorquina. Os Bry, intoxicados com seu primeiro sucesso, já ansiavam pela conquista de novos reinos, e a Sra. Fisher, vendo a Riviera como uma introdução fácil à sociedade de Londres, levara-os até lá. Ela própria tinha conhecidos em todas as capitais e uma facilidade para retomar a intimidade após longas ausências; e os rumores sobre a fortuna dos Bry, espalhados com cuidado, haviam reunido ao redor deles um grupo de pessoas cosmopolitas em busca de diversão.

— Mas as coisas não estão indo tão bem quanto eu esperava — admitiu francamente a Sra. Fisher. — É muito fácil dizer que qualquer um que tenha dinheiro pode entrar na alta sociedade; mas seria mais verdadeiro dizer *quase* qualquer um. E o mercado de Londres está tão entupido de americanos novos que, para ser bem-sucedido nele agora, é preciso ser muito esperto ou muito excêntrico. Os Bry não são nem uma coisa, nem outra. *Ele* se daria bem se ela o deixasse em paz; eles gostam de suas gírias, sua arrogância e suas gafes. Mas Louisa estraga tudo tentando reprimi-lo e se promover. Se ela também fosse natural — gorda, vulgar e espalhafatosa como é — não haveria problema. Mas, assim que conhece alguém elegante, Louisa tenta ser esguia e majestosa. Tentou com a duquesa de Beltshire e com lady Skiddaw e elas saíram correndo. Fiz o melhor que pude para ajudá-la a reconhecer seu erro. Já disse inúmeras vezes: "Relaxe, Louisa." Mas ela mantém as aparências até comigo; acho que é majestosa até no próprio quarto, com a porta fechada.

— O pior de tudo — continuou a Sra. Fisher — é que ela pensa que é tudo culpa *minha*. Quando os Dorset apareceram aqui há seis semanas e ninguém mais parava de falar em Lily Bart, eu vi que Louisa pensou que, se estivesse com Lily em vez de comigo, já estaria socializando com toda a realeza. Ela não entende que a causa de tudo é a beleza de Lily: lorde Hubert me contou que todos a consideram ainda mais bonita do que quando ele a conheceu em Aix dez anos atrás. Parece que Lily foi tremendamente admirada lá. Um príncipe italiano, rico e nobre de verdade, quis se casar com ela; mas, bem no momento crítico, um enteado bonito apareceu e Lily cometeu a tolice de flertar com ele quando o acordo nupcial dela com o padrasto estava sendo preparado. Algumas pessoas dizem que o rapaz fez de propósito. Pode imaginar o escândalo: os homens tiveram uma briga terrível e todos começaram a olhar para Lily de um jeito tão estranho que a Sra. Peniston precisou fazer as malas e ir para outra estação de cura. Não que *ela* algum dia tenha entendido: até hoje, pensa que Aix não lhe fez bem e menciona o fato de ter sido enviada para lá como prova da incompetência dos médicos franceses. Essa é Lily todinha: ela trabalha que nem um mouro preparando o terreno e plantando as sementes; mas, no dia em que devia estar fazendo a colheita, dorme demais ou vai a um piquenique.

A Sra. Fisher fez uma pausa e olhou, pensativa, para o brilho profundo do mar entre as flores dos cactos.

— Às vezes — acrescentou —, acho que Lily tem a cabecinha oca — e, às vezes, acho que é porque, no fundo, despreza aquilo que está tentando obter. E é a dificuldade de decidir que a torna um objeto de estudo tão interessante. — Ela experimentou olhar para o perfil imóvel de Selden e então continuou, com um leve suspiro: — Bem, só o que posso dizer é que gostaria que Lily passasse algumas das oportunidades que desperdiça para *mim*. Gostaria de trocar de lugar com ela agora, por exemplo. Lily poderia se sair muito com os Bry se os administrasse direito, e eu saberia exatamente como tomar conta de George Dorset enquanto Bertha lê Verlaine com Ned Silverton.

A Sra. Fisher reagiu ao som de protesto que Selden emitiu com um olhar penetrante de desdém.

— De que adianta usar meias palavras? Todo mundo sabe que é por isso que Bertha a convidou para viajar com eles. Quando Bertha quer se divertir, precisa encontrar uma ocupação para George. A princípio eu pensei que Lily ia dar uma bela cartada *desta* vez, mas há rumores de que Bertha está com ciúmes do sucesso dela aqui e em Cannes, e eu não me surpreenderia se houvesse um rompimento qualquer dia desses. A única salvaguarda de Lily é que Bertha precisa muito dela — e como. O caso Silverton está em seu estágio mais agudo: é necessário que George permaneça distraído de maneira quase contínua. E devo admitir que Lily *de fato* o distrai: acredito que ele se casaria com ela amanhã se descobrisse que há qualquer coisa de errado com Bertha. Mas você o conhece — é tão cego quanto ciumento; e é claro que a tarefa atual de Lily é mantê-lo cego. Uma mulher esperta saberia o momento exato de tirar a venda de seus olhos; mas Lily não é esperta nesse sentido e, quando George afinal abrir os olhos, ela provavelmente vai dar um jeito de não estar em seu campo de visão.

Selden jogou fora o cigarro.

— Caramba — está na hora do meu trem! — exclamou ele, olhando o relógio. Quando a Sra. Fisher disse, surpresa:

— Ora, achei que estava aqui em Monte Carlo! — Selden explicou em um murmúrio rápido que seu hotel era em Nice.

— O pior é que agora ela está esnobando os Bry — disse a Sra. Fisher, em um comentário irrelevante, enquanto ele se afastava.

Dez minutos mais tarde, Selden estava no andar alto de um hotel que dava para o Cassino, jogando seus pertences em valises escancaradas enquanto o carregador esperava do lado de fora para transportá-las até o fiacre parado na porta. Bastou uma jornada rápida pela ladeira branca que levava à estação de trem para que ele conseguisse tomar o expresso da tarde para Nice; e, só quando estava instalado em um canto de um vagão vazio, foi que exclamou de si para si, com autodesprezo:

— De que diabos eu estou correndo?

A pertinência da pergunta fez com que Selden controlasse seu impulso de fugir antes que o trem partisse. Era ridículo correr como um covarde emocional de uma paixão tola que sua razão conseguira subjugar. Ele havia instruído seus banqueiros a enviar importantes cartas de trabalho para Nice e, lá, esperaria por elas com tranquilidade.

Já estava irritado consigo mesmo por ter deixado Monte Carlo, onde tivera a intenção de passar a semana que lhe restava antes de zarpar; mas, agora, seria difícil retornar sem aparentar uma inconstância que lhe feria o orgulho. No fundo do coração, Selden não lamentava o fato de ter destruído qualquer possibilidade de encontrar a Srta. Bart. Por mais completo que houvesse sido seu afastamento dela, ainda não conseguia encará-la apenas como uma conhecida; e, vista mais de perto, Lily dificilmente seria um objeto de estudo que aumentaria sua autoconfiança. Encontros fortuitos ou até mesmo a menção repetida de seu nome teriam mandado a mente de Selden de volta para uma seara de onde ele a arrancara com grande resolução; ao passo que, se a Srta. Bart pudesse ser inteiramente excluída de sua vida, uma torrente de novas impressões sem qualquer associação com ela logo tornaria a separação completa. Os comentários da Sra. Fisher, na realidade, haviam servido para esse fim; mas aquele tratamento era doloroso demais para ser escolhido de maneira voluntária quando remédios mais brandos ainda não haviam sido testados; e Selden achava que seria capaz de voltar a ver a Srta. Bart de maneira sensata caso se mantivesse afastado dela.

Tendo chegado cedo à estação, Selden estava nesse ponto de suas reflexões quando a multidão cada vez maior da plataforma mostrou-lhe que não seria possível preservar sua privacidade; no instante seguinte, a porta foi empurrada; e ele se virou e foi confrontado justamente com o rosto do qual estava fugindo.

A Srta. Bart, reluzindo com o esforço de uma entrada apressada no trem, estava à frente de um grupo composto pelos Dorset, pelo jovem Silverton e por lorde Hubert Dacey, que mal teve tempo de pular para dentro do vagão e envolver Selden em exclamações de surpresa e boas- -vindas antes que soasse o apito de partida. O grupo, aparentemente, estava indo às pressas para Nice devido a um convite súbito para jantar com a duquesa de Beltshire e ver a procissão marítima na baía; um plano evidentemente improvisado, apesar dos protestos de lorde Hubert, que disse "Ora, vamos, vamos", com o propósito específico de frustrar a tentativa da Sra. Bry de capturar a duquesa.

Enquanto essa manobra era relatada aos risos, Selden teve tempo para formar uma impressão rápida da Srta. Bart, que se sentara diante dele à luz dourada da tarde. Não haviam se passado nem três meses desde que ele se separara dela no umbral da estufa dos Bry; mas uma mudança sutil ocorrera em sua beleza. Na época, ela possuíra uma transparência através da qual as flutuações do ânimo, às vezes, ficavam tragicamente visíveis; agora, sua superfície impenetrável sugeria um processo de cristalização que fundira todo o seu ser em uma substância rígida e brilhante. A mudança fora considerada um rejuvenescimento pela Sra. Fisher: para Selden, pareceu aquele momento de pausa e suspensão quando o fluxo cálido da juventude é congelado em sua forma final.

Selden sentiu isso na maneira com que a Srta. Bart sorriu para ele e na prontidão e competência com que, vendo-se inesperadamente em sua presença, retomou o fio do relacionamento deles, como se esse fio não houvesse sido quebrado com uma violência que ainda o abalava. Tamanha facilidade o enojou — mas Selden convenceu-se de que, após aquela pontada de dor, começaria sua recuperação. Agora, ele realmente iria melhorar — iria extrair cada gota de veneno de seu sangue. Já se sentia mais calmo na presença da Srta. Bart do que se obrigava a ser quando pensava nela. Suas presunções e omissões, seus atalhos e longos desvios, a habilidade com que conseguia dirigir-se a ele sem deixar surgir nenhum lampejo inconveniente do passado, tudo isso indicava as oportunidades que ela tivera de praticar tais artes desde seu último encontro. Selden sentiu que a Srta. Bart finalmente chegara a um acordo consigo mesma: fizera um pacto com seus impulsos rebeldes e chegara a um autogoverno hegemônico sob o qual todas as tendências discordantes ou eram aprisionadas ou forçadas a servir ao estado.

E ele também viu outras coisas no comportamento dela: percebeu como este havia se ajustado às complexidades de uma situação que, mesmo após as insinuações elucidativas da Sra. Fisher, Selden ainda não conseguia compreender. Sem dúvida, a Sra. Fisher não poderia mais acusar a Srta. Bart de desperdiçar suas chances! Para exasperação de Selden, ela parecia excessivamente ciente delas. Foi perfeita com todos:

subserviente ao anseio por predominância de Bertha, generosa em sua atenção com os humores de Dorset, simpática e afável com Silverton e Dacey. Este último a encarava com uma admiração que evidentemente era de longa data, enquanto o jovem Silverton, arrogante e egoísta, parecia sentir sua presença apenas como um vago obstáculo. E, de súbito, após Selden perceber os matizes sutis de comportamento com os quais ela se conformava ao seu entorno, ele se deu conta de que, para necessitar de tanta destreza, a situação realmente deveria ser desesperadora. A Srta. Bart estava diante de algo — essa foi a impressão que Selden teve. Ele pareceu vê-la postada à beira de um abismo, com um pé delicado à frente em uma afirmação de que não sabia que o solo cederia ao passo seguinte.

Na Promenade des Anglais, onde Ned Silverton grudou-se a Selden durante toda a meia hora anterior ao jantar, sua impressão da insegurança generalizada tornou-se mais profunda. O humor de Silverton era de um pessimismo colossal. Como alguém podia ir a um buraco como a Riviera — pelo menos, alguém com um mínimo de imaginação — quando se tinha todo o Mediterrâneo à disposição? Ainda mais quando a pessoa julgava o mérito de um lugar por quão bem eles faziam uma galinha cozida! Meu Deus! Que estudo não poderia ser feito da tirania do estômago — da maneira como um fígado lento ou sucos gástricos insuficientes podem afetar todo o universo, deixar de lado tudo mais que existia. A dispepsia crônica deveria estar entre as causas aceitáveis para o divórcio; a vida de uma mulher pode ser arruinada pela incapacidade de um homem de digerir pão fresco. Grotesco? Sim — e trágico, como a maioria dos absurdos. Não há nada mais lúgubre do que a tragédia que usa uma máscara cômica... Do que ele estava falando? Ah — o motivo pelo qual eles tinham abandonado a Sicília e voltado correndo? Bem, em parte, sem dúvida, devido ao desejo da Srta. Bart de voltar ao bridge e às festas. Aquela é sensível como uma rocha para a arte e a poesia — para ela, a luz nunca esteve *mesmo* no mar ou na terra![36] E é claro que a Srta.

---

[36] Referência a um verso do poema "Nature and the poet" [A natureza e o poeta], de William Wordsworth. (N. da T.)

Bart convenceu Dorset de que a comida italiana fazia mal para ele. Ela seria capaz de fazê-lo acreditar em qualquer coisa — *qualquer coisa!* A Sra. Dorset estava ciente — perfeitamente ciente. Não lhe escapou! Mas conseguiu se conter — já teve de fazer isso vezes demais. Disse que a Srta. Bart era uma amiga íntima sua e que não ouviria uma palavra contra ela. Mas isso fere o orgulho de uma mulher — há coisas com as quais não se acostuma. Tudo isso é confidencial, certo? Ah — lá estavam as senhoras gesticulando da varanda do hotel. Ele disparou pela Promenade, deixando Selden pensativo com seu charuto.

As conclusões às quais essa conversa o levou se tornaram mais firmes mais tarde devido a essas leves insinuações corroborativas que geram luz própria em meio à penumbra de uma mente em dúvida. Selden, encontrando por acaso um conhecido, jantara com ele e fora, ainda em sua companhia, passear na Promenade iluminada, onde uma fileira de barraquinhas cheias de gente dava para as águas escuras e reluzentes. A noite estava suave e persuasiva. Acima, o céu de verão a todo momento era atravessado por um cometa; e, ao leste, uma lua tardia, surgindo além da curva acentuada da costa, jogava sobre a baía um raio de luz que empalidecia até ficar cinzento diante do brilho vermelho dos barcos iluminados. Em meio aos muitos postes da Promenade, alguns acordes tocados pelas bandas se sobressaíam ao murmúrio da multidão e ao suave balançar de galhos nos jardins escuros; e, entre esses jardins e os fundos das barraquinhas, descia uma torrente de pessoas nas quais o clamor pela diversão parecia mitigado pelo langor crescente da estação.

Selden e seu amigo, sem conseguir assentos em uma das barraquinhas diante da baía, vagaram durante algum tempo em meio à multidão até chegar ao muro de um jardim alto que dava para a Promenade, de onde se tinha uma boa vista. De lá, podiam enxergar apenas um triângulo de mar e dos barcos que iam piscando sobre sua superfície; mas a multidão abaixo estava bem visível e, para Selden, ela parecia mais interessante do que o espetáculo na água. Após algum tempo, no entanto, ele se cansou daquele poleiro e, indo sozinho para a calçada, abriu caminho até a primeira esquina e ganhou o silêncio enluarado de uma rua lateral. Muros altos encimados pelas copas das árvores ladeavam a calçada; um fiacre vazio atravessava a via deserta, e logo Selden viu duas pessoas surgirem das sombras do outro lado, fazerem um sinal para ele e dirigirem-se até o centro da cidade. A luz da lua os iluminou quando pararam para entrar na carruagem e Selden reconheceu a Sra. Dorset e o jovem Silverton.

Debaixo do poste mais próximo, ele olhou seu relógio e viu que já eram quase onze horas. Pegou outra rua lateral e, sem enfrentar a multidão na Promenade, encaminhou-se para o clube elegante que dá para a avenida. Lá, em meio ao fulgor de mesas de bacará lotadas, Selden viu lorde Hubert Dacey, sentado com o sorriso cansado de sempre diante de uma pilha de fichas que ia diminuindo rapidamente. Como a pilha logo desapareceu, lorde Hubert se levantou, dando de ombros, e foi com Selden para o terraço deserto do clube. Já era mais de meia-noite e a multidão nas barraquinhas estava se dispersando, enquanto os longos reflexos dos barcos iluminados de vermelho se espalhavam e se apagavam sob um céu retomado pelo esplendor tranquilo da lua.

Lorde Hubert olhou o relógio.

— Minha nossa, eu havia prometido ir me encontrar com a duquesa para uma ceia no London House; mas já passa da meia-noite e imagino que todos já devam ter se espalhado por aí. A verdade é que os perdi na multidão logo após o jantar e vim me refugiar aqui, para pagar pelos meus pecados. Eles tinham assentos em uma das barraquinhas, mas é claro que não conseguiram parar quietos: a duquesa nunca consegue. Ela e a Srta. Bart partiram em busca de aventuras, como gostam de dizer — se não encontrarem nenhuma, não vai ser por falta de tentativa! — Ele acrescentou em tom de dúvida, após parar para se apalpar em busca de um cigarro: — A Srta. Bart é uma velha amiga sua, não é? Ela me disse. Ah, muito obrigado — acho que não me restou nenhum. — Lorde Hubert acendeu o cigarro oferecido por Selden e continuou, com sua voz aguda e arrastada: — Não é da minha conta, é claro, mas não fui eu quem a apresentou à duquesa. A duquesa, uma mulher encantadora, é muito amiga minha; mas teve uma criação *bem* tolerante.

Selden ouviu isso em silêncio e, após algumas baforadas, lorde Hubert voltou a falar:

— É o tipo de coisa que não se tem como dizer para uma moça — embora as moças de hoje em dia tenham tanta competência para julgar por si mesmas. Mas, neste caso... Eu sou um velho amigo também, entende? E não parece existir mais ninguém com quem possa falar. A situação toda é um pouco complicada, a meu ver — mas costumava haver uma tia em algum lugar, uma pessoa vaga e inocente que era ótima em ajudá-la a ultrapassar os abismos que não enxergava... ah, está em Nova York? Que pena que Nova York fica tão longe!

Capítulo 2

A Srta. Bart, saindo no fim da manhã seguinte de sua cabine, viu-se a sós no convés do *Sabrina*.

As cadeiras estofadas, expectantes sob o toldo largo, não mostravam nenhum sinal de ocupação recente, e Lily logo soube por um criado que a Sra. Dorset ainda não aparecera e que os cavalheiros tinham ido — separadamente — para o cais logo depois de tomar café da manhã. Munida desses fatos, ela se apoiou na borda, permitindo-se relaxar e desfrutar do espetáculo à sua frente. O sol do céu sem nuvens banhava o mar e a praia com o mais puro brilho. As águas purpúreas formavam uma linha branca bem definida ao chegar à costa; sobre o relevo irregular, hotéis e largas propriedades fulguravam em meio ao verde acinzentado das oliveiras e dos eucaliptos; e o fundo das montanhas nuas como que traçadas a lápis tremulava à intensidade pálida da luz.

Como era belo — e como Lily amava a beleza! Sempre achara que sua sensibilidade nessa questão compensava por uma certa obtusidade da qual sentia menos orgulho; e, durante os últimos três meses, entregara-se a ela com paixão. O convite dos Dorset para ir ao exterior com eles surgira como uma maneira quase milagrosa de escapar de dificuldades aterradoras; e sua habilidade de se renovar em novos cenários e de se livrar de problemas de conduta com a facilidade com que deixava o ambiente em que eles haviam surgido fizera com que a mera mudança de um lugar para o outro lhe parecesse não um adiamento, mas uma solução para os seus infortúnios. Para Lily, as complicações morais só existiam no entorno que as produzira; não era sua intenção ignorá-las, mas elas se tornavam ilusórias quando o palco mudava. Ela não teria sido capaz de permanecer em Nova York sem pagar o dinheiro que devia a Trenor; para se livrar daquela dívida odiosa, talvez houvesse até mesmo enfrentado a possibilidade de se casar com Rosedale; mas o acidente que colocara o Atlântico entre Lily e suas obrigações fez com que estas se dissipassem, como se fossem marcos em uma estrada que ela já houvesse atravessado.

Os dois meses passados no *Sabrina* pareciam ter sido especialmente pensados para dar mais força a essa ilusão de distância. Lily tinha mergulhado em novos cenários e encontrado neles uma renovação de velhas esperanças e ambições. O cruzeiro em si a encantara, pois ela o via como uma aventura romântica. Ficava vagamente comovida com os nomes e ambientes pelos quais passava, e ouvira Ned Silverton lendo Teócrito à luz da lua conforme o iate contornava os promontórios sicilianos com um arrepio de emoção que confirmara sua crença em sua superioridade intelectual. Mas as semanas em Cannes e em Nice realmente tinham lhe dado mais prazer. A satisfação de ser acolhida nos mais altos círculos e de ter sua própria relevância reconhecida ali, de modo a voltar a ser descrita como "a linda Srta. Bart" no interessante periódico dedicado a registrar o menor movimento de seus companheiros cosmopolitas — todas essas experiências tendiam a jogar para o fundo de sua memória as dificuldades prosaicas e sórdidas das quais havia escapado.

Lily tinha uma vaga consciência de que existiam novas dificuldades adiante, mas também estava certa de sua capacidade de enfrentá-las: era uma característica sua acreditar que os únicos problemas que não poderia resolver eram aqueles com os quais já era familiar. Por outro lado, podia sentir um orgulho sincero da habilidade com a qual se adaptara a condições bastante delicadas. Tinha motivos para acreditar que se tornara indispensável a seu anfitrião e sua anfitriã em igual medida; e, se houvesse descoberto uma maneira absolutamente irrepreensível de obter uma compensação financeira com a situação, não existiria nenhuma nuvem no horizonte. A verdade era que ela estava, como sempre, sofrendo a inconveniência de encontrar-se com poucos recursos; e esse constrangimento vulgar não podia ser mencionado de maneira segura nem para Dorset, nem para Bertha. De qualquer maneira, a situação não era tão grave; Lily podia seguir adiante, como já fizera tantas vezes, nutrindo-se da esperança de que alguma bonança ocorreria; enquanto isso não acontecia, a vida corria alegre, bela e confortável, e ela estava ciente de que não fazia má figura naquele ambiente.

Lily tinha marcado de tomar café naquela manhã com a duquesa de Beltshire e, ao meio-dia, pediu para ser levada para a costa no bote. Antes de fazer isso, mandara sua criada indagar se poderia ver a Sra. Dorset; mas a resposta foi que esta última estava cansada, tentando dormir. Lily imaginou compreender o motivo por trás da rejeição. Sua anfitriã não fora incluída no convite da duquesa, embora a Srta. Bart houvesse se esforçado, com a maior lealdade possível, para que isso acontecesse. Mas a aristocrata senhora permanecia impassível diante das insinuações, e convidava e ignorava quem quisesse. Não era culpa de Lily que as posturas complicadas da Sra. Dorset não combinassem com os passos leves da duquesa. Esta, que quase nunca se explicava, expressara suas objeções dizendo apenas: "Ela é muito aborrecida. O único de seus amigos de quem eu gosto é aquele baixinho, o Sr. Bry — *ele* é engraçado." Lily tinha discernimento o suficiente para não insistir, e não lamentava por completo ser enaltecida à custa da amiga. Bertha de fato andava enfadonha desde que tinha desenvolvido uma mania por poesia e por Ned Silverton.

No final das contas, era um alívio se afastar de tempos em tempos do *Sabrina*; e o pequeno café da manhã da duquesa, organizado por lorde Hubert com a destreza de sempre, foi até mais agradável para Lily por não incluir seus companheiros de viagem. Dorset, ultimamente, se tornara ainda mais melancólico e imprevisível, e Ned Silverton andava de um lado para o outro com cara de quem queria enfrentar o universo. A liberdade e a leveza das relações ducais eram uma mudança prazerosa para quem vivia em meio a essas complicações, e Lily, depois da refeição, sentiu-se tentada a acompanhar os outros até a atmosfera frenética do Cassino. Não tinha intenção de jogar; seus meios exíguos não ofereciam grandes possibilidades disso; mas achava divertido sentar em um dos sofás, sob a proteção duvidosa das costas da duquesa, enquanto esta última vigiava suas apostas em uma mesa ali perto.

Os salões estavam repletos daquela multidão curiosa que, durante as tardes, vai passando por entre as mesas, como o público dominical de um zoológico. No fluxo lento da massa, as identidades quase não eram distinguíveis; mas Lily logo viu a Sra. Bry abrindo caminho determinadamente porta adentro e, no vasto espaço que criava atrás de si, a figura ágil da Sra. Fisher, perseguindo-a como um bote atado a um barco. A Sra. Bry seguiu adiante, evidentemente impelida pelo desejo de chegar a um ponto determinado do Cassino; mas a Sra. Fisher, ao passar por Lily, deu fim ao reboque e permitiu-se vagar para perto dela.

— Se eu vou me perder dela? — disse a Sra. Fisher, repetindo a pergunta da outra com um olhar indiferente para as costas da Sra. Bry, que iam se afastando. — Acho que sim. Mas não importa: eu *já* a perdi. — E, quando Lily exclamou, ela acrescentou: — Tivemos uma briga terrível esta manhã. Você sabe, claro, que a duquesa não apareceu no jantar de ontem à noite, e ela acha que foi culpa minha — que fui eu que não arranjei as coisas direito. O pior é que o recado — uma mera palavrinha pelo telefone — chegou tão tarde que o jantar teve de ser pago; e o Bécassin tinha feito um banquete; disseram tanto para ele que a duquesa ia vir! — A Sra. Fisher deu uma risadinha ao se lembrar. — Pagar pelo que ela não recebeu é algo que Louisa detesta: não consigo fazê-la ver que é um dos estágios preliminares de obter aquilo pelo qual não se pagou. E, como eu estava mais à mão, ela me pulverizou, coitada!

Lily soltou um murmúrio de comiseração. A compaixão era-lhe natural, e ela instintivamente se ofereceu para ajudar a Sra. Fisher.

— Se houver algo que eu possa fazer... Se a questão for apenas ser apresentada à duquesa! Ouvi-a dizer que acha o Sr. Bry divertido...

Mas a Sra. Fisher interrompeu-a com um gesto decidido.

— Minha querida, eu tenho o meu orgulho; meu orgulho profissional. Eu não saberia lidar com a duquesa e não poderia vender suas artes para Louisa Bry dizendo que elas eram minhas. Tomei uma decisão: vou para Paris hoje à noite com o Sr. e a Sra. Sam Gormer. Eles ainda estão no primeiro estágio: um príncipe italiano é bem mais que um príncipe para os dois, e eles vivem quase confundindo os empregados da corte com os nobres. Salvá-los disso é minha missão atual. — Ela riu de novo do cenário que havia acabado de pintar. — Mas, antes de ir, quero fazer meu testamento — quero deixar os Bry para você.

— Para mim? — A Srta. Bart riu também. — Você é muito generosa em se lembrar de mim, querida. Mas...

— Mas você já tem tudo o que precisa? — A Sra. Fisher fixou nela um olhar penetrante. — Tem mesmo certeza disso, Lily? A ponto de rejeitar a minha oferta?

A Srta. Bart corou levemente.

— O que quis dizer é que os Bry não iam gostar nada de serem passados adiante dessa maneira.

A Sra. Fisher continuou a estudar o constrangimento de Lily de maneira indisfarçada.

— O que quis dizer é que esnobou horrivelmente os Bry; e sabe que eles sabem disso.

— Carry!

— Ah, para certas coisas, Louisa é muito perspicaz. Se você ao menos houvesse conseguido que eles fossem convidados uma vez para ir ao *Sabrina* — em especial quando os membros da realeza iam também! Mas não é tarde demais — acrescentou ela, com ênfase. — Nem para você, nem para eles.

Lily sorriu.

— Continue aqui que eu convenço a duquesa a jantar com eles.

— Não continuarei. Os Gormer pagaram pela minha cabine — disse a Sra. Fisher com simplicidade. — Mas convença a duquesa a jantar com eles de qualquer maneira.

O sorriso de Lily mais uma vez se transformou em uma leve risada: estava começando a considerar a insistência da amiga uma bobagem.

— Lamento ter sido negligente com os Bry... — foi dizendo ela.

— Ah, não me importo com os Bry — é em você que estou pensando — disse a Sra. Fisher abruptamente. Ela fez uma pausa e então, se inclinando para perto, continuou em um tom mais baixo: — Você sabe que nós fomos todos para Nice ontem à noite quando a duquesa não apareceu. Foi ideia de Louisa — eu disse o que achava.

A Srta. Bart assentiu.

— Sim — eu vi vocês na volta, na estação.

— Bem, o homem que estava na carruagem com você e George Dorset — aquele homenzinho horrível, o tal Dabham, que escreve a "Coluna da Riviera" — tinha jantado conosco em Nice. E ele está contando para todo mundo que você e Dorset voltaram sozinhos depois da meia-noite.

— Sozinhos? Com ele junto? — Lily riu, mas sua risada se dissipou em uma expressão grave sob a insinuação prolongada do olhar da Sra. Fisher. — Nós voltamos sozinhos mesmo — se é que isso é tão terrível! Mas de quem foi a culpa? A duquesa ia passar a noite em Cimiez com a princesa da coroa; Bertha ficou entediada com o espetáculo e foi embora mais cedo, prometendo nos encontrar na estação. Nós chegamos na hora, mas ela, não — nem apareceu!

A Srta. Bart anunciou isso com o tom de alguém que apresenta uma justificativa perfeita com segurança e desenvoltura; mas a Sra. Fisher considerou a notícia praticamente irrelevante. Ela parecia ter deixado de refletir sobre o papel da amiga no incidente: seus pensamentos haviam tomado outro rumo.

— Bertha nem apareceu? E como foi que voltou?

— Ah, no trem seguinte, imagino. Havia dois extras por causa da procissão marítima. De qualquer maneira, sei que está sã e salva no iate, embora não a tenha visto ainda. Mas, como vê, não foi minha culpa — concluiu Lily.

— Não foi sua culpa Bertha não ter aparecido? Minha pobre filha, eu só espero que não tenha de pagar por isso! — A Sra. Fisher se levantou

— vira a Sra. Bry retornando na direção delas. — Lá está Louisa, e eu preciso ir. Ah, externamente, estamos nos dando muito bem; vamos almoçar juntas. Mas, no fundo, o almoço dela sou *eu* — explicou e, com um último aperto de mão e um último olhar, acrescentou: — Lembre-se, eu a deixo para você. Ela está rondando, pronta para adotá-la.

Lily continuou a pensar nas palavras de despedida da Sra. Fisher quando passou pela porta do Cassino. Antes de ir, ela dera o primeiro passo para voltar às boas graças da Sra. Bry. Um cumprimento amável — um murmúrio vago indicando que elas precisavam se ver mais — uma alusão a um futuro próximo que incluiria a duquesa e também o *Sabrina* — como era fácil fazer isso, quando se possuía um dom! Lily se perguntou, como já fizera tantas vezes antes, por que, já que possuía esse dom, não o usava com mais assiduidade. Mas ela às vezes se esquecia — e, às vezes, talvez fosse orgulhosa demais. Hoje, de qualquer maneira, sentira uma vaga consciência de um motivo para deixar de lado seu orgulho e chegara até mesmo a sugerir a lorde Hubert Dacey, a quem encontrou na escadaria do Cassino, que ele talvez pudesse realmente convencer a duquesa a jantar com os Bry se *ela* se incumbisse de obter um convite para o *Sabrina*. Lorde Hubert prometera sua ajuda com a prontidão com a qual Lily sempre podia contar: era sua única maneira de fazê-la se lembrar de que um dia já estivera disposto a fazer tão mais por ela. Os caminhos, em resumo, pareceram se abrir conforme Lily avançava; mas uma leve inquietação persistia. Será que surgira devido ao seu encontro fortuito com Selden? Ela achava que não — o tempo e a mudança de ares pareciam tê-lo relegado de maneira absoluta a uma distância apropriada. O alívio súbito e delicioso de suas preocupações tivera o efeito de jogar o passado recente para tão longe que até mesmo Selden, como parte dele, parecia ter se tornado um pouco irreal. E ele deixara tão claro que eles não iam se encontrar de novo; que estava passando somente um dia ou dois em Nice e já estava praticamente com um pé no próximo navio. Não — aquela parte do passado apenas subira à superfície por um instante na correnteza efêmera dos acontecimentos; e, agora que ela mergulhara de novo, a incerteza, a apreensão continuavam.

Elas se tornaram subitamente agudas quando Lily viu George Dorset descendo a escada do Hôtel de Paris e atravessando a praça em sua direção. Sua intenção fora ir até o cais e voltar para o iate; mas, agora, teve a impressão imediata de que algo a mais ocorreria antes.

— Para qual lado você vai? Podemos andar um pouco? — disse ele, fazendo uma pergunta atrás da outra e sem esperar pela resposta a nenhuma das duas antes de levá-la em silêncio até a comparativa tranquilidade dos jardins mais baixos.

Lily logo detectou nele os sinais de uma extrema tensão nervosa. Sua pele estava inchada sob os olhos fundos e a tez amarela havia adquirido uma palidez pesada, em contraste com a qual suas sobrancelhas irregulares e o bigode avermelhado adquiriam um aspecto melancólico. A aparência de George Dorset, em resumo, continha uma estranha mistura de desespero e fúria.

Ele caminhou ao lado de Lily em silêncio, com passos apressados, até que chegaram às colinas cobertas pelas copas fechadas das árvores a leste do Cassino; então, parando de repente, Dorset disse:

— Você viu Bertha?

— Não — quando deixei o iate, ela ainda não havia se levantado.

Ele reagiu com uma risada que parecia o zumbido de um relógio quebrado.

— Não havia se levantado? E tinha chegado a se deitar? Sabe a que horas ela chegou a bordo? Às sete da manhã de hoje! — exclamou.

— Às sete? — disse Lily, espantada. — O que houve? Um acidente no trem?

Dorset riu de novo.

— Eles perderam o trem — todos os trens — tiveram de voltar de carruagem.

— E... — Ela hesitou, percebendo imediatamente que nem mesmo isso podia explicar aquela demora fatal.

— Bem, eles não conseguiram uma logo — àquela hora da noite, sabe... — O tom explanatório quase fez parecer que ele estava defendendo a esposa. — E, quando afinal conseguiram, foi um fiacre puxado por um só cavalo, que estava manco!

— Que aborrecimento! Entendi — afirmou Lily, com mais convicção por estar nervosamente consciente de não entender nada. Após uma pausa, ela acrescentou: — Lamento muito. Será que deveríamos ter esperado?

— Esperado pelo fiacre de um cavalo? Acho que ele não teria conseguido levar nós quatro, não é?

Lily reagiu a isso da única maneira que lhe pareceu possível: rindo de modo a mergulhar a própria pergunta no tom jocoso com que ele a tinha feito.

— Bem, haveria uma dificuldade: nós precisaríamos nos revezar. Mas teria sido divertido ver o nascer do sol.

— Sim, o nascer do sol *foi* divertido — concordou Dorset.

— Foi? Você o viu, então?

— Vi, sim; do convés. Fiquei acordado, esperando por eles.

— Naturalmente — imagino que estivesse preocupado. Por que não me chamou para tomar parte na vigília?

Ele se empertigou, cofiando o bigode com a mão comprida e trêmula.

— Acho que não teria gostado do *dénouement*[37] — disse, com uma súbita amargura.

Mais uma vez, Lily ficou desconcertada pela mudança abrupta de tom e, em um só lampejo, viu o perigo do momento e a necessidade comportar-se como se não o compreendesse.

— *Dénouement* — não é uma palavra grande demais para um incidente tão pequeno? O pior de tudo, afinal, foi a fadiga da qual Bertha já deve ter se recuperado a essa altura.

Lily agarrou-se bravamente ao tom, mas viu que ele era inútil diante do olhar furioso e desconsolado de George.

---

[37] Desenlace, em francês. (N. da T.)

— Chega! Chega! — exclamou ele, com a mágoa de uma criança; e, enquanto Lily tentava demonstrar compaixão ao mesmo tempo que fingia não entender por que esta era necessária em um só murmúrio ambíguo de lamento, Dorset desabou sobre um banco ali perto e derramou toda a angústia de sua alma.

Foi uma hora terrível — uma hora da qual Lily saiu horrorizada e dolorida, como se suas pálpebras houvessem sido queimadas por um clarão. Não que nunca houvesse tido vislumbres premonitórios de tal explosão; justamente porque, aqui e ali ao longo daqueles três meses, a superfície da vida apresentara rachaduras e soltara vapores agourentos, ela se mantivera em alerta, esperando a turbulência. Houvera momentos em que imaginara a situação com uma imagem mais familiar, porém mais vívida: a de um veículo trêmulo, arrastado por cavalos selvagens por uma estrada acidentada enquanto ela se encolhia lá dentro, consciente de que as rédeas precisavam ser remendadas e se perguntando o que arrebentaria primeiro. Bem — tudo arrebentara agora; e o espantoso é que a traquitana tivesse ficado inteira durante tanto tempo. A sensação de estar envolvida no acidente, e não apenas de testemunhá-lo da estrada, foi intensificada pela maneira com que Dorset, em suas acusações furiosas e seu desprezo ensandecido por si mesmo, deixou claro que precisava dela e falou do lugar que havia ocupado em sua vida. Se não fosse por Lily, quem ouviria seus lamentos? E que mão, se não a dela, poderia arrastá-lo novamente até a sanidade e o amor-próprio? Durante toda a tensão de lidar com ele, Lily tivera a consciência de algo vagamente maternal em seus esforços para orientá-lo e ampará-lo. Mas, por enquanto, se Dorset se agarrava a ela, não era para ser arrastado para cima, mas para sentir que existia alguém se debatendo nas profundezas ao seu lado: queria que Lily sofresse com ele, não que o ajudasse a sofrer menos.

Felizmente para ambos, Dorset não possuía muita força física para sustentar seu ataque. Ele ficou caído e ofegante, em uma apatia tão prolongada que Lily chegou a temer que os transeuntes fossem acreditar que era o resultado de uma convulsão e parar para oferecer ajuda. Mas Monte Carlo é, de todos os lugares do mundo, aquele onde os vínculos humanos são mais fracos e onde as cenas estranhas chamam menos atenção. Uma ou duas pessoas olharam de maneira mais demorada para ambos, mas nenhuma compaixão intrusiva os perturbou; e foi a própria Lily quem quebrou o silêncio, levantando-se de seu assento. Quando sua visão se tornou clara, o perigo se aprofundou e ela entendeu que quem corria risco não era mais Dorset.

— Se você se recusa a voltar, eu preciso fazê-lo. Não me obrigue a deixá-lo aqui! — insistiu.

Mas ele continuou com sua resistência muda e Lily acrescentou:

— O que você vai fazer? Não pode ficar sentado aqui a noite toda.

— Posso ir para um hotel. Posso telegrafar aos meus advogados. — Ele se empertigou ao ter uma ideia. — Ora, Selden está em Nice. Vou mandar buscar Selden!

Lily, ao ouvir isso, voltou a se sentar com uma exclamação de medo.

— Não, não, *não*! — protestou.

Dorset se virou para ela, desconfiado.

— Por que não Selden? Ele é advogado, não é? Um é tão bom quanto outro em um caso como este.

— Tão ruim quanto outro, quer dizer. Achei que você contava *comigo* para ajudá-lo.

— Você ajuda — sendo tão doce e paciente comigo. Se não fosse por você, eu já teria terminado tudo há muito tempo. Mas, agora, tenho de terminar. — Ele se levantou de repente, se desentortando com esforço. — Não é possível que queira que eu faça papel de ridículo.

Lily olhou para ele, com pena.

— Essa é a questão. — Então, após refletir por um instante, chegou quase a surpreender a si mesma com um lampejo de inspiração: — Bem, então vá ver o Sr. Selden. Terá tempo de fazê-lo antes do jantar.

— Ora, o *jantar* — disse Dorset, caçoando dela. Mas Lily se afastou, sorrindo e dizendo:

— Jantar a bordo, lembre-se; podemos esperar até as nove, se quiser.

Já passava das quatro; e, quando um fiacre deixou-a no cais e ela ficou ali, esperando que o bote viesse buscá-la, começou a se perguntar o que teria acontecido no iate nesse meio tempo. Ninguém menciona-ra o paradeiro de Silverton. Será que ele havia voltado para o *Sabrina*? Ou será que Bertha — a terrível alternativa surgiu de repente em sua mente — ao ver-se sozinha, partira para encontrá-lo? O coração de Lily parou de bater quando ela pensou nisso. Até então, havia se preocupado apenas com o jovem Silverton, não somente porque, em tais questões, o instinto da mulher é sempre ficar do lado do homem, mas porque o caso dele lhe inspirava uma compaixão especial. A sinceridade do pobre jovem era desesperada, e de uma qualidade muito diferente da de Bertha, embora nesta houvesse desespero suficiente. A diferença era que Bertha era sincera no que sentia por si mesma, enquanto Silverton era sincero no que sentia por *ela*. Mas, agora, em meio à crise, essa diferença fez Lily imaginar que Bertha seria a única perdedora, já que Silverton poderia pelo menos sofrer por ela, enquanto Bertha podia somente sofrer por si mesma. De qualquer forma, quando encaradas de maneira menos idealista, todas as desvantagens de uma situação como aquela eram da mulher: e foi para Bertha que Lily passou a reservar sua piedade. Não gostava de Bertha Dorset, mas não deixava de sentir certa gratidão por ela, ainda mais forte por não ser sustentada por nenhuma simpatia pessoal. Bertha fora boa com Lily; ambas tinham passado os últimos meses vivendo juntas de maneira afável; e o conflito que ela passara a perceber há pouco fez com que lhe parecesse ainda mais urgente tra-balhar unicamente em prol da amiga.

Fora em prol de Bertha Dorset, sem dúvida, que Lily mandara Dorset se consultar com Lawrence Selden. Uma vez aceitado o lado grotesco da situação, ela logo entendera que aquele era o lugar mais seguro para ele. Quem, além de Selden, combinava milagrosamente a habilidade de salvar Bertha com a obrigação de fazê-lo? A consciência de que muita habilidade seria necessária fez com que Lily ficasse feliz por esta ser sustentada pela enormidade da obrigação. Como Selden *precisava* aju-dar Bertha, ela tinha confiança de que ele encontraria uma maneira de fazer isso; e colocou toda a sua confiança no telegrama que conseguiu enviar-lhe quando estava a caminho do cais.

Lily, portanto, sentiu que se saíra bem até ali; e essa convicção deu-lhe forças para a tarefa que ainda precisaria cumprir. Ela e Bertha jamais tinham trocado confidências, mas, em uma crise como aquela, as barreiras da reserva sem dúvida precisavam cair: as alusões furiosas de Dorset sobre a cena daquela manhã fizeram Lily sentir que elas já haviam caído e que qualquer tentativa de reconstruí-las seria impossível para Bertha. Ela imaginou a pobre criatura, trêmula diante de suas defesas arrasadas, esperando em suspense o momento em que poderia se refugiar no primeiro abrigo que lhe fosse oferecido. Ah, se aquele abrigo já não houvesse sido oferecido por outra pessoa! Conforme o bote atravessava a curta distância entre o cais e o iate, Lily foi ficando cada vez mais alarmada com as possíveis consequências de sua longa ausência. E se a infeliz Bertha, ao ver-se sozinha, sem vivalma para ampará-la... Mas, a essa altura, os pés ansiosos de Lily já estavam na escada lateral do barco e seu primeiro passo no *Sabrina* mostrou que seus piores receios eram infundados; pois lá, sob a sombra deliciosa do convés de popa, a infeliz Bertha, sem qualquer prejuízo de sua elegância sutil de sempre, estava servindo chá para a duquesa de Beltshire e lorde Hubert.

A cena deixou Lily tão surpresa que ela acreditou que Bertha, pelo menos, compreenderia o significado de seu olhar, e essa certeza deixou-a ainda mais desconcertada com a tranquilidade daquele que recebeu de volta. Mas, no mesmo instante, Lily compreendeu que a Sra. Dorset, por necessidade, precisava parecer tranquila perante terceiros e que, para mitigar o efeito de seu próprio espanto, era necessário que ela inventasse um motivo simples para ele. O longo hábito de transições rápidas fez com que fosse fácil para Lily exclamar para a duquesa: "Ora, mas eu achei que você tinha ido se encontrar com a princesa!"; e isso foi suficiente para a senhora a quem se dirigiu, embora não tenha convencido lorde Hubert.

Pelo menos, o comentário abriu caminho para uma explicação animada sobre como a duquesa realmente estava prestes a voltar, mas dera uma passada rápida no iate antes para trocar uma palavrinha com a Sra. Dorset sobre o jantar de amanhã — o jantar com os Bry, para onde lorde Hubert afinal conseguira arrastá-las.

— Para salvar meu pescoço, minha cara! — explicou ele, com um olhar que pedia que Lily reconhecesse sua rapidez. A duquesa acrescentou, com sua nobre franqueza:

— O Sr. Bry prometeu dar a ele uma dica sobre um investimento e ele disse que, se nós formos, ele a passará adiante.

Isso levou a mais alguns gracejos, durante os quais a Sra. Dorset se comportou com o que Lily considerou uma coragem espantosa; e, ao final deles, lorde Hubert, já na metade da escada lateral, disse, com ar de quem calculava os convidados:

— E é claro que podemos contar com Dorset também, não é?

— Ah, pode contar com ele — assentiu a Sra. Dorset alegremente. Ela estava se contendo até o final — mas, quando se virasse após acenar sobre a lateral do navio, Lily imaginou que a máscara iria cair, e o medo de sua alma, se expressar em seu rosto.

A Sra. Dorset se virou devagar; talvez quisesse ter tempo para acalmar os músculos. De qualquer maneira, eles ainda estavam em completo controle quando, voltando a se sentar diante da mesa do chá, ela disse para a Srta. Bart, com uma leve ironia:

— Imagino que devo dizer bom dia.

Se aquilo era uma pista, Lily estava disposta a segui-la, embora com apenas uma noção muito vaga do que era esperado dela. Havia algo de perturbador na contemplação da compostura da Sra. Dorset, e a Srta. Bart teve que forçar o tom de leveza com o qual respondeu:

— Tentei ver você esta manhã, mas ainda não tinha se levantado.

— Não — fui me deitar tarde. Quando não encontramos vocês na estação, achei que deveríamos esperar até o último trem. — Ela falou isso docemente, mas com um levíssimo toque de acusação.

— Vocês não nos encontraram? Esperaram por nós na estação? — Agora, realmente, Lily estava mergulhada demais em perplexidade para tentar compreender o significado das palavras da outra ou medir as suas próprias. — Mas achei que só tinham chegado à estação depois de o último trem ter partido!

A Sra. Dorset, examinando-a com olhos semicerrados, imediatamente perguntou:

— Quem lhe disse isso?

— George — acabei de encontrá-lo nos jardins.

— Ah, essa é a versão dele? Pobre George — o estado dele era tal que não conseguiu se lembrar do que eu lhe disse. Teve um de seus piores ataques esta manhã e eu mandei-o consultar-se com o médico. Sabe se ele o encontrou?

Lily, ainda perdida em conjecturas, não respondeu, e a Sra. Dorset se ajeitou preguiçosamente na cadeira.

— Ele vai esperar até conseguir vê-lo; estava com um medo horrível. É muito ruim para George se preocupar e, sempre que algo desagradável acontece, ele tem um ataque.

Dessa vez, Lily teve a certeza de que era uma insinuação; mas foi dita de maneira tão súbita e com um ar tão incrível de ignorar o que estava subentendido que ela pôde apenas gaguejar, hesitante:

— Algo desagradável?

— Sim — como ter você nas mãos de madrugada de maneira tão conspícua. Sabe, querida, você é uma responsabilidade bastante grande em um lugar tão escandaloso quanto este após a meia-noite.

— Ora, essa — mas foi você quem deixou a responsabilidade nas mãos dele!

A Sra. Dorset reagiu a isso com uma afabilidade primorosa.

— Por não ter a habilidade sobre-humana de descobrir onde vocês estavam em meio àquela multidão horrorosa correndo para pegar o trem? Ou a capacidade de imaginar que o tomariam sem nós — ele e você, sozinhos — em vez de esperar tranquilamente na estação quando afinal conseguíssemos encontrá-los?

Lily enrubesceu: estava se tornando claro para ela que Bertha tinha um objetivo em mente, que ela vinha seguindo o caminho que decidira trilhar. Mas, com tal desgraça iminente, por que perder tempo com esses esforços infantis para adiá-la? A puerilidade da tentativa desarmou sua indignação; afinal, isso não provava o medo terrível que aquela pobre criatura estava sentindo?

— Não — por não termos simplesmente continuado todos juntos em Nice — respondeu ela.

— Continuado todos juntos? Quando foi você quem agarrou a primeira oportunidade de ir embora correndo com a duquesa e os amigos dela? Minha cara Lily, você não é uma criança que precisa ser levada pela mão!

— Não — e também não preciso que ralhem comigo, se é que é isso que está fazendo agora, Bertha.

A Sra. Dorset deu um sorriso, repreendendo-a.

— Ralhar com você — eu? Deus me livre! Estava apenas tentando lhe dar um conselho de amiga. Mas em geral é ao contrário, não é? Esperam que eu ouça conselhos, não dê; recebi uma abundância deles nesses últimos meses.

— Conselhos — de mim para você?

— Ah, apenas censuras, sobre o que não ser, não fazer, não ver. E eu acredito que aquiesci admiravelmente. Mas, minha querida, se é que me permite dizer, não havia compreendido que uma das censuras era *não* lhe avisar quando estivesse levando sua imprudência longe demais.

A Srta. Bart sentiu um calafrio de medo: a lembrança de uma traição que foi como o brilho de uma faca no escuro. Mas, após um segundo, a compaixão venceu sua repulsa instintiva. O que era essa enxurrada de amargura sem sentido, senão a tentativa daquela criatura perseguida de obscurecer a visão do caminho pelo qual fugia? Lily quase chegou a dizer "Pobre alma, não me dê as costas — volte para perto de mim e nós encontraremos uma saída juntas!" Mas as palavras morreram sob a insolência impenetrável do sorriso de Bertha. Lily ficou sentada, absorvendo em silêncio aquele impacto, permitindo que ele gastasse nela a última gota de sua falsidade acumulada; então, sem abrir a boca, levantou-se e foi para a sua cabine.

Capítulo 3

O telegrama da Srta. Bart foi entregue quando Lawrence Selden estava na porta de seu hotel; e, após lê-lo, ele retornou para esperar por Dorset. A mensagem, é claro, deixava bastante espaço para conjectura; mas tudo o que ele ouvira e vira recentemente tornava essas lacunas bastante fáceis de preencher. No geral, Selden ficou surpreso; pois, embora houvesse percebido que a situação continha todos os elementos de uma explosão, em sua experiência pessoal, já vira tais combinações darem em nada. Ainda assim, o temperamento instável de Dorset e a imprudente negligência das aparências por parte de sua esposa tornavam a situação particularmente perigosa; e foi menos devido à impressão de ter uma relação especial com o caso do que graças a um zelo puramente profissional que Selden resolveu orientar o casal em sua volta até um lugar seguro. Não era tarefa sua considerar se, naquelas circunstâncias, a segurança tanto para um, quanto para outro consistia em tentar reatar um vínculo tão danificado; era necessário apenas evitar um escândalo, e seu desejo de fazer isso foi aumentado por seu medo de que este fosse envolver a Srta. Bart. Não havia nada de específico nessa apreensão: Selden apenas queria poupá-la do constrangimento de estar ligada, ainda que de maneira remota, ao espetáculo dos Dorset lavando sua roupa suja em público.

Ele percebeu com ainda mais clareza quão exaustivo e desagradável seria esse processo após uma conversa de duas horas com o pobre Dorset. Se aquilo realmente se tornasse de conhecimento geral, seria um tamanho desembrulhar de farrapos morais que o próprio Selden, após a partida do visitante, ficara com a sensação de que precisava escancarar a janela e mandar varrer o quarto. Mas nada chegaria a se tornar público; e, felizmente para Selden, os farrapos sujos, por mais que fossem costurados, não poderiam, sem uma dificuldade considerável, formar uma queixa homogênea. As bordas rasgadas nem sempre se encaixavam umas nas outras — havia pedaços faltando, disparidades de tamanho e cor, e, naturalmente, era do interesse de Selden fazer com que seu cliente percebesse tudo isso da maneira mais nítida possível. Mas, para um homem com o estado de espírito de Dorset, a demonstração mais completa não seria convincente, e Selden viu que, por enquanto, tudo o que podia fazer era consolar e apaziguar, ser compreensivo e aconselhar prudência. Dorset saiu de seu quarto convencido de que, até o próximo encontro com Selden, deveria manter uma postura absolutamente neutra; que, em resumo, seu papel naquele jogo, por enquanto, era aguardar. Selden sabia, no entanto, que não conseguiria manter tamanha violência contida durante muito tempo; e prometeu se reunir com Dorset na manhã seguinte, em um hotel em Monte Carlo. Enquanto isso não acontecia, ele contava bastante com a reação de fraqueza e dúvida que se segue a qualquer desgaste incomum de força moral em naturezas como a de Dorset; e o telegrama que mandou em resposta à Srta. Bart continha apenas uma instrução: "Finja que a situação está normal."

Foi realmente graças a essa encenação que eles conseguiram passar a manhã do dia seguinte. Dorset, como que em obediência à ordem de Lily, de fato retornara a tempo de jantar tarde com os outros no iate. A refeição fora o momento mais difícil do dia. Dorset estava mergulhado em um dos silêncios abissais que eram tão comuns após um de seus "ataques", como dizia sua esposa, que teria sido fácil, diante da criadagem, agir como se essa fosse sua causa; mas a própria Bertha, com grande perversidade, não parecia disposta a se valer daquela proteção tão óbvia. Ela simplesmente deixou para o marido o fardo do momento, como se estivesse absorta demais em uma mágoa sua para suspeitar de que pudesse ter magoado alguém. Para Lily, essa postura era o aspecto mais assustador daquela situação, por ser seu elemento mais espantoso. Conforme ela tentava avivar a chama fraca da conversa, conforme se esforçava, diversas vezes, para impedir que a estrutura das aparências desmoronasse, não parava de se perguntar "O que será que ela está tentando fazer?" Havia algo de profundamente exasperante na postura de isolamento desafiador de Bertha. Se ela apenas insinuasse algo para a amiga, elas poderiam trabalhar juntas de maneira bem-sucedida; mas como seria possível para Lily ser útil quando era excluída de maneira tão obstinada? Ser útil era o que honestamente desejava; e não por si mesma, mas pelos Dorset. Lily nem chegara a pensar em si própria: estava apenas ocupada em colocar certa ordem na situação que envolvia todos eles. Mas o final daquela noite curta e cansativa deixou-a com a sensação de que desperdiçara seus esforços. Ela não tentara ficar sozinha com Dorset: havia feito de tudo para não voltar a ouvir suas confidências. Era a franqueza de Bertha que desejava, e era esta quem deveria estar ansiosa por se abrir; mas Bertha, como se cortejasse a própria destruição, afastava a mão que vinha em seu resgate.

Lily, ao ir para cama cedo, deixara o casal a sós; e pareceu-lhe parte da atmosfera generalizada de mistério que mais de uma hora houvesse se passado até que ouvisse Bertha atravessando o corredor silencioso até o quarto. No dia seguinte, enquanto reinava a aparente continuação das mesmas condições, nada foi revelado sobre o que se passara durante o confronto dos dois. Um só fato proclamava a mudança que eles todos conspiravam para ignorar: o desaparecimento de Ned Silverton. Ninguém se referiu a ele; e essa maneira tácita de evitar o assunto o manteve de maneira proeminente nas consciências de todos. Mas havia outra mudança, perceptível apenas para Lily: o fato de que Dorset agora a estava evitando quase tanto quanto evitava a esposa. Talvez estivesse arrependido das confissões intempestivas do dia anterior; talvez estivesse apenas tentando, daquele seu jeito desajeitado, seguir o conselho de Selden e fingir que tudo estava "normal". Tal instrução leva a tanto desconforto quanto o pedido do fotógrafo para que ajamos de maneira "natural"; e, para alguém tão inconsciente quanto o pobre Dorset da aparência que tinha habitualmente, o esforço de manter uma postura decerto causaria contorções estranhas.

Um dos resultados, de qualquer maneira, foi que Lily viu-se estranhamente só. Ao sair de seu quarto, ela soube que a Sra. Dorset ainda não aparecera e que Dorset deixara o iate bem cedo; e, sentindo-se inquieta demais para permanecer sozinha, também pediu que a levassem para o cais. Após dirigir-se distraidamente até o Cassino, uniu-se a um grupo que conhecera em Nice, com quem almoçou e em cuja companhia estava voltando para a casa de jogos quando encontrou Selden atravessando a praça. A Srta. Bart não podia, naquele momento, se separar de forma definitiva das pessoas com quem se encontrava, que tiveram a gentileza de presumir que ela continuaria com elas até que fossem embora; mas encontrou uma oportunidade para parar um momento e fazer uma pergunta, à qual ele respondeu prontamente:

— Nós nos vimos de novo — ele acabou de ir embora.

Lily esperou, ansiosa.

— E então? O que aconteceu? O que *vai* acontecer?

— Nada por enquanto — e nada no futuro, eu acho.

— Acabou, então? Está resolvido? Tem certeza absoluta?

Selden sorriu.

— Dê-me algum tempo. Absoluta, não — mas bem mais do que antes. — Ela teve de se contentar com isso e ir depressa ao encontro do grupo que a aguardava na escadaria.

Selden, realmente, expressara para Lily toda a certeza que sentia e chegara mesmo a exagerá-la em resposta à ansiedade que viu nos olhos dela. E agora, quando se virou e foi caminhando colina abaixo na direção da estação, essa ansiedade ficou com ele como uma justificativa visível para a sua própria. Não havia nada de específico que Selden temesse: sua declaração de que não acreditava que nada fosse acontecer continha uma verdade literal. O que o perturbava era que, embora a postura de Dorset tivesse mudado de maneira perceptível, a mudança não fora explicada com clareza. Ela certamente não era um resultado dos argumentos de Selden nem de sua maior frieza de raciocínio. Uma conversa de cinco minutos fora suficiente para mostrar que Dorset estava sob alguma outra influência e que esta não apaziguara seu ressentimento, mas enfraquecera sua força de vontade, de modo que ele se encontrava em um estado de apatia, como um lunático perigoso que houvesse sido drogado. Independentemente da maneira como essa influência estava sendo exercida, ela sem dúvida levara à segurança temporária de todos os envolvidos: a questão era quanto tempo iria durar e qual seria a reação provável que se seguiria. Sobre esses pontos, Selden não obteve qualquer esclarecimento; pois um dos efeitos da transformação fora acabar com as confidências entre ele e Dorset. Este último, na verdade, ainda estava sendo impelido pelo desejo irresistível de discutir o mal que havia sofrido; mas, embora o rodeasse com a mesma tenacidade lúgubre, Selden percebeu que algo sempre o impedia de se expressar com perfeita liberdade. Dorset se encontrava em um estado que causava primeiro cansaço e depois impaciência em quem o escutava; e, quando a conversa terminou, Selden começou a sentir que já fizera todo o possível e que, dali em diante, poderia lavar as mãos.

Era com essa opinião que se encaminhava para a estação de trem quando cruzou com a Srta. Bart; e, embora, depois de sua conversa breve com ela, tenha continuado mecanicamente na mesma direção, teve consciência de uma mudança gradual em seu objetivo. A mudança fora ocasionada pela expressão nos olhos dela; e, devido a sua vontade de definir a natureza daquele olhar, Selden sentou-se em um banco dos jardins e ficou ali, ponderando sobre a questão. É claro que era natural e justo que a Srta. Bart parecesse nervosa: uma jovem em um ambiente tão íntimo quanto um iate e junto a um casal à beira do desastre, além de se preocupar com seus amigos, não poderia deixar de sentir que se encontrava em uma posição constrangedora. A pior parte era que, diante da tarefa de interpretar o estado de espírito da Srta. Bart, tantas análises diferentes fossem possíveis; e uma delas, na mente ansiosa de Selden, tomou a forma torpe insinuada pela Srta. Fisher. Se a moça estava com medo, seria por si mesma ou por seus amigos? E até que ponto seu receio de uma catástrofe era intensificado pela consciência de que estava fatalmente envolvida nesta? Como era evidente que a ofensa fora cometida pela Sra. Dorset, essa conjectura, a princípio, parecia uma maldade gratuita; mas Selden sabia que, mesmo nas desavenças matrimoniais em que a culpa está apenas de um lado, em geral há contra-acusações a serem feitas, e que elas são feitas com mais audácia justamente quando a afronta original é mais enfática. A Sra. Fisher não hesitara em sugerir a probabilidade de Dorset se casar com a Srta. Bart se "algo acontecesse"; e, embora as conclusões da Sra. Fisher fossem notoriamente apressadas, esta era perspicaz o suficiente para interpretar os sinais que levavam a elas. Dorset aparentemente demonstrara um interesse visível pela jovem, e esse interesse poderia ser usado de maneira cruel na luta de sua esposa pela reabilitação. Selden sabia que Bertha ficaria na guerra até o último resquício de pólvora: a imprudência de sua conduta era ilogicamente combinada com uma determinação fria de escapar de suas consequências. Ela podia ser tão inescrupulosa na briga por sua sobrevivência quanto era precipitada ao brincar com o perigo, e qualquer coisa que lhe caísse nas mãos naquele momento provavelmente se tornaria um míssil defensivo. Ele ainda não via claramente que curso Bertha ia tomar, mas sua perplexidade aumentava sua apreensão e, com ela, a sensação de que antes de ir embora precisava ter outra conversa com a Srta. Bart. Qualquer que fosse sua parcela de culpa na situação — e Selden sempre resistira sinceramente à ideia de julgá-la por aqueles que a cercavam —, por mais livre que ela estivesse de qualquer envolvimento pessoal naquilo, seria melhor que estivesse fora do caminho de um possível desabamento; e, como pedira que ele a ajudasse, estava claro que era sua responsabilidade dizer-lhe isso.

Essa decisão afinal fez Selden ficar de pé e levou-o de volta até o Cassino, por cujas portas ele vira a Srta. Bart desaparecer; mas um longo escrutínio da multidão não o ajudou a descobrir seu paradeiro. Em vez dela, Selden, para sua surpresa, viu Ned Silverton, zanzando de maneira um pouco ostensiva perto das mesas; e a descoberta de que esse ator do drama se permitia não apenas não permanecer nos bastidores, como chegava mesmo a expor-se à luz dos holofotes, embora parecesse indicar que todo o perigo cessara, na verdade aprofundou o seu mau pressentimento. Tomado por essa impressão, ele voltou para a praça, na esperança de ver a Srta. Bart atravessá-la, como todos em Monte Carlo pareciam inevitavelmente fazer ao menos uma dúzia de vezes por dia; mas continuou a aguardar em vão por uma rápida aparição dela e, aos poucos, foi obrigado a concluir que voltara para o *Sabrina*. Seria difícil ir até lá em busca da Srta. Bart e ainda mais difícil, caso Selden o fizesse, obter uma oportunidade de falar-lhe em particular; e ele quase se decidiria pela alternativa insatisfatória de escrever-lhe quando o diorama incessante da praça subitamente fez surgir diante dele as fisionomias de lorde Hubert e da Sra. Bry.

Abordando-os imediatamente com sua pergunta, Selden soube por lorde Hubert que a Srta. Bart acabara de voltar ao *Sabrina* na companhia de Dorset; um fato tão evidentemente desconcertante para ele que a Sra. Bry, após um olhar de seu acompanhante, que pareceu ter o efeito da pressão sobre um botão, fez-lhe um convite imediato para encontrar os amigos em um jantar naquela noite: "No Bécassin; um jantarzinho para a duquesa", revelou, antes que lorde Hubert tivesse tempo de retirar a pressão.

A sensação de que era um privilégio ser incluído entre tais convidados fez com que Selden chegasse cedo naquela noite à porta do restaurante, onde ele parou para examinar o batalhão de comensais que se aproximava pelo terraço fortemente iluminado. Lá dentro, enquanto os Bry se demoravam diante das difíceis escolhas apresentadas pelo menu, Selden permaneceu à espera dos convidados do *Sabrina*, que afinal surgiram no horizonte na companhia da duquesa, do lorde Skiddaw e sua esposa e do Sr. e Sra. Stepney. Foi fácil para ele separar a Srta. Bart desse grupo sob o pretexto de olhar rapidamente as lojas iluminadas que havia ao longo do terraço e dizer-lhe, enquanto se demoravam juntos diante do esplendor branco da vitrine de uma joalheria:

— Passei aqui para vê-la; para implorar-lhe que deixe o iate.

Os olhos que ela voltou para ele continham um lampejo de seu antigo receio.

— Deixar o iate? Como assim? O que houve?

— Nada. Mas, se algo acontecer, por que continuar no meio?

A luz forte da vitrine da joalheria, aprofundando a palidez da face da Srta. Bart, deu a suas feições delicadas os traços fortes de uma máscara trágica.

— Nada acontecerá, tenho certeza; mas, enquanto ainda houver qualquer dúvida, como pode imaginar que eu abandonarei Bertha?

As palavras foram ditas com um leve desprezo — seria possível que por ele? Bem, Selden estava tão disposto a expor-se a ele de novo que insistiu, com um inegável aumento de preocupação:

— Você tem de pensar em si mesma... — Ao ouvir isso, com um estranho timbre de tristeza na voz, ela respondeu, encarando-o:

— Se o senhor soubesse quão pouco isso importa!

— Bem, nada vai acontecer, de *fato* — disse Selden, mais para tranquilizar a si mesmo do que à Srta. Bart.

— Nada, nada! — assegurou ela bravamente, quando eles se voltaram para alcançar os outros.

No restaurante lotado, assumindo suas posições no quadro iluminado da Sra. Bry, a autoconfiança dos dois pareceu receber o apoio daquele ambiente tão bem conhecido. Lá estavam Dorset e a esposa apresentando as aparências costumeiras para o mundo mais uma vez; ela, absorta em estabelecer um relacionamento com um vestido intensamente novo, ele se encolhendo com um pavor dispéptico das exigências múltiplas do cardápio. O mero fato de estarem se exibindo juntos, com a total franqueza garantida pelo lugar, parecia declarar sem sombra de dúvida que haviam resolvido suas diferenças. De que maneira esse resultado fora alcançado ainda não era possível responder, mas estava claro que, por enquanto, a Srta. Bart estava confiante nele; e Selden tentou ver a situação da mesma maneira dizendo a si mesmo que as oportunidades de observação dela haviam sido mais numerosas do que as suas.

Enquanto o jantar avançava por um labirinto de pratos, em meio ao qual ficou claro que a Sra. Bry não se deixara restringir de todo por lorde Hubert, Selden começou a esquecer de fazer uma observação geral e a examinar a Srta. Bart em particular. Era uma daquelas ocasiões em que ela estava tão bonita que ser bonita era suficiente, e todo o resto — sua elegância, sua perspicácia, suas habilidades sociais — parecia transbordar da generosidade da natureza. Mas o que o impressionava especialmente era a maneira como ela se distanciava, por meio de cem matizes indefiníveis, das pessoas que tinham em maior abundância o seu próprio estilo. Era exatamente naquela companhia, a fina flor e a completa expressão do estado ao qual a Srta. Bart aspirava, que as diferenças se tornavam mais vívidas, com sua elegância aviltando o luxo das outras mulheres, assim como o fino discernimento de seus silêncios tornava sua tagarelice enfadonha. A tensão das últimas horas devolvera ao seu rosto a expressividade mais profunda da qual Selden vinha sentindo falta, e a coragem das palavras que ela dissera para ele ainda afetava sua voz e seus olhos. Sim, a Srta. Bart era inigualável — essa era a única palavra que a descrevia; e Selden podia deixar sua admiração fluir com mais liberdade porque restara nela tão pouco de uma emoção mais pessoal. Seu verdadeiro afastamento da Srta. Bart ocorrera não no momento chocante do desencanto, mas agora, à luz do bom senso, quando ele os viu definitivamente separados pela escolha grosseira que parecia negar as próprias diferenças que enxergava nela. Estava mais uma vez perante Selden, em sua forma mais completa, esta escolha com a qual a Srta. Bart se contentava: no custo estupidamente alto da refeição e na vacuidade indisfarçada da conversa, na licenciosidade das falas que nunca chegavam a ser espirituosas e dos atos que nunca alcançavam ser românticos. O cenário chamativo do restaurante, do qual sua mesa parecia se destacar com uma publicidade especial, assim como a presença de Dabham, o minúsculo autor da *Riviera Notes*, enfatizavam os ideais de um mundo onde a conspicuidade passava por distinção e a coluna social se tornara a medida da fama.

Foi na qualidade de imortalizador de tais ocasiões que o pequeno Dabham — que, enfiado entre dois personagens ilustres, observava tudo com um ar modesto — subitamente se tornou o foco do escrutínio de Selden. Até que ponto ele sabia do que estava acontecendo e o que mais valeria a pena tentar desvendar? Seus olhinhos pareciam tentáculos que se esticavam para procurar capturar as insinuações flutuantes que às vezes, para Selden, pareciam se espalhar como uma névoa; mas então a atmosfera se desanuviava de novo, e ele não conseguia ver nenhuma vantagem para o jornalista em estar ali, com exceção da oportunidade de reparar na elegância dos vestidos das senhoras. A roupa da Sra. Dorset, em particular, seria um desafio para toda a riqueza do vocabulário de Dabham: tinha surpresas e sutilezas dignas do que ele chamaria de "jornalismo literário". A princípio, como Selden notara, o vestido chegara quase a ser preocupante demais para a mulher que o usava; mas, agora, ela estava no mais absoluto comando dele, produzindo seu efeito com uma liberdade fora do comum. A Sra. Dorset, na verdade, não estaria livre demais, fluida demais, para alguém agindo com a mais perfeita naturalidade? E quanto a Dorset, para quem Selden passara a olhar numa transição natural — não estaria ele oscilando entre os mesmos extremos de maneira espasmódica demais? Dorset era sempre espasmódico — mas pareceu a Selden que, naquela noite, cada vibração o levava para mais longe de seu centro.

O jantar, enquanto isso, estava se encaminhando a seu final triunfante, para evidente satisfação da Sra. Bry, que, entronizada em apoplética majestade entre lorde Skiddaw e lorde Hubert, parecia entusiasmada o suficiente para desejar que a Sra. Fisher estivesse ali no intuito de testemunhar o seu feito. Sem levar em conta a Sra. Fisher, seria possível dizer que a plateia estava completa; pois o restaurante se encontrava repleto de pessoas que, em sua maioria, eram espectadores, e possuíam informações corretas a respeito dos nomes e rostos das celebridades que tinham ido ver. A Sra. Bry, consciente de que todas as suas convidadas mulheres pertenciam àquela categoria e de que cada uma delas estava representando admiravelmente seu papel, sorria radiante para Lily, transbordando toda a gratidão que a Sra. Fisher jamais merecera. Selden, flagrando esse olhar, perguntou-se qual teria sido o papel de Lily na organização do evento. Ela, pelo menos, ajudava bastante a torná--lo mais belo; e, enquanto Selden observava a confiança de seu porte, ele sorriu ao pensar que a imaginara precisando de ajuda. Lily jamais parecera mais senhora de uma situação do que quando, no momento da dispersão, afastando-se um pouco do pequeno grupo que estava ao redor da mesa, virou-se com um sorriso e um movimento gracioso dos ombros para receber sua capa das mãos de Dorset.

O jantar fora longo devido aos charutos excepcionais do Sr. Bry e da oferta de uma quantidade espantosa de licores, e muitas das outras mesas já estavam vagas; mas um número suficiente de comensais ainda restava para dar relevância à partida dos ilustres convidados da Sra. Bry. Essa cerimônia foi demorada e complicada, pois, para a duquesa e Lady Skiddaw, a despedida era definitiva e incluía promessas de um rápido reencontro em Paris, onde elas parariam durante a jornada para a Inglaterra com o intuito de reabastecer seus guarda-roupas. A qualidade do evento da Sra. Bry e das dicas financeiras que seu marido presumivelmente compartilhara dava aos modos daquelas nobres inglesas uma efusividade que era um prenúncio magnífico do futuro de sua anfitriã. A reação calorosa visivelmente incluía a Sra. Dorset e o Sr. e Sra. Stepney, e toda a cena tinha toques de intimidade que valiam ouro para a pena atenciosa do Sr. Dabham.

Ao olhar para o seu relógio, a duquesa exclamou para a irmã que elas mal teriam tempo para correr para o trem e, quando a comoção desta partida havia cessado, os Stepney, que estavam com o carro na porta, se ofereceram para levar os Dorset e a Srta. Bart até o cais. A oferta foi aceita e a Sra. Dorset se movimentou, acompanhada pelo marido. A Srta. Bart permanecera para trocar uma última palavra com lorde Hubert; e Stepney, em cujas mãos o Sr. Bry insistia em colocar um último charuto ainda mais caro dos que os outros, disse em voz alta:

— Vamos logo, Lily, se você for voltar para o iate.

Lily se virou para obedecer; mas, ao fazê-lo, a Sra. Dorset, que estacara a caminho da porta, deu alguns passos na direção da mesa.

— A Srta. Bart não vai voltar para o iate — disse, com extraordinária limpidez.

Uma expressão alarmada foi surgindo em todos os rostos; a Sra. Bry enrubesceu tanto que parecia prestes a ter uma congestão, a Sra. Stepney se escondeu nervosamente atrás do marido, e Selden, em meio a um turbilhão de sensações, sentiu com mais força uma vontade de agarrar Dabham pelo colarinho e atirá-lo à rua.

Dorset, enquanto isso, voltara a se postar ao lado da mulher. Seu rosto estava branco e ele olhou ao redor com uma expressão de raiva e impotência.

— Bertha! A Srta. Bart... isso é um mal-entendido... algum engano...

— A Srta. Bart fica aqui — insistiu sua esposa de maneira incisiva.

— E, George, acho melhor não atrasarmos mais a Sra. Stepney.

A Srta. Bart, durante esse breve diálogo, permaneceu admiravelmente ereta e um pouco isolada do grupo constrangido que a cercava. Ela empalidecera um pouco diante do choque do insulto, mas a perturbação dos rostos ao redor não estava refletida no seu próprio. O leve desdém de seu sorriso parecia colocá-la muito fora do alcance de sua antagonista, e foi só depois de mostrar à Sra. Dorset toda a distância que havia entre elas que a Srta. Bart se virou e estendeu a mão para a anfitriã.

— Vou me encontrar com a duquesa amanhã — explicou ela —, e pareceu mais fácil passar esta noite em terra firme.

A Srta. Bart sustentou com firmeza o olhar hesitante da Sra. Bry enquanto dava essa explicação, mas, ao final dela, Selden a viu observar rapidamente o rosto de cada mulher. A Srta. Bart discerniu sua incredulidade nos olhos desviados e no pesar mudo dos maridos postados atrás delas e, por uma terrível fração de segundo, Selden achou que estava à beira do fracasso. Então, voltando-se para ele com naturalidade e um sorriso pálido e valente, ela disse:

— Meu caro Sr. Selden, o senhor prometeu me levar até o meu fiacre.

Lá fora, o céu estava nublado e tempestuoso e, conforme Lily e Selden se aproximavam do jardim deserto abaixo do restaurante, um jato de chuva quente açoitou seus rostos. A ficção do fiacre fora tacitamente abandonada; eles continuaram a caminhar em silêncio, ela com a mão no braço dele, até que uma área mais escura do jardim os acolheu e, parando diante de um banco, Selden disse:

— Sente-se um momento.

Lily desabou sobre o banco sem responder, mas a lâmpada elétrica na curva do caminho iluminou a tristeza que ela lutava por não deixar transparecer. Selden sentou-se ao seu lado, esperando que Lily dissesse algo, temendo que qualquer palavra que escolhesse fosse tocar de maneira áspera demais em sua ferida, e também impedido de falar com liberdade pela terrível dúvida que voltara devagar a surgir em seu íntimo. O que a levara até aquele abismo? Que fraqueza a deixara à mercê da inimiga de forma tão abominável? E por que Bertha Dorset tinha se tornado uma inimiga no momento em que precisava tão obviamente do apoio de outra mulher? Seus nervos se enfureciam com a subjugação dos maridos às esposas e com a crueldade das mulheres com membros de seu próprio sexo, mas sua razão insistia na proverbial relação entre fumaça e fogo. A lembrança das insinuações da Sra. Fisher e a corroboração de suas próprias impressões, ao mesmo tempo que faziam Selden sentir uma pena mais profunda, também aumentavam o seu constrangimento, pois todas as maneiras possíveis de expressar sua solidariedade eram bloqueadas pelo medo de cometer uma gafe.

Subitamente, Selden se deu conta de que seu silêncio deveria parecer quase tão acusatório quanto o dos homens que ele desprezara por dar as costas a ela; mas, antes que encontrasse a coisa certa a dizer, Lily o interrompeu com uma pergunta:

— O senhor conhece algum hotel discreto? Posso mandar buscar minha criada amanhã de manhã.

— Um hotel *aqui*, para onde poderá ir sozinha? Impossível.

Ela encarou-o com uma mera sombra do ar travesso de antigamente.

— Quais são as possibilidades? Está chovendo demais para dormir nos jardins.

— Mas deve haver algum...

— Algum lugar para onde eu possa ir? É claro: há diversos. Mas a *essa* hora? Entenda, minha mudança de planos foi bastante súbita...

— Meu Deus — se você tivesse me ouvido! — exclamou ele, expressando sua impotência com uma explosão de raiva.

Lily continuou a enfrentá-lo com um sorriso levemente zombeteiro.

— E não ouvi? Você me aconselhou a deixar o iate, e é isso que estou fazendo.

Selden viu, então, com uma pontada de culpa, que ela não pretendia nem se explicar, nem se defender; que, com seu silêncio infeliz, ele abrira mão de qualquer chance de ajudá-la e que a hora decisiva já passara.

Lily ficara de pé e estava postada diante de Selden com uma espécie de majestade nebulosa, como uma princesa deposta indo tranquilamente para o exílio.

— Lily! — disse ele, em um apelo desesperado. Mas ela respondeu, em um tom de leve reprimenda:

— Ah, agora, não. — E, então, com toda a doçura da compostura recuperada: — Como eu preciso encontrar um refúgio em algum lugar, e como o senhor teve a bondade de ficar aqui para me ajudar...

Selden se conteve diante daquele desafio.

— Você vai fazer o que eu mandar? Então, só há uma solução: precisa ir diretamente para a casa de seus primos, os Stepney.

— Ah — disse ela, com um impulso de resistência. Mas ele insistiu:

— Vamos. Já está tarde e é preciso que pareça que você foi para lá imediatamente.

Selden colocara a mão de Lily em seu braço, mas ela o segurou com um último gesto de protesto.

— Não posso — não posso — isso não. Você não conhece Gwen: não me peça isso!

— *Preciso* pedir — e você precisa me obedecer — persistiu ele, embora, no fundo, houvesse sido infectado pelo medo dela.

A voz de Lily virou um sussurro:

— E se ela recusar? — Mas Selden só pôde responder insistindo:

— Confie em mim, confie em mim! — E, cedendo, ela permitiu que ele a levasse em silêncio de volta para a borda da praça.

No fiacre, eles seguiram mudos durante o breve trajeto até o portão iluminado do hotel dos Stepney. Selden deixou-a lá fora, na escuridão da capota aberta, enquanto seu nome era anunciado para Stepney e ele andava de um lado para o outro no vestíbulo chamativo, esperando a descida deste. Minutos depois, os dois homens passaram juntos pelos guardiões engalanados do umbral; mas, no vestíbulo, Stepney estacou com um último ataque de relutância.

— Está combinado, então? — estipulou nervosamente, com a mão no braço de Selden. — Ela parte amanhã no primeiro trem — e minha esposa estará dormindo e não poderá ser incomodada.

Capítulo 4

As persianas da sala de estar da Sra. Peniston haviam sido baixadas para servir de proteção contra o sol opressivo de junho e, devido à penumbra e ao abafamento, os rostos dos parentes ali reunidos assumiam uma expressão adequada de pesar.

Estavam todos presentes: os Van Alstyne, os Stepney e os Melson — até mesmo um Peniston aqui e ali, mostrando, por meio de uma maior liberdade na maneira de se vestir e se comportar, o fato de que eram relações mais distantes e menos inconformadas. A família Peniston, na verdade, estava segura de que a maior parte das posses do Sr. Peniston voltaria para suas mãos; enquanto os parentes de sangue não sabiam ao certo como seria a distribuição da fortuna privada de sua viúva nem qual era o seu valor exato. Jack Stepney, em seu novo papel de sobrinho mais rico, colocou-se tacitamente como o líder, enfatizando sua importância pelo brilho maior de suas roupas de luto e pelos modos sóbrios e autoritários; enquanto o ar de enfado e o vestido frívolo de sua esposa proclamavam o desinteresse da herdeira pela quantia insignificante que estava em jogo. O velho Ned Van Alstyne, sentado ao lado dela e vestindo um casaco que tornava a dor elegante, girava as pontas do bigode branco para disfarçar a expressão ansiosa de seus lábios retorcidos; e Grace Stepney, com o nariz vermelho e exalando um cheiro de crepe, sussurrou emocionada para a Sra. Herbert Melson: "Eu não *suportaria* ver o quadro das cataratas do Niágara em nenhum outro lugar!"

A porta foi aberta, causando um farfalhar de roupas de luto e o movimento rápido das cabeças, e Lily Bart surgiu, alta e elegante em seu vestido preto, com Gerty Farish ao seu lado. Os rostos das mulheres, ao vê-la estacar sob o umbral, foram um estudo em hesitação. Uma ou duas fizeram leves gestos indicando que a conheciam, que podem ter sido pouco efusivos ou por causa da solenidade da ocasião ou devido à dúvida em relação a até que ponto as outras pretendiam ir; a Sra. Jack Stepney fez um aceno de cabeça indiferente, e Grace Stepney, com um gesto sepulcral, indicou um assento ao seu lado. Mas Lily, ignorando o convite, assim como a tentativa oficial de Jack Stepney de dirigi-la, atravessou a sala com passos calmos e elegantes e se sentou em uma cadeira que parecia ter sido colocada de propósito distante das outras.

Era a primeira vez que enfrentava a família desde sua volta da Europa, duas semanas antes; mas, se percebeu qualquer incerteza na acolhida, isso serviu apenas para acrescentar um toque de ironia a sua compostura habitual. A consternação que sentira ao chegar ao cais e saber por Gerty Farish da morte súbita da Sra. Peniston fora atenuada quase de imediato pela lembrança irreprimível de que agora, afinal, ela poderia pagar suas dívidas. Lily ficava bastante nervosa quando pensava em seu reencontro com a tia. A Sra. Peniston se opusera de forma veemente à sua partida com os Dorset e enfatizara a persistência da desaprovação não escrevendo para a sobrinha durante sua ausência. A certeza de que ela ouvira falar do rompimento com os Dorset tornava o reencontro mais assustador; e como Lily poderia ter reprimido uma sensação breve de alívio ao pensar que, em vez de passar pelo suplício esperado, teria apenas de receber com graciosidade uma herança que lhe fora assegurada? O "entendido", para usar a palavra consagrada, era que a Sra. Peniston deixaria a sobrinha em uma ótima situação financeira; e, na mente desta, esse entendido há tempos se cristalizara e se tornara um fato.

— Ela vai ficar com tudo, é claro — não sei por que nós estamos aqui — comentou a Sra. Jack Stepney em um tom alto e indiferente para Ned Van Alstyne. — Julia sempre foi uma mulher justa — respondeu ele com um murmúrio sério que poderia ser interpretado tanto como aquiescência quanto como dúvida.

— Bem, são só cerca de quatrocentos mil — continuou a Sra. Stepney, com um bocejo; e Grace Stepney, em meio ao silêncio causado pelo pigarro preliminar do advogado, disse, soluçando: — Eles vão ver que não está faltando nem uma toalha — eu contei todas com ela naquele dia mesmo...

Lily, oprimida pela atmosfera abafada e pelo odor sufocante do luto novo, sentiu que divagava enquanto o advogado da Sra. Peniston, solenemente ereto atrás da mesa estilo *boulle* na ponta da sala, começava a ler o preâmbulo do testamento em tom monótono.

— Parece que eu estou na igreja — refletiu ela, perguntando-se com uma vaga curiosidade onde Gwen Stepney teria arrumado um chapéu tão horrível. Depois, reparou como Jack Stepney tinha ficado corpulento — ele logo seria tão rotundo quanto Herbert Melson, que estava sentado a alguns metros de distância, respirando ofegante com as mãos de luvas pretas apoiadas na bengala.

— Gostaria de saber por que os ricos sempre ficam gordos — imagino que seja porque não têm nada com que se preocupar. Se eu receber uma herança, precisarei tomar cuidado com a minha silhueta — pensou ela, enquanto o advogado continuava aquela lengalenga, citando uma infinidade de legados. Primeiro vieram os criados, depois algumas instituições de caridade, depois diversos dos Melson e Stepney mais remotos, que se remexiam quando seus nomes eram citados e depois se recolhiam a um estado de passividade adequado à solenidade da ocasião. Ned Van Alstyne, Jack Stepney e um ou dois primos vieram a seguir, com cada nome associado à menção de alguns milhares de dólares: Lily se espantou com o fato de Grace Stepney não estar entre eles. Então, ela ouviu seu próprio nome — "para minha sobrinha, Lily Bart, deixo dez mil dólares..."; depois disso, o advogado voltou a se perder em um labirinto de frases intermináveis, entre as quais a última se destacou de maneira espantosa: "e, o restante de minha propriedade, para a prima querida com quem compartilho meu nome, Grace Julia Stepney."

Uma leve exclamação de surpresa correu pela sala, as cabeças se viraram depressa e diversas figuras cobertas de peles correram para o canto onde a Srta. Stepney chorava para expressar sua sensação de que não merecia aquilo, com o rosto coberto por um lenço amassado de bordas pretas.

Lily manteve-se à parte da movimentação generalizada, sentindo-se, pela primeira vez, completamente sozinha. Ninguém olhou para ela, ninguém pareceu consciente de sua presença; ela fora reduzida à mais abjeta insignificância. E, ao mesmo tempo que percebia a indiferença coletiva, sentiu a dor mais aguda da esperança frustrada. Deserdada — tinha sido deserdada — e sua fortuna ficara com Grace Stepney! Lily fitou os olhos angustiados de Gerty, fixos nela em um esforço desesperado de consolá-la, e a expressão deles a obrigou a se controlar. Havia algo a ser feito antes de ela deixar a casa: a ser feito com toda a nobreza que sabia colocar em tais gestos. Lily se aproximou do grupo que rodeava Grace Stepney e, estendendo a mão, disse com simplicidade:

— Minha querida Grace, que felicidade.

As outras senhoras haviam se afastado ao vê-la se aproximar, e um espaço vazio foi criado em torno dela. Ele se tornou mais amplo quando Lily se virou para ir embora, e ninguém se adiantou para ocupá-lo. Ela pausou um instante, olhando ao redor e avaliando calmamente sua situação. Ouviu alguém fazendo uma pergunta sobre a data do testamento; discerniu um fragmento da resposta do advogado — algo sobre ser chamado subitamente e sobre uma "versão mais antiga". Logo, o fluxo da dispersão começou a passar por Lily; a Sra. Jack Stepney e a Sra. Herbert Melson estavam paradas na porta, esperando seus automóveis; um grupo solidário levou Grace Stepney até o fiacre que se sentia que devia tomar, apesar de viver a apenas uma ou duas ruas de distância; e a Srta. Bart e Gerty viram-se praticamente a sós na sala de estar roxa, que, em meio àquela escuridão sufocante, estava mais do que nunca parecendo um mausoléu de família bem conservado, no qual o último cadáver acabara de ser depositado com toda a decência.

* * *

Na sala de estar de Gerty Farish, para onde um fiacre levara as duas amigas, Lily desabou sobre uma poltrona, soltando uma leve risada: pareceu-lhe uma coincidência engraçada que o legado da tia tivesse um valor quase idêntico ao de sua dívida com Trenor. A necessidade de pagar essa dívida se tornara cada vez mais urgente desde sua volta aos Estados Unidos, e ela expressou o pensamento que lhe ocupava a mente ao dizer para Gerty, que a rodeava, ansiosa:

— Gostaria de saber quando os legados serão distribuídos.

Mas a Srta. Farish não podia se concentrar nos legados; uma indignação mais profunda transbordou dela.

— Ah, Lily, é injusto; é cruel. Grace Stepney deve *sentir* que não tem direito a todo aquele dinheiro!

— Qualquer pessoa que sabia agradar à tia Julia tem direito ao dinheiro dela — respondeu Lily filosoficamente.

— Mas ela adorava você; fez todo mundo pensar... — Gerty se conteve com evidente constrangimento, mas a Srta. Bart virou-se e encarou-a.

— Gerty, seja sincera. Esse testamento foi feito há apenas seis semanas. Ela havia ouvido falar do meu rompimento com os Dorset?

— Todos souberam, é claro, que houve um desentendimento... algum engano...

— Você sabia que Bertha me expulsou do iate?

— Lily!

— Foi isso mesmo que aconteceu. Ela disse que eu estava tentando me casar com George Dorset. Fez isso para que ele pensasse que estava com ciúmes. Não foi o que ela contou a Gwen Stepney?

— Não sei — não dou ouvidos a essas coisas horríveis.

— Eu *preciso* dar ouvidos a elas — preciso saber qual é a minha posição. — Lily fez uma pausa e voltou a falar, com um leve tom de desdém. — Você reparou nas mulheres? Estavam com medo de me esnobar quando acharam que eu ia herdar o dinheiro — e, depois, saíram correndo como se eu tivesse a peste negra. — Gerty permaneceu em silêncio, e ela continuou: — Fiquei lá para ver o que ia acontecer. Elas imitaram Gwen Stepney e Lulu Melson — percebi que estavam observando o que Gwen ia fazer. Gerty, eu preciso saber exatamente o que está sendo dito sobre mim.

— Já lhe disse que não dou ouvidos...

— Nós ouvimos essas coisas mesmo sem querer. — Lily se levantou e pousou as mãos resolutas sobre os ombros da Srta. Farish. — Gerty, as pessoas vão me repudiar?

— São seus *amigos*, Lily. Como você pode achar isso?

— Quem são nossos amigos num momento como este? Quem além de você, minha pobre e querida inocente? E só Deus sabe o que *você* suspeita de mim! — Lily beijou Gerty com um murmúrio divertido. — Sei que jamais permitiria que isso fizesse diferença — mas é que você gosta de criminosos, Gerty! Mas e quanto aos irrecuperáveis? Pois eu sou absolutamente impenitente.

Ela se empertigou, mostrando toda a sua majestade e beleza e se erguendo como uma espécie de anjo negro e desafiador sobre a preocupada Gerty, que só pôde gaguejar:

— Lily, Lily! Como você pode rir dessas coisas?

— Para não chorar, talvez. Mas não — não sou de verter lágrimas. Descobri bem cedo que chorar deixa o meu nariz vermelho e saber disso me ajudou a suportar diversas experiências dolorosas. — Lily deu uma volta na sala, inquieta, e logo, voltando a se sentar, ergueu os olhos alegres e zombeteiros, fixando-os no rosto ansioso de Gerty.

— Eu não teria me importado, sabe, se tivesse herdado o dinheiro... — E, quando a Srta. Farish protestou, exclamando "Ah!", repetiu, calmamente: — Não teria me importado nem um pouco, minha cara; pois, em primeiro lugar, eles não teriam ousado me ignorar por completo; e, se tivessem, não teria feito diferença, pois eu seria independente deles. Mas, agora... — A ironia desapareceu dos olhos de Lily e ela fitou a amiga com uma expressão anuviada.

— Como você pode falar assim, Lily? É claro que o dinheiro deveria ter sido seu, mas, no final das contas, não faz diferença. O mais importante... — Gerty fez uma pausa e então continuou, com firmeza: — O mais importante é você limpar seu nome — contar toda a verdade a seus amigos.

— Toda a verdade? — A Srta. Bart riu. — O que é a verdade? No que diz respeito às mulheres, é a versão da história na qual é mais fácil acreditar. Neste caso, é bem mais fácil acreditar na versão de Bertha do que na minha, pois ela tem uma casa enorme e um camarote na ópera, e é conveniente manter boas relações com ela.

A Srta. Farish olhou-a, ansiosa.

— Mas qual é a *sua* versão, Lily? Creio que ninguém sabe ainda.

— A minha versão? Nem eu sei. Entenda, não me ocorreu prepará-la antes do tempo, como fez Bertha — e, se tivesse ocorrido, não acho que me incomodaria em usá-la agora.

Mas Gerty insistiu, com sua sensatez mansa:

— Não quero uma versão preparada antes do tempo — quero que me conte exatamente o que aconteceu, desde o começo.

— Desde o começo? — repetiu a Srta. Bart, imitando-a sem maldade. — Minha querida Gerty, como as pessoas boas como você têm pouca imaginação! Ora, o começo para mim foi quando nasci, suponho — a maneira como fui criada e as coisas com as quais me ensinaram a me importar. Ou, não — não vou culpar ninguém pelos meus defeitos: direi que estão no meu sangue, que os herdei de alguma ancestral pecaminosa que amava se divertir, que reagiu contra as virtudes aborrecidas da Nova Amsterdã e que desejava voltar para a corte dos Carlos! — E, como a Srta. Farish continuou a pressioná-la com seu olhar preocupado, ela continuou, impaciente: — Há pouco, você me pediu a verdade — bem, a verdade sobre qualquer jovem é que, quando ela começa a ficar falada, sua vida acabou. E. quanto mais ela explica seu caso, pior ele parece. Minha boa Gerty, você por acaso não tem um cigarro?

No quarto abafado do hotel para onde fora após desembarcar, Lily Bart, naquela noite, examinou sua situação. Era a última semana de junho, e nenhum de seus amigos estava na cidade. Os poucos parentes que haviam continuado lá ou retornado para a leitura do testamento da Sra. Peniston naquela tarde tinham mais uma vez se refugiado em Newport ou Long Island; e nenhum se oferecera para receber Lily. Pela primeira vez na vida, ela se viu completamente sozinha, a não ser por Gerty Farish. Mesmo no momento em que aconteceu seu rompimento com os Dorset, Lily não sentira tanto as consequências deste, pois a duquesa de Beltshire, após saber da catástrofe por lorde Hubert, instantaneamente lhe oferecera sua proteção e, sob o abrigo de sua asa, ela tivera uma estadia quase triunfal em Londres. Lá, Lily ficara profundamente tentada a se demorar em meio a uma sociedade que lhe pedia apenas para diverti-la e encantá-la, sem sentir uma curiosidade grande demais sobre onde aprendera a fazê-lo; mas Selden, antes de eles se separarem, havia insistido na necessidade urgente de ela voltar para perto da tia, e lorde Hubert, logo aparecendo em Londres, também repetira muito o mesmo conselho. Lily não precisava que lhe dissessem que a proteção da duquesa não era o melhor caminho para a reabilitação social e como, além disso, sabia que sua nobre defensora poderia, a qualquer momento, abandoná-la por uma nova favorita, com relutância decidiu voltar para os Estados Unidos. Mas estava há menos de dez minutos em sua terra natal quando percebeu que demorara demais para retornar. Os Dorset, os Stepney, os Bry — todos os atores e as testemunhas do terrível drama — a haviam precedido com sua versão do caso; e, mesmo que Lily houvesse discernido a menor chance de se fazer ouvir, um desdém e uma relutância obscuros a teriam impedido de tentar. Ela sabia que não era por meio de explicações e contra-acusações que poderia um dia ter a chance de recuperar o prestígio perdido; mas, mesmo que tivesse a mínima confiança em sua eficácia, teria se contido pela mesma sensação que não lhe permitira se defender para Gerty Farish — uma sensação que era metade orgulho, metade humilhação. Pois, embora Lily soubesse que fora sacrificada sem piedade diante da determinação de Bertha Dorset de reconquistar o marido, e embora sua relação com George Dorset tivesse sido apenas de camaradagem, ela desde o começo tivera perfeita consciência de que seu papel fora, como Carry Fisher tão brutalmente dissera, o de distraí-lo para que ele não prestasse atenção na esposa. Era para isso que Lily estava lá: este fora o preço que escolhera pagar por três meses de luxo livre de preocupações. O hábito de encarar os fatos de forma resoluta em seus raros momentos de introspecção não lhe permitiu dar qualquer verniz falso à situação. Lily havia sofrido exatamente pela habilidade com que cumprira sua função naquele acordo tácito, mas essa função, mesmo na melhor das hipóteses, não fora digna, e ela agora a encarava à luz feia do fracasso.

Lily viu também, à mesma luz, as diversas consequências desse fracasso; e estas foram se tornando cada vez mais claras a cada dia aborrecido que permanecia na cidade. Continuou ali, em parte, devido ao conforto da proximidade de Gerty Farish e, em parte, porque não sabia para onde ir. Entendia muito bem a natureza da tarefa que tinha diante de si: precisava recuperar, pouco a pouco, a posição que havia perdido; e o primeiro passo daquele trabalho tedioso era descobrir, assim que possível, com quantos de seus amigos podia contar. Suas esperanças basicamente giravam em torno da Sra. Trenor, que tinha abundante boa vontade e tolerância com aqueles que considerava divertidos ou úteis, e em cuja existência ruidosa e apressada a voz baixa da difamação demorava para ser ouvida. Mas Judy, apesar de dever ter ouvido falar do retorno da amiga, não reagira a ele nem mesmo com o bilhete formal de condolências que o luto desta exigia. Qualquer abordagem por parte de Lily poderia ser perigosa: não havia nada a fazer a não ser esperar pela felicidade de um encontro casual, e ela sabia que, mesmo com a temporada tão avançada, sempre havia a chance de ver seus amigos em uma de suas passagens frequentes pela cidade.

Com esse objetivo, Lily era uma presença assídua nos restaurantes que eles frequentavam, onde, acompanhada pela perturbada Gerty, fazia almoços luxuosos, alimentando-se, como dizia, de expectativas.

— Minha querida Gerty, você não quer que o *maître* saiba que eu não tenho mais nada com que me sustentar além do legado de tia Julia, quer? Pense na satisfação de Grace Stepney se ela entrasse aqui e nos visse almoçando o cordeiro de ontem com chá! Que sobremesa vamos comer hoje, meu bem? *Coupe Jacques* ou *Pêches à la Melba*?[38]

Ela largou o menu abruptamente, corando depressa, e Gerty, seguindo seu olhar, viu saindo de uma sala interna um grupo comandado pela Sra. Trenor e Carry Fisher. Era impossível para essas senhoras e seus acompanhantes — entre os quais Lily imediatamente discerniu tanto Trenor quanto Rosedale — não passar, ao deixar o restaurante, pela mesa das duas jovens; e Gerty traiu sua consciência deste fato dando sinais claros de seu nervosismo. A Srta. Bart, ao contrário, levada pelas águas de sua abundante elegância, sem nem se esconder de seus amigos, nem parecer estar esperando por eles, deu ao encontro aquele toque de naturalidade com que conseguia agir até nas situações mais difíceis. O constrangimento foi aparente apenas da parte da Sra. Trenor, e este se manifestou por meio de uma mistura de carinho exagerado com reservas imperceptíveis. O prazer que ela afirmou bem alto sentir em ver a Srta. Bart assumiu a forma de uma generalização nebulosa, que não incluiu nem qualquer pergunta em relação ao seu futuro nem um desejo de voltar a encontrá-la em uma ocasião definida. Lily, fluente na linguagem dessas omissões, sabia que elas eram igualmente inteligíveis para os outros membros do grupo: até Rosedale, corado de satisfação por estar naquela ilustre companhia, imediatamente sentiu o teor da cordialidade da Sra. Trenor e imitou-a, cumprimentando a Srta. Bart de maneira seca. Trenor, vermelho e desconfortável, interrompera sua saudação sob o pretexto de dizer algo ao *maître*; e o resto do grupo logo desapareceu atrás da Sra. Trenor.

Tudo durou apenas um instante — o garçom, com o menu na mão, ainda esperava o resultado da escolha entre *Coupe Jacques* e *Pêches à la Melba* —, mas a Srta. Bart, naquele ínterim, compreendera o seu destino. O mundo inteiro seguiria o exemplo de Judy Trenor; e Lily sentia o desespero de um náufrago, após tentar, em vão, fazer um sinal para os navios que passam.

---

[38] *Coupe Jacques* é sorvete de baunilha com frutas; *Pêches à la Melba*, sorvete de baunilha, pêssegos em calda, geleia de framboesa e creme fresco. (N. da T.)

Em um relance, Lily se lembrou das vezes em que Judy Trenor reclamara da cupidez de Carry Fisher, e viu que isso indicava um conhecimento inesperado dos assuntos privados de seu marido. Na desordem vasta e tumultuosa da vida em Bellomont, onde ninguém parecia ter tempo de observar os outros, e os objetivos privados e interesses pessoais se perdiam na correnteza das atividades coletivas, Lily se imaginara a salvo de um escrutínio inconveniente; mas, se Judy sabia quando a Sra. Fisher pegava dinheiro emprestado de seu marido, seria provável que ignorasse uma transação da mesma natureza envolvendo a Srta. Bart? Ela não se importava com as afeições de Trenor, mas tinha ciúmes de seu bolso; e aquele fato foi, para Lily, a explicação de sua repulsa. O resultado imediato dessa conclusão foi a resolução intensa de pagar sua dívida com Trenor. Após fazê-lo, Lily teria apenas mil dólares do legado da Sra. Peniston e nada com que se sustentar a não ser sua renda minúscula; mas essa consideração foi menos importante que a demanda imperiosa de seu orgulho ferido. Ela precisava se acertar com os Trenor, primeiro; depois disso, pensaria no futuro.

Em sua ignorância das procrastinações da lei, Lily supusera que seu legado seria pago alguns dias após a leitura do testamento da tia; e, depois de um período de terrível suspense, escreveu para perguntar qual era a causa da demora. Passou-se mais algum tempo até que o advogado da Sra. Peniston, que também era um dos executores testamentários, respondesse dizendo que, como haviam surgido algumas questões relativas à interpretação do testamento, ele e seus associados talvez não estivessem em posição de pagar os legados até o final dos doze meses que eram o período máximo legalmente exigido para sua quitação. Atônita e indignada, Lily tentou experimentar a eficácia de um apelo feito em pessoa; mas voltou da expedição com a sensação de que a beleza e o charme eram impotentes diante da frieza dos processos legais. Parecia-lhe intolerável viver mais um ano sob o peso de sua dívida; e, em seu desespero, ela decidiu pedir ajuda à Srta. Stepney, que ainda se demorava na cidade, imersa no delicioso dever de revisar os bens de sua benfeitora. Era uma amargura para Lily pedir um favor a

Grace Stepney, mas a alternativa era ainda pior; e, certa manhã, ela foi até a casa da Sra. Peniston, onde Grace, para facilitar sua piedosa tarefa, havia se instalado provisoriamente.

A estranheza de entrar na qualidade de suplicante em uma casa onde durante tanto tempo fora a senhora fez com que Lily sentisse um desejo ainda maior de abreviar aquela provação; e, quando a Srta. Stepney entrou na penumbra da sala de estar, farfalhando em um crepe da melhor qualidade, sua visitante foi diretamente ao assunto: ela poderia adiantar-lhe a quantia do legado?

Grace, em resposta, chorou e se espantou com o pedido, lamentou a inexorabilidade da lei e ficou atônita por Lily não ter percebido que a posição de ambas era exatamente a mesma. Por acaso ela achava que apenas o pagamento dos legados fora atrasado? Ora, a própria Srta. Stepney não recebera nem um centavo de sua herança e estava pagando aluguel — isso mesmo! — para ter o privilégio de viver em uma casa que lhe pertencia. Grace tinha certeza de que essa não teria sido a vontade de sua prima Julia — dissera isso direto aos executores. Mas eles eram inacessíveis aos argumentos e não havia nada a fazer, exceto esperar. Que Lily seguisse seu exemplo e fosse paciente — que elas duas não se esquecessem da paciência magnífica que a prima Julia tivera a vida toda.

Lily fez um gesto que demonstrou sua assimilação imperfeita daquele exemplo.

— Mas você ficará com tudo, Grace — seria fácil para você pegar um empréstimo dez vezes maior do que a quantia que estou pedindo.

— Pegar um empréstimo — fácil para mim pegar um empréstimo? — Grace Stepney se ergueu diante dela como uma personificação da ira envolta em pele de marta. — Você por acaso imagina que eu seria capaz de pegar um empréstimo dando o que herdei da prima Julia como garantia, mesmo sabendo do horror indizível que ela tinha de qualquer transação desse tipo? Ora, Lily, já que insiste em saber a verdade, foi o fato de ter ouvido falar de suas dívidas que a fez ficar doente — deve se lembrar de que ela teve um leve ataque pouco antes de você zarpar.

Ah, eu não sei os detalhes, é claro — não *quero* saber —, mas circulavam boatos sobre você que causaram-lhe muito desgosto; ninguém que estava ao lado dela poderia ter deixado de ver isso. É inútil você ficar ofendida de eu mencionar isso agora — se puder fazer qualquer coisa para ajudá-la a compreender o caminho insano que escolheu e o quanto *ela* desaprovava dele, considerarei isso a melhor maneira de compensá-la por sua perda.

Capítulo 5

Quando a porta da Sra. Peniston se fechou atrás dela, Lily teve a impressão de que estava se despedindo para sempre de sua antiga vida. O futuro se estendia à sua frente, tão enfadonho e triste quanto aquele trecho deserto da Quinta Avenida, e as oportunidades eram tão escassas quanto os poucos fiacres que circulavam em busca de passageiros que nunca surgiam. A perfeição da analogia, no entanto, foi quebrada quando ela chegou à calçada pela aproximação rápida de uma carruagem que parou ao vê-la.

De baixo do topo coberto de bagagens, Lily viu alguém acenando para chamá-la; e, no segundo seguinte, a Sra. Fisher, pulando para a rua, estava enlaçando-a num abraço efusivo.

— Minha querida, não me diga que ainda está na cidade! Quando eu vi você no outro dia, no Sherry's, não tive tempo de perguntar... — Ela se interrompeu e acrescentou em uma explosão de franqueza: — A verdade é que eu fui *horrível*, Lily, e venho querendo lhe dizer isso desde então.

— Ah... — protestou a Srta. Bart, se afastando daqueles braços contritos; mas a Sra. Fisher continuou, com a maneira direta de sempre: — Bem, Lily, sem mais delongas: metade dos problemas da vida acontece quando a gente finge que não tem problema nenhum. Esse não é o meu jeito, e só posso dizer que estou muito envergonhada de ter imitado as outras mulheres. Mas falemos disso daqui a pouco — diga-me onde você está hospedada e quais são os seus planos. Não creio que esteja aí na casa com Grace Stepney, hein? Imaginei que estivesse mal parada.

No estado de espírito em que Lily se encontrava, foi impossível resistir a essa abordagem amistosa; e ela disse, com um sorriso:

— Estou *mesmo* mal parada no momento, mas Gerty Farish ainda está na cidade e ela tem a bondade de aceitar minha companhia sempre que tem tempo livre.

A Sra. Fisher fez uma pequena careta.

— Hum. Essa é uma diversão bastante amena. Ah, eu sei — Gerty é maravilhosa e vale mais do que todos nós juntos; mas, a longo prazo, você está acostumada com sabores mais picantes, não é minha cara? Além do mais, imagino que ela também vá viajar em breve — dia primeiro de agosto, é isso? Ora, veja bem, você não pode passar o verão na cidade; falaremos disso mais tarde também. Antes de mais nada, o que me diz de colocar algumas coisas em uma mala e ir comigo esta noite para a casa do Sr. e da Sra. Sam Gormer?

Lily ficou atônita diante da precipitação absurda da sugestão, e a Sra. Fisher continuou, com sua risada despreocupada:

— Você não conhece os dois e eles não conhecem você; mas isso não faz diferença nenhuma. Eles alugaram a casa dos Van Alstyne, em Roslyn, e eu tenho carta branca para levar meus amigos para lá — quanto mais, melhor. O casal recebe muito bem e haverá um grupo bastante divertido lá esta semana... — Ela se interrompeu devido a uma mudança indefinível na expressão da Srta. Bart. — Não estou falando do *seu* círculo, é claro: um pessoal bem diferente, mas muito alegre. A verdade é que os Gormer estão seguindo uma linha própria: o que querem é se divertir e fazê-lo do seu jeito. Tentaram a outra coisa durante alguns meses, sob a minha ilustre direção, e na verdade estavam se saindo muito bem — bem melhor que os Bry, só porque não se importavam tanto — mas, de repente, decidiram que tudo aquilo era aborrecido e que o que queriam mesmo eram companhias com quem poderiam de fato se sentir em casa. Bastante original da parte deles, você não acha? Mattie Gormer, na realidade, ainda tem ambições; as mulheres sempre têm; mas é bastante camarada, e Sam não se incomoda com nada. Eles dois gostam de ser as pessoas mais importantes do ambiente, de modo que começaram a montar o seu próprio espetáculo contínuo, uma espécie de parque de diversões social, onde acolhem todo mundo que consegue fazer bastante barulho e não tem afetação. De *minha* parte, eu acho muito divertido. É o pessoal das artes, sabe, qualquer atriz bonita que esteja chamando atenção e por aí vai. Esta semana, por exemplo, estão hospedando Audrey Anstell, que fez tanto sucesso na última primavera em *A corte de Cora*; e Paul Morpeth — que está pintando um retrato de Mattie Gormer —, além de Dick Bellinger e a esposa e de Kate Corby. Todo mundo que você consiga imaginar que seja engraçado e faça balbúrdia. Não fique aí com o nariz para cima, minha cara — vai ser muito melhor que passar um domingo fervendo na cidade, e você vai encontrar pessoas inteligentes, além de barulhentas. Morpeth, que admira muitíssimo Mattie, sempre leva um ou dois amigos.

A Sra. Fisher levou Lily para a carruagem com uma firmeza amistosa.

— Pule para dentro, ande, e nós vamos até seu hotel, arrumamos suas coisas e tomamos um chá. As duas criadas podem nos encontrar no trem.

Foi mesmo muito melhor que passar um domingo fervendo na cidade — Lily não tinha mais a menor dúvida disso quando, recostando-se na sombra de uma varanda repleta de plantas, olhou na direção do mar, que ficava do outro lado de um grande gramado onde se desenrolava uma cena pitoresca mostrando damas com roupas de renda e homens com roupas de flanela, daquelas usadas para jogar tênis. A imensa casa dos Van Alstyne e suas vastas dependências estavam completamente lotadas de pessoas que tinham sido convidadas pelos Gormer para passar o fim de semana lá e que agora, à luz radiante daquela tarde de domingo, se espalhavam em busca das diversas distrações que o lugar oferecia: distrações que iam de quadras de tênis a estandes de tiro, de bridge e uísque dentro da casa a automóveis e lanchas fora dela. Lily tinha a estranha sensação de ter sido apanhada pela multidão com a mesma facilidade com que um passageiro é apanhado por um trem expresso. A loura e afável Sra. Gormer de fato poderia ser considerada a maquinista, levando calmamente os viajantes até seus assentos, enquanto Carry Fisher representava o bagageiro, empurrando suas malas para o lugar, dando-lhe seus tíquetes numerados para o vagão-restaurante e avisando quando sua estação estava próxima. O trem, enquanto isso, quase não desacelerava — a vida seguia com um estrépito ensurdecedor, que uma das viajantes, ao menos, considerou um refúgio bem-vindo do som de seus próprios pensamentos.

O *milieu* dos Gormer representava uma periferia social que Lily sempre evitara com cuidado: mas que, agora que estava ali, parecia-lhe apenas uma cópia mais chamativa do seu próprio mundo, uma caricatura tão próxima da realidade quanto uma peça sobre a alta sociedade é próxima dos hábitos dos salões. As pessoas ao seu redor estavam fazendo o mesmo que os Trenor, os Van Osburgh e os Dorset: a diferença estava em cem matizes de aparências e modos, desde o estampado dos coletes dos homens à inflexão das vozes das mulheres. Tudo era mais agudo e havia mais de cada coisa: mais barulho, mais cor, mais champanhe, mais familiaridade — mas também mais boa vontade, menos rivalidade e uma capacidade maior para se divertir.

A chegada da Srta. Bart tinha sido recebida com uma afabilidade acrítica que primeiro irritou seu orgulho e depois a fez perceber melhor sua própria situação — o lugar no mundo que, por enquanto, precisava aceitar e desfrutar o melhor que podia. Aquelas pessoas sabiam sua história — disso, ela não teve mais a menor dúvida após sua primeira longa conversa com Carry Fisher. A Srta. Bart tinha sido marcada publicamente como protagonista de um episódio "estranho" — mas, em vez de se afastar dela como seus próprios amigos tinham feito, elas a receberam sem questionamentos na promiscuidade tranquila de suas vidas. Engoliram seu passado com a mesma facilidade que o passado da Srta. Anstell, sem parecer notar qualquer diferença no tamanho do bocado. Tudo o que pediam era que ela — à sua maneira, pois reconheciam a diversidade de dons — contribuísse tanto para o bem-estar geral quanto aquela graciosa atriz, cujos talentos, quando se encontrava fora do palco, eram de ordem bem variada. Lily sentiu imediatamente que qualquer tendência a ser presunçosa para marcar uma noção de distinção seria fatal se ela quisesse permanecer no círculo dos Gormer. Ser aceita nesses termos — e em que mundo! — já era bastante difícil para o orgulho que lhe restava; mas Lily se deu conta, com uma pontada de autodesprezo, de que ser excluída dele, afinal de contas, seria ainda mais difícil. Pois, quase no mesmo instante, ela sentira o encanto insidioso de voltar a uma vida em que todas as dificuldades materiais eram resolvidas. Escapar de repente de um hotel abafado em uma cidade deserta e empoeirada para a vastidão e o luxo de uma enorme casa de campo refrescada pela brisa marítima causara-lhe uma lassidão moral muito prazerosa após a tensão nervosa e o desconforto físico das últimas semanas. Por enquanto, Lily precisava ceder ao alívio de que seus sentidos necessitavam — depois disso, voltaria a pensar em sua situação e se permitiria ser guiada por sua dignidade. Sua satisfação com seu entorno foi maculada pela consideração desagradável que estava aceitando a hospitalidade e buscando a aprovação de pessoas de que desdenhara em outras condições. Mas Lily estava ficando menos sensível a essas questões: um verniz duro de indiferença rapidamente se formava sobre sua delicadeza e suscetibilidade, e cada concessão ao urgente enrijecia mais a superfície.

Na segunda-feira, quando o grupo se separou com uma despedida ruidosa, a volta à cidade ressaltou mais os encantos da existência que Lily estava deixando. Os outros convidados estavam se dispersando para levar a mesma vida em ambientes diferentes: alguns em Newport, outros na cidade de Bar Harbor e outros na rusticidade elaborada de uma casa de campo nas montanhas Adirondack. Até mesmo Gerty Farish, que a recebeu com atenção e carinho, estava se preparando para encontrar uma tia com quem passava os verões no lago George: apenas a própria Lily permanecia sem planos, nem propósito, perdida em uma corrente fraca do grande rio do prazer. Mas Carry Fisher, que insistira em transportá-la para a sua casa, onde ia permanecer por um ou dois dias antes de ir para a propriedade dos Bry, veio salvá-la com uma nova sugestão.

— Veja bem, Lily. Vou lhe dar a solução: quero que assuma o meu lugar ao lado de Mattie Gormer neste verão. Eles vão levar um grupo para o Alasca no próximo mês em seu vagão privado, e Mattie, que é a mulher mais preguiçosa deste mundo, quer que eu vá com eles para não precisar se incomodar em organizar tudo. Mas os Bry me querem também; ah, sim, nós fizemos as pazes — eu não lhe contei? E, para ser franca, embora eu goste mais dos Gormer, terei mais lucro com os Bry. A verdade é que querem experimentar Newport neste verão e, se eu conseguir fazer com que a empreitada seja um sucesso para eles, ela será um sucesso para *mim*. — A Sra. Fisher uniu as mãos, entusiasmada. — Sabe, Lily, quanto mais eu penso na minha ideia, mais gosto dela — tanto para você quanto para mim. Ambos os Gormer lhe adoraram e essa viagem para o Alasca é... Bem, exatamente a coisa certa para você no momento.

A Srta. Bart ergueu a cabeça com um olhar penetrante.

— Para que eu não seja um constrangimento para os meus amigos, você quer dizer? — perguntou, baixinho; e a Sra. Fisher respondeu, com um beijo apaziguador:

— Para manter você longe deles até que percebam o quanto sentem sua falta.

A Srta. Bart foi com os Gormer para o Alasca; e a expedição, ainda que não tendo produzido o efeito previsto por sua amiga, ao menos teve a vantagem negativa de retirá-la do cerne furioso da discussão e das críticas. Gerty Farish havia se oposto ao plano com toda a energia de sua natureza levemente inarticulada. Chegara mesmo a se oferecer para abrir mão de sua visita ao lago George e permanecer na cidade com a Srta. Bart, se esta desistisse da viagem; mas Lily podia disfarçar sua verdadeira aversão por essa possibilidade com um motivo suficientemente válido.

— Minha pobre inocente, não vê — protestou ela — que Carry Fisher tem toda a razão e que eu preciso levar a vida de sempre e sair o máximo possível? Se meus velhos amigos escolhem acreditar em mentiras sobre mim, então terei de fazer novos e pronto; e você sabe que a cavalo dado não se olham os dentes. Não que eu não goste de Mattie Gormer — gosto, *sim*. Ela é boa, honesta e não tem afetação; e você não supõe que eu lhe seja grata por me acolher em um momento em que, como bem viu, minha própria família foi unânime em lavar as mãos?

Gerty balançou a cabeça, muda, mas sem se convencer. Ela sentia que não apenas Lily estava se rebaixando ao fazer uso de uma amizade que jamais teria cultivado por escolha, mas também que, ao cair de novo na mesma vida de antes, estava abrindo mão da última chance de escapar desta. Gerty tinha apenas uma ideia obscura de qual fora a experiência real de Lily; mas suas consequências haviam estabelecido nela uma piedade duradoura desde a noite em que desistira de sua esperança secreta diante da necessidade da amiga. Para personalidades como as de Gerty, tais sacrifícios criam um dever moral na pessoa em benefício do qual foram feitos. Tendo ajudado Lily uma vez, Gerty precisava continuar a ajudá-la; e, ao ajudá-la, precisava acreditar nela, pois a fé é a principal mola de naturezas como a sua. Mas, mesmo que a Srta. Bart, depois de provar de novo dos confortos da vida, pudesse ter retornado à pobreza de um agosto passado em Nova York e amenizado apenas pela presença da pobre Gerty, seu conhecimento do mundo a teria aconselhado a não praticar tal gesto de abnegação. Ela sabia que Carry Fisher estava certa: que uma ausência oportuna poderia ser o primeiro passo para a reabilitação e que, de qualquer forma, permanecer na cidade fora da temporada era um reconhecimento fatal de sua derrota.

Lily retornou da viagem tumultuada dos Gormer por sua terra natal com uma visão alterada de sua situação. Voltar a adquirir o hábito do luxo — acordar diariamente com a certeza da ausência de preocupações e da presença dos confortos materiais — aos poucos a fez ficar menos sensível à apreciação desses bens e deixou-a mais consciente do vazio que não podiam preencher. O bom humor indiscriminado de Mattie Gormer e a sociabilidade descuidada de seus amigos, que tratavam Lily precisamente como tratavam uns aos outros — todas essas diferenças características começaram a desgastar sua tolerância; e, quanto mais defeitos ela via em seus acompanhantes, menos justificativas encontrava para fazer uso deles. O anseio por voltar a seu antigo ambiente tornou-se uma ideia fixa; mas, com o aumento de sua força de vontade, veio a inevitável percepção de que, para atingir seu objetivo, ela teria de extrair mais concessões de seu orgulho. Estas, no momento, assumiram a forma desagradável de continuar na companhia de seus anfitriões após sua volta do Alasca. Por mais distante que estivesse do tom daquele *milieu*, o imenso traquejo social de Lily, seu longo costume de se adaptar aos outros sem permitir que sua própria personalidade se dissolvesse e a habilidade com que manipulava todas as ferramentas de sua arte fizeram com que obtivesse uma posição importante no círculo dos Gormer. Jamais poderia assumir para si sua jocosidade ruidosa, mas contribuía com uma nota de elegância fluida que valia mais para Mattie Gormer do que os trechos mais altos da música. Sam Gormer e seus amigos do peito, na verdade, tinham certo receio de Lily; mas os seguidores de Mattie, liderados por Paul Morpeth, faziam-na sentir que a estimavam justamente pelas qualidades cuja ausência era mais conspícua neles próprios. Morpeth, cuja indolência social era tão grande quanto sua atividade artística, se atirara no curso lento da existência dos Gormer, em que as pequenas exigências da polidez eram desconhecidas ou ignoradas e um homem podia ou faltar a seus compromissos ou comparecer a eles vestindo pantufas e o casaco que usava para pintar; mas ele ainda preservava sua noção das diferenças e sua apreciação da *finesse* que não tinha tempo de cultivar. Durante os preparativos para os tableaux dos Bry, Morpeth ficara profundamente impressionado com as possibilidades plásticas de Lily — "o rosto, não: é contido demais para ser expressivo: mas o resto, nossa, que modelo daria!". E, embora sua repulsa pelo mundo onde a vira fosse grande demais para que considerasse procurá-la ali, ele estava perfeitamente ciente do privilégio que era poder olhá-la e escutá-la enquanto descansava no salão desorganizado de Mattie Gormer.

Lily, portanto, formara, em meio ao tumulto de seu entorno, um pequeno núcleo de relacionamentos amistosos que mitigava a vulgaridade de sua decisão de continuar com os Gormer após seu retorno. Ela também tinha breves lampejos de seu próprio mundo, principalmente desde que o fim da temporada de Newport desviara a correnteza social mais uma vez na direção de Long Island. Kate Corby, cujos gostos a tornavam tão promíscua quanto Carry Fisher tinha de ser, às vezes surgia no meio dos Gormer, onde, após um primeiro olhar de espanto, passara a encarar a presença de Lily com uma naturalidade quase exagerada. A Sra. Fisher, também aparecendo com frequência naquela região, vinha de charrete compartilhar suas experiências e dar a Lily o que chamava de o último relatório do instituto nacional de meteorologia; e esta última, que nunca pedira para ser sua confidente, mesmo assim conseguia conversar com ela mais francamente do que com Gerty Farish, em cuja presença era impossível admitir a existência mesma de muitas das coisas que a Sra. Fisher tinha como favas contadas.

A Sra. Fisher, além do mais, não tinha uma curiosidade constrangedora. Ela não desejava explorar o interior da situação de Lily, mas simplesmente vê-la de fora e tirar suas conclusões dessa maneira; conclusões que, ao final de uma troca de confidências, ela resumiu para a amiga em uma frase sucinta:

— Você precisa se casar o mais depressa possível.

Lily deu uma leve risada — pela primeira vez, a Sra. Fisher não demonstrava originalidade.

— Você tem, como Gerty Farish, a intenção de recomendar a panaceia infalível do "amor de um grande homem"?

— Não — acho que nenhum dos meus dois candidatos poderia ser descrito dessa forma — disse a Sra. Fisher, após uma pausa para reflexão.

— Dois? São dois, realmente?

— Bem, talvez eu deva dizer um e meio — por enquanto.

A Srta. Bart estava achando aquilo cada vez mais divertido.

— Se não houver diferença em alguns aspectos, acho que prefiro meio marido. Quem é ele?

— Não me esgane até ouvir minhas razões: George Dorset.

— Ah — murmurou Lily, em tom de censura. Mas a Sra. Fisher insistiu, sem se abalar:

— Bem, por que não? Eles tiveram algumas semanas de lua-de-mel desde que voltaram da Europa, mas agora as coisas estão indo mal mais uma vez. Bertha vem se comportando cada vez mais como uma mulher louca, e a credulidade de George está quase esgotada. Eles estão em sua casa aqui e eu passei o último domingo lá. Era um grupo lúgubre — ninguém além do pobre Neddy Silverton, que parece um remador de galera. E costumavam dizer que era eu quem deixava esse menino infeliz! Depois do almoço, George me arrastou em uma longa caminhada e me disse que o final estava próximo.

A Srta. Bart fez um gesto incrédulo.

— Se depender dele, o final nunca chegará. Bertha sempre saberá como conquistá-lo de novo quando quiser.

A Sra. Fisher continuou a observá-la com cuidado.

— Não se ele tiver outra pessoa com quem contar! Sim — essa é a verdade: o pobre diabo não consegue ficar sozinho. E eu me lembro de quando era um camarada tão simpático, cheio de vida e entusiasmo. — Ela fez uma pausa e depois seguiu adiante, baixando os olhos e deixando de encarar Lily. — Ele não ficaria com ela nem dez minutos se *soubesse*...

— Se soubesse... — repetiu a Srta. Bart.

— O que *você* sabe, por exemplo — com as oportunidades que teve! Se ele tivesse provas concretas, quero dizer...

Lily interrompeu-a com um rubor profundo de irritação.

— Por favor, vamos mudar de assunto, Carry. Esse é odioso demais para mim. — E, para desviar a atenção da amiga, acrescentou, tentando assumir um tom leve: — E o segundo candidato? Não podemos nos esquecer dele.

A Sra. Fisher riu também.

— Eu me pergunto se você vai estrilar tanto quanto antes se eu disser: Sam Rosedale.

A Srta. Bart não estrilou. Ficou em silêncio, olhando para a amiga com um ar pensativo. A sugestão, na verdade, expressava uma possibilidade que, nas últimas semanas, voltara a surgir em sua mente mais de uma vez. Mas, após um instante, ela disse, com indiferença:

— O Sr. Rosedale quer uma esposa que possa estabelecer sua presença no seio dos Van Osburgh e dos Trenor.

A Sra. Fisher argumentou depressa:

— E *você* poderia — com o dinheiro dele! Não vê como seria uma solução maravilhosa para vocês dois?

— Não vejo nenhuma maneira de fazê-lo ver isso — respondeu Lily, com uma risada cuja intenção era pôr um ponto final no assunto.

Mas, na realidade, a ideia permaneceu em sua lembrança muito depois de a Sra. Fisher ter ido embora. Lily vira Rosedale com pouquíssima frequência desde que fora anexada pelos Gormer, pois ele ainda estava decidido a penetrar no paraíso exclusivo do qual ela agora havia sido excluída. Mas, uma ou duas vezes, quando não tinha nada melhor para fazer, Rosedale aparecera lá para passar um domingo e, nessas ocasiões, não deixara dúvidas quanto à sua maneira de ver a situação. O fato de que ainda a admirava estava mais do que nunca ofensivamente evidente; pois, no círculo dos Gormer, em que se expandia como se estivesse em seu elemento natural, não havia nenhuma norma complicada que impedisse a total expressão de sua aprovação. Mas foi na qualidade da admiração de Rosedale que Lily viu sua maneira astuta de avaliar o caso. Ele gostava de mostrar aos Gormer que conhecera a Srta. Lily — que, agora, chamava pelo primeiro nome — antes que eles tivessem qualquer existência social; gostava especialmente de reiterar para Paul Morpeth quão antiga era sua intimidade. Mas deixou claro que aquela intimidade era uma mera ondulação na superfície de uma forte correnteza social, o tipo de relaxamento que um homem de vastos interesses e diversas preocupações se permite ter nas horas de lazer.

A necessidade de aceitar essa maneira de encarar seu antigo relacionamento e de recebê-la com o tom de gracejo prevalente entre seus novos amigos era profundamente humilhante para Lily. Mas ela, mais do que nunca, não ousava brigar com Rosedale. Suspeitava de que sua rejeição era vista por ele como uma das repulsas mais inesquecíveis de sua vida, e o fato de que sabia um pouco sobre sua infeliz transação com Trenor, e de que sem dúvida a interpretava da maneira mais vil, parecia colocá-la inapelavelmente em suas mãos. Mas, após a sugestão de Carry Fisher, uma nova esperança nasceu em Lily. Por mais que ela desgostasse de Rosedale, não mais o desprezava por completo. Pois ele estava aos poucos alcançando seu objetivo na vida, e isso, para ela, sempre era menos desprezível do que deixá-lo escapar. Com a lenta e inalterável perseverança que Lily sempre sentira nele, Rosedale estava atravessando a massa densa dos antagonismos sociais. Sua fortuna e o uso magistral que fizera dela já estavam lhe dando uma proeminência invejável no mundo de negócios, e fazendo com que se devessem favores a Wall Street que apenas a Quinta Avenida poderia retribuir. Em resposta a essas demandas, o nome de Rosedale começou a aparecer em comitês municipais e conselhos de instituições de caridade; ele era convidado para banquetes dados em homenagem a estranhos de renome; e sua candidatura a sócio de um dos clubes mais ilustres vinha sendo discutida com cada vez menos votos contrários. Rosedale fora recebido uma ou duas vezes para jantar pelos Trenor e aprendera a falar com o tom correto de desdém das enormes festas dos Van Osburgh; agora, só precisava de uma esposa que fosse tornar menos numerosos os últimos passos enfadonhos de sua ascensão. Fora com isso em mente que, um ano antes, voltara suas afeições para a Srta. Bart; mas, nesse ínterim, chegara mais perto de seu objetivo, enquanto ela perdera o poder de diminuir os passos que levavam a ele. Tudo isso, Lily via com a clareza que tinha em momentos de desânimo. Era o sucesso que a cegava — ela conseguia discernir bem os fatos na obscuridade do fracasso. E essa obscuridade, que Lily agora pretendia dissipar, foi lentamente iluminada por uma pequena centelha de confiança. Sob o motivo utilitário da corte que Rosedale lhe fizera, ela sentira o calor de uma inclinação pessoal. E não o teria detestado tanto se não soubesse que ele ousava admirá-la. E se essa paixão ainda existisse, ainda que o outro motivo houvesse deixado de alimentá-la? Lily nem sequer tentara agradar Rosedale — ele fora atraído por ela apesar de seu óbvio desprezo. E se agora resolvesse exercer o poder que, mesmo em seu estado passivo, o afetara tanto? E se o obrigasse a se casar com ela por amor, agora que não tinha nenhum outro motivo para fazê-lo?

Capítulo 6

Os Gormer estavam mandando construir uma casa de campo em Long Island, como convinha a pessoas de crescente importância; e um dos deveres da Srta. Bart era acompanhar a anfitriã em visitas frequentes para inspecionar a nova propriedade. Lá, enquanto a Sra. Gormer mergulhava em problemas relacionados à iluminação e ao encanamento, a Srta. Bart tinha tempo de vagar sob o céu azul de outono ao longo da baía ladeada de árvores onde um declive do terreno ia dar. Por menos viciada que fosse em solidão, passara a haver momentos quando esta parecia um bom refúgio dos ruídos vazios de sua vida. Lily estava cansada de ser levada por uma correnteza de prazer e negócios que nada tinham a ver consigo; cansada de ver outros buscarem a diversão e esbanjarem dinheiro, enquanto ela própria era tão insignificante para eles quanto um brinquedo caro nas mãos de uma criança mimada.

Foi nesse estado de espírito que, afastando-se da praia um dia e se enveredando pelas curvas de uma alameda desconhecida, Lily se deparou de súbito com a figura de George Dorset. A casa dos Dorset era vizinha ao terreno recentemente comprado pelos Gormer e, em suas idas de automóvel até lá, Lily vira o casal de relance uma ou duas vezes; mas eles frequentavam círculos tão diferentes que ela não havia considerado a possibilidade de um encontro pessoal.

Dorset, que vinha arrastando os pés e com a cabeça baixa, mal-humorado e distraído, não viu a Srta. Bart até estar quase diante dela;

mas sua presença, em vez de fazê-lo estacar, como ela quase havia esperado, levou-o adiante com uma ansiedade expressada em suas primeiras palavras.

— Srta. Bart! Vai apertar minha mão, não vai? Estava torcendo para encontrá-la; queria ter-lhe escrito, mas não tive coragem. — Seu rosto, com os cabelos ruivos desgrenhados e o bigode hirsuto, tinha um aspecto abatido e nervoso, como se a vida houvesse se tornado uma corrida incessante entre ele e os pensamentos que o perseguiam.

Aquela aparência fez com que Lily o cumprimentasse, compadecida, e Dorset continuou, como que encorajado pelo tom dela:

— Eu queria me desculpar — pedir que me perdoasse pelo papel desprezível que desempenhei...

Lily o interrompeu com um gesto rápido.

— Não vamos falar nisso; eu senti pena do senhor — disse, com um leve desdém, que, como percebeu de imediato, ele conseguiu discernir.

Ele corou até a altura dos olhos, corou tão terrivelmente que ela se arrependeu da investida.

— Deve mesmo sentir pena. A senhorita não sabe — precisa deixar que eu me explique. Fui enganado: enganado de maneira abominável...

— Lamento mais ainda, então — disse Lily, sem ironia. — Mas deve ver que não sou exatamente a pessoa com quem o assunto pode ser discutido.

Dorset reagiu a isso com um olhar de espanto genuíno.

— Por que não? Não é à senhorita, mais do que a ninguém, que eu devo uma explicação?

— Nenhuma explicação é necessária; a situação estava perfeitamente clara para mim.

— Ah... — murmurou ele, baixando a cabeça de novo e passando a mão pela vegetação baixa com um ar irresoluto. Mas, quando Lily fez menção de seguir adiante, disse, com uma energia renovada: — Senhorita Bart, pelo amor de Deus, não me dê as costas! Nós costumávamos ser grandes amigos — a senhorita sempre foi boa comigo — e não sabe como preciso de uma amiga no momento.

A fraqueza lamentável daquelas palavras fez surgir a compaixão no peito de Lily. Ela também precisava de amigos. Tinha experimentado as dores da solidão; e seu ressentimento pela crueldade de Bertha Dorset fez seu coração se enternecer diante daquele pobre infeliz, que, afinal de contas, era a principal vítima dela.

— Quero continuar sendo boa; não tenho nenhuma mágoa do senhor — disse. — Mas precisa compreender que, depois do que aconteceu, nós não podemos mais ser amigos — não podemos nos ver.

— Ah, a senhorita é *mesmo* boa — é misericordiosa — sempre foi! — Ele fitou-a com seu olhar angustiado. — Mas por que não podemos ser amigos? Por que, quando eu fiz penitência no pó e nas cinzas? Não é cruel que me condene a sofrer pela falsidade, pela traição de outros? Já fui bastante punido na ocasião — não pode haver trégua para mim?

— Eu imaginei que tinha desfrutado de uma trégua completa durante a reconciliação obtida à minha custa — disse Lily, mais uma vez impaciente. Mas Dorset interrompeu-a em tom súplice: — Não coloque as coisas desse modo, quando essa foi a pior parte da minha punição. Meu Deus! O que eu podia fazer — não estava impotente? A senhorita foi colocada para o sacrifício — qualquer palavra que eu dissesse poderia ser voltada contra...

— Já disse que não o culpo; só peço que compreenda que, após Bertha decidir me usar daquela maneira — após todas as implicações do comportamento dela desde então —, é impossível para nós dois nos encontrarmos.

Ele continuou postado diante dela, com sua ansiedade e sua fraqueza.

— É? Não há outro jeito? Não pode haver circunstâncias... — Dorset se interrompeu, batendo em um raio mais amplo das ervas-daninhas da borda da alameda. Depois, continuou: — Srta. Bart, ouça: dê-me um minuto. Se não vamos nos encontrar nunca mais, ao menos me ouça agora. Diz que não podemos ser amigos depois... depois do que aconteceu. Mas eu não posso, ao menos, apelar para a sua compaixão? Sou incapaz de comovê-la se pedir que pense em mim como num prisioneiro — um prisioneiro que só a senhorita pode libertar?

Lily tomou um susto e traiu-se ao enrubescer depressa: seria possível que aquele fosse realmente o significado das insinuações de Carry Fisher?

— Eu não sei como poderia ser de qualquer serventia para o senhor — murmurou ela, se afastando um pouco diante da expressão cada vez mais excitada de Dorset.

O tom de Lily pareceu acalmá-lo, como fizera tantas vezes em seus momentos mais tempestuosos. Suas feições teimosas relaxaram, e ele disse, com uma docilidade abrupta: — Mas *saberia*, se decidisse ser tão misericordiosa quanto antigamente; e Deus sabe que eu nunca precisei mais disso.

Ela parou um momento, comovida, mesmo sem querer, por essa lembrança de sua influência sobre Dorset. O sofrimento a tornara mais compreensiva, e aquele súbito vislumbre da vida despedaçada e escarnecida dele desarmou o desdém que sentira por sua fraqueza.

— Eu lamento muito pelo senhor — adoraria ajudá-lo; mas deve ter outros amigos, outros conselheiros.

— Nunca tive uma amiga como a senhorita — respondeu Dorset simplesmente. — E além do mais — não vê? A senhorita é a única pessoa que... — Ele baixou a voz e sussurrou: — A única que sabe.

Mais uma vez, Lily sentiu que corava; mais uma vez, seu coração disparou diante do que ela sentia estar por vir.

Dorset ergueu os olhos para ela, como quem implora.

— A senhorita percebe, não é? Compreende? Estou desesperado — não aguento mais. Quero me libertar e a senhorita pode me ajudar. Sei que pode. Não quer que eu continue preso no inferno, quer? Não pode desejar essa vingança. Sempre foi bondosa — seus olhos agora têm uma expressão bondosa. Disse que sente pena de mim. Bem, cabe à senhorita demonstrar isso; e Deus sabe que não há nada que a impeça. Tenha certeza — nada se tornaria público — nem um som ou sílaba que a associasse ao caso. Jamais chegaria a isso. Tudo o que preciso é ser capaz de dizer de forma definitiva: "Sei disso — e disso — e disso." A briga acabaria, o caminho estaria livre e toda essa questão abominável seria varrida para longe em um instante.

Ele ofegava ao dizer isso, como um corredor cansado, com pausas exaustas entre as palavras; e por entre essas pausas Lily viu, como por entre a bruma, um amplo panorama dourado, feito de paz e segurança. Pois não havia como interpretar de outra maneira a intenção definida por trás daquele apelo vago; ela teria conseguido preencher os espaços em branco mesmo sem a ajuda das insinuações da Sra. Fisher. Ali estava um homem que se voltava para Lily no cúmulo de sua solidão e humilhação: se ela fosse em seu resgate naquele momento, ele seria seu com toda a força de sua fé ilusória. E o poder de conquistá-lo estava em suas mãos — de maneira mais absoluta do que ele jamais poderia conjecturar. A vingança e a reabilitação poderiam ser suas de um só golpe — havia algo de estonteante na perfeição da oportunidade.

Lily ficou em silêncio, sem olhar para ele, fitando a paisagem outonal da alameda deserta. E, subitamente, o medo a dominou — medo de si mesma e da força terrível da tentação. Todas as suas fraquezas passadas pareceram-lhe cúmplices ansiosos, arrastando-a para o caminho que seus pés já haviam aplainado. Ela se virou depressa e ofereceu a mão a Dorset.

— Adeus. Perdão — não há nada no mundo que eu possa fazer.

— Nada? Ah, não diga isso! — exclamou ele. — Diga a verdade: que vai me abandonar como os outros. A senhorita, que é a única criatura que poderia ter-me salvado!

— Adeus — adeus — repetiu Lily apressadamente; e, ao se afastar, ouviu-o fazer uma última súplica: — Pelo menos, deixe-me vê-la mais uma vez!

Lily, ao retornar para a propriedade dos Gormer, atravessou depressa o gramado na direção da casa inacabada, onde imaginava que sua anfitriã deveria estar especulando, sem muita paciência, sobre a causa de seu atraso; pois, como muitas pessoas não pontuais, a Sra. Gormer não gostava de esperar por ninguém.

Quando a Srta. Bart chegou à entrada da casa, no entanto, viu um elegante faetonte com uma parelha imponente de cavalos desaparecer atrás dos arbustos do jardim na direção do portão; sobre os degraus da frente estava a Sra. Gormer, corando com o prazer que acabara de sentir. Ao ver Lily, seu rosto ficou mais vermelho de constrangimento e ela disse, com uma leve risada:

— Viu minha visitante? Ah, achei que tinha voltado pela entrada. Era a Sra. George Dorset — disse que tinha passado aqui para me dar boas-vindas à vizinhança.

Lily reagiu à novidade com a compostura habitual, embora o que conhecia das idiossincrasias de Bertha não a teria levado a incluir o instinto da boa-vizinhança entre elas. A Sra. Gormer, aliviada ao não vê-la expressar nenhuma surpresa, continuou, com uma risada indiferente:

— É claro que o que realmente a trouxe aqui foi a curiosidade. Ela me fez mostrar a casa toda. Mas não poderia ter sido mais agradável — nenhuma afetação, muito simpática. Entendo bem por que as pessoas a acham tão fascinante.

Esse acontecimento surpreendente, apesar de ter coincidido demais com seu encontro com Dorset para ser considerado uma consequência deste, imediatamente fez com que Lily tivesse um vago mau pressentimento. Não era hábito de Bertha dar boas-vindas aos vizinhos e muito menos iniciar um relacionamento com alguém fora de seu círculo íntimo. Ela sempre ignorara o mundo dos aspirantes, ou reconhecera membros individuais dele apenas quando levada pelo interesse; e a própria inconstância de suas concessões havia, como Lily sabia bem, dado a elas um valor especial aos olhos das pessoas escolhidas. Lily viu isso na satisfação irreprimível da Sra. Gormer e nas inúmeras ocasiões em que, durante um ou dois dias, esta repetiu as opiniões de Bertha ou especulou sobre a origem de seu vestido. Todas as ambições secretas que a indolência inata da Sra. Gormer e a postura de seus companheiros normalmente mantinham ocultas voltaram a germinar à luz da investida de Bertha; e, qualquer que fosse o motivo para essa última, Lily viu que, se isso voltasse a acontecer, era provável que tivesse um efeito perturbador sobre o seu futuro.

Ela havia combinado de interromper sua estadia com seus novos amigos com uma ou duas visitas a conhecidos tão recentes quanto eles;

e, ao voltar de uma excursão levemente deprimente, percebeu logo que a influência da Sra. Dorset ainda estava no ar. Houvera outra troca de visitas, um chá no country clube e um encontro em um baile comemorando a temporada de caça; existiam até rumores sobre um jantar próximo, cuja menção Mattie Gormer, em um esforço para ser discreta que não lhe era natural, tentava evitar sempre que a Srta. Bart fazia parte da conversa.

Esta última já planejara voltar para a cidade após um último domingo com os amigos; e, com a ajuda de Gerty Farish, descobrira um hotelzinho discreto onde iria poder passar o inverno. Como o hotel era vizinho a um bairro elegante, o preço dos poucos metros quadrados que Lily ocuparia era muito maior do que podia pagar; mas sua justificativa para não desejar aposentos mais baratos foi que, a essa altura em particular, era da mais suma importância manter a aparência de prosperidade. Na verdade, era impossível para ela, enquanto tinha os meios de quitar uma semana adiantada, passar a levar uma existência como a de Gerty Farish. Lily jamais estivera tão próxima da insolvência; mas, ao menos, conseguia arcar com a conta semanal do hotel e, como havia quitado suas dívidas mais altas com o dinheiro que recebera de Trenor, ainda tinha crédito suficiente para viver. A situação, no entanto, não era agradável a ponto de levá-la a ignorar por completo a insegurança em que se encontrava. Seus aposentos, que davam para um beco feio onde havia uma parede de tijolos e escadas de incêndio, suas refeições solitárias no restaurante escuro com o teto baixo e o forte cheiro de café — todos esses desconfortos materiais, que ainda assim tinham de ser considerados privilégios que logo desapareceriam, impediam-na de se esquecer das desvantagens de sua posição, e ela pensava cada vez mais nos conselhos da Sra. Fisher. Por mais que fizesse rodeios, Lily sabia que a conclusão era que precisaria tentar se casar com Rosedale; e foi graças a essa convicção que teve forças para lidar com uma visita inesperada de George Dorset.

Ela o encontrou, no primeiro domingo após sua volta à cidade, andando de um lado para o outro em sua estreita sala de estar, para risco iminente dos poucos objetos com que tentara disfarçar a exuberância exagerada do ambiente; mas vê-la pareceu acalmá-lo, e ele disse humildemente que não viera incomodá-la — que pedia somente que lhe permitisse permanecer ali por meia hora, conversando sobre qualquer coisa que ela quisesse. Na verdade, como Lily sabia, Dorset só pensava em um assunto: nele mesmo e em sua infelicidade; e foi a necessidade de solidariedade que causara sua reaproximação. Mas ele começou fingindo que queria saber dela e, conforme respondia, Lily viu que, pela primeira vez, uma vaga noção de seu apuro penetrou sua camada grossa de egoísmo. Seria possível que aquela tia miserável a houvesse deserdado? Que ela estivesse vivendo sozinha daquela maneira porque não existia mais ninguém para ajudá-la e que realmente possuísse apenas o suficiente para se manter viva até que o maldito legado fosse pago? A capacidade de se solidarizar estava quase atrofiada em George Dorset, mas ele sofria de maneira tão intensa que teve um breve vislumbre do significado de outros sofrimentos — e, como Lily percebeu, uma consciência quase simultânea da maneira como o infortúnio dela poderia ser-lhe útil.

Quando ela afinal mandou-o embora, sob o pretexto de que precisava se vestir para jantar, ele se demorou com um ar súplice no umbral e disse impulsivamente:

— Foi um consolo tão grande — por favor, diga-me que me deixará vê-la de novo. — Mas, a esse pedido direto, era impossível aquiescer; e Lily disse, em um tom amistoso, porém decidido:

— Lamento — mas o senhor sabe que não posso.

Ele corou até a altura dos olhos, fechou a porta e continuou diante dela, constrangido, mas insistente.

— Eu sei como poderia, se quisesse... se as coisas fossem diferentes! E a senhorita poderia fazer com que fossem. Basta uma palavra sua e eu saio dessa situação terrível!

Eles se fitaram e, por um segundo, Lily voltou a tremer diante da proximidade da tentação.

— O senhor se engana; eu não sei de nada — não vi nada! — exclamou ela, tentando, pela mera força de reiteração, criar uma barreira entre si e o perigo. E, enquanto ele se virava, gemendo:

— A senhorita nos sacrifica a ambos — ela continuava a repetir, como se fosse um encantamento: — Não sei de nada — absolutamente nada.

Lily vira Rosedale poucas vezes desde a conversa reveladora com a Sra. Fisher, mas, nas duas ou três ocasiões em que haviam se encontrado, percebera que despertara de forma significativa o interesse dele. Não existiam dúvidas de que o Sr. Rosedale a admirava tanto quanto antes, e ela acreditava que estava em suas mãos levar essa admiração até o ponto em que ela prevaleceria sobre qualquer consideração calculista que ainda persistisse. A tarefa não era fácil; mas tampouco era fácil, durante suas longas noites de insônia, pensar naquilo que George Dorset tão claramente estava preparado para oferecer. Vileza por vileza, Lily detestava menos a outra: havia momentos em que casar-se com Rosedale parecia-lhe a única solução honrosa para suas dificuldades. Ela só permitia que sua imaginação se estendesse até o dia daquela provação: depois dele, tudo era coberto por uma névoa de bem-estar material, em meio à qual a personalidade de seu benfeitor, por sorte, permanecia indistinta. Durante suas vigílias, Lily aprendera que havia coisas nas quais era melhor não pensar, certas imagens da meia-noite que precisavam a qualquer custo ser exorcizadas — e uma era a imagem dela própria como esposa de Rosedale.

Carry Fisher, graças ao sucesso que os Bry tinham feito em Newport — o que ela admitia com franqueza —, alugara uma pequena casa em Tuxedo durante os meses de outono; e era para lá que Lily estava indo no domingo seguinte à visita de Dorset. Embora já estivesse quase na hora do jantar quando chegou, sua anfitriã ainda não tinha voltado, e o brilho fraco da luz que emanava da lareira na casinha silenciosa envolveu sua alma com uma sensação de paz e intimidade. É duvidoso que tal emoção jamais houvesse surgido antes em um ambiente ocupado por Carry Fisher; mas, em contraste com o mundo no qual Lily vinha vivendo, existia um ar de tranquilidade e estabilidade até mesmo no arranjo dos móveis e na competência muda da criada que a levara ao seu quarto no andar de cima. Afinal, o desprezo pelas convenções de

Carry Fisher era apenas uma divergência superficial do código social que ela herdara, enquanto os modos do círculo dos Gormer representavam sua primeira tentativa de formular um código parecido para si próprio.

Era a primeira vez desde sua volta da Europa que Lily se via em uma atmosfera apropriada, e o despertar de velhas associações quase a levara a acreditar, quando descia as escadas antes do jantar, que encontraria um grupo de velhos amigos. Mas essa expectativa foi logo contida diante da lembrança de que os amigos que se mantinham leais eram justamente aqueles que estariam menos dispostos a expô-la a tais encontros; e foi quase sem surpresa que ela encontrou, em vez deles, o Sr. Rosedale, que compunha uma cena doméstica, ajoelhado na sala de estar diante da filhinha da anfitriã.

Rosedale em um papel paternal não era o tipo de imagem ideal para enternecer Lily; mas ela não pôde deixar de perceber que havia gentileza e simpatia em sua maneira de dirigir-se à criança. Ao menos, aquele não era o carinho automático e premeditado do hóspede diante da anfitriã, pois ele e a menina estavam sozinhos no cômodo; e algo em sua postura o fazia parecer um ser simples e bondoso comparado à pequena criatura exigente que suportava sua adoração. Sim, ele seria bondoso — bondoso à sua maneira rude, inescrupulosa e gananciosa, a maneira que um predador tem de tratar seu companheiro. Ela teve apenas um segundo para refletir se aquele vislumbre do homem na intimidade apaziguava sua repugnância ou, na realidade, dava-lhe uma forma mais concreta e específica; pois, ao vê-la, Rosedale imediatamente ficou de pé, transformando-se na pessoa exuberante e dominadora que era nos salões de Mattie Gormer.

Não foi surpresa para Lily descobrir que ele fora escolhido para ser o único outro hóspede além dela. Embora não houvesse se encontrado com sua anfitriã desde a tentativa desta de discutir seu futuro, Lily sabia que a astúcia que permitia à Sra. Fisher singrar de maneira segura e agradável por um mundo de forças antagônicas com frequência era exercida em benefício de seus amigos. Na verdade, era uma característica de Carry, ao mesmo tempo que obtinha seu sustento com os ricos, no fundo se solidarizar com o outro lado — os desafortunados, os impopulares, os malsucedidos, todos os famintos que, como ela, colhiam os restos descartados do sucesso.

A experiência da Sra. Fisher protegeu-a do erro de expor Lily, em sua primeira noite na casa, à personalidade de Rosedale sem nada para suavizá-la. Kate Corby e dois ou três homens apareceram para o jantar, e Lily, atenta a todos os detalhes do método da amiga, viu que qualquer oportunidade seria adiada até que houvesse reunido coragem suficiente para fazer uso dela. Teve a sensação de que aquiescia a esse plano com a paciência de um sofredor resignado ao toque do cirurgião; e esse desamparo quase letárgico continuou quando, após os convidados terem ido embora, a Sra. Fisher entrou em seu quarto.

— Posso entrar e fumar um cigarro perto da sua lareira? Se conversarmos no meu quarto, vamos perturbar a menina. — A Sra. Fisher olhou ao redor com um ar de anfitriã solícita. — Espero que esteja confortável, querida. Não é uma casinha simpática? Sou tão grata por ter algumas semanas de paz com o meu bebê.

Carry, em seus raros momentos de prosperidade, tornava-se tão francamente maternal que a Srta. Bart às vezes se perguntava se, caso algum dia tivesse tempo e dinheiro suficientes, não acabaria por dedicar ambos à filha.

— É um descanso bem merecido: isso, eu posso dizer — continuou ela, afundando no sofá cheio de almofadas diante da lareira com um suspiro de satisfação. — Louisa Bry é uma capataz severa: muitas vezes, desejei estar de novo com os Gormer. Dizem que o amor deixa as pessoas ciumentas e desconfiadas — mas não é nada comparado à ambição social! Louisa não conseguia dormir pensando se as mulheres que vinham nos visitar estavam vindo *me* ver porque eu estava com ela ou vindo *vê-la* porque ela estava comigo; e vivia fazendo armadilhas para descobrir o que eu pensava. É claro que tive de renegar minhas amigas mais antigas para não fazê-la suspeitar de que me devia uma só conhecida — enquanto era exatamente por isso que havia me chamado para ir para lá e por isso que me deu um belo cheque no final da temporada!

A Sra. Fisher não era uma mulher que falava de si mesma sem motivo, e a fala direta, longe de impedi-la ocasionalmente de usar métodos tortuosos, na realidade tinha, em momentos cruciais, o mesmo propósito que o malabarismo feito pelo mágico para distrair a plateia enquanto troca o conteúdo das mangas do casaco. Por entre a nuvem da fumaça de seu cigarro, ela continuou a fitar, com uma expressão pensativa, a Srta. Bart, que, após ter dispensado a criada, estava diante da penteadeira sacudindo os cachos soltos dos cabelos sobre os ombros.

— Seu cabelo é maravilhoso, Lily. Está mais ralo? De que isso importa, quando é tão claro e cheio de movimento? As preocupações de tantas mulheres parecem afetar logo os seus cabelos — mas os seus têm a aparência de estar sobre uma cabeça que nunca sentiu ansiedade na vida. Nunca esteve tão bonita quanto nesta noite. Mattie Gormer me disse que Morpeth queria pintar seu retrato — por que você não deixa?

A reação imediata da Srta. Bart foi lançar um olhar crítico para o reflexo das feições discutidas. Ela logo disse, com uma leve irritação:

— Não tenho vontade de aceitar um retrato de Paul Morpeth.

A Sra. Fisher ponderou.

— Não... Principalmente agora que... Bem, pode aceitar depois que estiver casada. — Ela esperou um instante e continuou: — Aliás, eu recebi uma visita de Mattie no outro dia. Ela apareceu aqui no domingo passado — e com Bertha Dorset, imagine!

A Sra. Fisher fez outra pausa para avaliar o efeito dessa novidade sobre a ouvinte, mas a escova na mão erguida da Srta. Bart continuou a fazer um movimento contínuo entre a testa e a nuca.

— Nunca fiquei tão espantada na vida — insistiu ela. — Não conheço duas mulheres menos predestinadas a se tornarem íntimas — digo, do ponto de vista de Bertha; é claro que a pobre Mattie pensa que é natural ser tratada com essa distinção: não duvido que o coelho sempre pensa que está fascinando a anaconda. Bem, você sabe que eu sempre lhe disse que Mattie tinha um desejo secreto de frequentar a mais alta roda; e, agora que a oportunidade surgiu, vejo que é capaz de sacrificar todos os velhos amigos por ela.

Lily deixou a escova de lado e fitou a amiga com um olhar penetrante.

— Incluindo a *mim*? — sugeriu.

— Ah, minha querida — murmurou a Sra. Fisher, se levantando para mover para trás um dos pedaços de lenha da lareira.

— Esse é o propósito de Bertha, não é? — perguntou a Srta. Bart, sem hesitar. — Pois é claro que ela sempre tem um; e, antes de eu deixar Long Island, vi que estava começando a lutar por Mattie.

A Sra. Fisher deu um suspiro evasivo.

— De qualquer maneira, Bertha agora está com ela bem presa. E pensar que aquela independência tão alardeada de Mattie era apenas uma forma mais sutil de esnobismo! Bertha já consegue fazê-la acreditar no que quiser — e lamento, minha filha, mas ela começou insinuando os maiores horrores sobre você.

Lily corou sob a sombra dos cabelos soltos.

— O mundo é vil demais — murmurou, dando as costas para o olhar ansioso de escrutínio da Sra. Fisher.

— Não é um lugar bonito; e a única maneira de manter-se firme é lutar contra ele seguindo suas regras — e acima de tudo, minha cara, não fazê-lo sozinha! — A Sra. Fisher resumiu todas as suas alusões vagas em um discurso resoluto. — Você me contou tão pouco que só posso adivinhar o que vem acontecendo; mas, na pressa em que vivemos, não há tempo para continuar a odiar alguém sem motivo e, se Bertha ainda é cruel o suficiente para caluniá-la, deve ser porque ainda sente medo de você. Do ponto de vista dela, só há uma razão para isso; e eu penso que, se deseja puni-la, tem o meio de fazê-lo nas mãos. Acredito que pode se casar com George Dorset amanhã; mas, se não lhe interessar essa forma específica de retaliação, a única coisa que vai salvá-la de Bertha é se casar com outra pessoa.

Capítulo 7

A luz jogada sobre a situação pela Sra. Fisher tinha a clareza crua de um alvorecer de inverno. Ela tornava os fatos discerníveis com uma precisão fria e intocada pela gradação de cores ou sombras e se refletia nas paredes vazias do espaço exíguo onde Lily se encontrava: ela abrira janelas de onde não conseguiria jamais ver o céu. Mas o idealista que sofre de necessidades vulgares precisa empregar uma mente vulgar para chegar às conclusões às quais ele próprio não consegue se rebaixar; e era mais fácil para Lily permitir que a Sra. Fisher explicasse o seu caso do que fazer uma narrativa direta para si mesma. Uma vez confrontada com ele, no entanto, ela compreendeu por completo suas consequências; e estas jamais tinham estado mais nítidas do que na tarde seguinte, quando saiu para dar uma caminhada com Rosedale.

Era um daqueles dias claros de novembro quando a atmosfera está impregnada da luz do verão; e algo nos contornos da paisagem, e no brilho dourado que a banhava, fez com que a Srta. Bart se lembrasse daquela tarde de setembro quando subira as colinas de Bellomont com Selden. A lembrança inoportuna continuou vívida devido ao contraste irônico com a situação atual, já que sua caminhada com Selden representara uma fuga irresistível de um desfecho exatamente igual ao que aquela excursão pretendia levar. Mas outras lembranças também surgiram para incomodá-la; situações similares, que tinham sido urdidas com a mesma habilidade, mas que, devido a algum azar perverso ou sua própria falta de firmeza de propósito, sempre haviam fracassado em obter o resultado pretendido. Bem, Lily estava bastante firme agora. Viu que todo o trabalho cansativo de reabilitação precisaria ser reiniciado, e com chances muito menores de ser bem-sucedido, se Bertha Dorset fosse mesmo conseguir que os Gormer rompessem com ela. Além disso, seu anseio por abrigo e segurança foi intensificado pelo desejo apaixonado de vencer Bertha, como apenas a fortuna e o prestígio seriam capazes de vencê-la. Como esposa de Rosedale — o Rosedale que sentia ter o poder de criar —, Lily, ao menos, conseguiria exibir uma fachada invulnerável para a inimiga.

Ela precisou se fortalecer com essa ideia, como se esta fosse um estimulante poderoso, para conseguir continuar a representar seu papel na cena para a qual seu acompanhante evidentemente se preparava. Conforme Lily caminhava ao seu lado, se retraindo inteira diante das liberdades tomadas pelo seu olhar e tom, mas dizendo a si mesma que a tolerância momentânea daquele humor era o preço que devia pagar pelo poder absoluto sobre ele, ela tentou calcular o ponto exato em que a concessão teria de virar resistência e o preço que *ele* deveria pagar ser deixado claro. Mas a autoconfiança impudente de Rosedale parecia impenetrável a tais insinuações, e Lily percebeu algo duro e contido sob o ardor superficial de seu comportamento.

Eles estavam sentados há algum tempo no refúgio de um vale coberto por pedras que dava para o lago, quando ela subitamente interrompeu o ponto culminante de uma frase apaixonada fitando-o com uma expressão grave em seu lindo rosto.

— Eu *realmente* acredito em suas palavras, senhor Rosedale — disse, baixinho —, e aceito me casar com o senhor quando desejar.

Rosedale, corando até a raiz dos cabelos lustrosos, reagiu a isso com um sobressalto que o fez ficar de pé, e permaneceu diante de Lily com um ar de constrangimento quase cômico.

— Pois imagino que seja isso que o senhor deseja — continuou ela, com o mesmo tom baixo. — E, embora tenha sido incapaz de consentir quando se dirigiu a mim dessa maneira antes, estou preparada, agora que o conheço tão melhor, a colocar minha felicidade em suas mãos.

Disse isso da maneira direta e digna que sabia usar em tais ocasiões e que era como um enorme facho de luz firme jogado sobre a escuridão tortuosa da situação. Diante daquele fulgor inconveniente, Rosedale pareceu hesitar um momento, como se consciente de que todas as rotas de fuga estavam terrivelmente iluminadas.

Logo, ele deu uma risada breve e pegou uma cigarreira de ouro, que apalpou com dedos gordos e cheios de anéis em busca de um cigarro de ponta dourada. Selecionando um, fez uma pausa para contemplá-lo por um instante antes de dizer:

— Minha cara senhorita Lily, lamento se houve um pequeno mal-entendido entre nós — mas a senhorita me fez sentir que meu pedido era tão inútil que eu não tinha intenção de fazê-lo de novo.

O sangue de Lily ferveu com a vulgaridade da rejeição; mas ela controlou a explosão de sua raiva e disse, em um tom gentil e nobre:

— Não posso culpar ninguém além de mim mesma se lhe dei a impressão de que aquela era minha decisão final.

Suas respostas eram sempre rápidas demais para Rosedale, e ele continuava sem dizer nada, intrigado, quando Lily estendeu a mão e acrescentou, com um toque de tristeza na voz:

— Antes de nos despedirmos, gostaria ao menos de agradecer ao senhor por um dia ter pensado em mim dessa maneira.

O toque de sua mão e a doçura comovente de seu olhar atingiram um ponto vulnerável em Rosedale. Era aquela inacessibilidade magnífica, aquela maneira de se manter distante sem demonstrar nenhum desprezo, que tornavam mais difícil para ele abrir mão dela.

— Por que a senhorita fala em se despedir? Não vamos ser bons amigos, de qualquer jeito? — insistiu Rosedale, sem soltar a mão de Lily.

Ela retirou-a devagar.

— O que o senhor considera ser um bom amigo? — perguntou, com um leve sorriso. — Fazer-me a corte sem me pedir em casamento?

Rosedale riu, voltando a se sentir à vontade.

— Bem, é mais ou menos isso mesmo. Não posso deixar de fazer-lhe a corte — não vejo como um homem poderia. Mas não pretendo pedi-la em casamento enquanto puder evitar.

Ela continuou a sorrir.

— Gosto da sua franqueza. Mas temo que nossa amizade não possa continuar nesses termos.

Lily se virou, como que para marcar aquele ponto final, e ele deu alguns passos atrás dela, atônito, com a sensação de que continuava, afinal de contas, a jogar o seu jogo.

Rosedale alcançou-a após percorrer depressa alguns metros e colocou a mão em seu braço com um ar súplice.

— Senhorita Lily — não vá embora assim, correndo. É muito dura comigo; mas, se não se incomoda em falar a verdade, não sei por que não permitiria que eu fizesse o mesmo.

Ela estacara um instante com as sobrancelhas erguidas, se retraindo instintivamente ao toque dele, mas sem fazer nenhum esforço para evitar suas palavras.

— Eu tive a impressão de que o senhor fez isso sem esperar minha permissão — respondeu.

— Bom — por que não ouve meus motivos, então? Nós não somos tão ingênuos a ponto de nos chocarmos com algumas palavras diretas. Eu sou doido por você: isso não é novidade. Estou mais apaixonado do que estava há um ano; mas preciso admitir que as circunstâncias mudaram.

Lily continuou a encará-lo com a mesma expressão de compostura irônica.

— O senhor que dizer que não sou mais uma esposa tão desejável quanto imaginava?

— Sim; é isso mesmo o que quero dizer — respondeu ele, resoluto.

— Não vou falar do que aconteceu. Não acredito nas histórias sobre você. Não *quero* acreditar. Mas elas existem, e o fato de eu não acreditar não altera a situação.

Ela corou até a altura das têmporas, mas sua necessidade era tão grande que reprimiu a resposta que estava na ponta de sua língua e continuou a fitá-lo, tranquila.

— Se elas não são verdade, *isso* não altera a situação? — perguntou.

Rosedale reagiu a isso sem baixar seus olhinhos calculistas, fazendo Lily sentir que não era nada além de uma mercadoria humana de excelente qualidade.

— Nos romances, pode ser; mas, na vida real, não. Você sabe disso tão bem quanto eu. Já que estamos falando a verdade, vamos falar toda a verdade. No ano passado, eu estava doido para me casar com você, e não quis nem me olhar. Neste ano — bom, parece que está disposta. O que mudou nesse meio tempo? Sua situação, só isso. Na época, achou que podia conseguir coisa melhor; agora...

— O senhor acha que pode? — disse ela, ironicamente, sem conseguir se conter.

— Bom, acho; em um aspecto, pelo menos. — Ele continuou postado diante de Lily, com as mãos nos bolsos e o peito estufado sob o colete chamativo. — O negócio é o seguinte: eu tive um trabalhão nos últimos anos para subir de posição social. Acha engraçado quando digo isso? Por que deveria me incomodar de dizer que quero entrar para a sociedade? Um homem não tem vergonha de admitir que quer criar cavalos de corrida ou fazer uma coleção de quadros. Ora, o gosto pela alta sociedade é só outro tipo de passatempo. Talvez eu queira me vingar de algumas das pessoas que me esnobaram no ano passado — coloque nesses termos, se soar melhor. De qualquer maneira, quero poder entrar nas melhores casas; e estou conseguindo, aos poucos. Mas sei que o jeito mais rápido de prejudicar seu relacionamento com as pessoas certas é ser visto com as erradas; e é por isso que quero evitar erros.

A Srta. Bart permaneceu de pé diante de Rosedale, em um silêncio que tanto podia expressar escárnio quanto um respeito relutante por sua franqueza; e, após um momento de pausa, ele continuou:

— É isso, entende? Estou mais apaixonado por você do que nunca, mas, se nos casássemos agora, eu estaria prejudicado de uma vez por todas, e tudo pelo que trabalhei durante todos esses anos seria desperdiçado.

Ela reagiu a isso com um olhar onde não havia mais qualquer traço de ressentimento. Após ter habitado durante tanto tempo um ambiente de mentiras sociais, era revigorante ser banhada pela luz de um pragmatismo confessado.

— Eu compreendo — afirmou. — Há um ano, eu teria sido útil para o senhor, mas, agora, seria um empecilho; e gosto do senhor por ter me dito isso de maneira tão honesta. — Lily estendeu a mão com um sorriso.

Mais uma vez, o gesto perturbou o autocontrole do Sr. Rosedale.

— Caramba, mas com você é na batata! — exclamou ele. E, quando ela começou a se afastar mais uma vez, ele disse, sem se conter: — Senhorita Lily, pare. Sabe que eu não acredito nessas histórias — acredito que foram inventadas por uma mulher que não hesitou em sacrificar você para sua própria conveniência...

Lily se retraiu com um gesto rápido de desprezo; era mais fácil suportar a insolência dele do que sua comiseração.

— O senhor é muito bondoso; mas creio que não precisamos mais discutir o assunto.

Mas a incapacidade natural de Rosedale de compreender insinuações fez com que fosse fácil para ele passar por cima dessa resistência.

— Não quero discutir nada; só quero colocar as cartas na mesa — insistiu ele.

A Srta. Bart estacou de má vontade, atraída pela expressão de um novo propósito no olhar e no tom de voz de Rosedale; e ele continuou, com os olhos fixos nela:

— O que me espanta é por que demorou tanto para se desforrar dessa mulher, quando tem o poder de fazê-lo nas mãos. — Ela continuou em silêncio, tomada pela perplexidade causada por essas palavras, e ele deu um passo adiante para perguntar, em voz baixa e sem rodeios: — Por que não usa as cartas dela que comprou no ano passado?

Lily ficou muda, em choque com aquela interrogação. As palavras que a precederam a haviam levado a supor que aquilo era, no máximo, uma alusão a sua suposta influência sobre George Dorset; e a espantosa indelicadeza da referência não diminuía a possibilidade de Rosedale a estar fazendo. Mas, agora, via quão enganada estivera; e a surpresa de saber que ele descobrira o segredo das cartas a fez, por um momento, não ter consciência do uso especial para elas que estava sugerindo.

O desaparecimento temporário de sua presença de espírito deu a Rosedale tempo suficiente para insistir; e ele continuou depressa, como se quisesse obter o controle total da situação:

— Veja, eu sei a sua posição; sei que ela está completamente em suas mãos. Isso parece uma fala de teatro, não parece? Mas tem muita verdade em alguma dessas peças antigas; e eu não imagino que tenha comprado aquelas cartas apenas para colecionar autógrafos.

Lily olhava para Rosedale com cada vez mais assombro; e a única impressão nítida que tinha era a sensação amedrontadora de seu poder.

— Quer saber como foi que eu descobri as cartas? — perguntou ele, reagindo ao olhar dela com certo orgulho. — Talvez tenha se esquecido de que sou o dono do Benedick — mas isso não importa agora. Saber das coisas é muito útil nos negócios, e eu simplesmente adotei a prática nos meus assuntos particulares. Pois esse *é* um assunto que me diz respeito — pelo menos, depende de você fazer com que seja. Vamos encarar a situação. A Sra. Dorset, por razões que não precisamos esmiuçar, tratou-a de um jeito horrível na primavera passada. Todo mundo conhece a Sra. Dorset, e nem as melhores amigas dela acreditariam num juramento seu no que diz respeito a seus interesses; mas, enquanto estão fora da briga, é muito mais fácil imitá-la do que se colocar contra ela, e você simplesmente foi sacrificada em nome da preguiça e do egoísmo. Não é isso mesmo? Bom, algumas pessoas dizem que você tem a resposta mais simples nas mãos; que George Dorset se casaria com você amanhã mesmo se lhe contasse tudo o que sabe e desse a ele uma chance de dar adeus à madame. Imagino que isso seja verdade; mas você não parece querer ir à forra dessa forma e, vendo a questão como um homem de negócios, acho que tem razão. Em um caso assim, ninguém sai com as mãos completamente limpas. A única maneira de você começar do zero é fazer com que Bertha Dorset a apoie em vez de tentar brigar com ela.

Rosedale parou de falar por tempo suficiente a fim de recuperar o fôlego, mas não para dar a Lily a chance de expressar sua crescente resistência; e, conforme ele insistia, apresentando e explicando a ideia com a firmeza de um homem que não duvida de sua causa, ela sentiu a indignação gradualmente congelando, viu-se aprisionada por seus argumentos devido à mera frieza com que eram expostos. Agora, não havia tempo para se perguntar como Rosedale soubera que obtivera as cartas: seu mundo inteiro estava mergulhado na escuridão e só existia uma luz monstruosa sobre o plano que ele tinha para usá-las. E, após o primeiro instante, não foi o horror à ideia que manteve Lily hipnotiza-da, submetida à vontade de Rosedale; era, na verdade, a sutil afinidade que havia entre esta e os seus desejos mais íntimos. Ele se casaria com ela amanhã mesmo se esta conseguisse reatar a amizade com Bertha; e, para induzir a retomada aberta dessa amizade e a retratação tácita de tudo o que causara seu rompimento, ela só precisava mostrar àquela senhora a ameaça latente contida no embrulho que lhe caíra de maneira tão milagrosa nas mãos. Lily viu no mesmo segundo a vantagem que esse caminho tinha sobre aquele que o pobre Dorset lhe pedira para escolher. O sucesso do outro plano dependia de uma injúria pública, enquanto este reduzia a transação a um entendimento privado, do qual nenhum terceiro precisaria ter a mais vaga ideia. Colocado por Rosedale nos termos de um toma-lá-dá-cá comercial, esse entendimento assu-mia o ar inofensivo de um acordo mútuo, como uma transferência de propriedade ou a revisão de fronteiras. Certamente, a vida ficava mais simples se era vista como uma perpétua adaptação ou como uma jogada política, na qual cada concessão tinha seu equivalente reconhecido: a mente cansada de Lily ficou fascinada por essa fuga de estimativas éticas flutuantes para uma região de pesos e medidas concretos.

Rosedale, conforme a Srta. Bart escutava, pareceu interpretar seu silêncio não apenas como uma aquiescência gradual ao plano, mas uma percepção perigosamente profunda das oportunidades que este oferecia; pois, quando ela continuou sem responder nada, ele disse de repente, voltando depressa a si:

— Vê como é simples, não vê? Bom, não vá ficar entusiasmada pensando que é simples *demais*. Você não ia começar exatamente da estaca zero. Agora que estamos conversando, vamos dar nome aos bois e deixar tudo bem claro. Você sabe muito bem que Bertha Dorset não ia ter conseguido afetá-la se já não houvesse... bem... questões, pequenos pontos de interrogação, não é? É normal isso acontecer com uma moça bonita que tem parentes mãos-fechadas, imagino. Mas *aconteceu*, e ela encontrou o terreno preparado. Está entendendo o que estou dizendo? Não vai querer que essas pequenas questões apareçam de novo. É uma coisa colocar Bertha Dorset na linha — mas o importante é mantê-la lá. Você vai conseguir assustá-la bem depressa — mas como vai mantê- -la assustada? Mostrando que é tão poderosa quanto ela. Nem todas as cartas do mundo fariam isso se sua situação continuasse igual; mas, com alguém grande para apoiá-la, você vai deixar Bertha no lugar. É aí que entro *eu* — é isso que estou lhe oferecendo. Não vai conseguir fazer nada sem mim — não vá pensando que vai. Daqui a seis meses, ia estar com as mesmas preocupações, ou outras ainda piores: e aqui estou eu, pronto para acabar com tudo isso, basta você querer. Você quer, senhorita Lily? — acrescentou ele, se aproximando depressa.

Os astros e os movimentos destes se combinaram para causar em Lily um sobressalto que a fez sair do transe subserviente em que caíra sem perceber. A luz chega por caminhos tortuosos à consciência hesitante, e chegou-lhe através da percepção enojada de que seu pretendente a cúmplice dava por certa a probabilidade de ela não confiar nele e talvez tentar ludibriá-lo e tomar sua parte do butim. Esse vislumbre da parte mais oculta da mente de Rosedale deu a toda a transação um novo aspecto, e Lily viu que a vileza essencial daquele ato estava no fato de que ele era livre de riscos.

Ela se afastou com um gesto rápido de repulsa, dizendo, em um tom que foi uma surpresa para seus próprios ouvidos:

— O senhor se engana — se engana muito — tanto quanto aos fatos quanto no que deduz deles.

Rosedale lançou um breve olhar de espanto, intrigado com a partida súbita de Lily em uma direção tão diferente daquela para a qual parecia estar-se deixando ser guiada por ele.

— O que isso significa? Achei que estávamos nos entendendo! — exclamou; e, quando ela murmurou:

— Ah, *agora* estamos — ele retrucou, com uma violência súbita:

— Imagino que seja porque as cartas são para *ele*, então? Diabos me levem se ele algum dia lhe agradeceu!

Capítulo 8

Os dias de outono aos poucos deram lugar ao inverno. Mais uma vez, o mundo do ócio estava em transição entre o campo e a cidade, e a Quinta Avenida, ainda deserta nos fins de semana, exibia de segunda a sexta-feira um fluxo cada vez maior de carruagens se movendo entre fachadas de casas que gradualmente recobravam a consciência.

A exposição de cavalos de raça, cerca de duas semanas antes, causara um efeito semelhante à ressuscitação, enchendo os teatros e restaurantes com uma exibição de espécimes humanos tão imponentes e faustosos quanto aqueles que caminhavam diariamente ao redor de suas pistas de corrida. No mundo da Srta. Bart, a exposição de cavalos e o público que esta atraía ostensivamente passaram a ser desprezados pelos eleitos; mas, assim como o senhor feudal podia decidir participar do baile que acontecia na praça da aldeia, a alta sociedade, de maneira não oficial e incidental, ainda fazia a concessão de examinar a cena. A Sra. Gormer, assim como o resto, não deixava de aproveitar tal ocasião para exibir a si mesma e a seus cavalos; e Lily teve a oportunidade de mostrar-se ao lado da amiga no camarote mais conspícuo que havia no lugar. Mas essa aparente intimidade que ainda restava apenas deixou-a mais consciente de uma mudança em seu relacionamento com Mattie, uma discriminação nascente, um padrão social que se formava aos poucos, emergindo da visão caótica que a Sra. Gormer tinha da vida. Era inevitável que Lily fosse o primeiro sacrifício a ser feito em nome desse novo ideal, e ela sabia que, quando os Gormer estivessem estabelecidos na cidade, todo o fluxo da sociedade facilitaria o afastamento de Mattie. Lily, em resumo, não conseguira se tornar indispensável; ou melhor, sua tentativa de fazê-lo fora frustrada por uma influência mais forte do que qualquer uma que ela poderia exercer. Essa influência, em última análise, não era nada além do poder do dinheiro: o crédito social de Bertha Dorset era baseado em uma conta de banco inexpugnável.

Lily sabia que Rosedale não havia exagerado a dificuldade de sua posição nem a perfeição da vingança que oferecia: uma vez no mesmo nível de Bertha em termos de recursos materiais, sua superioridade faria com que fosse fácil para ela dominar a adversária. A compreensão do significado de tal domínio e das desvantagens advindas de sua rejeição se tornou cada vez maior para Lily nas primeiras semanas do inverno. Até então, ela mantivera a aparência de estar se movimentando fora da correnteza social principal; mas, com o retorno à cidade e a concentração de atividades dispersas, o mero fato de não retomar naturalmente os velhos hábitos marcou-a como excluída deles de forma inequívoca. Quem não fazia parte da rotina fixa da temporada ficava vagando em um vácuo de não existência social. Lily, apesar de todos os seus sonhos insatisfeitos, jamais concebera realmente a possibilidade de girar em torno de outro centro: era fácil desprezar o mundo, mas decididamente difícil encontrar outra região habitável. Seu senso de ironia jamais chegou a desertá-la, e ela notou, sentindo escárnio por si mesma, o valor anormal subitamente adquirido pelos detalhes mais cansativos e insignificantes de sua velha vida. Até o tédio desta tinha certo charme agora que Lily estava livre dele: deixar cartões, escrever bilhetes, tratar com polidez forçada as pessoas aborrecidas ou mais velhas, sorrir, resignada, durante jantares enfadonhos — como seria agradável preencher o vazio de seus dias com tais obrigações! Ela, na verdade, deixava cartões às mancheias; mantinha-se, com uma persistência brava e sorridente, bastante visível aos olhos do mundo; e também não sofreu nenhuma daquelas rejeições grosseiras que às vezes causam uma saudável reação de desdém na vítima. A alta sociedade não deu as costas para Lily; apenas passou por ela, preocupada e desatenta, permitindo que sentisse, na humilhação total de seu orgulho, quão completamente dependera de sua indulgência.

Lily recusara a sugestão de Rosedale com um desprezo tão imediato que quase a surpreendera: não tinha perdido a capacidade de ter explosões de indignação. Mas não conseguia respirar por muito tempo nas alturas; nada em sua educação tivera por objetivo desenvolver a continuidade da força moral: o que ela desejava, e aquilo que realmente achava merecer, era uma situação na qual a postura mais nobre era também a mais fácil. Até então, seus impulsos intermitentes de resistência haviam sido suficientes para manter sua autoestima. Se Lily escorregava, logo recobrava o equilíbrio, e apenas depois se dava conta de que o recobrara em um nível levemente mais baixo. Rejeitara a oferta de Rosedale sem um esforço consciente; todo o seu ser se revoltara contra aquilo; e ela ainda não percebera que, devido ao mero gesto de ouvi-lo, aprendera a conviver com ideias que um dia teria considerado intoleráveis.

Para Gerty Farish, que vigiava Lily com mais ternura, ainda que com menos discernimento, que a Sra. Fisher, o resultado dessa contenda já estava perfeitamente visível. Ela de fato não sabia que reféns a Srta. Bart já sacrificara em nome do pragmatismo; mas via que estava empenhada, de maneira obsessiva e irremediável, na política ruinosa de "manter as aparências". Gerty, agora, podia sorrir de seu antigo sonho de ver a renovação da amiga através da adversidade: compreendia com clareza que Lily não era uma daquelas pessoas a quem a privação ensina a insignificância do que perderam. Mas este fato em si, para Gerty, tornava Lily ainda mais necessitada de ajuda, ainda mais digna do carinho do qual tinha tão pouca consciência de precisar.

A Srta. Bart, desde sua volta à cidade, não subira com frequência a escada da Srta. Farish. Havia algo de irritante na pergunta muda expressada pela solidariedade de Gerty: Lily sentia que as verdadeiras dificuldades de sua situação eram incomunicáveis para qualquer pessoa com valores tão diferentes dos seus, e as restrições da vida de Gerty, que um dia haviam tido o encanto do contraste, agora eram uma lembrança dolorosa demais dos limites cada vez menores de sua própria existência. Certa tarde, quando ela afinal decidiu cumprir a resolução de visitar a amiga, essa sensação de um encolhimento de oportunidades a tomou com uma intensidade incomum. A caminhada pela Quinta Avenida, que descortinou diante de Lily, ao brilho da luz cruel do sol de inverno, uma processão interminável de carruagens cuidadosamente equipadas — permitindo que visse, pelos quadradinhos das janelas das berlindas, perfis familiares voltados para listas de visitas e mãos apressadas dando bilhetes e cartões para os criados que aguardavam —, esse vislumbre das rodas sempre em marcha da imensa máquina social, fez com que ela tivesse mais consciência do que nunca de quanto as escadas de Gerty eram altas e estreitas, e do beco sem saída para o qual davam. Escadas humildes, destinadas a serem subidas por pessoas humildes. Quantos milhares de figuras insignificantes não estavam subindo e descendo escadas parecidas em todo o mundo naquele mesmo instante? Figuras tão mal-ajambradas e desinteressantes quanto aquela senhora de meia-idade de vestido puído que desceu o lance de Gerty ao mesmo tempo que Lily o subia!

— Aquela era a pobre Srta. Jane Silverton. Veio conversar comigo. Ela e a irmã querem fazer algo para se sustentar — explicou Gerty, entrando na sala de estar com Lily atrás.

— Para se sustentar? A situação delas está tão difícil assim? — perguntou a Srta. Bart, com um toque de irritação: não tinha vindo ali para falar dos infortúnios dos outros.

— Lamento dizer que não sobrou um centavo: as dívidas de Ned engoliram tudo. Elas ficaram tão esperançosas quando ele se afastou de Carry Fisher; pensaram que Bertha Dorset ia ser uma influência tão boa, pois ela não gosta de jogar cartas e — bem, ela falou de uma maneira muito bonita com a Srta. Jane sobre considerar Ned um irmão mais novo e querer levá-lo no iate para que ele tivesse a chance de largar as cartas e os cavalos e voltar a trabalhar com literatura.

A Srta. Farish parou de falar, dando um suspiro que refletia a perplexidade da visitante que fora embora.

— Mas isso não é tudo; nem sequer é o pior. Parece que Ned brigou com os Dorset; ou, pelo menos, Bertha recusa-se a permitir que ele a veja, e ele está tão infeliz com isso que voltou a jogar e a andar com todo tipo de gente. E a prima Grace Van Osburgh o acusa de ter tido uma influência muito ruim sobre Bertie, que deixou Harvard na primavera passada e tem estado muito com Ned desde então. Ela mandou chamar a Srta. Jane e fez a maior cena; e Jack Stepney e Herbert Melson, que estavam também, disseram à Srta. Jane que Bertie estava ameaçando se casar com uma mulher horrível que Ned apresentara para ele, e que eles não podiam fazer nada, pois, agora que ele é maior de idade, tem seu próprio dinheiro. Você pode imaginar como a própria Srta. Jane se sentiu — veio falar comigo no mesmo instante e parecia pensar que, se eu conseguir arrumar algo para ela fazer, poderia ganhar o suficiente para pagar as dívidas de Ned e mandá-lo em uma viagem. Lamento dizer que ela não faz ideia de quanto tempo levaria para pagar por uma das noites de bridge dele. E Ned estava horrivelmente endividado quando chegou do cruzeiro — não entendo por que gastou tão mais dinheiro sob a influência de Bertha do que sob a de Carry. Você entende?

Lily reagiu a essa pergunta com um gesto impaciente.

— Querida Gerty, eu sempre entendo como as pessoas conseguem gastar muito mais dinheiro — nunca como conseguem gastar menos!

Ela soltou o nó da capa de pele e se acomodou na poltrona de Gerty, enquanto sua amiga se ocupava das xícaras de chá.

— Mas o que elas podem fazer — as duas senhoritas Silverton? Como pretendem se sustentar? — perguntou, consciente de que continuava com uma nota de irritação na voz. Aquele era o último tópico que desejava discutir; realmente, não se interessava nem um pouco por ele. Mas sentiu uma súbita curiosidade perversa de saber como as duas vítimas insípidas, cada vez mais à míngua, dos experimentos sentimentais do jovem Ned Silverton pretendiam lidar com a terrível necessidade que se aproximava de sua porta.

— Não sei — estou tentando encontrar algo para elas. A Srta. Jane lê em voz alta muito bem — mas é tão difícil encontrar alguém que esteja disposto a pagar por isso. E a Srta. Anne pinta um pouco...

— Ah, já sei — flores de macieira em papel-borrão; exatamente o tipo de coisa que eu mesma estarei fazendo em pouco tempo! — exclamou Lily, ficando de pé com uma veemência que ameaçou destruir a frágil mesa de chá da Srta. Farish.

Lily se debruçou para endireitar as xícaras; depois, voltou a afundar na poltrona.

— Esqueci que não havia espaço para se remexer aqui — é preciso se comportar tão bem em um apartamento pequeno! Ah, Gerty, não é meu destino ser boa — disse ela, com um suspiro incoerente.

Gerty olhou, apreensiva, o rosto pálido dela, onde os olhos tinham um brilho peculiar causado pela insônia.

— Você parece horrivelmente cansada, Lily; tome seu chá e se recoste aqui nesta almofada.

A Srta. Bart aceitou a xícara de chá, mas colocou a almofada de volta no lugar com impaciência.

— Não me dê isso! Não quero me recostar — vou cair no sono se o fizer.

— E por que não dorme, querida? Eu fico quietinha — sugeriu Gerty, com carinho.

— Não, não. Não fique quieta. Converse comigo, mantenha-me acordada! Não durmo à noite e, à tarde, sou invadida por uma sonolência terrível.

— Não dorme à noite? Desde quando?

— Não sei — não me lembro. — Lily ficou de pé e colocou a xícara vazia sobre a bandeja de chá. — Quero outro, mais forte, por favor; se não ficar acordada agora, verei horrores esta noite — os maiores horrores!

— Mas eles serão piores se você beber chá demais.

— Não, não, dê-me outra xícara; e não ralhe comigo, por favor — retrucou Lily altivamente. Sua voz assumira um tom perigoso, e Gerty notou que sua mão tremia quando ela estendeu-a para pegar a segunda xícara.

— Mas você parece tão cansada; tenho certeza de que deve estar doente...

A Srta. Bart deixou a xícara sobre a mesa com um sobressalto.

— Eu pareço doente? Está aparente no meu rosto? — Ela se levantou e andou depressa até o espelhinho que ficava sobre a escrivaninha. — Que espelho horrível — está todo manchado e descorado. Qualquer pessoa ficaria medonha nele! — Ela virou-se de novo, fixando seus olhos súplices em Gerty. — Minha amiga querida e tão boba, por que diz essas coisas odiosas para mim? Basta que alguém diga que estamos com cara de doentes para ficarmos doentes mesmo! E quem está com cara de doente está feia. — Lily agarrou os punhos de Gerty e arrastou-a até a janela. — No final das contas, prefiro saber a verdade. Olhe-me bem, Gerty, e me diga: estou horrorosa?

— Você está linda agora, Lily: seus olhos estão brilhando e suas bochechas ficaram tão rosadas de repente...

— Ah, quer dizer que elas *estavam* pálidas — horrivelmente pálidas — quando eu cheguei? Por que não me diz com franqueza que estou pavorosa? Meus olhos estão brilhando agora de tão nervosa que estou — mas, de manhã, parecem que são de chumbo. E eu posso ver as rugas surgindo no meu rosto — as rugas de preocupação, decepção e fracasso! Cada noite insone deixa mais uma — e como posso dormir, se tenho coisas tão terríveis em que pensar?

— Coisas terríveis — que coisas? — perguntou Gerty, soltando os punhos com gentileza dos dedos febris da amiga.

— Que coisas? Bem, na pobreza, por exemplo — não conheço nada mais terrível do que isso. — Lily se virou e afundou com um cansaço súbito na poltrona diante da mesa de chá. — Você me perguntou agora há pouco se conseguia entender como Ned Silverton gastava tanto dinheiro. É claro que entendo — ele gasta vivendo com os ricos. Você pensa que vivemos *dos* ricos, em vez de com eles. E fazemos isso, realmente — mas é um privilégio pelo qual temos de pagar! Nós comemos em seus jantares, bebemos seus vinhos, fumamos seus cigarros e usamos suas carruagens, seus camarotes na ópera e seus vagões privados, sim, mas precisamos pagar uma taxa para cada um desses luxos. Os homens pagam dando gorjetas altas para os criados, apostando mais do que podem nas cartas, dando flores e presentes e — e — muitas outras coisas que custam dinheiro. As moças pagam com gorjetas e cartas também — ah, sim, tive de voltar a jogar bridge — e indo à melhor modista e tendo o vestido perfeito para cada ocasião, e sempre se mantendo fresca, encantadora e interessante!

Ela se recostou por um instante, fechando os olhos e, enquanto ficava ali, com os lábios descorados entreabertos e as pálpebras sobre o olhar rútilo e exaurido, Gerty, assustada, percebeu a mudança em seu rosto — era como se a luz baça do sol houvesse apagado de repente seu brilho artificial. Lily ergueu o olhar e a visão se dissipou.

— Não parece muito divertido, parece? E não é — estou morta de cansaço! Mas, a ideia de desistir de tudo quase me mata. É isso que me impede de dormir de noite e me deixa tão louca pelo seu chá forte. Não vou conseguir continuar assim por muito tempo — quase não aguento mais. Mas o que posso fazer? Como vou conseguir me manter viva? Vejo--me reduzida ao destino daquela pobre Srta. Silverton — se esgueirando até as agências de emprego e tentando vender mata-borrões pintados nas lojas de artesanato feminino! E já existem milhares e milhares de mulheres tentando fazer a mesma coisa, e nenhuma delas sabe menos do que eu como ganhar um dólar sequer!

Ela se levantou de novo, olhando apressadamente para o relógio.

— Está tarde e eu preciso ir — tenho um compromisso com Carry Fisher. Não faça uma cara tão preocupada, minha querida — não pense demais nas bobagens que falei. — Lily estava diante do espelho de novo, ajeitando o cabelo com gestos delicados, baixando o véu e dando um toque habilidoso na capa de pele. — É claro que ainda não cheguei ao ponto das agências de emprego e do mata-borrão; mas estou bastante apertada no momento e, se conseguisse encontrar algo para fazer — bilhetes para escrever, listas de visita para compor, esse tipo de coisa —, seria possível dar um jeito até o legado ser pago. E Carry prometeu encontrar alguém que queira uma espécie de secretária social — você sabe que a especialidade dela são os ricos desamparados.

A Srta. Bart não revelara a Gerty a extensão de suas preocupações. Na verdade, tinha uma necessidade imediata e urgente de dinheiro: dinheiro para pagar as despesas semanais vulgares que não podiam ser adiadas ou evitadas. Abrir mão de seus aposentos e ser levada a viver na obscuridade de uma casa de cômodos ou a aproveitar-se da hospitalidade provisória de um leito na sala de estar de Gerty Farish iria apenas retardar o problema que a confrontava; e parecia-lhe mais sábio, além de mais agradável, permanecer onde estava e encontrar um meio de ganhar a vida. A possibilidade de ter de fazer isso era algo que ela jamais considerara seriamente, e a descoberta de que, na hora de ganhar seu pão, era provável que fosse tão ineficiente e desamparada quanto a pobre Srta. Silverton foi um choque severo para sua autoconfiança.

Acostumada a encarar-se da maneira como em geral era vista, ou seja, como uma pessoa cheia de energia e recursos, com habilidades naturais que lhe permitiam dominar qualquer situação em que se encontrasse, Lily tinha uma ideia imprecisa de que tais talentos teriam valor para aqueles que buscavam orientação social; mas, por infelicidade, não havia um tópico específico sob o qual a arte de dizer e fazer a coisa certa poderia ser oferecida no mercado, e nem mesmo a engenhosidade da Sra. Fisher foi suficiente diante da dificuldade de encontrar um caráter lucrativo na imensidão vaga dos encantos da Srta. Bart. Carry Fisher conhecia diversas maneiras indiretas de ajudar seus amigos a ganhar a vida e podia afirmar sem dor na consciência que oferecera diversas oportunidades do tipo para Lily: mas ganha-pães mais legítimos estavam tão fora de suas especialidades quanto além da capacidade dos sofredores que em geral precisava assistir. Além do mais, o fracasso de Lily em aproveitar as chances que já lhe tinham sido apresentadas poderia ter justificado o abandono de mais esforços feitos em seu benefício; mas a boa vontade inesgotável da Sra. Fisher a tornava adepta em criar demandas artificiais em resposta a ofertas reais. Foi com esse objetivo que ela deu início a uma jornada de descobrimento no interesse da Srta. Bart; e, de posse do resultado de suas explorações, mandou chamar esta última, anunciando que tinha "encontrado alguma coisa".

Quando se viu sozinha, Gerty ficou cismando, preocupada, sobre os apuros nos quais a amiga se encontrava e sua própria inabilidade de resolvê-los. Estava claro que Lily, por enquanto, não desejava o tipo de ajuda que ela poderia oferecer. A Srta. Farish achava que a única esperança da amiga era uma vida completamente reorganizada e afastada das antigas associações; enquanto todas as energias de Lily estavam centradas no esforço determinado de agarrar aquelas associações e manter uma aparência que a identificasse com elas enquanto essa ilusão fosse possível. Por mais lamentável que tal postura parecesse para Gerty, ela não podia criticá-la de maneira tão implacável quanto Selden, por exemplo, teria feito. Gerty não se esquecera da noite emocionada em que ficara enlaçada com Lily, parecendo sentir o sangue pulsando de seu coração para o dela. O sacrifício que fizera parecia-lhe ter sido em vão; Lily não demonstrava nenhum vestígio das influências tranquilizadoras daquela ocasião; mas a ternura de Gerty, disciplinada por longos anos de convivência com sofrimentos obscuros e inarticulados, podia esperar por seu objeto com uma resignação silenciosa que não levava o tempo em conta. Ela não podia, no entanto, negar a si mesma o consolo de compartilhar sua ansiedade com Lawrence Selden, a quem, desde a volta deste da Europa, voltara a tratar com a intimidade de uma prima.

O próprio Selden jamais percebera qualquer mudança em seu relacionamento com Gerty. Encontrou-a da mesma maneira como a deixara: simples, afável e dedicada, mas com uma perspicácia emocional mais intensa que ele reconheceu sem procurar explicar. Para Gerty, parecia impossível voltar a falar livremente com Selden sobre Lily Bart; mas aquilo que se passara nos recônditos de seu coração pareceu se transformar sozinho, depois que a bruma da dor se dissipou, em uma liberação das amarras do egoísmo, um desvio do sentimento pessoal para a correnteza geral da compreensão humana.

Gerty teve a oportunidade de comunicar seus medos a Selden apenas cerca de duas semanas após a visita de Lily. Este, após ter aparecido em um domingo à tarde, se demorara em meio às mulheres desalinhadas que a prima convidara para o chá, consciente de que havia algo no tom e nos olhos dela que solicitava uma conversa particular; e, assim que a última visita se fora, Gerty começou a explicar o caso, perguntando há quanto tempo ele não via a Srta. Bart.

A pausa perceptível de Selden deu a Gerty tempo de fazer um leve gesto de surpresa.

— Eu não a vi em nenhuma ocasião — estou perpetuamente deixando de encontrá-la desde sua volta.

Essa admissão inesperada fez a Srta. Farish pausar também; e ela ainda estava hesitando, prestes a entrar no assunto, quando ele tranquilizou-a, dizendo:

— Eu quis vê-la — mas tenho a impressão de que ela foi absorvida pelo círculo dos Gormer desde que retornou da Europa.

— Isso é mais um motivo; ela tem estado muito infeliz.

— Infeliz por estar com os Gormer?

— Ah, eu não defendo a intimidade de Lily com os Gormer; mas isso também acabou, acho. Você sabe que as pessoas têm sido muito cruéis desde que Bertha Dorset brigou com ela.

— Ah! — exclamou Selden, se levantando abruptamente para andar até a janela, onde ficou, com os olhos fixos na escuridão cada vez maior da rua, enquanto sua prima explicava: — Judy Trenor e a própria família de Lily a desertaram também — e tudo porque Bertha Dorset disse coisas tão horríveis. E ela está na penúria — você sabe que a Sra. Peniston deixou-lhe apenas um pequeno legado, após dar a entender que Lily ficaria com tudo.

— Sim — eu sei — disse Selden, assentindo com rispidez e voltando-se de novo para a sala, mas apenas para dar passos inquietos no espaço exíguo que havia entre a porta e a janela. — Sim — ela foi tratada de maneira abominável; mas, por infelicidade, é exatamente isso que um homem que deseja demonstrar sua solidariedade não pode lhe dizer.

As palavras dele causaram em Gerty um calafrio de decepção.

— Existem outros meios de demonstrar sua solidariedade — sugeriu ela.

Selden, com uma leve risada, se sentou diante da prima no pequeno sofá que ficava em frente à lareira.

— No que você anda pensando, sua boa samaritana incorrigível? — perguntou.

Gerty corou e, por um instante, o rubor foi sua única resposta. Então, ela se explicou melhor, dizendo:

— Ando pensando que você e Lily costumavam ser ótimos amigos — que ela costumava se importar imensamente com o que você pensa dela — e que, se interpretar seu afastamento como um sinal do que pensa agora, imagino que isso deva aumentar muito sua infelicidade.

— Minha menina, não a aumente ainda mais — ou, pelo menos, não aumente a ideia que tem dela — atribuindo à Srta. Bart diversas suscetibilidades suas. — Selden, por mais que tentasse, não conseguiu deixar de soar um pouco frio; mas reagiu ao olhar de perplexidade de Gerty dizendo, com mais afabilidade: — Mas, embora você exagere imensamente a importância de qualquer coisa que eu possa fazer pela Srta. Bart, não pode exagerar minha prontidão em fazê-lo — caso me peça. — Ele pousou a mão sobre a dela por um instante e entre eles passou, na corrente daquele raro contato, uma daquelas trocas de significado que preenchem os reservatórios secretos da afeição. Gerty teve a impressão de que Selden sabia o quanto aquele pedido lhe custara, tão bem quanto ela compreendia quão significativa era sua resposta; e sentir que tudo estava subitamente claro entre eles fez com que ela encontrasse com mais facilidade as palavras seguintes.

— Eu peço, então; peço, porque certa vez Lily me disse que você a ajudou, e porque ela precisa de ajuda agora, como nunca precisou antes. Você sabe como ela é dependente da comodidade e do luxo — como odeia tudo o que é velho, feio e desconfortável. Não consegue evitar — foi criada com essas ideias e jamais soube como encontrar um caminho que a afastasse delas. Mas, agora, todas as coisas com as quais se importava lhe foram tomadas, e as pessoas que lhe ensinaram a se importar com elas a abandonaram também; e parece-me que, se alguém lhe estendesse a mão e lhe mostrasse o outro lado — lhe mostrasse o quanto resta na vida e nela mesma... — Gerty se interrompeu, envergonhada ao ouvir a própria eloquência e impedida pela dificuldade de expressar com precisão seu anseio vago pelo resgate da amiga. — Eu própria não posso ajudá-la — ela está além do meu alcance — continuou. — Acho que ela tem medo de ser um fardo para mim. Quando esteve aqui pela última vez, há duas semanas, parecia terrivelmente preocupada com o próprio futuro: disse que Carry Fisher estava tentando encontrar algo para ela fazer. Alguns dias depois, me escreveu dizendo que havia obtido um cargo de secretária particular, que eu não devia me preocupar, pois estava tudo bem, e que, quando tivesse tempo, viria aqui me contar tudo; mas nunca veio, e eu não quero ir até ela, pois tenho medo de forçar minha presença onde não sou desejada. Certa vez, quando éramos crianças e eu corri para Lily após uma longa separação, dando-lhe um abraço, ela disse: "Por favor, não me beije a não ser que eu lhe peça, Gerty — e ela me pediu, um minuto depois; mas, desde então, eu sempre espero que peça.

Selden ouvira em silêncio, com a expressão concentrada que seu rosto fino e moreno conseguia assumir quando ele desejava protegê-lo de qualquer mudança de expressão involuntária. Quando a prima parou de falar, ele disse, com um leve sorriso:

— Já que você mesma aprendeu como é sábio esperar, não sei por que deseja que eu corra para... — Mas o apelo preocupado que viu nos olhos de Gerty o fez acrescentar, levantando-se para ir embora: — De qualquer maneira, farei o que me pede e não responsabilizarei você pelo meu fracasso.

Selden vinha evitando a Srta. Bart mais intencionalmente do que dera a entender à prima. Era verdade que a princípio, quando a lembrança do último encontro de ambos em Monte Carlo ainda o mantivera indignado, ele esperara ansiosamente pela sua volta; mas ela o decepcionara permanecendo na Inglaterra e, quando afinal reaparecera, ele por acaso tivera de viajar para o oeste do país a negócios e, quando retornou, soube de sua partida para o Alasca com os Gormer. A revelação dessa intimidade súbita fez com que o desejo de vê-la esfriasse. Se, no momento em que sua vida estava desmoronando, a Srta. Bart conseguia colocar sua reconstrução despreocupadamente nas mãos dos Gormer, não existia motivo para que ela acreditasse que tais acidentes eram irreparáveis. Cada passo que a Srta. Bart dava parecia levá-la para mais longe daquela região onde, uma ou duas vezes, ele e ela haviam se encontrado por um instante iluminado; e reconhecer esse fato, após controlar a dor que ele causara, produziu em Selden uma sensação de alívio negativo. Era muito mais fácil para ele julgar a Srta. Bart por sua conduta habitual do que pelos raros desvios que a tinham colocado de maneira tão perturbadora em seu caminho; e cada gesto que parecia tornar uma recorrência desses desvios mais improvável confirmava o conforto com que voltou à visão convencional dela.

Mas as palavras de Gerty Farish haviam sido suficientes para que Selden compreendesse que essa visão não era realmente a sua, e quão impossível era para ele viver tranquilamente com a ideia de Lily Bart. Saber que ela estava precisando de ajuda — mesmo da ajuda vaga que ele poderia oferecer — era ser imediatamente dominado por essa ideia; e, quando chegou à rua, estava tão convencido de que o apelo da prima fora urgente que se voltou imediatamente para o hotel de Lily.

Lá, o zelo de Selden encontrou um obstáculo na forma da notícia inesperada de que a Srta. Bart havia se mudado; mas, quando ele insistiu, o recepcionista se lembrou de que ela deixara um endereço e logo começou a procurar por este em suas anotações.

Decerto era estranho que Lily houvesse dado esse passo sem revelá-lo para Gerty; e Selden esperou com uma vaga sensação de inquietude enquanto o endereço era procurado. O processo durou tempo suficiente para que a inquietude se transformasse em apreensão. Mas, quando afinal foi-lhe passado um pedaço de papel onde estava escrito "Aos cuidados da Sra. Norma Hatch, Emporium Hotel", a apreensão deu lugar à perplexidade e, logo, à repugnância; e ele rasgou o papel em dois e se virou depressa na direção de seu apartamento.

Capítulo 9

Quando Lily acordou, na manhã seguinte à sua mudança para o Emporium Hotel, a primeira sensação que teve foi uma absoluta satisfação física. A força do contraste tornava mais vívido o luxo de estar mais uma vez deitada sobre uma cama repleta de travesseiros macios e de ver, do outro lado de um quarto espaçoso e banhado de sol, uma bandeja de café da manhã convidativa diante do fogo. Ela talvez refletisse mais tarde; mas, naquele momento, não ficou perturbada nem com os excessos dos estofados nem com as curvas intermináveis dos móveis. Estar mais uma vez envolta pelo bem-estar, como se este fosse um meio denso e agradável que o desconforto não era capaz de penetrar, calou mesmo a mais superficial das críticas.

Quando, na tarde anterior, Lily se havia se apresentado para a senhora que Carry Fisher lhe indicara, ela tivera a consciência de estar entrando em um novo mundo. A vaga descrição feita por Carry da Sra. Norma Hatch (cujo uso do nome de solteira fora explicado como um resultado de seu último divórcio) fora que esta viera "do oeste", com a extenuação bastante comum de ter trazido consigo uma boa quantidade de dinheiro. Ela era, em resumo, rica, indefesa e deslocada: a pessoa perfeita para receber a ajuda de Lily. A Sra. Fisher não especificara que área de atuação a amiga deveria escolher; confessou não conhecer pessoalmente a Sra. Hatch, de quem "ouvira falar" graças a Melville Stancy, que era advogado nas horas vagas e o Falstaff [39] de um certo grupo festivo de membros dos clubes. Socialmente, podia-se dizer que o Sr. Stancy era um elo entre o mundo dos Gormer e a região mais obscura que a Srta. Bart agora adentrava. No entanto, era apenas de maneira figurada que a iluminação do mundo da Sra. Hatch podia ser considerada escassa: na verdade, Lily encontrou-a sentada sob um clarão de luz elétrica projetado de maneira imparcial por diversas excrescências ornamentais e dentro de uma imensa concavidade feita de frisos de ouro e damasco cor-de-rosa, de onde ela se ergueu como uma Vênus de sua concha. A analogia foi justificada pela aparência da senhora, cuja beleza e cujos olhos largos tinham a fixidez de algo empalado e exibido sob um vidro. Isso não impediu a descoberta imediata de que a Sra. Hatch era mais jovem que sua visitante e que, sob o aspecto chamativo, a familiaridade e a agressividade de suas roupas e sua voz persistiam aquela inocência impossível de erradicar que coexiste de maneira tão curiosa em mulheres de sua nacionalidade.

O ambiente no qual Lily se encontrava era tão estranho para ela quanto seus habitantes. Ela desconhecia o mundo dos hotéis elegantes de Nova York — um mundo com aquecimento demais e acolchoados demais, tomado por aparatos mecânicos voltados para o cumprimento de desejos fantásticos, e onde, ao mesmo tempo, os confortos de uma vida civilizada eram tão impossíveis de obter quanto em um deserto. Nessa atmosfera de esplendor tórrido viviam seres abatidos e tão ricamente decorados quanto os móveis, seres sem propósito definido ou relacionamentos permanentes, que vagavam em uma maré lânguida de curiosidade dos restaurantes para as casas de concerto, dos jardins botânicos para os conservatórios de música, das exposições de arte para as inaugurações de modistas. Cavalos imponentes ou automóveis cheios de equipamentos elaborados aguardavam para levar aquelas senhoras até pontos indefinidos da cidade, de onde elas retornavam

---

[39] O cavaleiro gordo, jovial e inescrupuloso que aparece nas peças *Henry IV* e *As alegres comadres de Windsor*, de William Shakespeare. (N. da T).

ainda mais abatidas sob o peso das peles de marta, sendo então sugadas pela inércia sufocante da rotina dos hotéis. Em algum lugar que essas senhoras haviam deixado para trás, no pano de fundo de suas vidas, sem dúvida existia um passado real, onde tinham ocorrido atividades humanas reais; elas próprias provavelmente eram o produto de uma grande ambição, uma energia persistente e contatos diversos com a dureza salutar da vida; no entanto, não tinham uma existência mais palpável que as sombras do poeta no limbo.

Lily não passou muito tempo nesse mundo pálido antes de descobrir que a Sra. Hatch era sua figura mais substancial. Aquela senhora, embora ainda flutuasse no vácuo, mostrava leves sinais de que iria se tornar mais nítida; e era ajudada com grande entusiasmo nessa empreitada pelo Sr. Melville Stancy. Fora o Sr. Stancy, um homem de presença larga e estrepitosa, que indicava uma propensão a festas e um cavalheirismo expressado em camarotes de estreia e *bonbonnières* de mil dólares, quem transplantara a Sra. Hatch do cenário em que esta se desenvolvera para o palco mais ilustre da vida em um hotel da metrópole. Fora ele quem selecionara os cavalos graças aos quais ela havia ganhado a fita azul na exposição, quem a apresentara para o fotógrafo cujos retratos dela adornavam com frequência os suplementos de domingo dos jornais e quem reunira o grupo que constituía seu mundo social. Ainda era um grupo pequeno, com figuras heterogêneas suspensas em vastos espaços desertos; mas Lily não demorou muito a aprender que seu controle não estava mais nas mãos do Sr. Stancy. Como acontece com frequência, a pupila deixara o professor para trás, e a Sra. Hatch já conhecia níveis de elegância e profundidades de luxo que estavam além das possibilidades do Emporium. Essa descoberta imediatamente a fez ansiar por uma orientação mais refinada, pela mão feminina habilidosa que daria o tom correto a sua correspondência, o aspecto correto a seus chapéus e a sucessão correta aos pratos de seus jantares. Em resumo, a Srta. Bart fora requerida na qualidade de reguladora de uma vida social que germinava, e seus deveres de secretária eram restritos pelo fato de que a Sra. Hatch, por enquanto, não conhecia quase ninguém para quem pudesse escrever.

Os detalhes gerais da existência da Sra. Hatch eram tão estranhos para Lily quanto seu teor geral. Os hábitos daquela senhora eram marcados por uma indolência e uma desordem orientais que eram peculiarmente penosas para sua acompanhante. A Sra. Hatch e os amigos pareciam flutuar juntos fora das amarras do tempo e do espaço. Não havia horário definido para nada; não existiam obrigações fixas: noite e dia se fundiam em um turbilhão de compromissos confusos e adiados, de modo que se tinha a impressão de almoçar na hora do chá, enquanto o jantar com frequência se transformava na ceia barulhenta que se fazia após o teatro e que prolongava a vigília da Sra. Hatch até o amanhecer.

Em meio a esse emaranhado de atividades fúteis, ia e vinha uma estranha multidão de agregados — manicures, esteticistas, cabeleireiros, professores de bridge, de francês, de "desenvolvimento físico": figuras às vezes indistinguíveis pela aparência e pela maneira como a Sra. Hatch as tratava das visitas que formavam suas relações sociais reconhecidas. Mas o mais estranho para Lily foi encontrar diversos conhecidos seus neste último grupo. Ela supusera, não sem alívio, que no momento estaria completamente fora da órbita de seu próprio círculo; mas descobriu que o Sr. Stancy, cuja existência vasta alcançava as bordas do mundo da Sra. Fisher, atraíra diversos de seus habitantes mais ilustres para o Emporium. Encontrar Ned Silverton entre os frequentadores habituais dos salões da Sra. Hatch foi um dos primeiros motivos de espanto para Lily; mas ela logo soube que ele não era o recruta mais importante do Sr. Stancy. Era no jovem Freddy Van Osburgh, o pequeno e esguio herdeiro da fortuna dos Van Osburgh, que estava centrada a atenção do grupo da Sra. Hatch. Freddy, mal saído da universidade, havia surgido no horizonte após o eclipse de Lily, e ela agora via com surpresa o brilho forte que lançava sobre o crepúsculo periférico da existência da Sra. Hatch. Essa, então, era uma das coisas que os jovens rapazes faziam quando se libertavam na rotina social; esse era o tipo de "compromisso marcado" que com tanta frequência os fazia decepcionar anfitriãs ansiosas. Lily tinha a estranha sensação de estar atrás do tecido social, do lado onde ficavam a costura e as pontas soltas dos fios. De vez em quando, achava o espetáculo e seu próprio papel nele levemente divertidos: a situação era confortável e não convencional de uma maneira bastante interessante após sua experiência com a ironia das convenções. Mas esses lampejos de curiosidade eram apenas reações breves em meio à longa repugnância de seus dias. Comparada com o imenso vácuo dourado da existência da Sra. Hatch, a vida das antigas amigas de Lily parecia repleta de atividades ordenadas. Até mesmo a mais irresponsável das mulheres bonitas de seu círculo tinha sua herança de obrigações, suas benevolências convencionais, sua parte no mecanismo da grande máquina cívica; e todas se uniam na solidariedade dessas funções tradicionais. O cumprimento de deveres específicos teria tornado a posição da Srta. Bart mais simples; mas a função vaga de assistente da Sra. Hatch não era desprovida de perplexidades.

Não era sua empregadora quem as causava. A Sra. Hatch demonstrou desde o começo um desejo quase comovente pela aprovação de Lily. Longe de afirmar a superioridade de sua fortuna, seus lindos olhos pareciam suplicar pelo perdão de sua inexperiência: ela queria fazer o que era "bonito", ser ensinada a ser "fina". A dificuldade era encontrar qualquer ponto de contato entre seus ideais e os de Lily.

A Sra. Hatch errava por entre uma bruma de entusiasmos indeterminados e de aspirações oriundas dos palcos, dos jornais, dos suplementos de moda e do mundo vistoso dos esportes que estava ainda mais além da compreensão de sua acompanhante. O dever óbvio de Lily era discernir, entre essas concepções confusas, aquelas que mais provavelmente ajudariam a dama a alcançar seus objetivos: mas seu cumprimento era dificultado por dúvidas cada vez maiores. Lily, na verdade, estava se tornando mais e mais consciente do fato de haver certa ambiguidade em sua situação. Não era que considerasse a Sra. Hatch repreensível no sentido convencional. As ofensas dela eram sempre contra o bom gosto, não contra a boa conduta; seus divórcios pareciam ser um resultado de condições geográficas, não éticas; e sua frouxidão parecia se dever a uma afabilidade indefinida e extravagante. Mas, se Lily não se importava que a Sra. Hatch convidasse a manicure para almoçar ou o esteticista para o camarote de Freddy Van Osburgh no teatro, não estava igualmente confortável com alguns dos lapsos de convenção menos aparentes. O relacionamento de Ned Silverton com Stancy, por exemplo, parecia mais íntimo e menos claro do que qualquer um surgido de afinidades naturais; e ambos pareciam unidos no esforço de cultivar o apreço cada vez maior de Freddy Van Osburgh pela Sra. Hatch. Ainda não havia nada passível de definição na situação, que ainda poderia acabar por ser uma enorme piada da parte dos outros dois; mas Lily tinha a vaga impressão de que o objeto de seu experimento era jovem demais, rico demais e crédulo demais. Seu constrangimento ficava maior devido ao fato de que Freddy parecia acreditar que ela estava cooperando com ele no desenvolvimento social da Sra. Hatch: um fato que sugeria haver da parte deste um interesse permanente no futuro daquela senhora. Existiam momentos em que Lily achava esse aspecto da situação irônico. A ideia de lançar um míssil como a Sra. Hatch no seio pérfido da alta sociedade não deixava de ter seus encantos: a Srta. Bart até se distraíra imaginando a bela Norma sendo apresentada pela primeira vez a um banquete de família na mansão dos Van Osburgh. Mas a ideia de ser pessoalmente associada à transação era menos agradável; e os momentos em que se divertia eram alternados por períodos cada vez mais longos de dúvida.

Essas dúvidas estavam mais vívidas do que nunca quando, em um final de tarde, Lily recebeu uma visita inesperada de Lawrence Selden. Ele encontrou-a sozinha em meio à selva de damasco rosa, pois, no mundo da Sra. Hatch, a hora do chá não era dedicada aos ritos sociais, e ela estava entregue às mãos de sua massagista.

A aparição de Selden causara em Lily um susto e uma vergonha que ela não expressou; mas seu ar de constrangimento a fez recobrar a compostura, e ela imediatamente adotou um tom de surpresa e prazer, perguntando como ele havia conseguido encontrá-la em local tão improvável e o que o inspirara a fazer aquela busca.

Selden reagiu a isso com uma seriedade que não lhe era costumeira: Lily jamais o vira tão pouco senhor de uma situação, tão evidentemente refém de qualquer obstáculo que ela pudesse colocar em seu caminho.

"Eu queria vê-la", disse; e Lily não pôde conter-se, observando que ele mantivera aquela vontade sob extraordinário controle. Na verdade, a longa ausência de Selden fora um dos principais motivos de sua amargura dos últimos meses: a deserção dele ferira sentimentos muito mais profundos do que o orgulho da Srta. Bart.

Selden foi direto diante daquele desafio:

— Por que eu deveria ter vindo, se não achava que lhe poderia ser útil de alguma maneira? Essa é minha única desculpa para imaginar que desejaria minha presença.

Lily considerou isso uma evasão desajeitada, e essa noção deu certa rispidez a sua resposta.

— Quer dizer que veio agora por achar que pode me ser útil?

Ele hesitou mais uma vez.

— Sim: na modesta qualidade de alguém com quem conversar.

Para um homem inteligente, decerto foi uma abertura estúpida; e a ideia de que seu constrangimento era devido ao medo de que ela pudesse dar um significado pessoal à visita congelou seu prazer em vê-lo. Mesmo nas condições mais adversas, aquele prazer sempre surgia: Lily podia odiar Selden, mas jamais fora capaz de desejar que não estivesse em um ambiente. Ela quase o estava odiando agora; mas o som de sua voz, a maneira como a luz batia em seus cabelos escuros e ralos, a maneira como ele se sentava, se movia e vestia suas roupas — Lily teve a consciência de que até essas coisas triviais estavam entrelaçadas com o seu íntimo. Na presença de Selden, ela era tomada por uma súbita tranquilidade e o tumulto de seu espírito cessava; mas um impulso de resistência a essa influência furtiva levou-a a dizer:

— É muita bondade sua apresentar-se nessa qualidade; mas o que lhe faz pensar que eu tenho algo específico sobre o que conversar?

Embora Lily houvesse mantido o tom de leveza, a pergunta fora feita de modo a lembrar a Selden que sua caridade não fora requisitada; e, por um instante, ele não soube o que dizer. A situação entre eles era do tipo que só poderia ser resolvida com uma súbita explosão de emoção; e toda a educação e os hábitos mentais de ambos eram contrários às chances de uma acontecer. Enquanto eles permaneciam ali, sentados frente a frente em cantos opostos de um dos sofás gigantescos da Sra. Hatch, a calma de Selden pareceu endurecer e se transformar em resistência, e a da Srta. Bart, adquirir um verniz de ironia. O sofá em questão, assim como o apartamento tomado por outros seres monstruosos, enfim, sugeriram o tom da resposta de Selden.

— Gerty me contou que a senhorita havia ocupado o cargo de secretária da Sra. Hatch; e estava ansiosa para saber como andavam as coisas.

A Srta. Bart reagiu a essa explicação sem se deixar abrandar.

— Por que ela não veio me procurar em pessoa, então? — perguntou.

— Porque, como não lhe mandou seu endereço, ela estava com medo de importuná-la. Como vê, tais escrúpulos não me detiveram — continuou Selden, com um sorriso —, mas não tenho tanto a perder se for desagradável de alguma maneira.

Lily sorriu também.

— Ainda não foi; mas tenho a sensação de que será.

— Isso depende da senhorita, não é? Minha iniciativa não vai além de colocar-me à sua disposição.

— Mas para quê? O que devo fazer com o senhor? — perguntou ela, no mesmo tom de leveza.

Selden mais uma vez olhou ao redor, observando a sala de estar da Sra. Hatch; então disse, com uma decisão que pareceu surgir dessa última inspeção:

— Deve me deixar tirá-la daqui.

Lily corou com o ataque súbito; então se empertigou e disse com frieza:

— E posso perguntar para onde quer que eu vá?

— De volta para o apartamento de Gerty a princípio, se quiser; o essencial é que seja longe daqui.

A aspereza incomum do tom de Selden poderia ter mostrado a Lily o quanto aquelas palavras lhe custavam; mas ela não estava em condições de medir os sentimentos dele enquanto os seus próprios se encontravam em um turbilhão furioso. Negligenciá-la, talvez até mesmo evitá-la, no momento em que precisara mais de seus amigos e então, de maneira abrupta e inexplicável, invadir sua vida com aquela estranha presunção de autoridade era fazer surgir nela todos os seus instintos de orgulho e autodefesa.

— Agradeço-lhe muito — disse Lily — por se interessar tanto pelos meus planos; mas estou bastante satisfeita aqui e não tenho intenção de ir embora.

Selden havia ficado de pé e estava postado diante dela em uma postura de ansiedade incontrolável.

— Isso apenas significa que a senhorita não sabe onde está! — exclamou.

Lily se levantou também, sem conseguir conter sua raiva.

— Se o senhor veio aqui dizer coisas desagradáveis sobre a Sra. Hatch...

— O seu relacionamento com a Sra. Hatch é a única coisa que me preocupa.

— Não tenho nenhum motivo para me envergonhar dele. Ela me ajudou a ganhar a vida quando meus velhos amigos haviam se resignado a me ver passar fome.

— Tolice! Passar fome não é a única alternativa. A senhorita sabe que sempre pode ficar com Gerty até tornar-se independente de novo.

— O senhor demonstra estar tão a par da minha situação que suponho que queira dizer até o legado da minha tia ser pago, não?

— É isso mesmo; Gerty me falou dele — reconheceu Selden, sem constrangimento; estava convicto demais para que qualquer falso embaraço lhe impedisse de expressar o que sentia.

— Mas Gerty por acaso não sabe que eu devo cada centavo desse legado.

— Meu Deus! — exclamou Selden, perdendo a tranquilidade diante da maneira abrupta com que a afirmação fora feita.

— Cada centavo e mais — repetiu Lily. — Agora, talvez o senhor veja por que prefiro permanecer com a Sra. Hatch e não me aproveitar da bondade de Gerty. Não me resta nenhum dinheiro com exceção da minha pequena renda e eu preciso ganhar mais um pouco para me manter viva.

Selden hesitou um instante; e então continuou, com mais gravidade:

— Mas com a sua renda e mais a de Gerty — já que me permite mencionar os pormenores da situação — vocês duas sem dúvida conseguiriam viver juntas de forma que a senhorita não precisasse se sustentar. Eu sei que Gerty está ansiosa para que isso aconteça e ficaria muito feliz em...

— Mas eu, não — interrompeu a Srta. Bart. — Há muitos motivos pelos quais isso não seria uma bondade com Gerty e tampouco uma boa solução para mim. — Ela fez uma pausa e, como ele parecia esperar mais explicações, acrescentou, erguendo depressa a cabeça: — O senhor talvez me dê a licença de não compartilhar esses motivos.

— Não tenho nenhum direito de saber quais são eles — respondeu Selden, ignorando o tom dela. — Nenhum direito de fazer qualquer comentário ou sugestão além daquela que já fiz. E meu direito de fazê-la é apenas o direito universal de um homem esclarecer uma mulher quando a vê inconscientemente colocada em uma posição falsa.

Lily sorriu.

— Suponho que por posição falsa o senhor queira dizer uma fora daquilo que chamamos de sociedade; mas precisa se lembrar de que fui excluída desse local sagrado muito antes de conhecer a Sra. Hatch. Pelo que percebi, na realidade há pouquíssima diferença entre estar dentro ou fora dela, e me lembro de que o senhor certa vez me disse que era só quem estava do lado de dentro que levava essa diferença a sério.

Ela fizera aquela alusão à conversa memorável deles em Bellomont intencionalmente e esperou com um estranho tremor nos nervos a resposta que ela traria; mas o resultado do experimento foi decepcionante. Selden não permitiu que a alusão o desviasse de seu objetivo; apenas disse, com mais ênfase ainda:

— A questão de estar dentro ou fora é, como a senhorita diz, insignificante, e por acaso nada tem a ver com a situação, a não ser pelo fato de que o desejo da Sra. Hatch de entrar para a sociedade talvez a ponha na posição que eu chamo de falsa.

Apesar da moderação de seu tom, cada palavra que ele disse confirmou a resistência de Lily. As próprias apreensões que Selden expressou a fizeram endurecer: ela estivera à procura de um toque de simpatia pessoal, de qualquer sinal de que houvesse recuperado seu poder sobre ele; e sua postura de imparcialidade grave, a ausência de qualquer reação ao apelo dela transformaram seu orgulho ferido em um ressentimento cego por aquela interferência. Selden tinha sido mandado por Gerty e, por mais que acreditasse que ela estava em apuros, jamais teria vindo voluntariamente ao seu resgate; essa certeza aumentou sua resolução de não fazer-lhe mais nenhuma confidência. Lily tinha dúvidas quanto à sua situação, mas preferia que esta continuasse obscura a ver Selden esclarecê-la.

— Não sei por que o senhor imagina que eu esteja na situação que descreve — disse ela, quando ele havia parado de falar. — Mas, como sempre me disse que o único objetivo de uma educação como a minha era ensinar uma moça a conseguir o que quer, por que não presume que isso é precisamente o que estou fazendo?

O sorriso com o qual Lily resumiu o caso foi uma barreira clara contra qualquer outra confidência; o brilho dele manteve Selden a tamanha distância que ele teve a sensação de que ela quase não poderia ouvi-lo ao responder:

— Não acredito que jamais considerei a senhorita um exemplo bem-sucedido desse tipo de educação.

Lily corou um pouco com aquela insinuação, mas fortaleceu-se com uma leve risada.

— Ah, espere mais um pouco — me dê um pouco mais de tempo antes de chegar à conclusão! — E, enquanto ele hesitava diante dela, ainda esperando por uma brecha na fachada impenetrável que apresentava: — Não desista de mim; ainda posso fazer jus à minha criação! — afirmou.

Capítulo 10

— Olhe esse arame, Srta. Bart. A costura está toda torta.

A supervisora, uma figura alta, empertigada e macilenta, largou a armação de arame e tela que criticara sobre a mesa de Lily e passou para a próxima pessoa da fileira.

Havia vinte delas na oficina, com seus perfis abatidos e penteados exagerados iluminados pela luz cruel que vinha do norte e debruçados sobre os utensílios de sua arte; pois era mais do que um simples ofício, decerto, aquela criação de infinitas molduras para os rostos de mulheres afortunadas. A aparência cansada dos rostos daquelas moças era mais devido ao ar quente e ao trabalho sedentário que a qualquer privação real; elas eram funcionárias de uma célebre loja de chapéus, razoavelmente bem-vestidas e bem pagas; mas a mais jovem era tão lânguida e pálida quanto aquelas de meia-idade. Em toda a oficina, só havia uma com a pele ainda corada; e esta enrubesceu de vergonha quando a Srta. Bart, ainda sob o efeito do golpe da supervisora, começou a tirar a costura do arame da estrutura do chapéu.

Para a alma esperançosa de Gerty, uma solução pareceu ter sido encontrada quando ela se lembrou da maneira divina como Lily decorava chapéus. Tendo em mente os exemplos de moças que haviam se estabelecido no ramo da chapelaria graças a uma clientela ilustre, e que davam a suas "criações" aquele toque indefinível que as mãos profissionais jamais conseguem obter, Gerty tivera uma visão confiante do futuro; e até mesmo Lily se convencera de que se separar da Sra. Norma Hatch não precisava significar que ela seria reduzida a depender dos seus amigos.

A separação acontecera algumas semanas após a visita de Selden e teria ocorrido mais cedo se não fosse a resistência que nascera em Lily devido à desafortunada tentativa deste de aconselhá-la. A sensação de estar envolvida em uma transação que não gostaria de examinar detalhadamente ganhara nitidez após uma insinuação do Sr. Stancy, que havia dito que, se ela "os ajudasse a chegar até o final", não teria motivos para se arrepender. A implicação de que tal lealdade receberia uma recompensa direta apressara a partida de Lily, fazendo-a recorrer, envergonhada e penitente, à vasta reserva de solidariedade de Gerty. Ela não pretendia, no entanto, permanecer prostrada ao lado da amiga, e a inspiração de Gerty em relação aos chapéus mais uma vez deu-lhe a esperança de realizar alguma atividade lucrativa. Ali estava, afinal de contas, algo que suas belas e inertes mãos realmente sabiam fazer; Lily não tinha dúvidas de sua capacidade de dar um laço ou dispor uma flor com eficiência. E é claro que apenas esses toques finais seriam requeridos dela; dedos subordinados, dedos ásperos, cinzentos e cheios de calos, preparariam os formatos e costurariam o forro enquanto Lily recebia clientes na encantadora lojinha — uma lojinha toda feita de painéis brancos, espelhos e cortinas verde-musgo — em meio a suas criações finais: os chapéus, guirlandas, aigrettes e que tais, empoleirados em prateleiras como pássaros prestes a alçar voo.

Mas, já no começo da campanha de Gerty, essa visão da loja verde e branca se dissipou. Outras moças da sociedade haviam se valido daquele expediente, vendendo seus chapéus graças à mera atração de seus nomes e a sua suposta habilidade para dar laços; mas esses seres privilegiados eram senhoras de uma fé em seus talentos expressada materialmente por meio de sua prontidão em pagar o aluguel da loja e uma quantia adiantada para as primeiras despesas. Onde Lily encontraria tal apoio? E, mesmo que este fosse obtido, como as senhoras de cuja aprovação dependia seriam convencidas a se tornar suas clientes? Gerty descobriu que qualquer piedade que o caso da amiga poderia ter despertado alguns meses antes sofrera um abalo, ou mesmo desaparecera, devido a sua associação com a Sra. Hatch. Mais uma vez, Lily se retirara de uma situação ambígua a tempo de salvar sua autoestima, mas tarde demais para se vingar aos olhos do público. Freddy Van Alstyne não ia se casar com a Sra. Hatch. Fora resgatado na última hora — alguns diziam que por Gus Trenor e Rosedale — e despachado para a Europa com o velho Ned Van Alstyne. Mas o risco que correra sempre seria imputado ao conluio da Srta. Bart e serviria como resumo e corroboração da vaga desconfiança geral que se tinha dela. Fora um alívio para aqueles que tinham se mantido afastados se verem justificados dessa maneira, e eles sentiam-se inclinados a insistir no envolvimento de Lily com o caso da Sra. Hatch para provar que tinham razão.

Fosse como fosse, a busca de Gerty topou em um sólido muro de resistência; e nem quando Carry Fisher, momentaneamente arrependida de seu papel no caso da Sra. Hatch, uniu esforços com a Srta. Farish, elas obtiveram maiores resultados. Gerty tentara ocultar seu fracasso sob um véu de ambiguidades carinhosas; mas Carry, sempre a franqueza em pessoa, expôs o caso sem rodeios à amiga.

— Fui logo falar com Judy Trenor; ela tem menos preconceitos que as outras e, além do mais, sempre detestou Bertha Dorset. Mas o que *foi* que você lhe fez, Lily? Quando mencionei a ideia de lhe ajudar, ela explodiu e saiu falando em um dinheiro que você arrumou com Gus; nunca a vi tão furiosa antes. Você sabe que Judy deixa Gus fazer qualquer coisa, menos gastar com os amigos: o único motivo de estar sendo simpática comigo é porque sabe que não estou na penúria. Quer dizer que ele especulou para você? E que mal isso tem? Azar o dele se perdeu. Não perdeu? Mas que diabos... Eu nunca entendo você, Lily!

A conclusão foi que, após pesquisas ansiosas e muitas deliberações, a Sra. Fisher e Gerty, pela primeira vez estranhamente unidas em seu esforço de ajudar a amiga, decidiram colocá-la para trabalhar na oficina da renomada chapelaria de Madame Regina. Até mesmo para isso foi necessária uma extensa negociação, pois Madame Regina tinha um forte preconceito contra funcionárias inexperientes e cedeu apenas porque era graças à influência de Carry Fisher que tinha a Sra. Bry e a Sra. Gormer como clientes. Desde o começo, ela estivera disposta a colocar Lily na loja; uma beldade ilustre podia ser de grande valor como vendedora de chapéus. Mas a Srta. Bart se negou a fazer isso, com o apoio enfático de Gerty, enquanto a Sra. Fisher, no fundo sem se convencer, mas resignada diante de mais essa prova da irracionalidade de Lily, concordou que, afinal de contas, talvez fosse mais útil para ela aprender o ofício. A Srta. Bart, portanto, foi enviada para a oficina de Madame Regina pelas amigas, onde a Sra. Fisher deixou-a com um suspiro de alívio, enquanto Gerty continuou a observá-la, atenta, a distância.

Lily havia começado a trabalhar no início de janeiro; dois meses haviam se passado e ainda estava sendo censurada por não conseguir costurar o arame na estrutura do chapéu. Ao voltar ao trabalho, ela ouviu risadinhas se espalhando pelas outras mesas. Sabia que era objeto de crítica e escárnio para as outras funcionárias. Elas, é claro, conheciam sua história — a situação exata de cada moça da oficina era sabida e discutida abertamente por todas as outras —, mas sua suposta diferença de classe não as deixava constrangidas: apenas explicava por que seus dedos inexperientes ainda não conseguiam aprender os rudimentos do ofício. Lily não desejava que as outras reconhecessem sua classe social; mas tivera esperanças de ser recebida como uma igual e talvez, em pouco tempo, demonstrar sua superioridade por meio de uma destreza maior. Era humilhante descobrir que, após dois meses de esforço, ela ainda revelava sua falta de treinamento. Estava distante aquela época em que aspirava a exercitar os talentos que sabia possuir: apenas funcionárias experientes eram incumbidas da arte delicada de dar formato ao chapéu e decorá-lo, e a supervisora ainda mantinha Lily inexoravelmente presa à rotina do trabalho preparatório.

Ela começou a arrancar o arame da estrutura, ouvindo sem muita atenção o burburinho que surgia e morria com as idas e vindas da figura ativa da Srta. Haines. O ar estava mais abafado que o normal, pois a supervisora, que estava resfriada, não permitira que a janela fosse aberta nem no intervalo do meio-dia; e a cabeça de Lily estava tão pesada após uma noite insone que a tagarelice de suas colegas parecia incoerente como um sonho.

— Eu *disse* que ele nunca mais ia olhar na cara dela; e não olhou mesmo. Eu também não ia me importar — acho que ela foi muito má. Ele levou a menina ao Arion Hall e pagou por uma charrete na ida e outra na volta.

— Ela tomou dez garrafas e continua com a mesma dor de cabeça — mas escreveu um documento dizendo que a primeira garrafa resolveu o problema e ganhou dez dólares e uma foto no jornal.

— O chapéu da Sra. Trenor? Aquele com a ave-do-paraíso verde? Aqui, Srta. Haines — já estou terminando.

— Uma das filhas da Sra. Trenor veio aqui ontem com a Sra. George Dorset. Como eu sei? Ora, a madame mandou me chamar para alterar uma flor naquele chapéu da Madame Virot — o de tule azul. Ela é alta e fina, com o cabelo cacheado — parece a Mamie Leach, só que mais magra.

E assim ia passando aquela correnteza de sons sem significado, em que, para susto de Lily, às vezes um nome familiar subia à superfície. Aquela era a parte mais estranha de sua estranha experiência: ouvir esses nomes, ver a imagem fragmentada e distorcida do mundo onde vivera refletida no espelho das mentes das moças da classe trabalhadora. Jamais havia suspeitado da mistura de curiosidade insaciável com familiaridade desdenhosa com a qual ela e sua espécie eram discutidas neste submundo de funcionárias que viviam de sua vaidade e autoindulgência. Cada moça da oficina de Madame Regina sabia a quem se destinava o chapéu em suas mãos, tinha uma opinião sobre a mulher que iria usá-lo no futuro e conhecia o lugar dela no sistema social. O fato de Lily ser uma estrela caída daquele céu, após o primeiro burburinho de curiosidade, não aumentara muito o interesse por ela. A Srta. Bart tombara, havia fracassado, e, fiéis aos ideais de sua raça, aquelas moças só se impressionavam com o sucesso — com a imagem grosseira e tangível de bens materiais. A consciência de que Lily tinha um ponto de vista diferente apenas as mantinha um pouco distantes, como se ela fosse uma estrangeira com quem fosse um esforço conversar.

— Srta. Bart, se não consegue costurar essa armação direito, é melhor dar o chapéu para a Srta. Kilroy.

Lily olhou tristemente para o seu trabalho. A supervisora tinha razão: a costura da armação estava indesculpável de tão ruim. Por que ela estava tão mais desajeitada que de costume? Seria um desgosto crescente por sua tarefa ou um mal-estar físico real? Sentia-se cansada e confusa: era difícil concatenar suas ideias. Ela se levantou e entregou o chapéu para a Srta. Kilroy, que o pegou, mal contendo um sorriso.

— Lamento, mas creio que não estou passando bem — disse para a supervisora.

A Srta. Haines não fez nenhum comentário. Desde o início, achara que aquela história de Madame Regina consentir em ter uma aprendiz ilustre entre as funcionárias acabaria mal. Naquele templo da arte, nenhuma iniciante era desejada, e a Srta. Haines teria sido super-humana se não houvesse sentido certo prazer em ver seu mau presságio confirmado.

— É melhor voltar para a costura das bordas — disse ela secamente.

A Srta. Bart foi a última a sair entre as funcionárias liberadas. Ela não gostava de tomar parte em sua dispersão barulhenta: uma vez na rua, sempre sentia uma atração irresistível por seu território familiar e se afastava instintivamente de tudo o que era rude e promíscuo. Na época (como parecia distante agora!) em que visitava o Clube Feminino com Gerty Farish, tivera um interesse intelectual pela classe trabalhadora; mas era apenas porque a via de cima, da altitude bem-aventurada de sua sorte e beneficência. Agora que estava no mesmo nível que aquelas moças, a cena era menos interessante.

Ela sentiu alguém lhe tocando o braço e viu a expressão arrependida da Srta. Kilroy.

— Srta. Bart, eu acho que a senhorita consegue costurar a armação tão bem quanto qualquer pessoa quando está se sentindo bem. O que a Srta. Haines fez não foi direito.

Lily corou diante da abordagem inesperada: fazia muito tempo que não via bondade verdadeira nos olhos de ninguém além de Gerty.

— Ah, obrigada. Não estou muito bem hoje, mas a Srta. Haines tem razão: sou *mesmo* desajeitada.

— Bom, é um trabalho ruim para quem está com dor de cabeça. — A Srta. Kilroy parou de falar, irresoluta. — É melhor ir para casa se deitar. Já tentou tomar orangeine?[40]

— Obrigada. — Lily estendeu a mão. — É muita bondade sua. Eu realmente pretendo ir para casa.

Ela olhou com gratidão para a Srta. Kilroy, mas nenhuma das duas sabia o que mais dizer. Lily percebeu que a outra estava prestes a se oferecer para levá-la até em casa, mas queria ficar a sós e em silêncio — até mesmo a bondade, o tipo de bondade que a Srta. Kilroy tinha a oferecer, lhe faria mal aos nervos naquele momento.

— Obrigada — repetiu ela, dando meia-volta.

Seguiu na direção oeste em meio à luz lúgubre do pôr-do-sol de março, a caminho da rua onde ficava a casa de cômodos onde morava. Recusara firmemente a oferta de Gerty de hospedá-la. Estava desenvolvendo um pouco daquela fúria com que sua mãe fugia dos olhos e da piedade dos outros, e a intimidade de um apartamento pequeno pareceu-lhe, afinal de contas, menos suportável que a solidão de um quarto no corredor de uma casa onde poderia ir e vir entre outros trabalhadores sem ser notada. Durante algum tempo, Lily se mantivera firme devido a esse desejo por privacidade e independência; mas, agora, talvez pelo crescente cansaço físico e pela lassidão causada por horas de confinamento involuntário, estava começando a ter uma percepção aguda da feiura e do desconforto do local onde vivia. Quando o dia de trabalho terminava, ela temia a volta para seu quarto estreito, com o papel de parede manchado e a pintura malfeita; e detestava cada passo do caminho até lá, que atravessava a degradação de uma rua de

---

[40] Remédio muito usado nos Estados Unidos no final do século XIX, vendido como eficaz para diversos tipos de dor. (N. da T.)

Nova York que aos poucos deixava de ser elegante e era tomada pelo comércio.

Mas o que Lily mais temia era ter de passar pelo boticário na esquina da Sexta Avenida. Tivera a intenção de ir por outra rua; vinha fazendo isso ultimamente. Mas, naquele dia, foi atraída de maneira irresistível para a loja de esquina com a vitrine iluminada; tentou atravessar mais abaixo, mas uma carroça carregada se aproximava pelas costas e ela cruzou a rua em um traçado oblíquo, chegando à calçada bem diante da porta do boticário.

Do outro lado do balcão, viu o funcionário que a atendera antes e colocou a receita na mão dele. Seria impossível questionar a receita: era uma cópia de uma da Sra. Hatch, feita de bom grado pelo médico pessoal daquela senhora. Lily tinha certeza de que o funcionário a aceitaria sem hesitar; mas o pavor de uma recusa ou mesmo de qualquer dúvida foi passado para suas mãos nervosas enquanto ela fingia examinar os frascos de perfume dispostos na estante de vidro à sua frente.

O funcionário lera a receita sem fazer nenhum comentário; mas, ao entregar o frasco, vacilou.

— A senhorita não deve aumentar a dose, sim? — disse.

O coração de Lily se contraiu. O que ele pretendia olhando-a daquela maneira?

— Claro que não — murmurou ela, estendendo a mão.

— Isso mesmo. A droga age de forma estranha. Uma ou duas gotas a mais e adeus — os médicos não sabem por quê.

O pavor de o funcionário interrogá-la ou recusar-se a lhe dar o frasco fez com que o murmúrio de aquiescência ficasse preso em sua garganta; e, quando Lily afinal saiu a salvo da loja, estava quase tonta, tamanha era a intensidade de seu alívio. O mero toque do embrulho dava a seus nervos cansados a promessa deliciosa de uma noite de sono e, devido à reação após o medo momentâneo, ela sentiu que os primeiros vapores da letargia já começavam a se apoderar de seu corpo.

Em sua confusão, Lily se chocou contra um homem que estava descendo às pressas os últimos degraus da estação de bonde. Ele se afastou e ela ouviu seu nome pronunciado com surpresa. Era Rosedale, envolto em peles, lustroso e próspero — mas por que ela parecia vê-lo tão longe, como que através de uma neblina de cristais partidos? Antes que conseguisse explicar o fenômeno, já estava dando-lhe um aperto de mão. Os dois haviam se separado com desprezo de uma parte e raiva da outra, mas qualquer vestígio dessas emoções pareceu desaparecer quando suas mãos se tocaram, e Lily sentiu apenas um desejo confuso de continuar a se segurar a ele.

— O que houve, Srta. Lily? A senhorita não está bem! — exclamou Rosedale; e ela forçou seus lábios a dar um sorriso fraco para tranquilizá-lo.

— Estou um pouco cansada — não é nada. Fique comigo um instante, por favor — gaguejou. Quem iria imaginar que um dia pediria a ajuda de Rosedale!

Ele olhou a esquina suja e inadequada onde eles se encontravam, com os guinchos do trem e o tumulto de bondes e carroças brigando horrivelmente em seus ouvidos.

— Não podemos ficar aqui; mas deixe-me levá-la para tomar um chá em algum lugar. O Longworth fica a apenas alguns metros e não vai haver ninguém lá a essa hora.

Uma xícara de chá em um lugar silencioso, longe do barulho e da feiura, por um instante pareceu a Lily ser o único consolo que ela suportaria. Após dar alguns passos, eles se viram diante da entrada para senhoras do hotel que Rosedale mencionara e, um instante mais tarde, ele estava sentado diante dela e o garçom colocara uma bandeja de chá entre eles.

— Não quer nem uma gotinha de conhaque ou uísque primeiro? Está com uma cara horrível, Srta. Lily. Bem, tome um chá forte, então; e, garçom, pegue uma almofada para colocar nas costas dela.

Lily deu um leve sorriso diante do conselho de tomar um chá forte. Aquela era a tentação à qual estava sempre tentando resistir. Seu desejo pelo estimulante estava em eterno conflito com seu desejo pelo sono — aquele anseio da meia-noite que apenas o vidrinho em suas mãos conseguia apaziguar. Mas, hoje, de qualquer maneira, o chá não poderia ser forte o suficiente: ela contava com ele para levar calor e resolução a suas veias ocas.

Rosedale observou-a ali recostada diante dele, com as pálpebras baixas no mais absoluto esgotamento, apesar de o primeiro gole quente já haver lhe tingido as faces com uma nova vida, e ficou mais uma vez impressionado com a pungência de sua beleza. As leves manchas escuras de fadiga sob os olhos e a palidez mórbida das têmporas, onde as veias azuis estavam visíveis, realçavam a cor de seus cabelos e olhos, como se tudo o que lhe restava de vitalidade estivesse centrado ali. Contra o fundo cor de chocolate do restaurante, a perfeição de sua cabeça ficava mais vívida do que jamais fora no mais iluminado dos salões. Rosedale olhou para Lily com desconforto e perplexidade, como se sua beleza fosse um inimigo esquecido que estivera à espreita e agora se lançasse sobre ele de supetão.

Para desanuviar o ambiente, ele tentou ser afável com ela.

— Ora, Srta. Lily, eu não a veja há séculos. Não sei onde foi parar.

Após dizer isso, Rosedale sentiu-se constrangido ao pensar nas complicações às quais o comentário poderia levar. Embora não houvesse visto Lily, tinha ouvido falar dela; sabia de sua ligação com a Sra. Hatch e das fofocas que tinham sido seu resultado. Ele costumava frequentar assiduamente o círculo da Sra. Hatch e agora o evitava com o mesmo entusiasmo.

Lily, que recobrara a clareza de ideias usual graças ao chá, viu que era nisso que Rosedale estava pensando e disse, com um leve sorriso:

— Não seria provável que o senhor soubesse de mim. Agora, eu pertenço à classe trabalhadora.

Ele fitou-a com genuíno espanto.

— Não quer dizer que... Ora, mas que diabos está fazendo?

— Estou aprendendo a fazer chapéus — ou pelo menos, tentando aprender — corrigiu-se ela depressa.

Rosedale reprimiu um assovio baixo de surpresa.

— Ah, vamos — não está falando sério, está?

— Perfeitamente. Sou obrigada a trabalhar para viver.

— Mas eu havia entendido... Pensei que estava com Norma Hatch.

— O senhor ouviu que eu estava trabalhando como secretária dela?

— Algo assim, acredito. — Ele se inclinou para encher de novo a xícara dela.

Lily adivinhou o possível embaraço daquele assunto para Rosedale e, encarando-o, disse subitamente:

— Eu a deixei há dois meses.

Ele continuou a mexer no bule, constrangido, e a Srta. Bart teve certeza de que ouvira as fofocas sobre ela. Mas o que Rosedale não ouvia?

— Não era uma posição confortável? — perguntou ele, tentando assumir um tom de leveza.

— Confortável demais — eu poderia ter afundado. — Lily pousou um dos braços na borda da mesa e pôs-se a observar Rosedale com mais atenção do que nunca. Sentia um impulso incontrolável de explicar sua situação para aquele homem, de cuja curiosidade sempre se defendera tão ferozmente.

— O senhor conhece a Sra. Hatch, não? Bem, talvez possa compreender como ela poderia tornar as coisas fáceis demais para alguém como eu.

Rosedale pareceu vagamente intrigado, e ela se lembrou de que ele nunca compreendia as insinuações.

— Aquele lugar não era para você, de qualquer maneira — concordou ele, tão imerso na luz de seu olhar que sentiu que atingia um nível inédito de intimidade. Ele, que tinha de subsistir de meros olhares fugidios, olhares efêmeros que logo desapareciam, agora estava sendo fitado com uma intensidade que quase o deixou zonzo.

— Fui embora — continuou Lily — para que não dissessem que estava ajudando a Sra. Hatch a casar com Freddy Van Osburgh — que não é nem um pouco melhor que ela. Mas, como estão dizendo isso de qualquer maneira, vejo que teria sido melhor ter continuado onde estava.

— Ora, o Freddy. — Rosedale fez um gesto de desdém pela insignificância do assunto que deu uma noção da perspectiva vasta que ele havia adquirido. — Freddy não conta — mas eu sabia que *você* não estava metida nisso. Não é seu estilo.

Lily enrubesceu um pouco: não podia deixar de admitir que aquelas palavras lhe davam prazer. Gostaria de poder continuar ali, tomando chá e falando de si mesma com Rosedale. Mas o velho hábito de seguir as convenções a fez lembrar de que estava na hora de pôr um ponto final naquele colóquio e ela fez menção de afastar a cadeira.

Rosedale impediu-a com um gesto de protesto.

— Espere um minuto — não vá ainda. Fique quieta e descanse mais um pouco. Está com uma cara exausta. E não me disse... — Ele se interrompeu, consciente de que fora mais longe do que pretendia. Ela viu o conflito e compreendeu; assim como compreendeu a natureza do encantamento que o fez ceder quando, encarando-a, disse abruptamente: — Que diabos quis dizer agora há pouco, quando falou que estava aprendendo a fazer chapéu?

— Exatamente o que eu disse. Sou aprendiz na oficina de Madame Regina.

— Jesus — *você*? Mas por quê? Sei que sua tia a deserdou: a Sra. Fisher me contou. Mas achei que tinha recebido um legado dela...

— Recebi dez mil dólares; mas o legado só será pago no próximo verão.

— Sim, mas... Olhe: pode pegar um empréstimo dando isso como garantia a hora que quiser.

Lily balançou a cabeça com uma expressão grave.

— Não; pois já devo essa quantia.

— Deve? Todos os dez mil dólares?

— Cada centavo. — Ela fez uma pausa e então continuou em um impulso, com os olhos fixos no rosto dele: — Acho que Gus Trenos mencionou para o senhor que havia ganhado algum dinheiro para mim no mercado de ações, não?

Ela esperou, e Rosedale, com o rosto congestionado de constrangimento, murmurou que se lembrava vagamente.

— Ele ganhou cerca de nove mil dólares — continuou Lily, impelida pelo mesmo anseio de se comunicar. — Na época, imaginei que estava especulando com o meu próprio dinheiro: foi incrivelmente estúpido de minha parte, mas eu não entendia nada de negócios. Depois, descobri que ele *não tinha* usado o meu dinheiro — que aquilo que disse ter ganhado em meu nome, na realidade, estava me dando. Sua intenção foi ser gentil, é claro; mas eu não podia continuar a dever-lhe essa obrigação. Por infelicidade, havia gasto o dinheiro antes de descobrir meu engano; de modo que meu legado terá de ser usado para pagar essa dívida. É por isso que estou tentando aprender um ofício.

Lily fez a afirmação de maneira clara, deliberada, com pausas entre as frases, dando tempo para cada uma delas se imprimir na mente de seu ouvinte. Queria desesperadamente que alguém soubesse a verdade sobre essa transação e também que o rumor de sua intenção de pagar a dívida chegasse aos ouvidos de Judy Trenor. Havia lhe ocorrido de súbito que Rosedale, que descobrira por acaso aquilo que Trenor escondia, era a pessoa certa para receber e transmitir sua versão dos fatos. Ela sentira até uma excitação momentânea por se livrar daquele segredo odioso; mas a sensação foi desaparecendo enquanto o relatava e, ao terminar, sobre sua palidez havia um rubor profundo de tristeza.

Rosedale continuou a encará-la com espanto; mas esse espanto levou-o a dizer o que Lily menos esperava.

— Mas, então... Isso limpa completamente o seu nome, não é?

Disse isso como se ela não houvesse compreendido por completo as consequências de seu ato; como se sua ignorância incorrigível dos negócios estivesse prestes a levá-la a fazer mais um gesto precipitado e tolo.

— Completamente — sim — concordou Lily com tranquilidade.

Rosedale ficou em silêncio, com as mãos grossas agarrando a mesa e os olhinhos intrigados explorando os recessos do restaurante deserto.

— Mas... Isso é ótimo! — exclamou de repente.

Lily se levantou com uma risadinha de desprezo.

— Ah, não — é muito maçante — afirmou, unindo as pontas do boá de plumas.

Rosedale continuou sentado, absorto demais por seus pensamentos para perceber o movimento dela.

— Srta. Lily, se precisar de algum apoio... eu... eu gosto de coragem...
— balbuciou ele.

— Obrigada. — Lily estendeu a mão. — Seu chá me deu um tremendo apoio. Sinto-me disposta a tudo agora.

O gesto dela demonstrava uma intenção firme de se despedir, mas seu acompanhante atirou uma nota para o garçom e estava enfiando os braços curtos no casaco caro.

— Espere um minuto — pelo menos, tem de me deixar levá-la até em casa.

Lily não protestou e, depois de ele haver conferido o troco, os dois saíram do hotel e atravessaram a Sexta Avenida mais uma vez. Conforme o levava na direção oeste, passando por diversas áreas onde, em meio às balaustradas sem pintura, se via em cada vez maior número a *disjecta membra*[41] de jantares consumidos, Rosedale ia olhando com desprezo para a vizinhança; e, diante da entrada onde Lily afinal parou, ele ergueu o rosto com repugnância e incredulidade.

— É aqui? Não é possível. Alguém me disse que você estava morando com a Srta. Farish.

— Não, estou hospedada aqui. Já passei tempo demais dependendo dos meus amigos.

Ele continuou a examinar a fachada de calcário arranhada, as cortinas de renda descorada da janela e a decoração ao estilo de Pompeia[42] do vestíbulo sujo de lama. Então, voltou a encará-la e disse, com um esforço visível:

— Você permite que eu venha visitá-la algum dia?

Lily sorriu, reconhecendo tão bem o heroísmo da oferta que ficou comovida com ela.

— Obrigada; eu ficarei muito feliz — respondeu, com as primeiras palavras sinceras que jamais dissera para ele.

---

[41] Expressão em latim que significa "fragmentos espalhados". (N. da T.)
[42] Após as escavações das ruinas de Pompeia e Herculano no meio do século XVIII, passou a ser moda imitar a decoração das casas dessas cidades. (N. da T.)

* * *

Naquela noite, em seu próprio quarto, a Srta. Bart — que fugira logo da fumaça pesada do salão de jantar, que ficava no porão — ficou cismando sobre o impulso que a levara a desabafar com Rosedale. Por trás dele, descobriu uma sensação crescente de solidão — um medo de voltar ao quarto vazio quando podia estar em qualquer outro lugar, na companhia de qualquer pessoa que não a si própria. Ultimamente, as circunstâncias vinham se combinando para afastá-la cada vez mais dos amigos que lhe restavam. Da parte de Carry Fisher, a ausência talvez não fosse completamente involuntária. Após ter feito um último esforço em nome de Lily e de tê-la deixado sã e salva na oficina de Madame Regina, a Sra. Fisher parecia disposta a descansar um pouco; e Lily, compreendendo a razão, não podia condená-la. Carry, na verdade, estivera perigosamente próxima de se envolver no episódio da Sra. Norma Hatch e fora necessária certa engenhosidade verbal de sua parte para desembaraçar-se. Ela admitia ter levado Lily até a Sra. Hatch, mas sem conhecer esta segunda — algo sobre o qual alertara especificamente a amiga. Além do mais, ela não era o anjo da guarda de Lily, que já tinha idade para se cuidar sozinha. Carry não se defendeu de maneira tão brutal, mas permitiu que isso fosse feito por sua mais nova amiga do peito, a Sra. Jack Stepney; esta estava trêmula diante do perigo que havia corrido seu único irmão, mas ansiosa por vingar a Sra. Fisher, em cuja casa ocorriam as festas alegres que tinham se tornado uma necessidade para ela desde que se emancipara dos critérios dos Van Osburgh.

Lily entendia a situação e não a culpava. Carry fora uma boa amiga para ela em tempos difíceis, e talvez apenas uma amizade como a de Gerty poderia estar à prova de uma tensão tão crescente. Gerty de fato continuava a ser fiel, mas Lily estava começando a evitá-la também. Pois não podia ir à casa de Gerty sem arriscar-se a encontrar Selden; e encontrá-lo naquele momento seria pura agonia. Era uma agonia até mesmo pensar nele, tanto quando o considerava na clareza de seus pensamentos diurnos quanto quando sentia a obsessão de sua presença em meio ao turbilhão de suas noites atormentadas. Esse era um dos motivos pelos quais mais uma vez lançara mão da receita da Sra. Hatch. Em seus sonhos inquietos, Selden às vezes demonstrava a amizade e a ternura de antes; e ela despertava daquela ilusão coberta pelo escárnio e desprovida de coragem. Mas o sono que o vidrinho obtinha a fazia mergulhar em uma região onde não ocorriam essas visitações delirantes, nas profundezas de um olvido sem sonhos de onde acordava a cada manhã com o passado apagado.

Era verdade que, aos poucos, a tensão dos pensamentos de sempre retornava; mas, ao menos, eles não a importunavam na hora de acordar. A droga lhe dava uma ilusão momentânea de renovação absoluta, de onde Lily extraía força para realizar o trabalho diário. Aquela força era mais e mais necessária conforme as dúvidas em relação ao seu futuro aumentavam. Lily sabia que, para Gerty e a Sra. Fisher, ela estava apenas passando por um período temporário de provação, pois acreditavam que seu aprendizado na oficina de Madame Regina lhe permitiria, quando o legado da Sra. Peniston fosse pago, realizar o sonho da lojinha verde e branca, com a maior competência adquirida com seu treinamento. Mas, para a própria Lily, consciente de que o legado não poderia ser usado para tal fim, o treinamento em si parecia um esforço desperdiçado. Ela compreendia perfeitamente que, mesmo se conseguisse aprender a competir com moças formadas desde a infância para aquele trabalho especializado, o pequeno salário que recebia não seria um acréscimo suficiente à sua renda para compensar por tal labuta. E esse fato a fazia sentir repetidas vezes a tentação de usar o legado para estabelecer seu negócio. Uma vez instalada e comandando suas próprias funcionárias, Lily acreditava que teria o tato e a habilidade necessários para atrair uma clientela ilustre; e, se o negócio prosperasse, ela poderia guardar dinheiro aos poucos para pagar sua dívida com Trenor. Mas aquilo poderia levar anos, mesmo se ela continuasse a gastar o mínimo possível; e, enquanto isso, seu orgulho estaria soterrado sob o peso de uma obrigação intolerável.

Essas eram suas reflexões superficiais; mas, sob elas, espreitava o medo secreto de essa obrigação não ser intolerável para sempre. Lily sabia que não podia contar com a própria firmeza de propósito, e o que de fato a assustava era pensar que talvez pudesse aceitar aos poucos a ideia de permanecer indefinitivamente em dívida com Trenor, assim como aceitara o papel que lhe coubera no *Sabrina* e assim como quase chegara a aquiescer ao plano de Stancy para dar mais prestígio à Sra. Hatch. O perigo para ela estava em seu velho pavor incurável do desconforto e da pobreza; no medo daquela maré crescente de desmazelo sobre a qual sua mãe a alertara com tanto fervor. E, agora, uma nova visão de perigo se descortinava diante de seus olhos. Lily sabia que Rosedale estava disposto a lhe emprestar dinheiro; e sua vontade de se aproveitar dessa oferta começou a persegui-la de maneira insidiosa. Seria, é claro, impossível aceitar um empréstimo de Rosedale; mas possibilidades aproximadas surgiam em sua mente em lampejos tentadores. Lily estava certa de que ele viria visitá-la de novo e quase certa de que, se o fizesse, poderia levá-lo a pedi-la em casamento sob as condições que ela rejeitara anteriormente. Será que ainda as rejeitaria se lhe fossem oferecidas? Mais e mais, a cada infortúnio que lhe ocorria, as fúrias que a perseguiam assumiam a forma de Bertha Dorset; e bem próximos, trancados a salvo entre seus papéis, estavam os meios de acabar com aquela perseguição. A tentação, à qual seu desprezo por Rosedale já lhe permitira resistir, agora retornava com insistência; e quanta força lhe restava para se opor a ela?

Qualquer força que restasse, de qualquer maneira, precisava ser estimulada ao máximo; Lily não podia se arriscar mais uma vez aos perigos de uma noite insone. Pelas longas horas silenciosas, o espírito negro da fadiga e da solidão lhe apertava o peito, deixando-a tão minada de força física que seus pensamentos matinais vagavam em uma bruma de fraqueza. A única esperança de renovação estava no vidrinho em sua cabeceira; e ela não ousava calcular quanto tempo esta esperança duraria.

Capítulo 11

Lily, demorando-se um pouco na esquina, olhou o espetáculo da tarde na Quinta Avenida.

Era final de abril, e a doçura da primavera estava no ar. Ela mitigava a feiura da longa avenida cheia de gente, tornava menos nítidas as silhuetas estreitas dos tetos das casas, jogava um véu cor de malva sobre a imagem desencorajadora das ruas laterais e dava um toque de poesia à delicada névoa verde que marcava a entrada do Central Park.

Postada ali, Lily reconheceu diversos rostos familiares nas carruagens que passavam. A temporada havia acabado, e suas forças governantes, se dispersado; mas algumas ainda permaneciam, adiando a partida para a Europa ou passando pela cidade após ter voltado do sul. Entre elas estava a Sra. Van Osburgh, balançando majestosamente em sua caleça de capota removível, com a Sra. Percy Gryce ao seu lado e o novo herdeiro da fortuna dos Gryce à frente, entronizado nos joelhos da babá. Depois delas veio a carruagem elétrica da Sra. Hatch, dentro da qual aquela senhora reclinava, no esplendor solitário de uma toalete primaveril obviamente pensada para ser vista por terceiros; e, um ou dois instantes depois, surgiu Judy Trenor, acompanhada por Lady Skiddaw, que viera ao país em sua viagem anual de pesca de camurupim e de "passeios pelas ruas".

Esse breve vislumbre do passado serviu para enfatizar a sensação de falta de rumo com a qual Lily, afinal, pôs-se a voltar para casa. Ela não tinha nada para fazer pelo resto do dia, nem nos dias seguintes; pois a temporada havia acabado para as chapelarias assim como para a alta sociedade e, uma semana antes, Madame Regina lhe avisara que não precisaria mais dos seus serviços. Madame Regina sempre diminuía o número de funcionárias no dia primeiro de maio e, ultimamente, a frequência da Srta. Bart se mostrava tão irregular — ela muitas vezes se sentira mal e, quando aparecia, trabalhava tão pouco — que fora um favor ter demorado tanto tempo a mandá-la embora.

Lily não considerava esta uma decisão injusta. Tinha consciência de ter sido uma funcionária esquecida, desajeitada e lenta para aprender. Era uma amargura reconhecer sua inferioridade até para si mesma, mas ela finalmente compreendera que, quando a questão era ter um ganha-pão, jamais poderia competir com a habilidade profissional. Como fora criada para ser ornamental, não podia se culpar muito por não dispor de propósito prático; mas a descoberta pôs um final à ilusão consoladora de ter uma eficiência universal.

Quando Lily começou a caminhar para casa, já sofria pensando que não haveria nenhum motivo para se levantar de manhã. O luxo de ficar até tarde na cama era um prazer que pertencia à vida de confortos; não tinha lugar na existência utilitária de uma casa de cômodos. Ela gostava de sair do quarto cedo e voltar para lá o mais tarde possível; e ia andando devagar, para adiar a visão odiosa de sua porta de entrada.

Mas, conforme Lily se aproximava desta porta, ela tornou-se subitamente interessante por estar ocupada — na realidade, tomada — pela figura conspícua do Sr. Rosedale, cuja presença parecia ganhar maior amplidão em meio à pobreza do ambiente.

Vê-lo fez surgir em Lily uma sensação irresistível de triunfo. Rosedale, um ou dois dias após seu encontro fortuito, a visitara para perguntar se havia se recuperado de sua indisposição; mas, desde então, ela não o via nem tinha notícias dele, e sua ausência parecia mostrar um esforço para se manter longe, no intuito de permitir que a Srta. Bart, mais uma vez, saísse de sua vida. Se esse fosse o caso, seu retorno mostrava que esse esforço fora em vão, pois Lily sabia que Rosedale não era o tipo de homem que desperdiçava seu tempo em um romance sem sentido.

Ele era muito ocupado, prático demais e, acima de tudo, preocupado demais com o próprio prestígio para se permitir distrações tão inúteis.

Na sala de estar azul-pavão, com seus buquês de capim dos pampas[43] e águas-fortes de cenas sentimentais, Rosedale olhou ao redor com repugnância evidente, pousando, desconfiado, o chapéu no aparador coberto de poeira onde havia uma estatueta de John Rogers.[44]

Lily se sentou em um dos sofás de pelúcia e jacarandá e ele se sentou em uma cadeira de balanço cujo espaldar estava coberto por um paninho que raspou de maneira desagradável na dobra de pele rosada que ficava acima da gola de sua camisa.

— Minha nossa senhora! Você não pode continuar a morar aqui! — exclamou Rosedale.

Lily sorriu do tom dele.

— Não tenho certeza se posso; mas revisei minhas despesas com muito cuidado e acho que talvez consiga.

— Acha que talvez consiga? Não foi isso que eu quis dizer. Aqui não é lugar para você!

— É o que *eu* quero dizer. Pois estou desempregada há uma semana.

— Desempregada! Desempregada! Que coisa ouvir isso da sua boca! A ideia de você ter de trabalhar... é um disparate. — Rosedale arrancava as frases de dentro de si em jatos curtos e violentos, como se elas brotassem de uma cratera profunda de indignação. — É uma piada... uma piada louca — repetiu ele, com os olhos fixos no longo reflexo do cômodo visível no espelho manchado que ficava entre as janelas.

Lily continuou a reagir a seus protestos com um sorriso.

— Não sei por que eu deveria me considerar uma exceção... — começou ela a dizer.

— Porque *é*: por isso; e estar num lugar como esse é um absurdo. Não posso discutir calmamente esse assunto.

---

[43] Herbácea nativa do sul do Brasil e da Argentina cujas flores secas eram muito usadas em decoração no século XIX. (N. da T.)

[44] Escultor americano (1829-1904). (N. da T.)

Era verdade que ela jamais o vira tão abalado e tão desprovido de seu desembaraço habitual; e havia algo quase tocante na falta de eloquência com que tentava dominar suas emoções.

Rosedale se levantou com um pulo que deixou a cadeira de balanço tremendo sobre os pés e se colocou bem diante de Lily.

— Veja bem, Srta. Lily, eu vou para a Europa na semana que vem: vou passar alguns meses em Paris e Londres e não posso largar você desse jeito. Não posso. Sei que não é da minha conta — você já me disse isso muitas vezes. Mas as coisas agora estão piores do que antes e você deve saber que precisa aceitar ajuda de alguém. No outro dia, comentou comigo que tinha uma dívida com Trenor. Sei o que quis dizer — e a respeito por ver as coisas dessa maneira.

Um rubor de surpresa tomou o rosto pálido de Lily, mas, antes que ela pudesse interrompê-lo, ele continuou, ansioso:

— Eu empresto o dinheiro para você pagar a dívida. E não — escute, não fale nada até eu terminar. O que eu quero dizer é que vai ser um negócio simples, como o que um homem faria com outro. O que você pode ter contra isso?

O rubor de Lily ficou ainda mais vívido, em uma mistura de humilhação e gratidão; e os dois sentimentos se revelaram na gentileza inesperada de sua resposta.

— Apenas uma coisa: isso é exatamente o que Gus Trenor propôs; e eu nunca mais posso ter certeza de haver compreendido nem o mais simples acordo de negócios. — Logo, percebendo que essa resposta continha um grão de injustiça, ela acrescentou, em um tom ainda mais doce: — Não que eu não agradeça por sua gentileza — que não seja grata por ela. Mas um acordo de negócios entre nós de qualquer maneira seria impossível, pois eu não terei nada a dar como garantia após minha dívida com Gus Trenor ser paga.

Rosedale ficou mudo diante dessa afirmação: pareceu notar o tom conclusivo da voz dela, mas ser incapaz de aceitá-lo como algo que colocava um ponto final naquela questão.

Durante o silêncio, Lily teve uma percepção clara do que estava se passando na cabeça dele. Por mais perplexo que Rosedale estivesse com a inexorabilidade de seu destino — por menos que compreendesse o motivo desta inexorabilidade — Lily viu que ela, sem dúvida, o deixava mais completamente em seu poder. Era como se seus escrúpulos e resistências não explicados fossem tão atraentes quanto a beleza e o discernimento que lhe davam uma aparência de raridade, um ar de quem era impossível de igualar. Conforme Rosedale aumentava sua experiência social, aquela singularidade adquirira um valor maior, como se ele fosse um colecionador que aprendera a distinguir diferenças mínimas de formato e qualidade em algum objeto há muito cobiçado.

Lily, percebendo tudo isso, compreendeu que Rosedale se casaria com ela imediatamente, com a única condição de uma reconciliação com a Sra. Dorset; e a tentação foi mais difícil de resistir porque, aos poucos, as circunstâncias estavam erodindo sua antipatia por ele. A antipatia, na realidade, persistia; mas era penetrada aqui e ali pela noção de que Rosedale possuía qualidades compensadoras: uma certa bondade rude, uma espécie de fidelidade incontrolável que pareciam lutar contra a superfície rija de suas ambições materiais.

Vendo a rejeição nos olhos dela, Rosedale estendeu a mão em um gesto que expressava em parte esse conflito inarticulado.

— Se você deixasse, eu a colocaria acima de todas as outras — num lugar onde ia poder limpar os pés nelas! — declarou ele; e Lily ficou estranhamente tocada ao ver que aquela nova emoção não alterara seus velhos valores.

Lily não tomou nenhuma gota do remédio para dormir naquela noite. Ficou acordada, examinando sua situação à luz cruel lançada sobre ela pela visita de Rosedale. Ao rejeitar a oferta que ele estava tão claramente pronto a fazer de novo, não estaria fazendo um sacrifício a uma daquelas ideias abstratas de honra que poderiam ser chamadas de convenções da moral? O que devia a uma ordem social que a condenara e banira de maneira sumária? Lily jamais pudera testemunhar em sua própria defesa; era inocente da acusação da qual diziam ser culpada; e a irregularidade de sua condenação parecia justificar o uso de métodos tão irregulares quanto ela para recuperar seus direitos perdidos. Bertha Dorset, para se salvar, não tivera escrúpulos em arruiná-la, lançando mão de uma mentira pública; por que ela deveria hesitar em fazer uso privado dos fatos que a sorte lhe entregara? Afinal, metade do opróbrio de tal ato reside no nome associado a ele. Chame-o de chantagem e ele se torna impensável; mas explique que não prejudica ninguém e que os direitos readquiridos por meio dele tinham sido tomados de maneira injusta, e quem não vir mérito em sua defesa haverá de ser um formalista de fato.

Para Lily, a favor deste ato, existia o velho argumento irrefutável da situação pessoal: a sensação de ter sido caluniada, a sensação de fracasso, o anseio desesperado por uma chance justa contra o despotismo egoísta da sociedade. Ela aprendera por experiência que não tinha nem a aptidão nem a constância necessárias para reconstruir sua vida com outro formato; para se tornar mais uma trabalhadora entre muitas e permitir que o mundo do luxo e do prazer passasse por ela sem ser notado. Lily não conseguia se culpar muito por essa ineficácia e talvez tivesse menos culpa do que acreditava. Tendências inatas combinadas a uma educação precoce a haviam transformado no produto altamente especializado que era: um organismo tão indefeso fora de sua pequena esfera quanto a anêmona arrancada da rocha. Ela fora moldada para adornar e deleitar; com que outro objetivo a natureza arredonda a pétala da rosa e pinta o peito do beija-flor? E era culpa de Lily que a missão puramente decorativa era realizada com menos facilidade e harmonia entre os seres sociais que no mundo natural? Que ela tem a propensão de ser impedida pelas necessidades materiais ou complicada por escrúpulos morais?

Essas foram as duas forças antagônicas que travaram uma batalha em seu peito durante a longa vigília noturna; e, quando Lily se levantou na manhã seguinte, mal sabia dizer de que lado estava a vitória. Estava exausta por ter passado uma noite sem dormir, após muitas noites de descanso obtido artificialmente; e, à luz distorcida da fadiga, o futuro se espraiava diante dela, cinzento, interminável e desolado.

Lily continuou deitada na cama até tarde, recusando o café e os ovos fritos que a amistosa criada irlandesa enfiou por sua porta e detestando os ruídos íntimos da casa e os gritos e barulhos da rua. A semana que passara sem trabalhar a fizera compreender com clareza exagerada as pequenas irritações do mundo da casa de cômodos, e ela ansiava por aquele outro mundo de luxo, cujas engrenagens são escondidas com tanto cuidado que os cenários se alternam sem esforço perceptível.

Afinal, Lily se levantou e se vestiu. Desde que deixara a oficina de Madame Regina, ela passara seus dias nas ruas, em parte para escapar das promiscuidades desagradáveis da casa de cômodos e em parte devido à esperança de que o cansaço físico fosse ajudá-la a dormir. Mas, uma vez fora da casa, não conseguia decidir para onde ir, pois, desde que fora mandada embora da chapelaria, vinha evitando se encontrar com Gerty, e não tinha certeza se seria bem recebida em qualquer outro lugar.

A manhã formava um grande contraste com o dia anterior. Um céu frio e cinza mostrava a ameaça de chuva e um vento forte formava espirais que giravam depressa de um lado a outro da rua. Lily subiu a Quinta Avenida na direção do Central Park, esperando encontrar um cantinho abrigado onde pudesse se sentar; mas o vento a enregelava e, após passar uma hora vagando sob os galhos agitados, ela cedeu ao cansaço crescente e se refugiou em um pequeno restaurante na rua 59. Não tinha fome e pretendera não almoçar; mas sentia-se exausta demais para voltar para casa e viu pela janela uma longa e sedutora fileira de mesas brancas.

O salão estava repleto de mulheres e meninas, todas envolvidas demais na rápida deglutição de chá e torta para reparar na chegada dela. Um burburinho de vozes agudas reverberava no teto baixo, deixando Lily à parte, em um pequeno círculo de silêncio. Ela sentiu a pontada súbita de uma solidão profunda. Tinha perdido a noção de tempo e parecia-lhe que não falava com ninguém há dias. Seus olhos esquadrinharam os rostos ao redor, ansiando por um olhar solidário, algum sinal de intuição de seu sofrimento. Mas aquelas mulheres amarelas e preocupadas, com suas sacolas, cadernos e rolos de partituras, estavam todas absortas por seus próprios problemas, e mesmo as sentadas sozinhas estavam ocupadas revisando textos ou devorando revistas entre os goles apressados de chá. Somente Lily encontrava-se perdida em um grande deserto de desocupação.

Ela tomou diversas xícaras do chá servido junto com sua porção de ostras cozidas e sua mente parecia mais clara e rápida quando saiu mais uma vez à rua. Lily percebeu então que, enquanto estava sentada no restaurante, chegara inconscientemente a uma decisão final. A descoberta deu-lhe uma ilusão imediata de atividade: era animador pensar que de fato tinha um motivo para correr para casa. Para prolongar aquela sensação agradável, ela decidiu ir andando; mas a distância era tão grande que começou a olhar nervosamente para os relógios pelo caminho. Uma das surpresas de seu estado de desocupação fora que o tempo, ao correr sozinho sem que nada de definido seja demandado dele, às vezes passa em um ritmo irreconhecível. Em geral, ele se demora; mas, justamente quando passamos a confiar em sua lentidão, pode de repente começar a galopar de maneira ensandecida.

Ao chegar em casa, no entanto, Lily viu que ainda era cedo o suficiente para que pudesse se sentar e descansar alguns minutos antes de pôr seu plano em marcha. O atraso não causou nenhuma diminuição perceptível sobre sua resolução. Ela estava amedrontada, porém estimulada, pela reserva de força de vontade que sentia dentro de si: viu que seria mais fácil, bem mais fácil, do que imaginara.

Às cinco horas, Lily se levantou, destrancou seu baú e tirou de dentro um embrulho lacrado que colocou no decote do vestido. Nem mesmo o contato com o embrulho abalou seus nervos como ela havia chegado a esperar que fizesse. Lily parecia envolta por uma forte armadura de indiferença, como se o esforço vigoroso de seu poder de resolução houvesse afinal deixado dormentes suas sensibilidades mais nobres.

Ela se vestiu mais uma vez, trancou a porta e saiu. Quando chegou à calçada, ainda era dia, mas uma ameaça de chuva escurecia o céu, e rajadas frias de vento sacudiam as placas que saíam das lojas de porão ao longo da rua. Lily chegou à Quinta Avenida e começou a caminhar devagar na direção norte. Era suficientemente familiar com os hábitos da Sra. Dorset para saber que esta sempre estava em casa depois das cinco. Na realidade, poderia não estar acessível a visitas, em especial a uma tão indesejada e contra a qual era muito possível que houvesse se protegido dando ordens específicas à criadagem; mas Lily escrevera um bilhete que tinha a intenção de pedir que entregassem ao anunciar seu nome e que, ela acreditava, garantiria sua admissão.

Ela reservara para si o tempo de ir andando até a casa da Sra. Dorset, pensando que o movimento rápido em meio ao ar frio da tarde ajudaria a acalmar seus nervos; mas, na verdade, não sentia necessidade de se tranquilizar. Sua avaliação da situação permaneceu serena e firme.

Quando Lily chegou à rua 50, as nuvens se abriram de repente e um jato de chuva fria lhe atingiu o rosto. Ela não tinha um guarda-chuva, e a umidade logo penetrou seu vestido fino de primavera. Ainda estava a oitocentos metros de seu destino e decidiu atravessar a rua até a Avenida Madison e pegar o bonde. Quando enveredou pela rua lateral, uma vaga lembrança surgiu em sua mente. A fileira de árvores cheias de flores, as fachadas de tijolo e calcário das casas novas, os prédios em estilo georgiano com as jardineiras nas varandas, tudo se fundiu para formar um cenário familiar. Fora no final daquela rua que caminhara com Selden, naquele dia de setembro há dois anos; poucos metros adiante ficava a portaria na qual eles haviam entrado juntos. A lembrança desatou uma torrente de sensações adormecidas — saudades, arrependimentos, fantasias: o pulsar emocionado da única primavera que seu coração jamais conhecera. Era estranho passar pelo apartamento dele a caminho de cumprir tal tarefa. Subitamente, Lily pareceu ver seu ato como Selden o veria — e o fato de sua própria associação com este, o fato de que, para alcançar seu objetivo, ela precisaria usar o nome dele, e se aproveitar de um segredo de seu passado fez seu sangue gelar de vergonha. Que longo caminho havia percorrido desde o dia da primeira conversa deles dois! Mesmo então, seus pés estavam no caminho que agora trilhava — mesmo então, ela resistira à mão que ele lhe oferecera.

Todo o ressentimento de Lily com a frieza que imaginara em Selden desapareceu em meio a essa onda de lembranças. Duas vezes, ele estivera preparado para ajudá-la — para ajudá-la amando-a, como ele havia dito — e se, na terceira vez, parecera falhar-lhe, quem, além de si mesma, ela poderia culpar? Bem, aquela parte de sua vida tinha terminado; Lily não sabia por que sua mente ainda se agarrava a ela. Mas a vontade súbita de vê-lo continuou; transformou-se em um anseio quando ela estacou na calçada diante de sua porta. A rua estava escura e deserta, lavada pela chuva. Lily imaginou o apartamento silencioso dele, as estantes de livros e o fogo na lareira. Ergueu o olhar e viu uma luz em sua janela; então, atravessou a rua e entrou no prédio.

Capítulo 12

A biblioteca estava como Lily imaginara. Os abajures de cúpula verde formavam círculos serenos de luz em meio à penumbra do crepúsculo, um pequeno fogo crepitava na lareira e a poltrona de Selden, que ficava perto desta, fora empurrada para o lado quando ele se levantou para cumprimentá-la.

Selden havia contido sua primeira expressão de surpresa e agora estava em silêncio, esperando que Lily dissesse algo, enquanto ela permanecia um instante parada sob o umbral, tomada por uma torrente de lembranças.

A cena não mudara. Lily reconheceu as prateleiras de onde Selden havia tirado seu La Bruyère e o braço puído da poltrona no qual ele se apoiara enquanto ela examinava a preciosa edição. Mas, naquela ocasião, a luz vasta de setembro tomava o cômodo, fazendo com que ele parecesse fazer parte do mundo exterior: agora, as cúpulas dos abajures e a lareira cálida, separando-o da escuridão crescente da rua, davam-lhe um toque mais doce de intimidade.

Adquirindo uma consciência gradual da surpresa presente sob o silêncio de Selden, Lily voltou-se para ele e disse simplesmente:

— Vim lhe dizer que lamento pela maneira como nos separamos — pelo que lhe disse naquele dia na casa da Sra. Hatch.

As palavras surgiram espontaneamente em seus lábios. Mesmo enquanto subia as escadas, ela não pensara em preparar um pretexto para a visita; mas, agora, sentia uma vontade intensa de dissipar a névoa de desentendimento que havia entre eles.

Selden sorriu para Lily.

— Eu também lamentei termos nos separado daquela maneira; mas não tenho certeza se não fui o culpado. Por sorte, havia previsto o risco que estava correndo...

— De modo que não se importou? — interrompeu ela, com um toque de sua antiga ironia.

— De modo que estava preparado para as consequências — corrigiu Selden, sem perder o bom humor. — Mas vamos falar sobre isso mais tarde. Por favor, sente-se perto do fogo. Posso recomendar uma poltrona, se me deixar colocar uma almofada nas suas costas.

Enquanto ele dizia isso, Lily caminhou devagar até o meio da sala e parou diante da escrivaninha, onde o abajur, voltado para cima, criou sombras exageradas na palidez de seu rosto delicadamente abatido.

— A senhorita parece cansada — sente-se, por favor — repetiu Selden, com gentileza.

Ela não pareceu ouvir o pedido.

— Quero que saiba que eu deixei a Sra. Hatch imediatamente depois de vê-lo— disse, como quem continuava uma confissão.

— Sim, sim — eu sei — disse ele, assentindo com um rubor de vergonha cada vez mais forte.

— E que fiz isso porque me disse para fazê-lo. Antes que o senhor me visitasse, já havia começado a perceber que seria impossível permanecer com ela — pelos motivos que me deu. Mas me recusei a admitir — me recusei a deixá-lo ver que compreendia o que o senhor queria dizer.

— Ah, eu devia ter confiado que a senhorita sairia daquela situação sozinha — não me faça lembrar de como fui intrometido!

O tom de leveza de Selden, no qual, se Lily estivesse com os nervos menos abalados, teria reconhecido um mero esforço para deixar para trás um momento constrangedor, chocou-se com seu desejo intenso de ser compreendida. Naquele estranho estado de lucidez extraordinária, que lhe dava a impressão de já estar no cerne da questão, parecia incrível que alguém achasse necessário se demorar nas periferias das evasões e dos jogos de palavras.

— Não foi isso — eu não fui ingrata — insistiu ela. Mas seu poder de expressão desapareceu subitamente; Lily sentiu um tremor na garganta e duas lágrimas surgiram em seus olhos e rolaram devagar.

Selden se aproximou e pegou a mão dela.

— A senhorita está muito cansada. Por que não se senta e permite que eu a deixe confortável?

Ele a levou até a poltrona perto do fogo e colocou uma almofada em suas costas, na altura dos ombros.

— E, agora, deve permitir que eu lhe faça um chá; sabe que esse é um gesto de hospitalidade do qual sempre sou capaz.

Lily balançou a cabeça e mais duas lágrimas escorreram. Mas ela não chorava com facilidade, e seu longo hábito de autocontrole se fez sentir, embora ainda estivesse trêmula demais para falar.

— Sabe, consigo convencer a água a ferver em cinco minutos — continuou Selden, falando como se ela fosse uma criança triste.

Suas palavras fizeram com que Lily se lembrasse mais uma vez daquela outra tarde, quando eles haviam sentado ao redor de sua bandeja de chá e conversado em tom zombeteiro sobre o futuro dela. Havia momentos em que aquele dia parecia mais remoto do que qualquer outro acontecimento em sua vida; ainda assim, ela sempre conseguia revivê-lo nos mínimos detalhes.

Lily fez um gesto de recusa.

— Não — eu bebo chá demais. Prefiro ficar sentada em silêncio. Tenho de ir embora daqui a pouco — acrescentou, confusa.

Selden continuou de pé ao lado dela, apoiado na lareira. O leve embaraço estava começando a ficar mais perceptível sob seu ar amistoso. Lily a princípio estivera absorta demais para perceber isso; mas, agora que sua consciência mais uma vez estendia suas antenas ansiosas, ela viu que sua presença estava se tornando um constrangimento para ele. Uma situação assim só pode ser salva por uma explosão imediata de emoção; e, da parte de Selden, o impulso determinante ainda não era forte o suficiente.

A descoberta não perturbou Lily como talvez houvesse feito antigamente. Ela passara da fase da polidez recíproca, na qual qualquer demonstração deve ser escrupulosamente proporcional à emoção que provoca e na qual a generosidade de sentimento é a única ostentação condenada. Mas a sensação de solidão voltou com força redobrada quando se viu expulsa para sempre da mais profunda intimidade de Selden. Não viera ali com nenhum propósito definido; fora impelida apenas pela vontade de vê-lo; mas a esperança secreta que carregara consigo se revelou subitamente no momento em que morreu.

— Tenho de ir — repetiu Lily, fazendo menção de se levantar da poltrona onde estava. — Mas talvez não o veja por muito tempo e queria lhe dizer que nunca me esqueci das coisas que me disse em Bellomont e que, às vezes —, às vezes, quando pareço estar mais longe de me lembrar delas — elas me ajudaram e me impediram de cometer erros; me impediram de realmente me tornar o que muitas pessoas pensam que sou.

Por mais que tentasse colocar ordem em seus pensamentos, as palavras se recusavam a sair com mais clareza; mas, ainda assim, ela sentia que não podia deixá-lo sem ao menos tentar fazê-lo compreender que se salvara, incólume, da aparente ruína de sua vida.

Uma mudança surgira no rosto de Selden enquanto Lily falava. Sua aparência cautelosa havia sido substituída por uma expressão ainda livre de emoção pessoal, mas repleta de compreensão e bondade.

— Fico feliz por me dizer isso; mas nada do que eu disse realmente fez diferença. A diferença está em você — sempre estará. E, como *está*, não precisa se importar com o que as pessoas pensam: pode ter certeza de que seus amigos sempre a compreenderão.

— Ah, não diga isso — não diga que o que me disse não fez diferença. Isso parece me afastar — me deixar sozinha com as outras pessoas.

— Ela havia se levantado e estava postada diante dele, mais uma vez completamente tomada pela sensação de que o momento era urgente. A relutância que discernira nele havia desaparecido. Quer Selden quisesse, quer não, precisava vê-la por inteiro uma vez antes que eles se separassem.

A voz de Lily ganhara força e ela fitou-o gravemente enquanto continuava.

— Uma — duas vezes — você me deu a chance de escapar da minha vida, e eu recusei: recusei, porque fui covarde. Depois, percebi o meu erro — percebi que jamais conseguiria ser feliz com o que me contentara antes. Mas era tarde demais: você tinha me julgado — eu compreendi. Era tarde demais para a felicidade — mas não para ser ajudada ao pensar no que eu havia perdido. Isso é tudo que tenho para me sustentar — não o arranque de mim agora! Mesmo em meus piores momentos, tem sido como uma luzinha na escuridão. Algumas mulheres são fortes o suficiente para serem boas sozinhas, mas eu precisava da ajuda de sua crença em mim. Talvez pudesse ter resistido a uma grande tentação, mas as pequenas teriam me arrastado para o fundo. Mas então eu lembrava — lembrava de você me dizendo que uma vida assim jamais poderia me satisfazer; e tinha vergonha de admitir para mim mesma que poderia, sim. É isso que você fez por mim — era por isso que eu queria lhe agradecer. Queria lhe dizer que sempre me lembrei; e que me esforcei — me esforcei muito...

Lily parou de falar de repente. As lágrimas haviam lhe assomado aos olhos de novo e, ao pegar o lenço, seus dedos tocaram o embrulho guardado nas dobras do vestido. Um rubor tomou-lhe o rosto e as palavras morreram em seus lábios. Então, ela ergueu os olhos para Selden e continuou, com uma voz alterada:

— Eu me esforcei muito — mas a vida é difícil e eu sou uma pessoa muito inútil. Mal posso dizer que tenho uma existência independente. Era apenas um parafuso ou uma engrenagem na grande máquina que chamava de vida e, quando tombei de lá, descobri que não tinha uso em mais lugar nenhum. O que alguém pode fazer quando descobre que só funciona como a peça de um todo? É preciso voltar para lá ou ser atirado no lixo — e você não sabe como é a vida no lixo!

Os lábios de Lily se abriram em um sorriso trêmulo — ela se distraíra com a lembrança curiosa das confidências que fizera a Selden dois anos antes, naquele mesmo cômodo. Na época, estava planejando se casar com Percy Gryce — o que estaria planejando agora?

Um rubor intenso surgira na pele morena de Selden, mas sua emoção só foi expressa por meio de uma maior seriedade.

— Você quer me dizer algo — está pretendendo se casar? — perguntou ele abruptamente.

Lily não desviou os olhos, mas uma expressão de espanto e dúvida se formou aos poucos em suas profundezas. Diante dessa pergunta, ela parara para se indagar se sua decisão realmente já estava tomada quando entrara no apartamento.

— Você sempre me disse que eu precisaria fazê-lo mais cedo ou mais tarde! — disse, com um leve sorriso.

— E irá fazê-lo agora?

— Irei — logo. Mas há algo que preciso fazer antes. — Lily fez outra pausa, tentando transmitir para a voz a firmeza que recuperara no sorriso. — Preciso me despedir de alguém. Ah, não de *você* — decerto, nós nos veremos de novo — mas da Lily Bart que conheceu. Eu a mantive comigo durante todo esse tempo, mas, agora, nós vamos nos separar, e eu a trouxe de volta para você — irei deixá-la aqui. Quando for embora daqui a pouco, ela não irá comigo. Será bom pensar que ficou com você — e ela não dará trabalho, não ocupará espaço.

Lily se aproximou de Selden e estendeu a mão, ainda sorrindo.

— Deixará que ela fique com você? — perguntou.

Selden agarrou a mão dela, que sentiu a vibração de uma emoção que ainda não saíra dos lábios dele.

— Lily — eu não posso ajudar você? — implorou.

Lily olhou para Selden com carinho.

— Lembra-se do que me disse certa vez? Que só poderia me ajudar me amando? Bem — você de fato me amou, por um instante; e isso me ajudou. Sempre. Mas o instante passou — fui eu que o deixei ir embora. E é preciso continuar vivendo. Adeus.

Ela colocou a outra mão sobre a dele e os dois se fitaram com uma espécie de solenidade, como se estivessem na presença da morte. Algo, realmente, morrera entre eles — o amor que Lily matara em Selden e que não conseguia mais fazer voltar à vida. Mas algo entre eles também vivia, algo que ardia dentro de Lily como uma chama eterna: o amor que o amor dele despertara, a paixão de sua alma pela dele.

À luz desta, tudo o mais para Lily esmorecia e se apagava. Ela entendeu então que não poderia seguir adiante e deixar a velha Lily com Selden: aquela Lily de fato precisaria continuar a viver na presença dele, mas também precisaria continuar a pertencer a ela própria.

Selden não largara a mão de Lily e continuava a examiná-la com uma estranha sensação de mau agouro. O aspecto externo da situação desaparecera para ele tão completamente quanto para ela: Selden o sentia apenas como sendo um desses raros momentos que erguem os véus de suas faces quando passam.

— Lily — disse, em voz baixa —, você não deve falar assim. Não posso deixá-la ir sem saber o que pretende fazer. As coisas podem mudar — mas elas não passam. Você jamais irá sair da minha vida.

Ela encarou-o com um olhar iluminado.

— Não — disse. — Eu vejo isso agora. Vamos sempre ser amigos. Então me sentirei segura, não importa o que aconteça.

— Não importa o que aconteça? O que quer dizer? O que vai acontecer?

Lily se virou devagar e caminhou até a lareira.

— Nada, por enquanto. Mas eu estou com muito frio e você vai precisar reavivar o fogo para mim.

Ela se ajoelhou no tapete, estendendo as mãos para as brasas. Intrigado com a mudança súbita em seu tom, Selden pegou mecanicamente um punhado de lenha da cesta e atirou no fogo. Ao fazer isso, percebeu o quanto as mãos de Lily estavam magras à luz mais intensa das chamas. Também viu, sob o tecido largo do vestido, como as curvas de sua silhueta haviam se tornado angulosas; durante muito tempo, Selden se lembraria da maneira como o brilho vermelho da chama aumentara a depressão de suas narinas e intensificara a mancha negra que se estendia de suas maçãs do rosto até os olhos. Lily por um momento ficou ali, ajoelhada e em silêncio; um silêncio que ele não ousava quebrar. Quando ela se levantou, Selden pensou tê-la visto tirar algo do vestido e jogar no fogo; mas quase não registrou o gesto na ocasião. Parecia estar em transe e ainda tateava pela palavra que quebraria aquele encanto.

Lily se aproximou dele e colocou as mãos sobre seus ombros.

— Adeus — disse e, quando ele se debruçou, ela roçou sua testa com os lábios.

Capítulo 13

As lâmpadas da rua estavam acesas, mas a chuva cessara e a luz ressurgiu por um momento na parte superior do céu.

Lily continuou a andar, sem perceber o que havia ao redor. Ainda caminhava em meio ao éter revigorante que emana dos pontos altos da vida. Mas, aos poucos, ele desapareceu e ela sentiu a calçada dura sob seus pés. A sensação de cansaço retornou com mais força e, por um instante, Lily achou que não conseguiria dar mais um passo. Chegara à esquina da rua 41 com a Quinta Avenida e se lembrou de que no Bryant Park havia bancos onde poderia descansar.

O melancólico parque estava quase deserto quando Lily entrou, e ela desabou em um banco vazio sob a forte luz elétrica de um poste. O calor do fogo não estava mais em suas veias, e Lily pensou que não podia ficar muito tempo exposta à umidade penetrante que vinha do asfalto molhado. Mas sua força de vontade parecia ter se esgotado com um grande esforço final, e ela estava perdida no desânimo que surge depois de um desgaste extraordinário de energia. Além do mais, o que encontraria quando chegasse em casa? Nada além do silêncio de seu quarto lúgubre — aquele silêncio da noite que pode ser uma tortura maior para os nervos cansados do que os ruídos mais dissonantes: isso e o frasco de hidrato de cloral na sua cabeceira. A ideia do cloral era o único raio de luz em um futuro sombrio: Lily já podia sentir seu efeito tranquilizante se espalhando devagar pelo corpo. Mas ficava perturbada ao pensar que a substância estava se tornando menos eficaz — não ousava voltar a usá-la tão cedo. Ultimamente, o sono que o cloral trazia fora mais fragmentado e menos profundo; houvera noites em que Lily, a todo momento, o atravessava, flutuando, e emergia na vigília. E se a droga aos poucos fosse perdendo o efeito, como diziam acontecer com todos os narcóticos? Ela se lembrou do alerta do boticário para que não aumentasse a dose; e já ouvira falar da maneira inconstante e incalculável que a droga tinha de agir. Seu medo de voltar a ter uma noite insone era tão grande que ela continuou ali, torcendo para que o enorme cansaço reforçasse a eficiência cada vez menor do cloral.

A noite caiu e o barulho do trânsito na rua 42 estava começando a morrer. Quando a mais completa escuridão tomou o parque, os últimos ocupantes dos bancos se levantaram e se dispersaram; mas, de vez em quando, alguém voltando às pressas para casa tomava a aleia diante da qual Lily estava sentada, e sua sombra negra crescia no círculo branco da luz elétrica. Um ou dois desses transeuntes diminuiu o passo para olhar curiosamente a figura solitária da Srta. Bart; mas ela mal se deu conta de seu escrutínio.

De repente, no entanto, Lily percebeu que uma das sombras que passava havia estacado entre sua linha de visão e o asfalto brilhante; e, erguendo os olhos, viu uma jovem debruçada sobre ela.

— Com licença — a senhorita está passando mal? Ora, mas é a Srta. Bart! — exclamou uma voz vagamente familiar.

Lily olhou para cima. A pessoa que a abordara era uma jovem mal vestida que levava um embrulho debaixo do braço. Seu rosto tinha aquele afilamento insalubre que a doença e o excesso de trabalho podem produzir, mas sua beleza vulgar era salva pelos lábios de traços fortes e generosos.

— A senhorita não se lembra de mim — continuou a jovem, se alegrando com o prazer do reconhecimento —, mas eu nunca ia me esquecer, de tanto que pensei na senhorita. Minha família inteira deve saber seu nome de cor. Eu era uma das moças do clube da Srta. Farish — a senhorita me ajudou a passar um tempo no interior naquela época em que eu tive um problema no pulmão. Meu nome é Nettie Struther. Costumava ser Nettie Crane — mas a senhorita também não deve se lembrar disso.

Sim: Lily estava começando a se lembrar. Ter conseguido resgatar Nettie Crane das garras da doença a tempo tinha sido um dos incidentes mais satisfatórios de seu envolvimento com o trabalho voluntário de Gerty. Graças a sua doação, a moça pudera ir para um sanatório nas montanhas: e era uma ironia peculiar pensar que o dinheiro que ela usara fora o de Gus Trenor.

Lily tentou responder, garantir a sua interlocutora que não tinha se esquecido; mas sua voz falhou e ela sentiu que afundava sob uma grande onda de cansaço físico. Nettie Struther, com uma exclamação assustada, sentou-se e colocou às suas costas um de seus braços, coberto por uma manga puída.

— Ora, mas a senhorita está *mesmo* passando mal! Fique um pouco apoiada em mim até se sentir melhor.

O braço às costas de Lily pareceu lhe transmitir calor e força.

— Estou apenas cansada — não é nada — ela conseguiu dizer após algum tempo. E logo, ao ver a tímida interrogação nos olhos da jovem, acrescentou involuntariamente: — Eu ando infeliz — com muitos problemas.

— A *senhorita* está com problemas? Eu costumava achar que na sua vida tudo era lindo sempre. Às vezes, quando ficava zangada, querendo saber por que o mundo é tão esquisito, costumava lembrar que pelo menos a senhorita estava se divertindo, e isso parecia mostrar que havia certa justiça em algum lugar. Mas não pode ficar sentada aqui muito tempo — está horrivelmente úmido. Não está se sentindo forte o suficiente para andar um pouquinho agora? — perguntou a jovem.

— Sim — sim; preciso ir para casa — murmurou Lily, se levantando.

Seus olhos pousaram com espanto sobre a figura magra e malvestida ao seu lado. Quando Lily conhecera Nettie Crane, esta era uma das vítimas exaustas do excesso de trabalho e da anemia hereditária: um dos fragmentos supérfluos da vida, destinados a serem prematuramente varridos para aquele lixo social do qual ela há pouco expressara seu pavor. Mas o corpo frágil de Nettie Struther estava animado pela esperança e pela energia: qualquer que fosse o destino que o futuro lhe reservava, ela não seria atirada no lixo sem reagir.

— Estou muito feliz por tê-la encontrado — continuou Lily, fazendo surgir um sorriso nos lábios trêmulos. — Agora, será minha vez de pensar em você como estando feliz — e o mundo parecerá um lugar menos injusto para mim também.

— Ah, mas eu não posso deixar a senhorita aqui desse jeito — não pode ir para casa sozinha nesse estado. E eu também não posso levá--la! — gemeu Nettie Struther, ao se lembrar com um sobressalto. — Hoje meu marido trabalha no turno da noite, sabe? Ele é condutor do bonde. E a amiga com quem eu deixo o bebê tem que subir para fazer o jantar do marido *dela* às sete. Eu não comentei com a senhorita que tive neném, comentei? Minha filha vai fazer quatro meses depois de amanhã e, olhando para ela, ninguém diz que eu já estive doente um dia na vida. Eu daria tudo para lhe mostrar a neném, Srta. Bart, e nós moramos logo ali nessa rua — a três quarteirões daqui só. — Ela ergueu os olhos, hesitante, fixando-os no rosto de Lily, e então acrescentou, em um rasgo de coragem: — Por que a senhorita não se anima e vem comigo para casa, para eu dar o jantar da neném? É bem quentinho na nossa cozinha; a senhorita vai poder descansar lá e eu posso levá-la para casa assim que ela dormir.

Era *mesmo* quente na cozinha que, quando o fósforo de Nettie Struther fez surgir uma chama no bico de gás sobre a mesa, o cômodo revelou-se extraordinariamente pequeno e quase miraculosamente limpo. Um fogo brilhava entre as laterais polidas do fogão de ferro e, ao lado deste, havia um berço no qual um bebê estava sentado, com a ansiedade incipiente tentando se expressar em feições ainda plácidas de sono.

Após ter celebrado intensamente o reencontro com a filha e se des-culpado em uma linguagem críptica por sua demora em voltar, Nettie devolveu a neném ao berço e convidou timidamente a Srta. Bart a se sentar na cadeira de balanço perto do fogão.

— Nós temos uma sala de estar também — explicou ela com um orgulho perdoável —, mas acho que é mais quente aqui, e não quero deixar a senhorita sozinha enquanto faço o jantar da neném.

Depois de Lily assegurar que achava a proximidade amistosa do fogo da cozinha muito preferível, a Sra. Struther pôs-se a preparar uma mamadeira de comida de bebê, que colocou ternamente nos lábios impacientes da filha; e, enquanto a degustação resultante acontecia, sentou-se, radiante, ao lado da visita.

— Tem certeza de que não quer que eu esquente um café, Srta. Bart? Sobrou um pouco do leite fresco da neném — bom, acho que a senhorita prefere ficar quietinha e descansar um instante. É maravilhoso tê-la aqui. Pensei nisso tantas vezes que não acredito que está acontecendo mesmo. Já disse mais de mil vezes para George: "Como eu queria que a Srta. Bart pudesse me ver *agora*." E eu costumava procurar seu nome nos jornais, e nós conversávamos sobre o que tinha feito e líamos as descrições dos vestidos que tinha usado. Mas eu não vejo seu nome há bastante tempo e comecei a ficar com medo de que estivesse doente, e fiquei tão preocupada que George disse que quem ia acabar ficando mal era eu, me consumindo desse jeito. — Os lábios dela se abriram em um sorriso de lembrança. — Bom, eu não posso ficar doente de novo, isso é fato: a última vez quase liquidou comigo. Quando a senhorita me mandou para o sanatório daquela vez, nunca pensei que ia voltar viva nem ligava muito se não voltasse. Naquela época, ainda não estava com o George e a neném.

A Sra. Struther parou para ajeitar a mamadeira na boca suja da criança.

— Meu amorzinho — não precisa ter pressa! Você ficou zangada com a mamãe porque o jantar atrasou? Maria Antonieta — esse é o nome dela, igual ao daquela rainha francesa daquela peça no Garden. Eu disse a George que a atriz me lembrava a senhorita e que, por isso, gostei do nome... Nunca achei que fosse me casar, sabe, e não ia ter coragem de continuar trabalhando só para mim.

Ela se interrompeu de novo e, sentindo-se encorajada pelo olhar de Lily, continuou, com um rubor surgindo na pele anêmica:

— Sabe, eu não estava só *doente* daquela vez que a senhorita me mandou para o interior — estava horrivelmente triste também. Conheci um rapaz onde eu trabalhava — não sei se a senhorita lembra que eu costumava ser datilógrafa numa empresa importante — e... bom... achei que nós íamos nos casar. Ele estava namorando firme comigo há seis meses e tinha me dado a aliança da mãe. Mas acho que era refinado demais para mim — ele viajava a trabalho pela empresa e tinha circulado bastante nas altas rodas. Ninguém toma conta das moças que trabalham como tomam da senhorita, e elas nem sempre sabem cuidar de si mesmas. Eu não soube... e quase morri quando ele sumiu e parou de me escrever. Foi então que fiquei doente — achei que era o fim de tudo. Acho que teria sido, se a senhorita não tivesse me ajudado. Mas, quando eu vi que estava melhorando, comecei a recobrar meu ânimo, quase sem querer. E então, quando voltei para casa, George veio e me pediu em casamento. A princípio pensei que não podia, pois nós tínhamos sido criados juntos e eu sabia que ele sabia da minha história. Mas, após algum tempo, comecei a ver que isso tornava a coisa mais fácil. Eu nunca ia ter conseguido contar para outro homem, e nunca ia me casar sem contar; mas, se George gostava de mim o suficiente para me aceitar daquele jeito, não vi por que eu não deveria começar de novo — e comecei.

A força de sua vitória brilhava quando ela ergueu o rosto radiante da criança em seu colo.

— Mas, nossa, eu não tinha intenção de ficar falando de mim desse jeito quando a senhorita está sentada aí com essa cara tão cansada. Mas é que é tão bom tê-la aqui para poder ver o quanto me ajudou. — A neném se recostou, satisfeita e feliz, e a Sra. Struther se levantou devagar para guardar a mamadeira. Então, estacou diante da Srta. Bart.

— Só gostaria de poder ajudar a *senhorita* — mas imagino que não haja nada no mundo que eu possa fazer — murmurou com tristeza.

Lily, em vez de responder, se ergueu com um sorriso e estendeu os braços; e a mãe, compreendendo o gesto, colocou a criança neles.

A neném, vendo-se distante de seu porto habitual, fez um movimento instintivo de resistência; mas o conforto da digestão prevaleceu e Lily sentiu o peso macio se apoiando tranquilamente contra seu peito. A confiança que a criança tinha de estar segura causou-lhe um arrepio de calor e vida, e ela se debruçou, espantada com a carinha rosada, os olhos límpidos, os gestos lentos e tentaculares dos dedos abrindo e fechando. A princípio, o fardo em seus braços pareceu tão leve quanto uma nuvem rosa ou uma pilha de plumas, mas, conforme Lily o segurava, o peso foi aumentando, afundando mais e penetrando-a com uma estranha sensação de fraqueza, como se a criança estivesse entrando nela e se tornando uma parte de seu corpo.

Lily ergueu o rosto e viu os olhos de Nettie pousados nela com carinho e exultação.

— Não seria a coisa mais linda do mundo se ela crescesse e fosse que nem a senhorita? É claro que eu sei que não é possível — mas as mães estão sempre sonhando as coisas mais loucas para os filhos.

Lily abraçou a criança um instante e voltou a deitá-la nos braços da mãe.

— Ah, ela não deve fazer isso — eu teria medo de vir visitá-la vezes demais! — disse, com um sorriso; e então, recusando a companhia que a Sra. Struther ofereceu ansiosamente, e reiterando a promessa de voltar em breve para conhecer George e ver a neném tomando banho, saiu da cozinha e desceu a sós a escada do cortiço.

Ao chegar à rua, se deu conta de que se sentia mais forte e feliz: o pequeno incidente lhe fizera bem. Era a primeira vez que se deparava com os resultados de sua benevolência espasmódica, e ser surpreendida por aquela sensação de proximidade a outro ser humano fez desaparecer o calafrio mortal de seu coração.

Foi só após atravessar a própria porta que Lily sentiu uma solidão ainda mais profunda. Passava muito das sete, e a luz e os odores que vinham do porão deixavam claro que o jantar da casa de cômodos já estava sendo servido. Ela correu para seu quarto, acendeu o gás e começou a se vestir. Não pretendia mais se mimar daquele jeito, ficar sem comer porque o ambiente tornava a comida repugnante. Já que era seu destino morar em uma casa de cômodos, precisava aprender a se adaptar às suas condições de vida. Mesmo assim, ficou feliz com o fato de a refeição já estar quase terminada quando chegou à sala de jantar, com seu calor e sua luz forte.

Ao voltar para o quarto, Lily foi tomada por uma energia súbita e febril. Nas últimas semanas, sentira-se desanimada e indiferente demais para organizar suas posses, mas, agora, começou a examinar sistematicamente o conteúdo das gavetas e do armário. Ainda tinha alguns belos vestidos — sobreviventes de sua última fase de esplendor, no *Sabrina* e em Londres —, mas, quando fora obrigada a demitir sua criada, dera-lhe uma porção generosa de suas indumentárias antigas. Os vestidos restantes, embora não estivessem mais novos, ainda possuíam o corte perfeito, a força e a amplidão que são marcas de um grande artista; e, quando ela os dispôs sobre a cama, as ocasiões nas quais os usara surgiram, vívidas, diante de seus olhos. Cada dobra de tecido trazia uma associação: cada detalhe em renda, cada ornamento bordado, era como uma letra no registro do passado. Lily ficou impressionada ao ver a atmosfera de sua antiga vida envolvê-la. Mas, afinal de contas, essa era a vida para a qual a Srta. Bart fora criada: cada tendência incipiente fora cuidadosamente voltada para essa direção, todos os interesses e atividades ensinados de modo a girar em torno dela. Lily era como uma flor rara que fora cultivada para uma exibição, uma flor de quem cada broto fora podado, com exceção do botão que coroava sua beleza.

Por último, ela retirou do fundo do baú uma pilha de tecido branco que caiu, disforme, sobre seu braço. Era o vestido do quadro de Reynolds que usara nos tableaux dos Bry. Fora-lhe impossível doá-lo, mas Lily nunca mais o vira desde aquela noite, e, ao sacudi-lo, o tecido longo e drapeado soltou um aroma de violetas que foi como um sopro vindo de uma fonte entre as flores, onde ela, ao lado de Lawrence Selden, rejeitara seu destino. Lily voltou a guardar os vestidos, um por um, colocando junto com cada um deles um raio de luz, um tilintar de risos, uma brisa perdida das praias rosadas do prazer. Ainda estava em um estado altamente impressionável, e cada lampejo do passado causava-lhe um leve tremor.

Ela acabara de fechar a tampa do baú sobre o tecido branco do vestido do quadro de Reynolds quando ouviu uma batida na porta, e a mão vermelha da criada irlandesa enfiou pela fresta uma carta tardia. Levando-a até a luz, Lily leu com surpresa o endereço carimbado no canto superior do envelope. Era uma carta do escritório dos advogados de sua tia, e ela se perguntou que incidente inesperado os fizera quebrar o silêncio antes da data marcada.

Lily abriu o envelope e um cheque flutuou até o chão. Quando ela se abaixou para pegá-lo, um rubor tomou-lhe as faces. O cheque representava o valor total do legado da Sra. Peniston e a carta que o acompanhava explicava que os advogados, tendo concluído os procedimentos relativos à herança em menos tempo do que o esperado, haviam decidido antecipar a data dos pagamentos.

Lily sentou-se diante da escrivaninha no pé da cama e, alisando o cheque, leu diversas vezes as palavras "dez mil dólares" escritas com uma fria letra profissional. Dez meses antes, aquela quantia representara a mais completa penúria; mas as proporções dos valores haviam mudado para ela naquele ínterim e, agora, visões luxuosas cabiam em cada volteio da pena. Lily continuou a olhar para o cheque e sentiu o brilho dessas visões aumentando em seu cérebro; e, após algum tempo, ergueu a tampa do baú e colocou a fórmula mágica fora de seu alcance. Era mais fácil pensar sem aqueles cinco números dançando diante de seus olhos; e ela precisava pensar muito antes de dormir.

Lily abriu o talão de cheques e começou a fazer cálculos tão ansiosos quanto aqueles que haviam prolongado sua vigília em Bellomont na noite em que decidira se casar com Percy Gryce. A pobreza simplifica esse processo, e sua situação financeira foi mais fácil de determinar do que antes; mas ela ainda não aprendera a controlar os gastos e, durante a breve fase de luxo no hotel Emporium, readquirira os hábitos de extravagância que ainda ameaçavam sua parca renda. Um exame cuidadoso do talão e das contas não pagas sobre a mesa mostrou que, quando essas últimas houvessem sido quitadas, Lily mal teria o suficiente para se sustentar pelos próximos três ou quatro meses e, mesmo depois disso, se continuasse a viver daquela forma, sem ganhar dinheiro adicional, teria como pagar apenas pelas despesas mais básicas. Ela escondeu os olhos e estremeceu, sentindo-se no umbral daquele caminho cada vez mais estreito que vira sendo trilhado pela figura triste e murcha da Srta. Silverton.

No entanto, não era mais pela pobreza material que Lily tinha maior repugnância. Sentia um empobrecimento mais profundo — uma miséria interna comparada à qual as condições exteriores se tornavam insignificantes. De fato, era terrível ser pobre — ter diante de si a expectativa de uma meia-idade esmolambada e nervosa, que levaria, a cada novo nível de economia e privação, ao desmazelo de uma vida compartilhada com os habitantes de uma casa de cômodos. Mas havia algo ainda pior: as garras da solidão em seu peito, a impressão de ser arrastada pela correnteza dos anos como uma planta sem raízes. Essa era a sensação que a dominava — a de ser algo efêmero, a espuma na superfície da vida, sem nada ao qual os pobres tentáculos de seu ser pudessem se agarrar antes que a terrível maré os jogasse para o fundo. Ao olhar para trás, Lily viu que jamais houvera uma época em que tivera um elo real com a vida. Seus pais também não tinham raízes, sendo soprados de um lado para o outro pelos ventos da moda, sem nenhuma existência pessoal que os abrigasse das intempéries. Ela própria fora criada sem ter um ponto qualquer na terra que lhe fosse mais querido que qualquer outro: não havia um centro em torno do qual girara a piedade da infância, as tradições graves e cativantes, para o qual seu coração pudesse se voltar e de onde pudesse extrair forças para si e carinho pelos outros. Qualquer que seja a forma na qual o passado lentamente acumulado se mantém vivo em nosso sangue — seja na imagem concreta da velha casa repleta de lembranças visuais, seja na concepção da casa construída não com as mãos, mas composta por paixões e lealdades herdadas —, ela tem o mesmo poder de alargar e aprofundar a vida do indivíduo, de ligá-la, por meio de uma misteriosa capacidade de identificação, à pujante soma da empreitada humana.

Tal visão da solidariedade da vida jamais surgira antes para Lily. Ela tivera uma premonição na maneira instintiva com que procurara, às cegas, por um companheiro; mas essa busca fora interrompida pelas influências destruidoras que havia ao seu redor. Todos os homens e mulheres que conhecia eram como átomos girando para longe uns dos outros em uma espécie de dança centrífuga: seu primeiro vislumbre da continuidade da existência fora naquela noite, na cozinha de Nettie Struther.

A pobre operária que encontrara forças para reunir os fragmentos de sua vida e construir com eles um abrigo para si mesma parecia, para Lily, ter alcançado a verdade central da existência. Era uma vida de pouca abundância, às portas da pobreza, quase sem margem para as possibilidades da doença e do azar; mas tinha a permanência frágil e audaciosa de um ninho de pássaro construído à beira de um precipício — nada além de um punhado de folhas e palha, mas tão bem construído que as vidas confiadas a ele poderiam se sentir seguras dependuradas sobre o abismo.

Sim — mas duas pessoas tinham construído aquele ninho; fora preciso a fé do homem, além da coragem da mulher. Lily lembrou-se das palavras de Nettie: *eu sabia que ele sabia da minha história*. A fé do marido tornara seu recomeço possível — é tão fácil para uma mulher se transformar naquilo que o homem amado acredita que ela é! Bem... Selden, em duas ocasiões, estivera disposto a ter fé em Lily Bart; mas não resistira a uma terceira prova. A qualidade mesma de seu amor o tornara impossível de reviver. Se fosse um simples instinto da carne, o poder da beleza de Lily talvez houvesse conseguido fazê-lo renascer. Mas o fato de esse amor ser mais profundo, de estar inextricavelmente ligado a hábitos de pensamento e sentimento, fez com que fosse tão impossível para ele voltar a crescer quanto para uma planta de raízes longas que houvesse sido arrancada do solo. Selden dera a Lily o que tinha de melhor: mas era tão incapaz quanto ela de um retorno acrítico a estados emocionais anteriores.

Para Lily, como ela dissera a ele, restava o enaltecimento da lembrança da fé de Selden; mas ela ainda não chegara à idade na qual uma mulher pode viver de suas lembranças. Quando segurara a filha de

Nettie Struther nos braços, o sangue da juventude havia se descongelado e voltado a correr em suas veias: a velha fome de vida a possuiu, e todo o seu ser clamava por seu quinhão de felicidade. Sim — era felicidade que Lily ainda desejava, e o vislumbre que tivera dela fizera com que nada mais importasse. Ela se afastara de todas as possibilidades mais vis, uma a uma, e viu que agora só lhe restava o vazio da abnegação.

Estava ficando tarde, e uma imensa exaustão mais uma vez tomou conta de Lily. Não era o sono que chegava devagar, mas uma fadiga vívida que pertencia à vigília, uma lucidez doentia contra a qual todas as possibilidades de futuro projetavam sombras gigantescas. Ela ficou horrorizada com a clareza intensa da visão; parecia ter atravessado o véu misericordioso que há entre a intenção e a ação, e ver exatamente o que faria em todos os longos dias que tinha pela frente. Lá estava o cheque em sua escrivaninha, por exemplo — sua intenção era usá-lo para pagar a dívida com Trenor. Mas Lily antevia que, quando a manhã chegasse, iria adiar o momento de fazê-lo e passar a sentir uma tolerância gradual por essa dívida. A ideia a aterrorizava — ela temia descer da altura de seu último momento com Lawrence Selden. Mas como poderia confiar que não iria escorregar e cair? Conhecia a força das influências opostas — podia sentir as incontáveis mãos do hábito arrastando-a para mais um pacto com o destino. Ansiou por prolongar, perpetuar, aquele momento de exaltação de seu espírito. Se a vida pudesse terminar agora — terminar naquela visão trágica, porém doce das possibilidades perdidas, que lhe dava uma sensação de proximidade com todo o amor e toda a memória do mundo!

Lily esticou o braço de repente e, tirando o cheque de dentro da escrivaninha, colocou-o em um envelope onde escreveu o endereço de seu banco. Depois, fez um cheque para Trenor e, colocando-o, sem uma única palavra a acompanhá-lo, em um envelope com o nome dele, deixou as duas cartas lado a lado sobre a mesa. Então continuou sentada ali, organizando seus papéis e escrevendo, até que o silêncio intenso da casa a fez lembrar do adiantado da hora. Na rua, o barulho das carruagens cessara e o rumor do bonde só surgia após longos intervalos de um silêncio profundo e antinatural. Em meio àquela misteriosa separação noturna de todos os sinais externos de vida, Lily sentiu-se confrontada com o próprio destino de maneira mais estranha. A sensação a fez se encolher de horror, e ela tentou afastar a consciência pressionando as mãos contra os olhos. Mas o silêncio e o vazio terríveis pareciam simbolizar seu futuro — Lily teve a impressão de que a casa, a rua, o mundo estavam todos desertos, e que ela era o único ser consciente em um universo sem vida.

Mas aquelas eram as portas do delírio... Ela nunca estivera tão perto da vertigem do irreal. Precisava dormir, era isso — lembrou-se de que não fechava os olhos havia duas noites. O pequeno frasco estava em sua cabeceira, esperando para lançar seu feitiço. Lily se ergueu e se despiu depressa, ansiando agora pelo toque do travesseiro. Sentia-se tão profundamente cansada que pensou que ia adormecer de imediato; mas, assim que se deitou, cada nervo seu despertou e pôs-se a pulsar. Era como se um clarão de luz elétrica houvesse sido ligado em seu cérebro, e ela, pobre coitada, se encolhesse em meio a ele, sem saber onde se refugiar.

Lily não imaginara que fosse possível estar tão desperta: seu passado inteiro estava se desenrolando de novo em cem pontos diferentes de consciência. Onde estava a droga capaz de aquietar essa legião de nervos insurgentes? A sensação de exaustão seria doce se comparada a esse batuque incessante de atividade; mas o cansaço desaparecera como se algum estimulante cruel houvesse sido forçado em suas veias.

Ela podia suportar — sim, podia. Mas quanta força lhe restaria para o dia seguinte? Lily não era mais capaz de perspectiva — o amanhã se abateu sobre ela e, logo atrás, vinham os dias que se seguiriam, circundando-a como uma multidão aos gritos. Ela precisava expulsá-los da mente durante algumas horas; precisava mergulhar brevemente no esquecimento. Esticou a mão e pingou as gotas em um copo; mas, ao fazê-lo, teve certeza de que elas nada lograriam diante da lucidez sobrenatural de seu cérebro. Há muito Lily tomava a dose máxima, mas, hoje, sentiu que precisava aumentá-la ainda mais. Sabia que corria certo risco ao fazê-lo — lembrou-se do aviso do boticário. Se o sono viesse, talvez fosse um sono do qual não poderia acordar. Mas, afinal, aquela era uma chance em mil: ninguém sabia como a droga agia, e era provável que acrescentar algumas gotas à dose regular fosse apenas ajudar Lily a obter o descanso do qual precisava tão desesperadamente...

Ela, para falar a verdade, não pensou muito nessa questão — o anseio físico pelo sono era sua única sensação clara. Sua mente se afastava do clarão do raciocínio tão instintivamente quanto os olhos se contraem diante de um facho de luz. A escuridão era aquilo de que Lily precisava a qualquer custo. Ela se sentou na cama e engoliu o conteúdo do copo; então, apagou a vela com um sopro e se deitou.

Ficou imóvel, esperando com um prazer sensual pela ação do soporífico. Sabia de antemão como seria a sensação — o cessar gradual do pulsar interior, a aproximação lenta da passividade, como se uma mão invisível lhe desse passes mágicos no escuro. Até mesmo a lentidão e a hesitação do efeito aumentavam seu fascínio: era delicioso se recostar e contemplar os abismos da inconsciência. Hoje, a droga pareceu fazer efeito mais devagar que o habitual: cada batida intensa de seu coração teve de ser aquietada por vez, e demorou muito até Lily senti-las caindo na inatividade, como sentinelas adormecendo em seus postos. Mas, aos poucos, ela foi tomada pela sensação de subjugação completa e perguntou-se languidamente o que a deixara tão inquieta e excitada. Percebia agora que não havia motivo para afobação — retornara à sua visão normal da vida. O dia de amanhã não seria tão difícil, afinal de contas: Lily tinha certeza de que encontraria forças para encará-lo. Não lembrava bem o que mesmo temera encarar, mas a incerteza não a perturbava mais. Ela andara infeliz, mas, agora, estava feliz — sentira-se sozinha, mas, agora, a sensação de solidão esvaecera.

Lily se moveu uma vez, virando-se de lado e, ao fazê-lo, subitamente entendeu por que não se sentia só. Era estranho — mas a filha de Nettie Struther estava deitada sobre seu braço: ela sentia a pressão de sua cabecinha contra o ombro. Não sabia como a criança fora parar ali, mas não sentia grande surpresa diante do fato, apenas um leve arrepio penetrante de calor e prazer. Ajeitou-se em uma posição mais confortável, fazendo um travesseiro na dobra do cotovelo para apoiar a cabeça redonda e macia e prendendo a respiração para que nenhum som perturbasse a criança adormecida.

Deitada ali, pensou que havia algo que precisava dizer a Selden, uma palavra que descobrira e que tornaria clara a vida entre eles. Tentou repetir a palavra, que se encontrava, vaga e luminosa, na outra ponta do pensamento. Estava com medo de não lembrar dela quando acordasse; e, se pudesse apenas dizê-la para ele, tinha certeza de que tudo ficaria bem.

Devagar, a ideia da palavra se apagou e o sono começou a envolvê-la. Lily se esforçou um pouco para não deixar que ele chegasse, sentindo que devia se manter acordada por causa da neném; mas até mesmo esse pensamento se perdeu gradualmente em meio a uma sensação indistinta de paz e sonolência, trespassada de repente por um jato sombrio de solidão e terror.

Lily acordou com um sobressalto, gelada e trêmula: por um instante, pareceu ter largado a criança. Mas, não; estava enganada — a leve pressão do corpo ainda estava ali, próximo ao dela: o calor recuperado se espalhou por suas veias mais uma vez, ela se abandonou a ele, mergulhou nele e dormiu.

Capítulo 14

O dia amanheceu bonito e limpo, com uma promessa de verão no ar. A luz do sol banhava a rua de Lily com raios oblíquos, suavizando a fachada descascada da casa, dourando a balaustrada sem pintura e formando prismas gloriosos ao atravessar os vidros de sua janela escura.

Quando um dia assim coincide com o nosso humor, sua atmosfera se torna intoxicante; e Selden, descendo depressa a rua por entre a miséria confidencial da manhã, sentia a ousadia da juventude. Ele se libertara do território familiar do hábito e se lançara em mares de emoção nunca navegados; todos os padrões e medidas antigos haviam sido deixados para trás, e seu curso seria guiado por novas estrelas.

Aquele curso, por enquanto, simplesmente levava à casa de cômodos onde a Srta. Bart morava; mas sua entrada pobre de repente se tornara o umbral do inexplorado. Conforme se aproximava, Selden ia examinando a fileira tripla de janelas e, como um menino, se perguntando qual seria a dela. Eram nove da manhã, e a casa, habitada por trabalhadores, já mostrava uma fachada desperta para a rua. Mais tarde, ele se lembraria de ter notado que apenas uma persiana estava baixada. Notou também que havia um vaso de amores-perfeitos em um dos parapeitos e imediatamente concluiu que só podia ser a janela de Lily: era inevitável que a associasse ao único toque de beleza de uma cena desmazelada.

Nove horas era cedo para uma visita, mas Selden deixara para trás todo o respeito às convenções. Só sabia que precisava ver Lily Bart de imediato — encontrara a palavra que pretendia dizer-lhe, e ela não podia esperar nem um instante para ser dita. Era estranho que a palavra não houvesse surgido em seus lábios mais cedo — que ele houvesse permitido que Lily fosse embora na noite anterior sem conseguir pronunciá-la. Mas de que isso importava, agora que um novo dia tinha raiado? Não era uma palavra para o crepúsculo, mas para a manhã.

Selden subiu ansiosamente a escada e puxou a corda da campainha; e, mesmo em seu estado de autocontemplação, foi uma grande surpresa que a porta fosse aberta tão depressa. E uma surpresa ainda maior ver, após entrar, que fora aberta por Gerty Farish — e que atrás dela, em grande agitação, havia diversos outros vultos agourentos.

— Lawrence! — exclamou Gerty, com uma voz estranha. — Como você conseguiu chegar tão depressa? — E a mão trêmula que pousou sobre ele pareceu, no mesmo segundo, apertar seu coração.

Selden viu os outros rostos, perdidos de medo e dúvida — viu a figura imponente da senhoria se aproximar dele com um ar profissional. Mas se encolheu, erguendo uma das mãos, enquanto seus olhos se voltavam mecanicamente para a escada íngreme de nogueira-negra, que logo percebeu ser o local para onde a prima estava prestes a levá-lo.

Uma voz ao fundo disse que o médico iria voltar a qualquer momento — e que as ordens eram que não se mexesse em nada lá em cima. Outra pessoa disse: "Menos mal que..."; então, Selden sentiu que Gerty pegara com gentileza a sua mão e que seria permitido a eles subirem sozinhos.

Em silêncio, eles subiram os três andares e atravessaram um corredor, indo até uma porta fechada. Gerty abriu a porta e Selden entrou depois dela. Embora a persiana estivesse baixada, a luz irresistível do sol derramava um leve dourado sobre o chão e, ao brilho dela, ele viu uma cama estreita encostada na parede e, sobre esta, com mãos imóveis e um rosto tranquilo e inconsciente, uma cópia de Lily Bart.

Que era ela de verdade, cada gota de sangue em Selden negava com ardor. A verdadeira Lily estivera aninhada em seu coração poucas horas antes — que tinha ela a ver com aquele rosto alheio e calmo que, pela primeira vez, nem empalidecera, nem se ruborizara ao vê-lo?

Gerty, estranhamente calma também, com o autocontrole consciente de alguém que já aliviou dores demais, estava postada ao lado da cama e falava baixinho, como se transmitisse uma mensagem final.

— O médico encontrou um frasco de hidrato de cloral... Ela vinha dormindo mal há muito tempo e deve ter tomado uma dose grande demais por engano... Não há dúvida disso — nenhuma dúvida — não haverá inquérito — ele foi muito gentil. Eu disse a ele que eu e você gostaríamos de ficar a sós com ela — para organizar seus pertences antes que mais alguém entre. Sei que essa teria sido a vontade dela.

Selden mal compreendeu o que Gerty dizia. Ficou ali, olhando para aquele rosto adormecido, que parecia uma máscara delicada e impalpável colocada sobre as feições vivas que ele conhecera. Sentiu que a verdadeira Lily ainda estava ali, perto dele, mas invisível e inacessível; e a tenuidade da barreira entre eles era como uma provocação que o fazia se sentir de mãos atadas. Nunca houvera nada além de uma pequena barreira impalpável entre eles — mas ele permitira que isso os separasse! E, agora, que essa barreira parecia menor e mais frágil do que nunca, ela subitamente se tornara impenetrável, e Selden poderia se atirar contra ela até a morte, em vão.

Selden caíra de joelhos ao lado da cama, mas um toque de Gerty o fez despertar. Ele pôs-se de pé e, quando eles se fitaram, ficou impressionado com a luz extraordinária no rosto da prima.

— Você entendeu o que o médico foi fazer? Ele prometeu que não haverá problemas — mas é claro que existem as formalidades. E eu lhe pedi que nos desse tempo para organizar os pertences dela primeiro...

Selden assentiu e Gerty olhou o quarto pequeno e vazio.

— Não vai levar muito tempo — concluiu.

— Não — não vai levar muito tempo — concordou ele.

Ela ficou mais um instante segurando a mão dele e então, olhando a cama pela última vez, foi silenciosamente até a porta. No umbral, parou e acrescentou:

— Estarei lá embaixo, se você precisar de mim.

Selden, acordando de seu estupor, tentou impedi-la.

— Mas por que você vai? Ela ia querer que...

Gerty balançou a cabeça com um sorriso.

— Não: era isso que ela ia querer... — E, quando disse isso, uma luz penetrou a dor pétrea de Selden e ele enxergou no fundo das coisas ocultas do amor.

A porta se fechou atrás de Gerty, e Selden ficou a sós com a adormecida imóvel sobre a cama. Seu impulso foi voltar para perto dela, cair de joelhos e pousar sua cabeça, que latejava, na face tranquila sobre o travesseiro. Eles dois jamais haviam estado em paz juntos; e, agora, ele se sentia atraído pela calma profunda e misteriosa que emanava dela.

Mas lembrou do alerta de Gerty — sabia que, embora o tempo houvesse parado naquele quarto, seus pés corriam implacavelmente na direção da porta. Gerty dera a eles aquela meia hora suprema, e Selden precisava usá-la da maneira como ela queria.

Ele se virou e olhou ao redor, obrigando-se a recobrar a consciência dos objetos externos. Havia muito poucos móveis no quarto. Sobre a cômoda velha estava uma toalha de renda e alguns ornamentos, como caixas e frascos de tampa dourada, uma almofada de alfinetes cor-de-rosa, uma bandeja de vidro repleta de grampos de cabelo de tartaruga — Selden se afastou da intimidade pungente dessas bagatelas e da superfície vazia do espelho diante delas.

Esses eram os únicos vestígios de luxo, daquele apego ao minucioso asseio pessoal, que mostravam o quanto as outras renúncias de Lily deviam ter custado. Não havia mais nenhuma outra marca de sua personalidade no cômodo, a não ser que esta estivesse aparente na organização escrupulosa dos móveis esparsos: um lavatório, duas cadeiras, uma pequena escrivaninha e a mesinha ao lado da cama. Sobre essa mesa estavam o frasco vazio e o copo e, disso, Selden também desviou os olhos.

A escrivaninha estava fechada, mas, sobre o tampo retrátil, havia duas cartas que ele pegou. Uma tinha o endereço de um banco e, como estava selada e lacrada, Selden, após hesitar um instante, colocou-a de lado. Na outra carta, leu o nome de Gus Trenor; e a aba do envelope não estava colada.

Selden sentiu a pontada da tentação, afiada como uma faca. Cambaleou e se firmou, apoiando-se na escrivaninha. Por que Lily tinha escrito para Trenor — escrito, presumivelmente, logo após a despedida deles na noite anterior? A ideia tornava menos sagrada a lembrança daquela última hora, fazia escárnio da palavra que ele viera dizer e profanava até mesmo o silêncio reconciliador com que ela foi recebida. Selden sentiu-se mais uma vez atirado sobre todas as incertezas medonhas das quais pensava ter se libertado para sempre. Afinal, o que sabia da vida de Lily? Só o que ela escolhera mostrar e, pela medida do resto do mundo, como era pouco! Com que direito — a carta em sua mão parecia perguntar — com que direito era ele quem agora descobria suas confidências, passando pelo portão que a morte deixara desprotegido? O coração de Selden exclamou que era pelo direito da última hora que eles haviam passado juntos, a hora em que ela própria colocara a chave em sua mão. Sim — mas e se a carta para Trenor houvesse sido escrita depois?

Selden largou a carta com uma súbita repugnância e, comprimindo os lábios, pôs-se a realizar resolutamente o que restava da tarefa. Afinal, ela seria mais fácil agora que seu envolvimento pessoal fora anulado.

Selden ergueu o tampo da escrivaninha e viu lá dentro um talão de cheques e alguns embrulhos de contas e cartas, organizados com a precisão que caracterizava todos os hábitos pessoais de Lily. Passou os olhos pelas cartas primeiro, pois essa era a parte mais difícil do trabalho. Eram poucas cartas sem importância, mas, entre elas, ele encontrou, com uma estranha comoção, o bilhete que lhe escrevera no dia seguinte à festa dos Bry.

"Quando poderei vê-la?" Ao ler suas palavras, Selden foi inundado pela lembrança da covardia que o afastara de Lily no momento em que estava prestes a ganhá-la. Sim — ele sempre temera seu destino e era honesto demais para negar sua covardia agora; afinal, suas velhas dúvidas não haviam sido revividas só de ler o nome de Trenor?

Selden guardou o bilhete em seu porta-cartões, dobrando-o com cuidado e vendo-o como um objeto precioso, pois ela assim o considerara;

então, dando-se conta mais uma vez da passagem do tempo, continuou a examinar os papéis.

Para sua surpresa, encontrou um recibo para todas as contas; não havia uma que não houvesse sido paga. Abriu o talão e viu que, na noite anterior, fora anotada a entrada de um cheque de dez mil dólares dos advogados da Sra. Peniston. O legado, portanto, fora pago antes do que Gerty esperara. Mas, virando mais uma ou duas páginas, Selden descobriu, perplexo, que, apesar desse aumento recente de posses, o saldo de Lily já caíra para alguns poucos dólares. Uma olhada rápida nos canhotos dos últimos cheques, todos feitos no dia anterior, mostrou que entre quatrocentos e quinhentos dólares do legado haviam sido gastos no pagamento de contas, enquanto que os outros milhares tinham sido usados em apenas um cheque feito na mesma data, nominal a Charles Augustus Trenor.

Selden deixou o talão de lado e afundou na cadeira diante da escrivaninha. Apoiou os cotovelos na mesa e escondeu o rosto nas mãos. As águas amargas da vida subiam ao redor dele, seu gosto estéril surgiu-lhe nos lábios. O cheque para Trenor explicava o mistério ou o aprofundava? A princípio, sua mente se recusou a agir — ele pensou apenas na nódoa que era tal transação entre um homem como Trenor e uma moça como Lily Bart. Então, aos poucos, sua visão perturbada se desanuviou, velhos rumores surgiram em sua memória e, das próprias insinuações que Selden temera investigar, ele teceu uma explicação do mistério. Era verdade, portanto, que Lily aceitara dinheiro de Trenor; mas também era verdade, como declarava o conteúdo de sua pequena escrivaninha, que considerara a obrigação odiosa e que, na primeira oportunidade, se livrara dela, embora o gesto a deixasse face a face com a mais absoluta pobreza.

Isso era tudo o que Selden sabia — tudo o que podia esperar desvendar da história. Os lábios mudos sobre o travesseiro lhe recusavam mais que isso — a não ser que houvessem contado todo o resto no beijo que haviam deixado sobre sua testa. Sim — agora, Selden podia dar àquela despedida todos os significados pelos quais seu coração ansiava; e podia até mesmo extrair dela a coragem de não se acusar por ter deixado de aproveitar sua oportunidade máxima.

Selden viu que todas as condições da vida haviam conspirado para mantê-los separados; já que seu próprio afastamento das influências externas que a impeliam havia aumentado as exigências de seu espírito e feito com que fosse mais impossível para ele amar incondicionalmente. Mas, pelo menos, Selden a amara *sim* — estivera preparado para apostar seu futuro na fé que tinha nela — e, se o destino exigia que o momento tivesse de passar antes que eles pudessem agarrá-lo, ele agora via que, para ambos, ao menos este permanecera incólume em meio às ruínas de suas vidas.

Era esse momento de amor, essa vitória passageira sobre si mesmos, que os salvara da atrofia e da extinção; que fizera com que ela se voltasse para ele toda vez que lutava contra a influência de seu entorno e que mantivera viva nele a fé que agora o levara, penitente e apaziguado, a procurá-la.

Selden se ajoelhou ao lado da cama e se debruçou sobre Lily, sorvendo até a última gota de seu último instante juntos; e, em meio ao silêncio, eles trocaram a palavra que tornava tudo claro.

fim

*O texto deste livro foi composto em Minion Pro,
desenho tipográfico de Robert Slimbach de 1990,
em corpo 11,5/16.*

*A impressão se deu sobre papel off-white
pelo Sistema Cameron da Divisão Gráfica
da Distribuidora Record.*